譯註 三國演義

삼국연의

7

나관중 지음 / 박을수 역주

〈제91회 ~ 제105회〉

보고사

길잡이

1) 나관중의 삼국지는 [삼국지통속연의](三國志通俗演義)이고, 모종강 본은 [회도삼국연의](繪圖三國演義)가 원제이다. 여기서는 [삼국연의](三國演義)를 책명으로 하였다.

2) **이 책은 중국고전소설신간 [삼국연의](三國演義: 120回·臺北市 聯經出版事業公司印行)을 저본(底本)으로 하고, 여러 이본(異本)들을 참고한 완역(完譯)이다. 다만 모종강(毛宗崗) 본에 있는 '삼국지연의서'(三國志演義序·人瑞 金聖嘆氏 題)·'삼국지연의서'(三國志演義序·毛宗崗)·'독삼국지법'(讀三國志法·毛宗崗) 등과 매회 앞에 있는 '서시씨 평'(序始氏 評)과 본문 중간 중간의 (   ) 속에 있는 보충설명(이를 '夾評'·'間評'이라고도 함) 등은 번역하지 않았다. 그 이유는 이 부분이 독자들에게는 꼭 필요하지 않을 것이라고 생각했기 때문이다.**

3) 지금까지 나온 [삼국지](三國志)는 김구용·박기봉의 번역본에서부터 이문열의 평역본에 이르기까지 여러 종이 있고, 또 책마다 특장(特長)을 지니고 있다. 그러나 삼국지의 원래의 뜻을 충분히 이해하는 데는 한계가 있는 것 같아서 이를 보완하는 데 심혈을 기울였다. 그것은 각주(脚註)만도 중복되는 것이 있기는 하지만, 2천 6백여 항에 달하고 있음을 보면 이해가 될 것이다.

4) 인명(人名)·지명(地名)·관직(官職) 등은 특별한 경우가 아니면 주석하지 않았다.

5) 주석은 각주로 쉽게 하였으며 참고하기 편하도록 매 권의 끝에 '찾아보기'를 붙였다. 또 연구자들을 위해서 출전(出典)·용례(用例)·전거(典據) 등을 밝히고, 모아서 별책(別册)으로 간행하였다.

6) 인물(人物)·지도(地圖) 김구용의 [삼국지](三國志)에서 빌려 썼다.

차 례

삼국연의

나관중 지음 / 박을수 역주

사마의

제91회

한상은 노수에 제사 지낸 후 회군하고
무후는 중원을 치려고 표문을 올리다.
祭瀘水漢相班師
伐中原武侯上表.

한편, 공명이 군사를 돌리니, 맹획은 대소 동주와 추장 및 여러 부락의 백성들을 이끌고 나와서 전송하였다. 전군(前軍)이 노수에 이르렀을 때는 마침 9월 가을이었다. 갑자기 검은 구름이 피어오르더니 강풍이 일어서 병사들이 건널 수 없게 되자, 돌아가 공명에게 보고하였다.

공명이 맹획에게 물으니, 맹획이 대답하기를,

"물속에 본래 사나운 귀신이 있어서 오가는 사람들은 반드시 저들에게 제를 지내야 합니다."

하거늘, 공명이 말하기를

"무슨 제물로써 제사를 드린단 말이오?"

하자, 맹획이 대답하기를

"옛날에 나라의 사나운 귀신이 화를 일으키면 칠칠 사십구 명의 머리와 함께 검은 소와 흰 양으로 제사를 지내는데, 자연히 바람이 잦아들고 물결이 잔잔해졌습니다. 그리고는 해마다 풍년이 들고 수확이 많았습니다."

하였다.

공명이 말하기를,

"내 이제서야 일을 평정하였는데 어찌 한 사람이라도 살상할 수가 있겠소?"

하고는 마침내, 직접 노수 가에 가서 보았다. 과연 음산한 바람이 크게 일며 파도가 점점 흉용하여 인마가 다 놀랐다.

공명이 이상하게 생각하고 곧 토인을 불러서 그에 대해 물으니, 토인이 말하기를,

"승상께서 여기를 지나신 후로는, 밤마다 강가에서 귀신의 울음소리와 부르짖는 소리가 들렸습니다. 황혼 무렵부터 새벽까지 울음소리가 끊이지 않았습니다. 또 안개 속에는[1] 음귀(陰鬼)가 무수합니다. 이로 인해 화를 만들어내기 때문에 사람들이 감히 건너지 못합니다."

하거늘, 공명이 말하기를

"이는 내 죄로다. 전에 마대가 촉병 1천여 명을 이끌고 왔다가 물에 빠져 죽었고 또 남방 사람들을 죽여 다 이 강에 버렸으니, 미친 혼령과 원한 맺힌 귀신들이 그것을 풀지 못하고 있어서 이 지경에 이른 것이오. 내가 지금 늦었지만 마땅히 직접 가서 제를 지내야겠소이다."

하였다.

토인이 대답하기를,

"모름지기 전례에 의하면, 사람 49명의 머리를 제물로 하여 제사를 지내야 곧 원귀들이 스스로 흩어집니다."

하거늘, 공명이 말하기를

"원래 사람을 죽게 하여 생긴 일인데 어찌 또 산 사람을 죽일 수 있

---

1) 안개 속에는[瘴煙] : 장기(瘴氣)를 품은 안개. [白居易 新豊折臂翁詩]「聞道雲南有瀘水 椒花落時瘴煙起」.

느냐? 나에게 생각이 있다."

하며, 행주를2) 불러서 소와 말을 잡게 하고, 밀가루로 사람의 머리 모습을 빚은 후, 그 안에 소와 양들의 고기를 사람의 머리 대신 넣고 그 이름을 '만두'라3) 하였다. 그날 밤 노수의 강가에서 제사상에 제물을 벌여 놓고 등불 49개를 켜고, 깃발을 흔들어 혼들을 불렀다. 그리고는 만두 등 제물을 땅 위에 벌여 놓았다. 3경 시분쯤에 공명은 금관에 학창의를 두르고 직접 와서 제사를 드리며, 동궐(董厥)에게 제문을 읽게 하였다.

제문의 내용은 다음과 같다.

유(維) 대한(大漢) 건흥 3년 가을 9월 초하루에, 무향후 겸 익주목 승상 제갈량은 삼가 제물을 차려 놓고, 전에 죽은 촉나라 장수들과 남방의 죽은 음혼들에게 아룁니다.

우리 대한의 황제께서는 그 위엄이 오패보다4) 승하시고, 명철하시기는 삼왕을5) 계승하시도다. 지난번에 먼 지방의 지경을 침범하면서부터 이속(異俗)들이 기병(起兵)하였습니다. 전갈의 꼬리를6) 휘

---

2) 행주(行廚) : 거둥 때 임금의 음식을 맡은 임시 주방. '도시락'의 뜻도 있음. [杜甫 嚴公仲夏枉駕草堂兼攜注饌詩]「竹裡行廚洗玉盤 河邊立馬簇無鞍」.

3) 만두(饅頭) : 메밀가루나 밀가루를 반죽한 것에 소를 넣어 빚어서 삶거나 하여 만든 음식. [事物紀原]「諸葛亮南征 將渡瀘水 土俗殺人 首饅神 亮以羊豕代 取麪畫人頭祭之 饅頭名始也」.

4) 오패(五覇) : 전국시대 이름을 떨쳤던 제후. 제환공(齊桓公)·진문공(晉文公)·진목공(秦穆公)·송양공(宋襄公)·초장왕(楚莊王) 등을 일컬음. [賈誼 過秦論]「五覇旣滅」.

5) 삼왕(三王) : 하(夏)의 우왕·은(殷)의 탕왕·주(周)의 문왕 또는 무왕. [中文辭典]「謂夏之禹王 殷之湯王 周之文王 又一說文王武王併之爲一」.

6) 전갈의 꼬리[蠆尾] : 전갈(全蠍)의 꼬리. 곧 독침. [左氏 昭 四]「鄭子産作丘賦

둘러서 군사를 일으키고, 이리의 마음을 빙자해서 난을[7] 일으켰습니다.

 내가 황제의 명을 받들어, 남만의 죄를 묻기 위하여 용맹한 군사들을[8] 일으켜 누의를[9] 다 제거 하려 하니, 웅대한 군사들이 구름처럼 모여들어 미친 도적들이 얼음이 녹듯이 녹아버리고 파죽의 소리가 겨우 들리니, 이는 곧 원숭이들이 본거지를 잃고 사방으로 흩어진 것입니다. 무릇 사졸과 남아들은[10] 다 구주(중화)의 호걸들이고, 관료와 장수들은 다 사해의 영웅들이라. 무예를 익히고 오랑캐를 쳐서 밝은 임금을 섬기면서 다투어 명령에 한결같이 응하지 않는 자가 없으며, 함께 일곱 번이나 맹획을 사로잡았습니다. 다 함께 나라를 받드는 일에 정성을 다하고, 임금에 대한 충군의 뜻을 지키고 있습니다.

 그러나 어찌 알았으리요, 저들의 간계에 빠져 유시(流矢)에 맞기도 하고 황천길을 떠나가기도 했으며, 혹자는 칼과 창에 찔려 부상을 당하기도 하고 넋이 저승에 가기도 하였도다. 산 자는 용맹하고

國人謗之日 其父死於路 已爲蠆尾 以令于國 國將苦之何 (注) 謂子産重賦 毒害百姓」.

7) 이리의 마음을 빙자해서 난을[狼心而逞亂] : 나쁜 마음으로 난을 일으킴. 「낭심구행」(狼心拘行). [後漢書 南匈杈傳]「自是匈杈得志 狼心腹生」. [宋言駿 雞鳴度關賦]「念秦關之百二難逞狼心 笑齊客之三千 不如雞口」.

8) 용맹한 군사들을[貔貅] : 호랑이·곰과 비슷하다고도 하는 맹수의 뜻이나, '용맹스런 병사'를 이름. [史記 五帝紀]「軒轅敎熊羆貔貅貙虎 以與炎帝戰於阪泉之野」.

9) 누의(螻蟻) : 땅강아지와 개미. 여기서는 만이(蠻夷)를 낮추어 이름. [蘇轍 爲兄軾下獄上書]「今臣螻蟻之誠 雖萬萬不及緹縈 而陛下聽明仁聖 過於漢文遠甚」. [文選 賈誼 弔屈原文]「橫江湖之鱣鯨兮 固將制於螻蟻」.

10) 남아[兒郎] : 어린이(小兒)·대장부(兒夫). [元稹 鶯鶯詩]「等閒教見小兒郎」. 「徐陵 烏棲曲」「風流荀令好兒郎」.

죽은 자는 이름을 남겼도다. 이제 승전가를 부르며 돌아가고자 하거늘 헌부가11) 장차 있을 것이다.

그대들 영령들이여, 아직도 있거든 이 기도하는 소리가 반드시 들릴 것이다. 우리의 깃발을 따르고 내 대오를12) 좇아서 함께 상국(上國)으로 돌아가, 각기 고향으로 찾아가서 가족의 증상을13) 맛보며 식구들이 지내주는 제사를 흠향할지어다. 타향의 귀신이 되지 말고 헛되이 혼이 이역에서 떠돌지 말지어다.

내 천자께 주달하여, 그대들 각 가정마다 나라의 은혜가 미치게 하고 해마다 옷과 양식을 주며 달마다 녹봉을 내려서, 그대들의 충성에 사례하며 마음을 다해 위로하리로다.

이곳의 토신들과 남방의 죽은 귀신들은 늘 혈식이14) 있고 의지할 곳 또한 있으리로다. 산 자들은 천위에 복종하였거니와 죽은 자들 또한 왕화를 받으리로다. 바라건대 원한을 잊고 다시는 울부짖는 일이 없을지어다. 오직 정성스런 마음으로 경건히 제사를 드리노라.

오호 애재라! 복유상향(伏惟尙饗)!

---

11) 헌부(獻俘) : 전쟁에 이기고 돌아와 포로를 바쳐, 조상의 영문에 성공을 아룀. [隋書 高祖紀]「三軍凱入 獻俘於太廟」. [唐書 太宗紀]「王世充降 凱旋 太宗被金甲……獻俘於太廟」.

12) 대오[部曲] : 지방의 치안을 위해 장군이나 호족이 거느리도록 했던 소유부대. 부(部)의 밑에 곡(曲)이 있음. [漢書 李廣傳]「廣行無部曲行陳 (顔注) 續漢書百官志 云將軍領軍皆有部曲 大將軍營五部 部校尉一人 部下有曲 曲有軍候一人 今廣尙於簡易 故行道之中 而不立部曲也」.

13) 증상(蒸嘗) : 제사. '증'은 겨울, '상'은 가을에 지내는 제사임. [後漢書 馮衍傳]「春秋蒸嘗 昭穆無列」. [三國志 魏志 文帝丕傳]「四時不覩 蒸嘗之位」.

14) 혈식(血食) : 피 묻은 산 짐승을 잡아 제사를 지낸다는 뜻. '나라의 의식으로 제사를 지냄'을 이르는 말. [史記 陳涉世家]「置守冢二十家錫今血食」. [史記 封禪書]「周興而邑邰 立后稷之祠 至今血食天下」.

제문을 읽고 나서 공명은 목 놓아 큰 소리로 울다가 그 통절함이 극에 달하매, 삼군이 모두 감동하여 눈물을 흘리지 않는 자가 없었다. 맹획 등의 무리들도 다 울며 눈물을 뿌렸다.

그러자 검은 구름과 운무 속에서 은은히 수천의 귀혼들이 바람을 따라 흩어졌다. 이에 공명은 좌우의 장수들에게 명하여 제물들을 다 노수에 바치게 하였다.

다음 날 공명이 대군을 이끌고 노수의 남쪽 해안에 이르자, 구름이 걷히고 안개가 흩어지며 바람이 고요해지고 파도가 가라앉았다. 촉병들은 다 편안히 노수를 건넜다. 과연 '채찍으로 두드리니 금등자는 울고, 사람들은 개선가를 부르며 돌아간다'는[15] 격이었다.

행군이 영창(永昌)에 이르자 공명은 왕항과 여개를 남겨서 4군을 지키게 하고, 맹획에게는 무리들을 이끌고 돌아가서 정사를 부지런히 하고 백성들을 잘 다스리며 농무에 게을리하지 말기를 당부하였다. 맹획이 눈물을 뿌리고 절하며 헤어져 가고, 공명은 대군을 이끌고 성도로 돌아왔다.

후주가 난가를 타고 성곽 30여 리까지 나와, 연에서 내려 길가에 서서 공명을 기다렸다.

공명은 당황하여 수레에서 내려 길가에 엎드려서 말씀드리기를,

"신이 속히 만방을 평정하지 못하여, 주군으로 하여금 걱정을 끼쳐 드렸사오니 이는 저의 죄입니다."

하니, 후주가 공명을 부축해 일으키고 수레를 나란히 하여 돌아왔다. 그리고는 태평연을 베풀어 삼군을 중상하였다.

이로부터 먼 나라에서까지 진공을 드리러 오는 자가 2백여 곳에 이

---

15) 금등자(金鐙子) : 금으로 만든 발걸이. 「등자」는 발걸이·사갈. [正字通]「鐙 今馬鐙 馬鞍兩旁 足所踏也」. [南史 張敬兒傳]「馬鐙一隻」.

르게 되었다. 공명이 후주에게 아뢰기를 왕을 섬기는 전몰자의 가정에 일일이 구휼해 주기를 청하니, 인심이 다 기뻐하며 조야(朝野)가 두루 평안해졌다.

한편, 위주 조비의 재위 7년이 되는 해가 곧, 촉한의 건흥 4년이었다. 조비가 먼저 맞아들인 부인 견씨(甄氏)는 곧 원소의 둘째 아들 원희(元熙)의 아내이니, 전에 업성을 깨뜨렸을 때 얻은 부인이었다. 뒤에 아들 하나를 얻었는데 이름을 예(叡)라 했고 자가 원중(元仲)이었다. 어려서부터 총명하여 조비가 심히 애지중지하였다. 후에 조비는 안평의 광종(廣宗) 곽영(郭永)의 딸을 귀비로 맞아들였는데 아주 미인이었다.

그 아비가 늘상 말하기를,

"내 딸은 여자 중에 왕[女中之王]이라."

하였는데, 그런 까닭에 호를 '여왕'이라고 불렀다.

조비가 귀비로 맞아들인 이래, 견부인이 조비의 총애를 잃게 되었다. 더구나 곽귀비가 황후가 되려고 획책하려하며 행신 장도(張韜)와 상의하였다. 그때, 조비는 병을 앓고 있었는데 장도가 견부인이 궁중에서 파냈다며 나무인형[木像]을 바쳤다. 그 위에는 천자의 생년월일과 태어난 시각이 쓰여 있었고, 요사한 술수가 부려져 있었다.

조비는 크게 노해 마침내 견부인에게 사약을 내려 죽게 하였다. 그리고 곽귀인을 황후로 삼았으나 자식이 없자, 조예를 자신의 아들로 삼아 매우 저를 사랑했으나 후사로 잇게 하지는 않았다. 조예가 15살이 되자 활쏘기와 말 타기에 익숙해졌다.

그해 봄 2월에 조비가 조예를 데리고 사냥을 나갔다. 산의 언덕을 지나가고 있는데 골짜기에서 사슴 두 마리가 튀어나오니 어미와 새끼라. 조비가 한 살에 어미 사슴을 쏘아 죽이고 새끼 사슴이 조예의 말

앞을 지나가고 있는 것을 보고, 큰 소리로 말하기를

"아들아, 어째서 새끼 사슴을 쏘지 않느냐?"

고 물으니, 조예가 말 위에서 울며

"폐하, 이미 그 어미를 죽였는데 어찌 차마 다시 그 새끼를 죽일 수 있나이까?"

하거늘, 조비가 그 말을 듣고는 활을 땅에 던지며

"내 아들이 진짜 인덕 있는 주군이 될 것이다!"

하고, 이에 평원왕을 삼았다.

그 해 여름 5월, 조비는 한질에16) 걸려서 의원이 치료하였으나 낫지 않았다.

이에 중군대장군 조진(曹眞)·진군대장군 진군(陳羣)·무군대장군 사마의 등 세 사람과 조예를 침궁에 불러들이고,

"이제 짐은 병이 이미 깊어서 다시 소생하지 못할 것인데, 이 애가 나이 어리니 경 등 세 사람이 이 아이를 잘 돌봐 주시오. 짐의 마음을 저버리지 마시게."

하거늘, 세 사람이 다 고하기를

"폐하, 어찌 이런 말씀을 하시나이까? 신등은 원컨대 힘을 다해서17) 폐하를 보필하겠사오니 오래 오래 사시옵소서."

한다.

조비가 대답하기를,

---

16) 한질(寒疾) : 감기. 고뿔. [左氏 昭元]「陰淫**寒疾** 陽淫熱疾 風淫末疾 雨淫腹疾」. [孟子 公孫丑 下]「有**寒疾** 不可以風」.

17) 힘을 다해서[竭力] : 진력(盡力). 있는 힘을 다함. 「갈력진능」(竭力盡能). [禮記 燕義篇]「臣下**竭力盡能** 以立功於國」. [論語 學而篇]「事父母**能竭氣力** 事君能致其身」.

"금년에 허창 성문이 까닭 없이 무너졌으니 이에 불길한 징조이오. 짐은 이로 인해서 필시 죽을 것임을 알고 있소이다."

하고 말하고 있는데, 내시가 들어와 정복군을 이끌고 나갔던 정동대장군 조휴가 입궁하여 문안하러 왔다고 주달하였다.

조비가 불러들여 저에게 이르기를,

"경들은 다 나라를 떠받치는 신하들이니,18) 만약에 마음을 한 가지로 하여 짐의 아들을 돕는다면 짐은 죽더라도 편히 눈을 감을 것이외다."

하고, 말을 마치고 나서 눈물을 흘리며 죽었다. 그때 조비의 나이 40세요 재위 7년이었다.

이에 조진·진군·사마의·조휴 등은 한편으로 슬퍼하며, 또 한편으로는 조예를 옹립해서 대위황제(大魏皇帝)를 삼았다. 아버지 조비에게는 시호를 문황제(文皇帝)·어머니 견씨에게는 문소황후(文昭皇后)를 내리고, 종요를 봉하여 태부를 삼고 조진을 대장군으로 삼았다.

조휴를 대사마·화흠을 태위·왕랑을 사도·진군을 사공에, 그리고 사마의를 표기대장군을 삼았다. 그리고 나머지 문무 관료들에게도 각기 벼슬을 봉하고 천하에 대사면령을 내렸다. 이때 옹(雍)·량(涼) 2개 주에 결원이 있었는데, 사마의가 주상에게 표문을 올려 서량 지방을 지키러 가겠다고 나섰다. 조예는 이를 허락하고 사마의를 봉하여 옹량등처병마제독을 삼고 조서를 내려 떠나게 하였다.

그때, 세작들이 이 소식을 나는 듯이 서천에 보고하니, 공명이 크게 놀란다.

"조비가 죽고 어린 아들 조예가 즉위했다 하니 그 나머지는 걱정할 게 없다. 사마의는 계책이 많은 사람인데 지금 옹량의 병마가 되어

---

18) 나라를 떠받치는 신하들이니[柱石之臣] : 「사직지신」(社稷之臣). [漢書 霍光傳]「將軍爲國柱石」. [三國志 魏志 徐宣傳]「有託孤寄命之節 可謂柱石臣也」.

훈련이 이루어지면, 필시 촉나라에 큰 위협이 될 것이다. 먼저 병사들을 일으키느니만 못할 것이다."

하자, 마침내 참군 마속이 말하기를

"지금 승상께서는 남방을 평정하고 방금 돌아오셔서, 거마가 다 피폐한 상태이니 마땅히 긍휼히 여겨야 합니다. 어찌 다시 원정에 나서시려 하십니까? 저에게 한 가지 계책이 있어, 사마의가 조예의 손에 죽게 할 방법이 있사오니 승상께서는 어떻게 생각하십니까?"[19]

하거늘, 공명이 이 계책을 물으니 마속이

"사마의는 비록 위국의 대신이지만 조예는 평소부터 저에게 의심을 품고 있습니다. 그러니 은밀히 낙양과 업군에 사람을 보내서, 유언비어를 퍼뜨려 반란을 획책한다고 하십시오. 그리고 곧 사마의가 천하에 고하는 방문을 거짓으로 지어 여러 곳에 붙여서, 조예로 하여금 마음에 의문을 품게 하면 필시 사마의를 죽일 것입니다."

하였다.

공명이 마속의 말에 따라 곧 사람을 은밀하게 보내서, 이 계책을 수행하러 가게 하였다.

한편, 업성의 성문에 갑자기 한 포고문 한 장이 붙었다. 성을 지키는 자가 게시물을 떼어서 조예에게 바쳤다.

조예가 보니 그 내용은 이러하다.

표기대장군 옹주·양주의 군사를 총독하는 사마의는 삼가 신의(信義)로써 천하에 고하노라.

---

19) 어떻게 생각하십니까[鈞意] : 생각. 뜻. [詩經 秦風篇 晨風]「**如何如何** 忘我實多」. [宋玉 神女賦]「王曰 狀**如何**」.

옛날 태조 무황제께서 나라를 여실 때에는, 본래 진사왕 자건(子建)에게 사직의 주인이 되게 하려 하였거늘, 불행히도 간신배와 참소의 무리들에게 무고(誣告)를 당해 오랫동안 잠룡의20) 상태로 지내셨다.

황손 조예는 평소부터 덕행이 없고 망령되이 제위에 올라 있으니, 이는 태조께서 남기신 생각에 짐이 되었다. 내 이제 하늘의 뜻에 따르고 사람들의 일에 순응해21) 군사들을 일으켜서, 만백성들의 바람을 이루려 한다. 그래서 오늘 이를 알리노니 각자는 마땅히 새 임금의 명을 따르라. 이에 순종치 않는 자는 마땅히 구족을22) 멸하리라!

먼저 앞에 이를 고유(告諭)하노니, 모두 다 알지어다.

조비가 읽고 나서 크게 놀라 낯빛이 변하며, 급히 여러 신하들에게 물었다.

태위 화흠이 말하기를,

"사마의는 임금님께 옹량지방을 지키러 가겠다고 했는데, 바로 이 일을 하기 위함이었습니다. 선제 때에 태조 무황제께서 일찍이 신에

---

20) **잠룡(潛龍)** : 하늘에 오르지 못하고 물 속에 잠겨 있다고 하는 용으로, 잠시 왕위에 오르지 않고 피해 있는 임금, 또는 '때를 얻지 못하고 있는 영웅'의 비유. [易經 乾卦]「初九 **潛龍**勿用……初九日 **潛龍**勿用 何謂也」. [程傳]「聖人側微 若龍之**潛隱**」. [淮南子]「**潛龍**勿龍者 言時之不可以行也」.

21) 하늘의 뜻에 따르고 사람들의 일에 순응해[應川順人] : 하늘의 뜻을 따르고 사람의 일에 순응함. [漢書 敍傳]「革命創制 三帝是紀 **應天順民** 五星同晷」. [文選 班彪王命論]「雖其遭遇異時 禪代不同 至于**應天順人** 其揆一焉」.

22) **구족(九族)** : 구속(九屬). 고조로부터 현손까지의 동족 친속의 범위를 일컫는 말. [書經 虞書篇 堯典]「克明俊德 以親**九族**」. [詩經序]「葛藟 王族刺平王也 周室道衰 棄其**九族**焉」.

게 말씀하시기를 '사마의는 매처럼 보고 이리처럼 돌아보니,23) 저에
게 병권을 주어서는 아니 된다. 오래 지나면 반드시 나라에 큰 화가
될 것이다.' 하였사온데, 오늘 반란의 싹이 이미 움텄으니, 속히 저를
죽여야 합니다."

하거늘, 왕랑이 아뢰기를

"사마의는 도략에 아주 밝고 또 병법에 통달하여, 평소부터 큰 뜻을
품고 있는 인물입니다. 만약에 저를 일찍이 제거하지 않는다면 머지
않아서 반드시 화가 될 것입니다."

하였다.

조예가 이에 칙지를 내려 병사를 일으켜 어가 친정을 하려 하는데,
문득 반열 중에서 급히 대장군 조진이 나오면서,

"아니 됩니다. 문황제께서 신 등 몇 사람에게 부탁하셨습니다. 이
일은 사마중달이 딴 생각이 없음을 알 수 있습니다. 이번 일은 그 진
위를 알 수가 없는데, 갑자기 군사를 일으켜 친다면 이내 반함이 핍박
으로 비칠 것입니다.

혹 어떤 사람들은 서촉이나 동오의 세작이 반간계를24) 내서 우리
들을 혼란에 빠뜨리고, 저들이 그 허점을 이용해서 공격하려 할지도
모르는 일입니다. 폐하께서는 이 일을 잘 살피셔야 합니다."

---

23) 사마의는 매처럼 보고 이리처럼 돌아보니……: 원문에는 '鷹視狼顧 不可付以兵
權'으로 되어 있음. [吳越春秋 句踐伐吳外傳]「范蠡爲書遺種日 夫越王爲人長頸鳥
喙 鷹視狼步 可以共患難 而不可共處樂 可與履危 不可與安」. 「병권」(兵權)은 「병
마지권」(兵馬之權), 곧 통수권을 뜻함. [三國志 魏志 賈詡傳]「攻取者 失兵權」.
24) 반간계[反間之計]: 상대를 이간시키는 계책. [史記 燕世家]「說王仕齊爲反間
計 欲以亂齊」. [孫子兵法 用間篇 第十三]「故用間有五 有因間 有內間 有反間 有
死間 有生間……反間者 因其敵間 而用之」. 이간책(離間策). [晉書 王豹傳]「離間
骨肉」.

하였다.

조예가 묻기를,

"사마의가 만에 하나 모반을 한다면 이를 장차 어찌하면 좋겠소?"
하거늘, 조진이 아뢰기를

"폐하께서 의심이 풀리지 않으시면, 한 고조께서 운몽지계에25) 거
짓 놀란 체하시던 계책을 써 보십시오. 어가가 안읍(安邑)에 행행하시
면 사마의는 필시 나와 맞을 것입니다. 그때 저의 동정을 보시다가
수레 앞에서 저를 사로잡을 수 있을 것입니다."
하거늘, 조예가 그의 말에 따르기로 하였다.

조진에게 나라의 일을26) 보게 하고 친히 어림군 10만들을 거느리
고 지름길로 안읍에 이르렀다. 사마의는 그 까닭을 알지 못하고 천자
로 하여금 그 위엄을 알게 하려고, 이에 병마를 정비하고 군사 수만을
이끌고 천자를 맞으려 나왔다.

근신이 대답하되,

"사마의가 군사 10만을 이끌고 앞에 버티고 있습니다. 실제로 반심
을 품고 있는 듯합니다."
하거늘 조예가 당황하여, 조휴에게 명하여 먼저 군사들을 거느리고
가서 저를 맞게 하였다. 사마의는 병마가 오는 것을 보고 어가가 친히

---

25) 운몽지계(雲夢之計) : 한 고조는 초왕(楚王) 한신의 모반을 의심하고 있었
　　다. 그래서 진평(陳平)의 계책에 따라 운몽택(雲夢澤)에 놀러 갔을 때, 한신이
　　마중 나와 배알하였는데 그때 고조가 한신을 잡았던 고사. 운몽(雲夢)은 초
　　(楚)나라의 칠택(七澤)의 하나. [周禮 夏官職方氏]「正南曰 荊州 其山鎮曰 衡山
　　其澤藪曰 雲夢」. [司馬相如 子虛賦]「臣聞楚有七澤 當見其一……名曰 雲夢」.
26) 나라의 일을[監國] : 국사를 감시함 또는, 제후의 나라를 감시함의 뜻임. [禮
　　記 王制]「天子使其大夫爲三監 監於方伯之國 國三人 [注] 使佐方伯領諸候」. [國
　　語 晉語 一]「君行 太子居以監國也」.

온 것으로 생각하고 길에 엎드렸다.

조휴가 나서며 묻기를,

"중달께선 선제의 지중하신 부탁을 받으셨는데 어찌 반란을 꾀하시는 게요?"

하거늘, 사마의가 크게 놀라며 땀이 흘러 온몸이 젖었다. 그리고는 그 까닭을 물었다.

조휴가 전에 있었던 일을 말해 주니, 사마의가 말하기를

"이는 동오와 촉나라가 간악한 반간계를 쓰는 것으로써, 나로 하여금 군신 간에 서로 죽이게 하여 놓고 저들은 그 빈틈을 타고 쳐들어올 것입니다. 내가 직접 천자를 뵙고 이를 설명하겠소."

하며, 급히 군마를 물리고 조예의 수레 앞에 엎드려 울면서 아뢰기를

"신은 선제의 지중한 탁고의 명을 받았는데 어찌 감히 딴 생각을 하겠나이까? 이는 필시 오와 촉의 간계입니다. 신이 청컨대 한 부대를 이끌고 가서, 먼저 촉을 깨뜨리고 그 뒤에 오나라를 쳐서 선제와 폐하의 은혜를 갚겠나이다. 이로써 신의 마음을 밝히겠나이다."

하나, 조예는 의심을 품고 결단을 내리지 못하였다.

화흠이 말하기를,

"저에게 병권을 주어서는 아니 됩니다. 곧 파직시켜 고향으로 돌아가게 하옵소서."

하매, 조예가 그의 말에 따라 사마의의 벼슬을 박탈하고 고향으로 돌아가게 하였다.

그리고 조휴에게 명하여 옹량의 군마를 총독하게 하고, 어가를 돌려 낙양으로 돌아왔다.

한편, 세작들이 이 일을 탐지해서 천중에 보고하니, 공명이 기뻐하며

"내 오래전부터 위를 정벌하고자 하였는데 사마의가 옹량의 병사들은 총독하고 있기 때문에 할 수 없었더니, 이제 저가 계책에 들어 어려워졌으니 내 무슨 근심이 있겠는가?"
하였다.

다음 날 후주는 아침 일찍 관료들을 다 모이게 했다. 공명은 반열에서 나와 '출사표'를27) 올리니, 그 내용은 다음과 같다.

　　신 량(亮)은 삼가 아뢰옵나이다.

　　선제께서는 창업을 못 이루시고 중도에 붕어하셨습니다. 그리하여 천하는 셋으로 나뉘었는데, 그 중 익주(益州)가 피폐하니 이는 진실로 그 위급함이 존망지추에28) 이르고 있습니다.

　　그러나 시위하는 신하가 안에서 게을리 아니하고 충의지사들은 밖에서 몸을 돌보지 아니하며, 다 선제의 수우를29) 추모하여 이를 폐하께 갚고자 하고 있습니다. 진실로 마땅히 충언을 들으시어 선제의 성덕을 빛내시며 뜻있는 선비들의 의기를 넓히시어, 행여나 스스로를 경하게 생각하셔서 예를 비근(卑近)한 데서 이끌어 대의(大義)를 잃음으로써 충간의 길을 막지 마시옵소서.

　　궁중과 부중은30) 모두 한 몸이 되어서, 선한 것을 상주고 악한

---

27) 출사표(出師表) : 문장의 편명(篇名). 출병의 뜻을 적어서 임금님께 올리는 글. 제갈량의 「전후출사표」(前後出師表)가 유명함. [中文辭典]「諸葛孔明征魏前 上蜀漢後主之表文 前後二篇 三國志諸葛亮傳……按蘇東坡云 出師二表 簡而且表 直而不肆 非秦漢而下以事君爲悅者所能至」.

28) 위급함이 존망지추[危急存亡之秋] : 국가의 존망이 달린 중요한 때. 추(秋)는 만물이 성숙한 때로 긴요한 때를 이름. [諸葛亮 出師表]「今天下三分 益州疲弊 危急存亡之秋」. [三國志 魏志 張旣傳]「今武威危急赴之宜速」.

29) 수우(殊遇) : 특별한 대우. 우대함. [文選 諸葛亮 出師表]「蓋追先帝之殊遇 欲報之於陛下也」.

것을 벌주심을 같게 하시고 다르게 하지 마옵소서. 만약에 작간(作姦)해서 법을 범하는 자와 진실하며 선한 일을 하는 자가 있사옵거든 마땅히 유사(有司)에 붙여서 그 형벌과 상을 의논하게 하셔서, 폐하의 공명정대하신 정사를 밝히실 것이며, 결코 편벽되이 사(私)를 두시어 안과 밖의 법을 다르게(異法) 마옵소서.

시중인 곽유지(郭攸之)·비위(費褘)·동윤(董允) 등은 다 어질고 충직하며 뜻이 깊고 순우하여, 이로써 선제께서 선발하여 폐하께 끼치신 인물들이옵나이다. 저의 어리석은 생각에는 궁중의 일들 대소사를 다 물어 보시고 난 연후에 시행하신다면, 반드시 소루함이 없이 널리 유익할 것입니다. 장군 향총(向寵)은 성품이나 행실이 선량하고 공평하며 군사일에 정통하고 있어서 진실로 지난날 선제께서 시험해 써 보시고는 '능(能)하다' 하셨습니다. 이로 인해 여러 사람의 뜻에 따라 총을 도독으로 삼으셨습니다. 신의 어리석은 생각에는 영중의 대소사를 다 저에게 맡기시면, 반드시 군중이 화목하며 우열을 가려 처리할 것입니다.

현신들을 가까이 하시고 소인배들을 멀리한 것은 이것이, 전한(前漢)의 훌륭한 근본이 되는 이유이옵고, 소인배를 가까이하며 어진 신하를 멀리함은 후한(後漢)이 쇠미한 근본이 되는 이유라, 선제께서 재세(在世)하실 때에 신으로 더불어 이 일을 논의하시매, 매양 탄식하시고31) 환제와 영제를 통한해 하셨습니다.

---

30) **궁중과 부중(宮中·府中)**: 「궁중」은 황궁(皇宮). [周禮 天官 宮正]「**宮中**之官府」. 「부중」은 상부(相府)를 이름. [漢書 高五王傳]「勃旣將 以兵圍**相府**」.

31) **매양 탄식하시고[未嘗不]**: 항상 아닌 게 아니라. 아마도. 「미상불연」(未嘗不然)은 그렇지 않은 바가 아님의 뜻. [史記 陸賈傳]「每奏一篇 高帝**未嘗不**稱善」. [淮南子 人間訓]「孔子讀易 至損益 **未嘗不**憤然而嘆曰」.

시중·상서·장사·참군들은 모두가 다 사직지신들이오니, 원컨대 폐하께서는 저들과 가까이 하시고 신임하옵소서. 그렇게 하시면 한 실의 황실이 융성할 것이며 날을 세면서 기다릴 수 있을 것입니다.

신은 원래 미천한 몸으로 남양에서 밭을 갈고 있었으나, 진실로 난세에 구차하게 목숨만을 보전하려 하였을 뿐 제후들에게 문달을[32] 구하지 않았습니다. 그러나 선제께서 신의 비천함을 문제 삼지 않으시고 몸을 굽혀 세 번씩이나 초려로 찾아오셔서[33] 신에게 당세의 일들을 하문하시니, 이로 인해 감격해서 마침내 선제를 따르기로 하였던 것입니다. 그 후에 가치가 뒤집히고 패군의 와중에서[34] 임무를 맡게 되었던 것입니다. 그 후 어언 스무 해 하고도 한 해가 되었습니다.

선제께서 신의 근신함을 아셨기 때문에 붕어하실 때에 신에게 대사를 부탁하셨사옵나이다. 저는 명을 받고서 새벽까지 근신하며 부탁하신 일을 이루지 못할까 걱정이 되어 써 선제의 밝으심에 누가

---

32) 문달(聞達) : 세상에 이름이 드러남. [論語 顔淵篇]「在邦必達 在家必達 夫聞也者……在邦必聞 在家必聞」. [文選諸葛亮 出師表]「躬耕於南陽 苟全性名於亂世 不求聞達於諸侯」.

33) 세 번씩이나 초려로 찾아오셔서[三顧草廬] : 「삼고지은」(三顧之恩). 세 번씩이나 찾아준 은혜. 「삼고초려」(三顧草廬)에서 온 말인데, 유비가 제갈량의 초려를 세 번씩이나 찾아 가서 그를 초빙하여 군사(軍師)로 삼았던 일. '인재를 얻기 위한 끈질긴 노력'을 일컫는 말. [三國志 蜀志 諸葛亮傳]「亮字孔明 瑯琊陽都人也 躬耕隴畝 每自比於管仲樂毅 先主屯新野 …… 由是先主遂詣亮 凡三往乃見 建興五年 上疏(卽前出師表)日 臣本布衣 躬耕於南陽 先帝不以臣卑鄙 猥自枉屈 三顧臣於草廬之中」. [故事成語考 文臣]「孔明有王佐之才 嘗隱草廬之中 先王慕其芳名 乃三顧其廬」.

34) 패군의 와중에서[傾覆] : 국가나 가정이 엎어져 망함. 여기서는 당양 장판(當陽長坂)의 참패를 이름. [三國志 蜀志 張飛傳]「先主奔江南 曹公追之 及於當陽之長坂 先主棄妻子走 使飛將二十騎拒後 飛拒水斷橋 瞋目橫矛 敵無敢近者」.

될까 염려하였습니다. 그래서 금년 5월에 노수를 건너 불모의 남방에 깊이 들어갔었습니다.

이제 남방이 평정되고 강한 군사들은 넉넉하오니 마땅히 삼군(三軍)을 이끄시고, 북으로 중원(中原)을 평정해야 하겠사옵니다. 어떻게든 노둔한35) 힘을 다해서 음흉한 무리들을 모두 멸하여 다시 한실을 부흥시키고 옛 도읍에 돌아가시옵소서. 이는 선제의 은혜에 보답하고 폐하께서 직분을 다하는 일이옵나이다. 폐하께서는 손익을 짐작하시옵소서. 이렇게 충성된 말씀들을 올리는 것은 곽유지와 비위·동윤 등이 할 일이옵나이다.

원컨대 폐하께서는 신에게 적을 토벌하는 힘을 주시든지, 그렇지 않으면 신의 죄를 다스리심으로써 선제의 영전에 고하시옵기 바라나이다. 만약에 한실을 부흥시키는데 충성된 말이 없다면 곧 유지·위·윤의 허물을 꾸짖어서 그 게으른 죄를 드러내시옵소서. 폐하께서는 또한 자중하시되 착한 길을 물으시고 충성된 말을 살피셔서, 깊이 선제의 유조(遺詔)를 따르셔야 하나이다.

신은 은혜를 받자와 감격함을 이기지 못하옵나이다! 이제 멀리 떠나게 되어 표를 올리려 하오니, 눈물이 앞을 가려서 무슨 말씀을 드려야 할지 알 수 없나이다.

---

35) **노둔**(駑鈍) : 어리석어 쓸모가 없음. '자기의 능력에 대한 겸칭'임. 〔諸葛亮 出師表〕「庶竭**駑鈍** 攘除姦凶」. 〔魏書 陳建傳〕「顧省**駑鈍** 終於無益」. 「노마십가」(駑馬十駕)는 '재주 없는 사람도 노력하고 교만하지 않으면, 재주 있는 사람에 비견할 수 있음'을 이름. 〔荀子 勸學篇〕「騏驥躍不能十步 **駑馬十駕** 則亦及之矣」. 〔淮南子 齊俗訓〕「騏驥千里 一日而通 **駑馬十舍** 旬亦至之」.

(臣亮言

先帝創業未半 而中道崩殂 今天下三分 益州罷敝 此誠危急存亡之秋也.

然侍衛之臣 不懈於內 忠志之士 忘身於外者 蓋追先帝之殊遇 欲報之於陛下也. 誠宜開張聖聽 以光先帝遺德 恢弘志士之氣 不宜妄自菲薄 引喻失義 以塞忠諫之路也.

宮中府中 俱爲一體 陟罰臧否 不宜異同 若有作奸犯科 及爲忠善者 宜付有司 論其刑賞 以昭陛下平明之治 不宜偏私 使內外異法也.

侍中 侍郎 郭攸之 費禕 董允等 此皆良實 志慮忠純 是以先帝簡拔以遺陛下 愚以爲宮中之事 事無大小 悉以咨之 然後施行 必得裨補闕漏 有所廣益. 將軍向寵 性行淑均 曉暢軍事 試用之於昔日 先帝稱之曰「能」是以衆議舉寵以爲督 愚以爲營中之事 事無大小 悉以咨之 必能使行陣和穆 優劣得所也. 親賢臣 遠小人 此先漢所以興隆也. 親小人 遠賢臣 此後漢所以傾頹也. 先帝在時 每與臣論此事 未嘗不歎息痛恨於桓 靈也!

侍中 尙書 長史 參軍 此悉貞亮死節之臣也. 願陛下親之 信之 則漢室之隆 可計日而待也.

臣本布衣 躬耕南陽 苟全性命於亂世 不求聞達於諸侯. 先帝不以臣卑鄙 猥自枉屈 三顧臣於草廬之中 諮臣以當世之事 由是感激 遂許先帝以驅馳. 後值傾覆 受任於敗軍之際 奉命於危難之間 爾來二十有一年矣.

先帝知臣謹愼 故臨崩寄臣以大事也. 受命以來 夙夜憂慮 恐付託不效以傷先帝之明 故五月渡瀘 深入不毛.

今南方已定 甲兵已足 當獎帥三軍 北定中原 庶竭駑鈍 攘除奸凶 興復漢室 還於舊都 此臣所以報先帝而忠陛下之職分也. 至於斟酌損益 進盡忠言 則攸之 禕 允等之任也.

願陛下託臣以討賊興復之效 不效則治臣之罪 以告先帝之靈 若無興復之言 則責攸之 禕 允等之咎 以彰其慢. 陛下亦宜自謀 以諮諏善道 察納

雅言 深追先帝遺詔.

　臣不勝受恩感激! 今當遠離 臨表涕泣 不知所云.)

　후주가 표주를 보시고는,

　"상부께서 남정하시느라 먼 길에 고초가 많으시고, 바야흐로 이제야 돌아오셔서 자리에 편히 앉지도 못하셨습니다. 그런데 또 북정을 하시고자 하니, 너무 심신을 수고로이 할까 걱정될 따름입니다."

하시거늘, 공명이 말하기를

　"신은 선제의 지중한 탁고의 명을 받고 잠을 자지 못하고 한 때도 게을리한 날이 없나이다. 이제 남방이 평정되어 안으로 걱정될 일이 없사오니, 이때에 적을 토벌하지 않으면 중원을 회복하는 일을 또 어느 때를 기다리겠나이까?"

하였다.

　그때 갑자기 부중의 태사 초주(譙周)가 나서며, 아뢰기를

　"신이 어제 밤에 기상을 보오매 북방의 왕성한 기운이 최고에 이르고 있어서, 별은 배나 더 밝으니 지금 저를 도모해서는 아니 됩니다."

하고는 이에 공명을 돌아보며,

　"승상께서는 천문에 밝으시거늘 어찌 이를 강행하려 하시옵니까?"

하고 묻거늘, 공명이 대답하기를

　"천도의 변함은 늘 같은 것이 아닌데 어찌해서 한때의 현상만을 고집36)하리오? 내 지금 군마들을 한중에 머물게 하고 그 동정을 본 후에 행하려 하오."

하며, 초주가 극히 간하는 것을 따르지 않았다.

---

36) **고집[拘執]**: 고집·속박. [史記 李斯傳]「李斯**拘執束縛** 居囹圄中」. [漢書 宣帝紀]「**拘執**[囹圄]」.

이에, 공명은 곽유지·동윤·비위 등을 남겨 시중으로 삼아 궁중의 일을 통솔하게 하였다. 또 향총을 대장으로 삼아 어림군마를 총독하게 하고, 장완을 참군·장예를 장사로 삼아 승상부의 일을 관장하게 하였다. 두경을 간의대부·두미와 양홍을 상서로 삼았다. 맹광과 내민(來敏)을 좨주로 삼고 윤묵과 이선을 박사로 삼았다. 극정(郤正)과 비시(費詩)를 비서에 초주를 태사로 임명하였다. 그리고 내외 문무 관료 1백여 명을 함께 축에서 일을 보게 하였다. 공명이 조서를 받고 부서로 돌아와 제장들에게 명령을 전하였다.

이에 전독부는 진북장군 영승상사마 양주자사 도정후에는 위연·전군 도독은 영부풍태수에 장익(張翼)·아문장은 비장군 왕평을 임명하였다. 후군영병사에 안한장군 영건영태수 이회(李恢)·그 부장에 정원장군 영한중태수 여의(呂義) 겸관운량 좌군영병사 평북장군 진창후에 마대이고 그 부장은 비위장군 요화·우군영병사에는 분위장군 박양정후에 마충·무용장군 관내후에 장의(張嶷)·행중군사에는 거기대장군 도향후 유염(劉琰)·중감군 양무장군 등지·중참군 안원장군에 마속을 임명하고, 전장군은 도정후에 원림(袁琳)·좌장군 고양후에 오의(吳懿)·우장군에 현도후 고상(高翔)을 삼고, 후장군 안락후에 오반(吳班)을 임명하였다.

영장사는 수군장군 양의(楊儀)·전장군은 정남장군 유파(劉巴)·전호군은 편장군에 한성정후 허윤(許允)·좌호군 독신중랑장 정함(丁咸)·우호군은 편장군에 유민(劉敏)·후호군 전군중랑장에 관옹(官雝)·행참군 소무중랑장에 호제(胡濟)·행참군 간의장군에 염안(閻晏)·행참군에 편장군 찬습(爨習)과 행참군 비장군 두의(杜義)·무략중랑장 두기(杜祺)·수융도위 성발(盛教)·종사는 무략중랑장 번기(樊岐)·전군서기 번건(樊建)·승상영사 동궐(董厥)·장전좌호위사 용양장군 관흥·우호위사 호익장군 장포 등을 임명하였다.

이상의 모든 관원들이 다 정해지자, 이들은 평북대도독 승상 무향후 영익주목 지내외사 제갈량을 따랐다. 각각 이미 정해진 대로 나뉘어 떠나며 이엄 등에게 서천의 입구를 지키면서 동오를 막게 하였다.

건흥 5년 봄 3월 병인일에 위를 정벌하기 위해 떠났다.

그때, 문득 장막에서 한 노장이 소리를 지르고 나서며 말하기를,

"내 비록 나이가 많으나 아직도 염파와 같은 용맹이[37] 있고, 마원의 웅지가[38] 있소이다. 이 두 사람들은 다 늙었다고 나앉지 않았는데, 어찌해서 나를 기용하지 않는 것이오?"

하거늘, 여러 사람들이 저를 보니 조운이었다.

공명이 말하기를,

"내가 남방을 평정한 이래로 마맹기가 병으로 작고하여 심히 애석해하고 있으며, 한 팔이 잘린 듯했소이다. 이제 장군께서 연만 하시니, 오히려 조금이라도 어긋나는 일이[39] 있다면 일세의 영명(英名)에 흠이 될 것이며, 또한 촉나라 군사들의 예기에 손상을 입을까 걱정됩니다."

---

37) 염파와 같은 용맹이[廉頗之勇] : 전국시대 조나라의 명장 염파의 용맹. 염파(廉頗). 전국시대 조(趙)나라의 대장. 만년에 조왕이 사자를 보내 싸움터에 나갈 수 있는지 알아보게 하였더니, 나이 80인데도 아직도 말밥과 열 근 고기(尙食斗米)를 먹어치우는 것을 보고 그 위풍이 젊었을 때 못지않았다고 했다는 고사. [中國人名]「惠文王拜爲上卿……使使者之魏 相頗尙可用否 頗之仇人郭開 多與使者金 令毁之遂不召」.

38) 마원의 웅지[馬援之雄] : 마원은 후한(後漢)의 명장으로 복파장군(伏波將軍)에 임명되었음. 교지(交趾)를 평정하고 신식후(新食候)에 봉해졌는데 무릉오계(武陵五谿)의 오랑캐(蠻夷)가 반란을 일으키자 이를 정벌하였음. [後漢書 馬援傳]「璽書拜援伏波將軍 南擊交趾」. [三國志 魏志 夏後惇傳]「太祖 平河北 爲大將軍 後拒鄴破 遷伏波將軍」.

39) 어긋나는 일[參差] : 들쭉날쭉하여 고르지 못함. 「참치부제」(參差不齊). 「참치」는 혹은 짧고 길어서 가지런하지 않음을 뜻함. [漢書 楊雄傳 法言目]「參差不齊」. [詩經 周南篇 關雎]「參差荇菜 左右流之 窈窕淑女 寤寐求之」.

하니, 조운이 목소리에 힘을 주며

"내 선제를 따른 이래로 싸움에서 물러난 일이 없었고[40] 적을 만나면 먼저 나섰소이다. 대장부가 싸움터에서 죽는다면[41] 이보다 다행한 일이 없을 것이니 내 무슨 한이 있겠소이까. 원컨대 전부의 선봉이 되게 해 주시오."

하나, 공명이 재삼 간곡하게 머물러 있기를 권하였다.

조운이 말하기를,

"나에게 선봉이 되라 하지 않으시면 계하에 머리를 부딪쳐 죽겠소이다."

하니, 공명이 권하며

"장군께서 선봉이 되어 가시려면 한 사람을 데리고 가십시오."

하였다.

말이 끝나기도 전에 한 사람이 나서며, 응하기를

"제가 비록 재주 없사오나, 원컨대 노장군을 도와서 먼저 군사들을 이끌고 가서 적을 격파하겠소이다."

하거늘, 공명이 보니 등지(鄧芝)였다. 공명이 크게 기뻐하며 곧 정병 5천과 부장 10명을 뽑아 조운과 등지를 따라가게 하였다.

후주는 백관들을 이끌고 북문 밖 10여 리까지 나와서, 공명의 출사를 전송하였다. 공명이 후주와 헤어져 나가는데 그 깃발이 들판을 덮고 창끝이 숲과 같았다. 군사들을 이끌고 한중을 바라보고 장사진을 이루고 진발하였다.

---

40) 싸움에서 물러난 일이 없었고[臨戰不退]:「임전무퇴」(臨戰無退). 전쟁에 나가서는 물러나지 않음.

41) 대장부가 싸움터에서 죽는다면[得死於彊場]: 싸움터에서 죽음. [史記 張儀傳]「梁之地勢 固戰場也」. [三國志 魏志 高貴鄕公髦傳]「沒命戰場」.

한편, 변경에서42) 이 일을 탐지하여 낙양에 보고하였다.

이날 조예는 조회를 받고 있었는데, 근신들이 들어와

"변경에서 보고가 오기를 제갈량이 대병 30여 만을 거느리고 나와 한중에 주둔하고 있으면서, 조운과 등지 등에게 명하여 전부 선봉을 삼아 군사들을 이끌고 경계에 들어가라 했답니다."

하였다.

조예가 크게 놀라서 군신들에게 묻기를,

"누가 장수가 되어 촉병을 물리치겠는가?"

하니, 홀연 한 사람이 대답하며 나오면서, 말하기를

"신의 아비가 한중에서 돌아가셨는데 절치의 한을43) 아직도 갚지 못하고 있습니다. 이제 촉병들이 국경을 범하였다니 신이 본부의 맹장들을 이끌고 가고자 하오니, 폐하께서는 관서의 병사들을 주시옵소서. 먼저 가서 촉병을 파하여 나라에 힘이 되고 아비의 원수를 갚을 수 있다면, 신은 만 번 죽는다 해도 한이 없나이다."

하거늘, 여러 사람들이 저를 보니, 하후연의 아들 하후무(夏侯楙)였다.

그의 자는 자휴(子休)인데 성질이 급하고 게다가 아주 인색한 인물이었다. 어려서부터 하후돈의 양자가 되었는데, 하후연이 황충에게 죽은 뒤부터 조조는 저를 불쌍히 여겨 하후무의 딸에게 청하공주(淸河

---

42) 변경[邊庭] : 변경(邊境)·변새(邊塞). [杜甫 兵車行]「**邊庭**流血成海水 武皇開邊意未已」. [史記 三王世家]「大司馬臣去病上 疏曰 階下過聽使臣去病 待罪行閒 宜專**邊塞**之恩」.

43) 절치의 한[切齒之恨] : 이가 갈릴 만큼의 통한. [史記 刺客 荊軻傳]「樊於期偏祖 搤捥而進曰 此臣之日夜**切齒腐心** (注) **切齒** 齒相磨切也」. [戰國策 燕策]「荊軻私見樊於期曰 願得將軍之首 以獻秦王 秦王必喜而召見臣 臣左手把其袖 右手搤其胸 則將軍之仇報 而燕國見陵之恥除矣 樊於期曰 此臣之日夜**切齒扼腕** 乃今得聞敎 遂自刎」.

公主)를 주어 부마로 삼았는데, 이 때문에 조정에서 흠모하고 존경하
게 되었던 것이다.

그가 비록 병권을 장악하고 있었으나 싸움에 나가 보지는 않았다.
이날 출정을 자청하자 조예는 곧 대도독에 임명하여, 관서의 각처의
군마를 조정하여 나가 적을 맞게 하였다.

사도 왕랑이 간하기를,

"아니 됩니다. 하후부마께서는 평소 싸움에 대한 경험이 없는데 이
제 대임을 맡기시면, 그 뜻을 제대로 펼칠 수 없나이다. 게다가 제갈
량은 지모가 많고 병법에 깊은 인물이오니,44) 가벼이 대적할 것이 아
닙니다."

하거늘, 하후무가 꾸짖으며 말하기를

"사도께서는 제갈량과 결탁하여 내응하려는 게 아니오? 내 어려서
부터 아버지를 따라 병법을 배워 깊이 알고 있소이다. 대감께서는 어
찌해서 내가 나이 어리다고 하시는 게요? 내 만약 제갈량을 사로잡지
못한다면 맹세코 돌아와 천자를 뵙지 않으리다!"

하였다.

왕랑 등이 감히 더 말을 못하였다.

하후무가 위주를 하직하고 밤을 도와 장안에 이르러, 관서 여러 곳
의 군마 20여 만을 조발하고 와서 공명과 맞섰다.

이에,

---

44) 지모가 많고 병법에 깊은 인물이오니[深通韜略] : 「육도삼략」(六韜三略)에 깊
음. 육도삼략(六韜三略). 중국의 병법서의 고전. '육도'는 태공망이 지었다는
문도·무도·용도·호도·표도·견도 등 60편이고, '삼략'은 상·중·하 3권으로
되어 있다 함. [耶律楚材 送王君王西征詩]「五車書史豈勞力 六韜三略 無不通」.
[丁鶴年 客懷詩]「文章非豹隱 韜略豈鷹揚」.

백모를 잡고 강적을 치려하면서

어찌 어린 아이에게45) 병권을 맡기는가.

　　欲秉白旄麾將士

　　却敎黃吻掌兵權.

그 승부가 어찌 되었는지는 알 수가 없다. 하회를 보라.

---

45) 어린 아이[黃吻] : 노란 새끼 새의 주둥이의 뜻으로 '경험이 없는 젊은이'를
　　이름. [世說]「黃吻年少 勿爲評論宿士」. [曹植 魏德論]「黃吻之齓 含哺而怡 駘背
　　之老 擊壤而嬉」.

제92회

조자룡은 분발하여 다섯 장수들을 참하고
제갈량은 지략으로써 세 성을 빼앗다.

　趙子龍力斬五將
　諸葛亮智取三城.

　한편, 제갈량은 군사들을 이끌고 면양(沔陽)에 이르렀다. 지나는 길
에 마초의 분묘가 있어서, 그의 아우 마대에게 복을 입게 하고 직접
제사를 지내 주었다. 제사가 끝나자 같이 영채로 돌아와서 진병에 관
해 의논하였다.

　홀연 초마가 와서 말하기를,

　"위왕 조예가 부마1) 하후무를 보내, 관중의 여러 군마들을 조발하
며 먼저 와서 싸우게 하였습니다."

하거늘, 위연이 장막에 올라와 계책을 드리면서

　"하후무는 고량자제여서2) 유약하고 지모가 없는 자입니다. 제게 정
병 5천만 주신다면, 포중(褒中)으로부터 가서 진령(秦嶺)의 동쪽을 따라

---

1) 부마(駙馬) : 부마도위(駙馬都尉). 국서(國婿). 공주 또는 옹주를 아내로 맞은
　사람, 곧 임금의 사위. [行營雜錄]「皇女爲公主 其夫必拜駙馬都尉 故謂駙馬」. [陳
　書 袁樞傳]「駙馬都尉 置由漢武 或以假諸功臣……凡尙公主 主必拜駙馬都尉」.
2) 고량자제(膏粱子弟) : 부귀한 집에서 자라나 전혀 고생을 모르는 젊은이. '고'
　는 살찐 고기, '량'은 미곡(美穀)의 뜻임. [天香樓偶得]「今人謂富貴家曰 膏粱子
　弟 言但知飽食 不諳他務也……擄比則膏粱之稱 乃極尊貴 未可以是爲相詆也」.

가다가 자오곡(子午谷)의 북쪽으로 가려 합니다. 불과 열흘이면 장안에 이를 수 있을 것입니다. 하후무가 만약에 제가 군사를 이끌고 온다는 소식을 듣기만 한다면, 반드시 성을 버리고 양식을 저장한 횡문을3) 바라고 달아날 것입니다. 제가 갑자기 동쪽을 따라 쳐들어가고 승상께서는 병마들을 몰아 야곡(斜谷)으로 진격하십시오. 이렇게 하면 곧 함양(咸陽)의 서쪽은 일거에 평정될 것입니다."

하거늘, 공명이 웃으며 말하기를

"이는 만전지계가4) 아니오. 자네는 중원에 훌륭한 인물이 없는 줄 알지만 도리어 아는 사람이 있어 진언을 하기를, 산골짜기에 병사들을 투입해 주살하면 5천 군사들뿐만 아니라 우리 또한 예기가 꺾일 것이오. 그래서 이 계획을 쓸 수가 없소이다."

하였다.

위연이 또 묻기를,

"승상께서 병사들을 큰 길을 따라 발진하면, 저가 반드시 관중의 병사들을 다 일으켜 길에서 적을 맞게 될 것입니다. 그렇게 된다면 시일이 오래 걸릴 것입니다. 그러면 어느 때에 가서 중원을 취하게 됩니까?"

고 말하니, 공명이 말하기를

"나는 농우(隴右)의 평탄한 길을 따라 병법대로 진격할 것인데, 어찌 이기지 못할까 걱정을 하오이까?"

하고는 마침내 위연의 계책을 쓰지 않았다. 위연은 앙앙불락하였다.

---

3) 횡문(橫門) : 장안성의 북서쪽에 있는 문. [漢書 四城傳]「丞相將軍 奉百官送至橫門外」. [杜甫 高都護驄馬行]「靑絲絡頭爲君老 何由郤出橫門道」.

4) 만전지계(萬全之計) : 만전지세(萬全之勢). 아주 안전하고 완전한 형세. 「만전지계」(萬全之計). [三國志 魏志 劉表傳]「曹公必重德 將軍長亨福祚 垂之後嗣 此萬全之策」. [北史 祖珽傳]「今宣命皇太子早踐大位……此萬全計也」.

공명은 사람을 시켜 조운에게 진격하라고 명하였다.

한편, 하후무는 장안에 머물면서 여러 군마들을 불러모으고 있었다. 그때, 서량대장 한덕(韓德)이 있었는데 개산대부를5) 잘 썼으며, 아주 용맹한 인물로6) 서강의 오랑캐와 제로병 8만을 이끌고 왔다. 하후무는 그를 만나자 중상하고 선봉을 삼아서 내어 보냈다.

한덕은 아들이 넷이 있었는데 저들이 다 무예에 정통하고 궁마 솜씨가 뛰어났다. 큰 아들은 한영(韓瑛)·둘째는 한요(韓瑤)·셋째는 한경(韓瓊)·넷째는 한기(韓琪)였다. 한덕 네 아들과 서강병 8만을 데리고 나아가 봉명산(鳳鳴山)에 이르러 촉병들과 맞닥뜨렸다. 양 진영이 둥글게 진을 치자, 한덕이 말을 타고 나오고 네 아들이 양쪽이 늘어섰다.

한덕이 목소리를 가다듬고 말하기를,

"반적들이 어찌 감히 우리의 경계를 침범하느냐!"

하거늘, 조운이 크게 노하여 창을 꼬나들고 말을 몰아 나가서 한덕과 싸우려는데, 큰 아들 한영이 말을 몰고 나와 맞았다. 싸움이 세 합이 못 되어 조운의 창을 맞고 말 아래 떨어졌다. 둘째 한요가 그것을 보고 말을 몰아 칼을 휘두르며 나와 싸웠다.

조운은 지난날 호랑이의 위세를 뽐내며 정신을 가다듬고 맞아 싸웠다. 한요가 더 이상 견디지 못하자 셋째 한경이 급히 방천극을 꼬나들고 나와서 협공을 한다. 조운은 전혀 두려워하지 않고 창법 또한 흔들

---

5) 개산대부(開山大斧) : 산림을 개척할 때 쓰는 큰 도끼. [書經 周書篇 顧命]「一免執劉 (疏) 劉蓋今鑱斧 鉞大斧」. [晋書 石季龍載記]「大斧施一丈柯 攻戰若神」.

6) 아주 용맹한 인물[萬夫不當之勇] : 누구도 당해낼 수 없는 용맹. 「만부지망」(萬夫之望). [易經 繫辭 下傳]「君子知微知彰 知柔知剛 萬夫之望」. [後漢書 周馮虞鄭周傳論]「德乏萬夫之望」.

리지 않았다. 넷째 아들 한기가 두 형이 조운과 싸워 이기지 못하는 것을 보고, 말을 몰아 나오며 두 자루를 일월도(日月刀)를 흔들며 조운을 둘러쌌다. 조운은 가운데서 홀로 세 명의 장수와 싸웠다. 조금 있다가 한기가 창에 맞고 말에서 떨어졌다.

한덕의 진영에서 편장 한 사람이 나와서 저를 구출해 갔다. 조운이 창을 휘두르며 급히 쫓아왔다. 한경이 방천극을 놓고 급히 활에 살을 메겨 쏘았다. 계속 세 번을 쏘았으나 조운이 다 창으로 막아 떨어뜨렸다. 한경이 크게 노하여 방천극을 손에 들고 말을 몰아 쫓아왔다.

그러나 조운의 화살을 얼굴에 맞고 말에서 떨어져 죽었다. 한요가 말을 몰아 보도를 들고 급히 조운을 내리쳤다.

조운은 창을 땅에 버리고 번개같이 칼날을 피하며, 한요를 생금하여 본진으로 돌아왔다. 그리고는 다시 말을 몰아 나가서 창을 집어들고 짓쳐 들어갔다. 한덕은 네 아들들이 다 조운의 손에 죽는 것을 보고, 간담이 찢어져 먼저 달아나 진으로 돌아가 버렸다.

서량병들은 평소부터 조운의 이름을 들어오다가, 오늘에서야 저의 용맹이 옛날과 같은 것을 보더니 누가 감히 나와 싸우려 들겠는가. 조운의 말이 이르는 곳마다 모두 패하여 달아났다. 조운은 필마단창으로7) 이리저리 충돌하는데 마치 무인지경을 가는 듯했다.

후세 사람이 그를 예찬한 시가 전한다.

옛날의 상산 조자룡을 생각나게 하네
나이 70에도 기이한 공을 세우도다.

憶昔常山趙子龍

---

7) 필마단창(匹馬單槍) : 필마단기(匹馬單騎)로 싸움터에 나감. [五燈會元]「慧覺謂皓泰日 埋兵掉鬪未是作家 **匹馬單鎗**便請相見」.

年登七十建奇功.

혼자서 네 장수를 베고 적진을 횡횡하네
그 옛날 당양 주인을 구한 영웅의 모습이어라.
　獨誅四將來衝陣
　猶似當陽救主雄.

등지가 조운이 대승하는 것을 보고 촉병을 거느리고 엄살하자, 서
량병들이 대패하여 달아나 버렸다. 한덕은 조운에게 생포될 뻔하다가
갑옷을 버리고 걸어서 도망하였다. 조운과 등지는 군사들을 수습하여
영채로 돌아왔다.

등지가 하례하며 말하기를,

"장군께선 연세가 이미 70이신데도 그 용맹함은 전과 같으십니다.
오늘 싸움에서 적장 네 명을 죽이셨으니 이는 세상에서 드문 일입니다!"
하자, 조운이 대답하기를

"승상께서는 내가 나이 많다며 쓰지 않으려 하셨네. 그래서 한 번
힘을 보인 것일세."
하였다.

마침내 사람을 시켜 한요를 압령해 보내고 첩서를 올려 공명에게
바치게 하였다.

한편, 한덕은 패군을 이끌고 돌아가 하후무를 보고 울면서 있었던
일을 고하니, 하후무는 병사들을 거느리고 와서 조운을 맞았다. 탐마
가 와서 하후무가 거느린 군사들이 이르렀다는 보고를 촉의 영채에
하였다. 조운은 말에 오르며 창을 잡고 천여 명의 남은 군사들을 이끌
고, 봉명산 앞에 나아가 진세를 벌였다. 그날 하후무는 황금투구를 쓰

고 백마를 탄 채, 손에는 대감도를8) 들고 문기 아래에 서 있었다. 조운이 말을 몰아 창을 꼬나들고 이리저리 달리고 있는 것을 보고, 직접 나가서 싸우려고 하였다.

그때, 한덕이 묻기를

"저가 네 명의 아들들을 죽였으니 어찌 원수를 갚지 않겠습니까!"

하며, 말을 몰아 개산대부를 휘두르며 직접 조운을 취하려 하였다. 싸움이 채 3합이 못 되어서 창이 이는 곳에 한덕이 찔려 죽어 말 아래 떨어졌다. 조운은 말을 몰아 곧 하후무를 취하러 나아갔다. 하후무는 당황하여 급히 본진으로 들어가 버렸다.

한편, 등지가 병사들을 몰아가며 엄살하자 위군은 또 한 진이 꺾여 버려 10여 리쯤 도망가서 하채하였다.

하후무는 밤을 도와 여러 장수들과 의논하기를,

"내 오래전부터 조운의 이름을 들어 왔으나 일찍이 보지는 못하였소. 이제 나이가 많으면서 아직도 영웅의 기질이 남아 있소이다. 바야흐로 당양 장판의 일을9) 믿을 수밖에 없소. 이제 저를 어찌하면 좋겠소이까?"

하거늘, 참군 정무(그는 장군 정욱의 아들이다)가 나서며,

"제가 보기에 조운은 용기는 있지만, 지모가 없는 인물 같으니 적정할 일이 아닙니다. 내일 도독께서 다시 군사를 이끌고 출병하시면, 먼

---

8) 대감도(大砍刀) : 「대도」(大刀). 칼날이 넓고 자루가 긴 칼. [經國雄略]「大刀 柄長五尺 帶刀籜 共長七尺五寸 方可大敵 名爲柳葉刀 連柄共重 五斤官秤」. [晋書 郭璞傳]「大刀而遲鈍」.

9) 당양 장판의 일[當陽長坂之事] : 유비가 조조에게 대패할 때, 조운이 후주 유선(劉禪)을 구하며 용맹을 뽐내던 일. [三國志 蜀志 張飛傳]「先主奔江南 曹公追之 及於當陽之長坂 先主棄妻子走 使飛將二十騎拒後 飛拒水斷橋 瞋目橫矛 敵無敢近者」.

저 양군을 좌우에 매복하십시오. 그리고 도독께서는 진을 만나시면 먼저 군사들을 물리셨다가, 조운이 복병이 있는 곳에 이르면 산으로 올라가 사방의 군마들을 지휘하셔서 여러 겹으로 저들을 둘러싸면, 조운을 사로잡을 수 있을 것입니다.”

하거늘, 하후무가 그의 말을 따라서 마침내 동희(董禧)로 하여금 3만의 군사들을 왼쪽에 매복시키게 하고, 설측(薛則)에게 3만의 군사들을 오른쪽에 매복시키라 하였다. 두 장수들이 이미 매복을 끝냈다.

다음 날, 하후무는 다시 금고와 기번을 정비하고, 군사들을 이끌고 진병하였다. 조운과 등지가 나가 맞았다.

등지가 말 위에서 조운에게 말하기를,

“어젯밤에 위병이 대패하여 달아났는데 오늘 다시 나온 것을 보니, 필시 거짓 계책이 있는가 싶습니다. 장군께서는 이를 방비하셔야 할 것입니다.”

하거늘, 조자룡이 큰 소리로

“이 젖비린내 나는 어린애쯤이야. 어찌 말할 바가 있겠는가!10) 내 오늘은 반드시 저를 사로잡겠다!”

하고는 곧 말을 달려 나갔다.

위장 반수(潘遂)가 나와 맞았다. 싸움이 채 3합이 못 되었는데 그는 말을 돌려 달아났다. 조운이 급히 뒤를 쫓아가니, 위진에서 8명의 대장들이 일제히 나와 맞섰다. 그러다가 하후무가 먼저 달아나자 여덟 명의 장수들도 이어 달아났다. 조운은 승세를 타고 추살하자 등지가 군사들을 이끌고 나아갔다. 조운은 저들의 깊숙이까지 들어갔는데 사

---

10) 이 젖비린내 나는 어린애쯤이야. 어찌 말할 바가 있겠는가! : 원문에는 '量此 乳臭小兒 何足道哉 吾今日必當擒之'로 되어 있음. [白居易 悲哉行]「沉沉朱門宅 中有乳臭兒 狀貌如婦人 光明膏梁肌」.

방에서 함성 소리가 들렸다.

등지가 급히 군사들을 거두어 물러나 돌아오는데, 왼쪽에서는 동희가 오른쪽에서는 설측이 병사들을 이끌고 짓쳐 왔다. 등지는 군사들이 적어 저들의 포위를 뚫고 구할 수가 없었다. 조운이 완전히 포위되어[11] 동충서돌하였으나 위병의 포위망은 두터웠다.

그때, 조운의 수하에 천여 명 밖에 남아 있지 않았는데 저들을 데리고 산 아래로 짓쳐 내려가며 보니, 하후무가 산 위에서 삼군을 지휘하고 있었다. 조운이 동쪽으로 가면 동쪽을 가리키고 서쪽으로 가면 서쪽을 가리키니, 조운은 포위망을 벗어날 수가 없었다. 이에 조운은 군사들을 이끌고 산 위로 짓쳐 나갔다. 산의 반쯤에 이르니 나무토막과 돌멩이들이 아래로 굴러 떨어져서, 더 이상 산 위로 오를 수가 없었다.

조운은 진시(辰時)부터 유시(酉時)까지도 포위망에서 벗어나지 못하고 있었다. 그래서 말에서 내려 잠시 쉬다가 달이 밝을 때에 다시 싸우고자 했다. 막 갑옷을 벗고 앉아 쉬는데 달이 구름을 뚫고 나왔다. 갑자기 사방에서 불길이 하늘로 치솟더니 북소리가 진동하고 시석이 비 오듯 한다.

위병들이 몰려들며 다 같이, 소리치기를

"조운은 빨라 항복하라!"

하거늘, 조운은 급히 말에 올라 적들과 맞섰다. 사면의 군마들이 점점 거리를 좁혀오고 팔방에서 쇠뇌와 화살들이 날아오고 있어서, 인마가 앞으로 갈 수가 없었다.

---

11) 포위되어[困在垓心] : 적에게 포위됨. [水滸傳 第八三回]「徐寧与何里奇搶到垓心交战 兩馬相逢 兵器并舉」. [東周列國志 第三回]「鄭伯困在垓心 …… 全无俱怯」. [中文辭典]「謂在圍困之中也 項羽被圍垓下 說部中所用困在垓心語 或卽本此」.

조운이 하늘을 우러러 탄식하며

"내 늙음을 극복하지 못하고 이곳에서 죽는단 말인가!"

하였다.

그때, 홀연히 동북쪽에서 함성이 크게 이는가 싶더니, 위병들이 어지럽게 쥐새끼들이 숨듯이 혼란에 빠졌다. 이때 한 명의 장수가 군사들을 이끌고 짓쳐 오거늘 앞선 장수는 장팔점강모를 가지 있었다. 그는 말 목에 한 사람의 목을 매달고 있었는데, 저를 보니 장포였다.

장포는 조운을 보고 말하기를,

"승상께서 노장군께서 실수나 있으실까 걱정해서, 특별히 저에게 5천 군마를 주시면서 접응하라 해서 왔습니다. 들으니 장군께서 포위되었다기에 포위망을 뚫고 오다가 마침 위장 설측이 길을 막고 나서기에 제가 저를 죽였습니다."

하였다.

조운이 크게 기뻐하며 곧 장포와 같이 서북쪽을 짓쳐 나왔다. 위병들은 창과 방패를 버리고 도망치고 있었다. 바로 그때 또 한 떼의 군사들이 밖으로부터 추살하며 들어왔다.

앞을 선 대장은 청룡언월도를[12] 잡고 다른 한 손에 사람의 머리를 하나 들고 있었다. 조자룡이 보니 그는 곧 관흥이었다.

관흥이 말하기를,

"승상의 명을 받들어 노장군께서 실수나 하실까 걱정되어, 저에게 특별히 5천의 군마를 주시면서 나가 접응하라 하셨습니다. 방금 진상

---

12) 언월청룡도[偃月靑龍刀] : 무기의 하나로 관우(關羽)가 썼다 함. [武備志]「刀 見於武經者 惟八種 今所用惟四種 偃月刀 短刀 長刀 鉤鎌刀 是也 偃月刀 以之操習 示雄 實不可施於陳也」. [三才圖會]「關王偃月刀 刀勢旣大 其三十六刀法 兵仗遇之 無不屈者 刀類中以此爲第一」.

(陣上)에서 위장 동희와 마주쳐 제가 한 칼에 저의 목을 베었는데 그 목이 여기 있습니다. 승상께서는 뒤따라 곧 오실 것입니다."

한다.

조운이 묻기를,

"두 장군들이 이미 큰 공을 세웠는데 어째서 기세를 몰아, 오늘 하후무를 사로잡아 대사를 매듭짓지 않겠는가?"

하니, 장포가 그 말을 듣고는 드디어 병사들을 이끌고 떠났다.

관흥이 말하기를,

"저도 공을 세우러 가겠습니다."

하며, 또한 군사들을 이끌고 갔다.

조운이 좌우를 돌아보며,

"저 두 장수들은 내 조카뻘이 되는데 아직도 공을 세우는 걸 다투고 있소이다. 내 나라의 상장이요 조정의 구신이지만, 도리어 이 젊은이들만 못하겠소이까? 마땅히 늙은 목숨을 버림으로써 선제의 은혜를 갚으려 하오!"

하였다. 이에 군사들을 이끌고 하후무를 잡으러 나섰다.

그날 밤에 삼로의 군사들이 협공을 하여 위군들을 대파하였다. 등지가 군사들을 이끌고 와서 접응하였는데, 죽은 시체들이 들판에 널브러져 있었으며 피는 내를 이루었다.

하후무는 지모가 없는 인물인데다가 나이마저 어리고 일찍이 싸움에 대한 경험이 없었다. 군사들이 큰 혼란에 빠진 것을 보고, 마침내 날랜 장수13) 백여 명만 이끌고 남안군(南安郡)을 바라고 달아났다. 여러 군사들은 주장이 없는 것을 보고는 다 쥐새끼들처럼 도망하였다.

---

13) 날랜 장수[驍將] : 사납고 날쌘 장수. [北史]「孫翊權弟也 驍將果烈 有兄第風」. [三國志 吳志 衛臻傳]「臻曰 然吳之驍將 必不從權」.

관흥과 장포 두 장수는 하후무가 남안군으로 도망갔다는 소식을 듣고, 밤을 도와 급히 추격하였다. 하후무가 성중으로 도망해서는 성문을 굳게 달아 걸고 성을 지켰다.

관흥과 장포 두 사람이 급히 이르러 성을 에워싸고 있을 때, 조운이 뒤따라 이르러서 삼면에서 성을 공격하였다. 조금 있다가 등지 또한 군사들을 이끌고 도착하였다. 포위한 채 열흘 동안 성을 공격하였으나 떨어지지 않았다.

그때, 승상께서 후군들을 면양에 머물게 하고, 좌군을 양평(陽平)에 우군을 석성(石城)에 주둔하게 하고는 직접 중군을 이끌고 도착하였다. 조운·등지·관흥·장포들이 다 와서 절하며 공명에게 문안을 드렸다. 그리고는 계속해서 성을 공격하였으나 떨어지지 않았다고 보고하였다.

공명은 마침내 작은 수레를 타고 직접 성 주변을 둘러보고는, 영채에 돌아와서 장막에 앉았다. 여러 장수들이 둘러서서 영을 들었다.

공명이 말하기를,

"이 고을은 해자가 깊고 성이 험준해서 쉽게 공격할 수가 없소이다. 내가 도모하려 하는 것이 이 성에 있지 않소이다. 자네들이 이렇게 오래도록 이 성을 공격하고 있는 동안, 위군이 길을 나누어 여러 방향에서 한중을 취하려 한다면 우리 군사들이 오히려 위험하게 될 것이오."

하거늘, 등지가 묻는다.

"하후무는 위의 부마입니다. 만약에 저를 사로잡는다면 적장 백 명을 베는 것보다 나을 것입니다. 이제 이곳에 포위되어 있는데 어찌 여기를 버리고 가겠습니까!"

하거늘, 공명이 대답하기를

"나에게 한 가지 계책이 있소! 이곳에서 서쪽은 천수군(天水郡)이고,

북쪽은 안정군(安定郡)에 연해 있네. 그러나 이 두 군의 태수들은 어떤 인물인지 잘 알 수가 없소."

한다.

탐마들이 와서 말하기를,

"천수군의 태수는 마준(馬遵)이고 안정군의 태수는 최량(崔諒)입니다."

하였다.

공명이 크게 기뻐하면서 위연을 불러 계책을 주며 이리이리 하라 하고, 관흥과 장포에게 계책을 주며 이리이리 하라 하였다. 또 심복 군사 두 사람에게 계책을 주며 이렇게 하라 하였다. 각 장수들이 영을 받고 군사를 이끌고 나갔다. 공명은 곧 남안군의 성 밖에 있으면서, 군사들에게 영을 내려 시초더미를 성 아래에 쌓게 하고, 성을 불태워 버리겠다고 외치게 하였다. 위병들은 이 소리를 듣고 다 크게 웃으며 조금도 두려워하지 않았다.

한편, 안정태수 최량은 성중에 있으면서 촉병들이 남안을 포위하고, 하후무가 갇혀 있다는 소식을 듣고는 매우 두려워하여, 곧 군마 약 4천을 점고하고 성지를 지키고 있었다. 그때 문득 한 사람이 정남 쪽에서 오면서 기밀한 일이 있어 왔노라 하였다.

최량이 불러들여 물으니,

"저는 하후도독의 장막에 있는 심복 장수 배서(裴緖)이온데, 이제 도독의 명을 받고 특별히 천수성과 안정성 두 고을에 구원을 청하러 왔습니다. 남안성이 심히 위급하여, 매일 성 위에서 불을 놓아 신호를 해서 두 성의 구원병만을 기다리고 있으나 전혀 이르지 않고 있습니다. 그래서 다시금 제가 죽기로써 포위망을 뚫고 여기에 와서 급히 고하는 것입니다. 밤을 도와 기병해서 외응을 한다면 도독께서는 두 성의 군사들이 도착하는 대로, 성문을 열고 접응할 것입니다."

하거늘, 최량이 또 묻기를

"도독께서 보낸 문서가 있느냐?"

하니, 배서는 품속에서 접은 문서를 꺼내어 주는데 땀에 이미 흠뻑 젖어 있었다. 한 번 슬쩍 보여주고는 수하들과 말을 바꿔 타고, 곧 성을 나가 천수군을 향해 가버렸다.

이틀이 되지 않아서 또한 탐마가 와서, 천수태수는 이미 기병하여 남안군을 구하러 갔다고 하며 안정군에 가서 접응하라 한다.

최량이 여러 부관들과 의논하니, 여러 관리들이

"만약에 가서 구하지 않으면 남안군을 잃게 될 것이며, 하후부마를 그대로 보낸다면 다 우리 두 군의 죄가 될 것입니다. 가서 저들을 구원해야 합니다."

하였다.

최량이 곧 인마를 접견하고 성을 떠나 구원하러 가고, 성에는 문관 몇 사람만 남아서 지키게 되었다. 최량이 병사들을 이끌고 남안군을 향해 큰 길로 진발하자, 불길이 하늘로 치솟는 것을 보고는 병사들을 재촉하여 밤을 도와 앞으로 나아갔다. 남안성이 아직도 50여 리나 남았는데 문득 앞 뒤에서 함성이 크게 들린다.

초마가 길에서 보고하기를,

"앞에 관흥이 길을 막고 있고 뒤에서는 장포가 추살해 옵니다!"

하니, 안정성의 병사들은 사방으로 쥐새끼가 숨듯이 도망쳤다.

최량은 크게 놀라서 수하의 백여 인만 이끌고, 죽기로써 싸워 간신히 벗어나 좁은 길로 해서 성으로 돌아왔다. 막 성의 해자가 있는 곳에 이르니, 성 위에서 화살을 성 아래로 어지럽게 쏘아댔다.

촉장 위연이 성 위에서, 큰 소리로 묻기를

"내가 이미 성을 빼앗았다! 어찌 빨리 항복하지 않느냐?"

하였다.

원래 위연은 깊은 밤에 안정 군사들로 꾸며 감쪽같이 속이고, 성문을 열게 하고는 다 들어간 것이었다. 이로 인해 안정성을 수중에 넣게 되었다. 최량은 당황하여 천수군으로 갔다.

그러나 한 마장도 못 되어서 앞에서 한 장군이 나서며 길에 벌여 섰다. 큰 깃발 아래에서 한 사람이 윤건에 부채를 들고 도포에 학창의를 두르고는 단정히 수레 위에 앉아 있었다. 최량이 저를 보니 공명이었다. 최량은 급히 말을 돌려 달아났다.

그때, 관흥과 장포가 길 양편에서 추격해 오며, 큰 소리로

"빨리 항복하라."

하거늘, 최량이 보니 사방에 다 촉병인지라 어쩔 수 없이 항복하고 함께 영채로 돌아왔다. 공명이 상빈으로써 상대해 주었다.

공명이 말하기를,

"남안태수와 족하는 교분이 두텁소이까?"

하거늘, 최량이 대답하되

"그 사람은 이에 양부(楊阜)의 족제 되는 양릉(楊陵)입니다. 저와는 이웃해 있어서 친교가 아주 두텁습니다."

한다.

공명이 다시 묻기를,

"이제 번거롭지만 족하를 입성시켜 양릉을 설득해서 하후무를 생금하려 하는데, 그렇게 해 주시겠소이까?"

하니, 최량이 대답한다.

"승상께서 만약에 저에게 가라 하시면, 잠시 군마를 물리셔서 제가 입성해서 저를 설득하게 해 주십시오."

하였다.

공명이 그의 말대로 즉시 영을 내려, 사방의 군마들을 각기 20여 리 물러나서 영채를 치게 하였다. 최량은 필마로14) 성의 주변에 이르러 성문을 열라고 큰 소리로 외쳤다. 부중에 들어가서 양릉과 인사가 끝나자, 그간 있었던 일들을 자세히 말하였다.

양릉이 말하기를,

"우리들이 위주에게 큰 은혜를 받았는데, 어찌 차마 저를 배반한단 말이오이까? 차라리 장계취계를15) 하는 것이 어떻겠소?"

하였다.

그리고는 최량은 하후무가 있는 곳에 가서 세세히 그간의 일을 고하였다.

하후무가 묻기를,

"어떤 계책을 쓰면 좋겠소이까?"

하거늘, 양릉이 대답하기를

"제가 성을 바치겠다 하여, 촉병이 속아서 들어오면 성중에서 저들을 죽이겠습니다."

하였다.

최량은 계책대로 하기로 하고 성을 나가, 공명을 만나서

"양릉이 성을 바치겠다 합니다. 대군들을 입성시켜서 하후무를 사로잡으시지요. 양릉은 원래 제 손으로 사로잡고 싶으나, 수하에 용감한 병사들이 없어 감히 경거망동을 못하고 있습니다."

---

14) 필마(匹馬) : 「필마단기」(匹馬單騎). 「필마단창」(匹馬單鎗). '필마단기로 창을 들고 싸움터로 나간다'는 뜻임. [五燈會元]「慧覺謂晧泰日 埋兵掉鬪未是作家 匹馬單鎗便請相見」.

15) 장계취계(將計就計) : 상대의 계책을 미리 알아채서 그것을 이용하는 계책. [中文辭典]「謂就人之計以行之也」. [中國成語]「謂故意依照敵人的計劃來設計 引誘敵人入自己的圈套」.

하거늘, 공명이 말하기를

"이 일은 쉽게 이루어질 게요. 이제 족하에게는 원래 항병이 백여 명이 있으니 촉나라 장수로 분장시켜서, 그 속에 넣고 함께 성중으로 들어가 먼저 하후무의 부중에 있게 한 후, 비밀리에 양릉과 약속을 하고 한밤중이 되기를 기다렸다가 성문을 열어 안에서 호응하고 밖에서 합세하면 될 것이외다."

하였다.

최량이 몰래 속으로 생각하기를,

"만약에 내가 촉나라의 장수들을 데리고 가지 않으면 공명이 의심할 것이다. 우선 저들과 같이 입성하여 들어가 있다가 저들을 베고, 불을 들어 신호를 해 공명을 속이고 들어올 때 죽이면 될 것입니다."

하거늘, 최량은 이를 응낙하였다.

공명이 부탁하기를,

"내가 믿는 장수 관흥과 장포에게 먼저 족하를 따라가라 하겠소. 구원군이라고 하면서 성으로 들어가 하후무의 마음을 안정시키시오. 횃불을 올리면 내 직접 입성해서 저를 생포하겠소이다."

하였다.

그때가 마침 황혼이어서 관흥과 장포는 공명의 밀계를 받고, 갑옷을 입고 말에 올라서 각각 무기를 잡고 안정군의 군사들 속에 섞여 최량을 따라서 남안성 아래에 이르렀다.

양릉이 성 위에서 현공판을16) 쳐들고 호심란에17) 기대어서,

"어디에서 오는 군사인가?"

---

16) 현공판(懸空板) : 적루(敵樓) 밖에 창호처럼 늘어뜨린 기다란 널빤지. [傳習錄]「豈徒懸空 口耳講說 而遂可以謂之學孝乎」.
17) 호심란(護心欄) : 화살로부터 가슴을 보호할 수 있게 설치된 적루의 난간.

하거늘, 최량이 대답하기를

"안정성을 구하러 온 군사들이외다."

하며, 먼저 호전을[18] 성 위로 쏘았다.

그 화살에는 밀서가 있었는데,

이제 제갈량이 먼저 두 장수를 보냈으니, 성 중에 군사를 매복시켰다가 안에서 호응하고 밖에서 접응하려 하니 경거망동하지 마시오. 계책이 누설될까 걱정이니 부디 부중에 들어올 때까지 기다렸다가 저들을 도모하시오.

라고, 쓰여 있었다.

양릉이 편지를 하후무에게 보여주며, 그간에 있었던 일을 자세히 말하였다.

하후무가 말하기를,

"이미 제갈량이 계책 중에 들었으니 도부수는 백여 명을 부중에 매복하라. 두 장수들이 최태수를 따라 부중에 도착해 말에서 내리면, 성문을 닫고 저들을 참하라. 그리고 성 위에서 횃불을 올려 거짓 제갈량을 입성시킨 뒤에, 복병들이 일제히 달려들어 제갈량을 사로잡게 하라."

하였다.

준비가 끝나자 양릉이 성 위에 올라가,

"이는 안정군의 군사들이니 입성하게 하라."

하니, 관흥과 최량이 먼저 들어가고 장포가 그 뒤를 따랐다. 양릉이 성에서 내려와서 성문 옆에서 영접하였다. 관흥이 손에 칼을 들고 일

---

18) 호전(號箭) : 군중에서 신호로 쏘는 화살.

어나서 양릉을 참해 말 아래로 떨어뜨렸다. 최량이 크게 놀라 급히 말을 돌려 달아났다.

　적교변에 이르자 장포가 큰 소리로,

　"도적은 도망치지 말아라! 너희들이 거짓 간계로써 어찌 승상을 속이려 하느냐!"

하며, 창을 휘두르며 최량을 찔러 말 아래로 떨어뜨렸다.

　관흥은 먼저 성 위에 올라가 횃불을 들어 올렸다. 사방에서 촉군이 달려 들어오니 하후무는 미처 손도 쓰지 못한 채, 남문을 열고 부하들과 힘을 합쳐 짓쳐 나갔다.

　그때, 한 떼의 군사들이 길을 막는데 대장된 이는 곧 왕평이었다. 그리고 왕평이 나서서 싸우기 단 한 합 만에, 하후무를 말 위에서 생포하고 나머지는 다 죽여 버렸다. 공명이 남안성에 입성하여 군민들을 불러 안돈시키고, 털끝만큼도 범하지 못하게 하였다. 그리고는 여러 장수들이 각자의 공을 드렸다. 공명은 하후무를 수레에 가두게 하였다.

　등지가 묻기를,

　"승상께서는 어떻게 최량에게 속은 줄 아셨습니까?"

하니, 제갈량이 대답하기를

　"내 이미 이 자가 항복할 마음이 없는 것을 알고, 고의로 저를 입성시킨 것이외다. 저가 필시 그간의 사정을 하후무에게 고하고 장계취계하려 할 것이니, 내가 저들의 사정을 보고 능히 그 거짓을 알 수 있었소. 그래서 두 장수로 하여금 같이 가며, 써 그의 마음을 안심하게 한 것이오. 이들이 만약에 진심이 있다면 필연 막을 것인데, 저가 흔쾌히 같이 가겠다한 것은 내가 의심할까 걱정된 때문이었소.

　저들은 심중에 두 장수와 함께 가 성중에 속여 들어간 뒤에 죽여도 늦지 않을 것이라 생각했고, 또한 우리 군에 영을 내린 것이 있으므로 마음 놓고 간 것이외다. 내가 이미 몰래 두 장수에게 분부하여, 성문 아래 이르면 저들을 도모하라 했소. 성 안에는 필시 준비가 없을 터이기에 내 군사들이 뒤따라 곧 도착해서 들이치게 했는데, 이것이 바로 출기불의라[19] 하는 것이외다."

하거늘, 여러 장수들이 다 탄복하였다.

공명이 또 말하기를,

"최량을 속인 것은 내 심복을 위장 배서라고 속여 행동한 것이오. 내 또 가서 천수군 태수를 속이게 하였는데 아직 돌아오지 않았구려. 혹시 무슨 연고라도 생긴 것이나 아닌지. 이제 승세를 타면 저들을 취할 수 있을 것이외다."

하였다.

오의를 남겨 남안성을 지키게 하고 유염에게 안정성을 지키라 하고는, 위연에게 군마를 돌려 가서 천수군을 치게 하였다.

한편, 천수군태수 마준은 하후무가 남안성 중에 갇혀 있다는 소식을 듣고는, 이에 문무 관료들을 모아놓고 상의하였다.

공조의 양서와 주부 윤상(尹賞)·주기 양건(梁虔) 등이 묻기를,

"하후부마는 귀한 몸이신데,[20] 실수가 있는데도 보고만 있었다면 죄를 면하기 어려울 것입니다. 태수께서는 어찌해서 본부병을 모두 일으켜 저를 구원하지 않았습니까?"

하거늘, 마준이 주저하고 있는데 홀연 부마의 심복 배서가 도착하였다.

---

19) 출기불의(出其不意) : 뜻밖에 나타남. 남이 생각지도 않은 때에 나아감. [孫子兵法 計篇 第一]「攻其不備 出其不意 此兵家之勝 不可先傳也」.

20) 귀한 몸이신데[金枝玉葉] : 임금의 집안, 또는 황족·왕족을 뜻함. [六帖]「金枝玉葉帝王之系也」.

배서는 부중에 들어가서 공문을 꺼내 마준에게 주며,

"도독께서 안정·천수 양군의 군사들을 일으켜 밤을 도와가서 구응해야 합니다."

하며, 말이 끝나기도 전에 총총히 가버렸다.

다음 날 또 보마(報馬)가 와서 말하기를,

"안정성의 병사들이 먼저 떠났으니, 태수는 급히 오셔서 한데 모이자 하십니다."

하였다. 이에 마준이 기병하려는데, 갑자기 한 사람이 밖에서 들어와

"태수께서는 제갈량의 계책에 들려 하십니까!"

한다.

여러 사람들이 저를 보니, 천수의 기(冀) 사람이었다. 성은 강(姜)이고 이름은 유(維)라 했는데 자는 백약(伯約)이었다. 아비는 경(冏)이었는데, 지난 날 일찍이 천수군의 공조로 있다가 오랑캐의 난으로 인해 나라를 위해 죽었다.

강유는 어려서부터 여러 책들을 읽어서 병법과 무예에 관해 모르는 것이 없었다. 어머니 받들기를 지극한 효성으로 해서 고을사람들이 모두 존경하였다. 뒤에 중랑장이 되어 본부 군무를 담당하고 있었다.

그날 강유는 마준에게 말하기를,

"근자에 들으니 제갈량이 하후무를 크게 깨뜨리고 남안성에 가두어 두고 있으며 물 샐 틈도 없이 하고 있는데, 어찌 그 포위망을 뚫고 나온 사람이 있겠습니까? 또 배서는 무명하장(無名下將)이라 얼굴도 본 적이 없고, 하물며 안정군의 보마도 공문도 없습니다.

저를 잘 살펴보면 이 사람은 촉나라 장수가 위장을 사칭하고 있음을 알 것입니다. 태수를 속여 출성하게 해서 성중이 방비가 없어지면, 필연 부병들과 가까운 곳에 매복하고 있다가 빈틈을 타고 천수성을

취하려 하는 계책입니다."
하였다.

그제서야 마준은 크게 깨닫고,
"백약의 말이 없었다면 내가 저들의 간계에 빠질 뻔 했소이다!"
하거늘, 강유가 웃으면서 말하되
"태수께서는 마음 놓으세요. 저에게 한 계책이 있으니 이 계책대로
하기만 하면, 제갈량을 생포해서 남안군의 위기를 풀 수 있을 것입
니다."
하였다.

이에,

운주 계책을 쓰노라니 강적이 나타나고
지혜를 다투다가 뜻밖의 인물을 만나누나.
　運籌又遇強中手
　鬪智還逢意外人.

그의 계책이 어떤 것인지는 알 수가 없다. 하회를 보라.

제93회

강백약은 공명에게 항복을 드리고
무향후는 왕랑을 꾸짖어 죽이다.

姜伯約歸降孔明
武鄕侯罵死王朗.

    한편, 강유는 마준에게 계책을 드리기를,

    "제갈량은 틀림없이 군의 뒤에 복병을 깔아놓고, 속임수에 우리 병사들이 출성하면 빈틈을 타고 역습을 할 것입니다. 저에게 정병 3천만 주시면 요로에 매복하겠습니다. 태수께서는 뒤를 따라서 병사들을 이끌고 출성하시되, 너무 멀리 가지 마시고 30리쯤 떨어진 곳에서 곧 되돌아오시기 바랍니다. 그랬다가 불길이 솟는 것을 신호로 해서, 앞뒤에서 협공을 한다면 승리할 수 있을 것입니다. 제갈량이 직접 오면 반드시 사로잡을 수 있을 것입니다."

하니, 마준이 그 계책을 쓰기로 하고 강유에게 정병을 주어 가게 한 연후에, 양건과 함께 병사들을 데리고 출성하여 기다렸다. 양서와 윤상만을 남겨 성을 지키게 하였다. 원래 공명은 조운을 보내 일군을 이끌고 가서 산골짜기에 매복하고, 천수군의 인마가 성을 나가기를 기다렸다가 곧 빈틈을 타서 저를 습격케 하였다.

    그날 세작들이 돌아와서 조운에게, 천수태수 마준이 병사들을 이끌고 성을 나섰고 단지 문관들만 남겨 성을 지킨다 하였다. 조운은 크게 기뻐하며, 장익과 고상(高翔) 등에게 요로에 나가 길을 막고 마준을 죽이라고 하였다. 이 두 곳의 병사들 또한 공명의 명을 받고, 먼저 가서 매복하고 있었다.

한편, 조운은 군사 5천을 이끌고 지름길로 천수군의 성 아래 이르러, 큰 소리로 말하기를

"나는 상산 조자룡이다. 너희들은 계책에 빠졌으니 빨리 성지를 바쳐서 죽음을 면하거라."

하니, 성 위에서 양서가 크게 웃으면서, 대답하기를

"너희들이 오히려 우리 강백약의 계책 속에 빠졌는데, 오히려 그것을 알지 못하느냐?"

하였다. 조운이 마침내 성을 치려 하는데, 홀연히 함성이 크게 일어나더니 사방에서 횃불이 충천하였다.

그때, 앞선 한 젊은 장수가 창을 꼬나들고 말을 달려오며,

"너희들이 천수군의 강백약을 보았느냐!"

하였다.

조운은 창을 뽑아들고 곧장 강유를 취하였다. 싸움이 몇 합이 못 되어서 강유의 정신이 배나 강해졌다.

조운이 크게 놀라서 속으로 생각하기를,

"누가 이곳에서 저런 인물이 있는 줄 상상이나 했느냐!"

하고 있을 때에, 양쪽에서 군사들이 나와 협공하였다. 이들은 마준과 양건으로 군사들을 이끌고 짓쳐 온 것이다. 조운은 수미가 서로 협력할 수 없게 되자, 길을 열어 패병들을 이끌고 달아나니 강유가 급히 추격해 왔다. 그때, 장익과 고상의 양로군이 짓쳐 나와 접응해 주어서 겨우 돌아갔다. 조운은 돌아가 공명을 보고 적장의 계책에 떨어진 것을 이야기하였다.

공명이 놀라 묻기를,

"이 사람이 누구이기에 나의 계획을 알았단 말이오?"

하니, 남안군 사람이 말하기를

"이 사람은 성이 강씨이고 자는 백약이라 하는데, 천수군 기 사람입니다. 어머니를 지성으로 모시고 있으며 문무를 함께 갖추었고, 지용을 겸비하여 진실로 당세의 영걸입니다."

하였다.

조운은 또 강유의 그 창법을 과장해 설명하며 다른 사람과 크게 다르다고 하자, 공명이 대답하기를

"내 이제 천수군을 취하려 하는데 이런 인물이 있는 줄은 몰랐소이다."

하고, 드디어 대군을 이끌고 진격하였다.

한편, 강유는 돌아가 마준에게,

"조운이 패하고 돌아갔으니 공명이 틀림없이 직접 올 것입니다. 저들이 생각하기에는 우리군이 성중에 있으리라 생각할 것입니다. 이제 내가 본부 군마들로 하여금 4로로 나누어 일군을 성의 동쪽에 매복해 있으면서, 저들이 이를 것 같으면 길을 끊겠소이다. 태수와 양건장군은 각각 일군을 이끌고 성 밖에 매복해 있으십시오. 양서장군은 백성들을 거느리고 성 위에서 방어하시지요."

하자, 각기 정한 대로 떠났다.

그때, 공명은 강유를 걱정하며 자신이 전부가 되어 천수군을 바라고 진발하였다.

성 주변에 이르러서 공명은 영을 전하기를,

"무릇 성지를 공격할 때에는 도착한 첫날에 삼군을 격려하고 북을 치며 곧장 공격해야 됩니다. 만약에 지연되면 예기가 떨어져서 멀리 공격하기 어려워지오."

하고, 대군을 몰아 곧 성 아래에 도착하였다.

그러나 성 위에 기치가 정연한 것을 보고 가볍게 공격에 나서지 않았다. 밤이 되기를 기다리고 있는데 갑자기 사면에서 불길이 하늘에 치솟으며 함성이 진동하였으나, 어느 곳에서 군사들이 왔는지 알 수가 없었다. 다만 성 위에서 북소리와 함성이 같이 울리며 내응하자, 촉병들이 쥐새끼들처럼 흩어졌다. 공명이 급히 말에 오르자 관흥과 장포 두 장수가 호위하고 포위망을 뚫고 나갔다. 그때, 머리를 들어 보니 정동쪽에서 마군 한 떼가 있는데 일대에 화광이 뻗쳐, 그 형세가 마치 긴 뱀의 형상이었다.

공명이 관흥을 보내 알아보게 하였더니, 관흥이 돌아와

"이는 강유의 병법입니다."

하였다.

공명이 탄식하며 말하기를,

"병법에서는 군사들이 많은데 있는 것이 아니라¹⁾ 사람을 쓰는데 달려 있다.' 했는데, 이는 진짜 장수의 재능이 있구나!"

하고, 병사들을 수습하며 영채로 돌아왔다.

그리고 오래 생각하다가, 안정군 사람을 불러

"강유의 어머니가 지금 어디서 계시느냐?"

하니,

"강유의 어미는 지금 기현에 살고 있습니다."

---

1) 병법에서는 군사들이 많은데 있는 것이 아니라……[兵不在多] : 싸움에 이기는 것은 병사가 많고 적음에 있지 않음. 원문에는 '兵不在多 在人之調遣耳'로 되어 있음. [孫子兵法 行軍篇 第九]「兵非益多也 惟無武進 足以併力 料敵 取人而已」. 「조견」(調遣)은 '군대를 파견하다'의 뜻임. [宋史 理宗記]「安豐濠州各五百人 赴京聽調遣」. [明律 兵律 軍政 縱軍擄掠]「凡守邊帥 非奉調遣」.

하거늘, 공명이 위연에게 말하기를

"자네가 군사들을 이끌고 허장성세를2) 하며, 거짓 기현을 취하는 체하다가 만약 강유가 도착하면 입성할 수 있도록 하게."

하였다.

또 묻기를,

"이곳은 어디가 요처인가?"

하니, 안정군 사람이 대답하기를,

"천수군의 전량은 모두 상규(上邽)에 있습니다. 만약 상규를 쳐 깨뜨리면 양도는 저절로 끊어질 것입니다."

하였다. 공명은 크게 기뻐하며 조운에게 일군을 이끌고 가서 상규를 공격하라 하였다. 그리고 공명은 성에서 30여 리 떨어진 곳에 하채하였다.

그때, 이 세작들이 이 일을 탐지하여 천수군에 보고하였는데, 촉병들이 3로로 나뉘어 일군은 이 고을을 지키고, 일군은 상규를 취하러 갔으며 일군은 기성을 취하려 합니다 하자, 강유가 듣고 슬퍼하기를

"제 어머님께서 지금 기성에 계시온데, 어머님을 잃게 될까 걱정입니다. 제게 일군을 주시면 가서 성을 구하고 겸하여 노모를 구하겠습니다."

하니, 마준이 그의 말에 따라 강유에게 3천 군을 주어 기성을 보전하라 하고, 양건에게는 3천의 군사로 가서 상규를 보전하라 하였다.

한편, 강유가 병사들을 이끌고 기성에 이르니 앞에서 한 떼의 군사들이 벌여 섰는데, 앞에 선 장수는 위연이었다. 두 장수가 서로 어우러져 싸우다가 위연이 거짓 패해 달아났다. 강유는 성에 들어가 문을

---

2) 허장성세(虛張聲勢) : 헛소문과 허세로만 떠벌림. [元曲選 鴛鴦被]「這厮倚特錢財 **虛張聲勢**」. [紅樓夢 第六十八回]「命他託察院 只要**虛張聲勢** 驚嚇而已」.

굳게 닫고, 병사들을 거느리고 노모를 찾아가 인사를 드리며 출전하
지 않았다. 조운 또한 양건으로 하여금 상규성으로 들어가게 놓아두
었다. 공명은 군사들을 남안군으로 가게 하고, 하후무를 장하에 데려
오게 하였다.

공명이 묻기를,

"네 죽는 것이 두려우냐?"

하니, 하후무가 당황하여 엎드려 목숨만 살려 달라고 애걸하였다.

공명이 또 묻는다.

"지금 천수군의 강유가 기성을 지키고 있으면서, 사람을 시켜 편지
를 써서 보내오기를 '부마를 살려 주시면 내가 항복하겠나이다.' 하였
다. 내 지금 너의 생명을 살려 줄 터이니, 너는 강유를 항복하게 하겠
느냐?"

하니, 하후무가 말하기를,

"진정, 저를 항복하게 하겠나이다."

하였다.

공명은 갑옷과 안마를 가져 오게 하여 저를 추격하지 말라 하고, 하
후무를 돌아가게 하였다. 하후무는 영채에서 벗어나자 길을 찾아 달
려가다가 되레 길을 잃고 말았다. 바로 그 순간에 여러 명의 달아나는
사람들을 만났다.

하후무가 저들에게 길을 물으니,

"저희들은 기현의 백성들입니다. 지금 강유장군은 성 안에 갇혀 있
고 제갈량에게 귀항하였으며, 촉장 위연이 불을 지르고 재물을 겁략
하고 있습니다. 저희들은 이 때문에 집을 버리고 상규로 도망가는 것
입니다."

하였다.

하후무가 또 묻기를,

"지금 천수성을 지키는 것은 누구인가?"

하니, 토인이 대답한다.

"천수성에는 마태수(馬太守)가 있습니다."

하였다.

하후무는 그 말을 듣고 말을 달려 천수군으로 갔다. 또 백성들이 사내아이의 손을 잡고 계집아이를 품에 안고3) 오거늘 물으니, 그 대답이 거의 같았다. 하후무가 천수성 아래에 이르러 문을 열라 하니, 성위에서 있던 사람이 하후무인 것을 알아보고 황망히 문을 열어 맞아들였다. 마준은 놀라서 절하며 물었다. 하후무는 강유에 관한 일을 자세히 말하고 또 백성들의 말도 하였다.

마준이 탄식하며 말하기를,

"강유장군이 촉나라에 투항하였다는 것은 상상할 수 없는 일입니다."

하니, 양서가 말하기를

"저의 생각은 도독을 구하고자 한 것이니 빈말로써 항복한 체한 것일 겁니다."

하거늘, 하후무가 묻기를

"이제 강유가 항복했으니 어찌 거짓이라 하겠소이까?"

하고 머뭇거리고 있는데, 그때가 이미 초경이라 촉병들이 또 와서 성을 공격하였다. 불빛 속에서 보니, 강유가 성 아래에서 창을 꼬나들고 말고삐를 당기면서 큰 소리로 외치기를,

"하후무 도독과 이야길 하고 싶다!"

하거늘, 하후무와 마준이 다 성 위에 이르러 보니, 강유가 무위를 뽐

---

3) 사내아이의 손을 잡고 계집아이를 품에 안고[攜男抱女] : 사내아이의 손을 잡고 계집아이는 품에 안음. 「휴포」(攜抱). [南史 袁昻傳]'乳媼**攜抱** 匿於廬山'.

내며4) 큰 소리로 외친다.

"나는 도독을 위해 항복했는데, 도독께서는 어찌 앞서 한 말씀을 저 버리는 게요?"

하거늘, 하후무가 말하기를

"네가 위나라의 은혜를 입고서도 어찌 촉에 항복하였느냐? 그리고 전에 무슨 한 말이 있다는 게냐?"

하였다.

강유가 묻는다.

"당신이 편지를 써서 촉나라에 항복하라 해놓고 어찌 그리 말하고 있소? 당신이 벗어나기 위해서 나를 함정에 빠뜨렸구나! 내가 지금 촉나라에 항복하여 상장군이 되었는데, 어찌 위나라로 돌아가겠소?"

하더니, 말을 마치고 병사들을 몰아 성을 치다가 날이 밝아지자 겨우 물러갔다.

원래 야간에 강유로 가장 한 것은 공명의 계책이었다. 공명은 병사들 중에서 강유를 닮은 자를 강유로 꾸며 성을 공격한 것인데, 화광 속에서 그 진위를 가려낼 수가 없었다.

공명은 군사들을 거느리고 기성을 치러 갔다. 성 안에는 양식이 부족해서 군사들을 먹이지 못하였다. 성 위에서 촉나라의 크고 작은 수레가 양도를 운반하여 위연의 영채로 들어가는 것을 보고, 강유는 3천여 병사들을 이끌고 출성하여 빠른 길을 이용해 양초를 빼앗았다. 촉병들은 다 양초를 실은 수레들을 버리고 길을 찾아 달아났다.

강유가 양초를 운반하던 수레를 빼앗아 입성하려 하는데, 갑자기

---

4) **무위를 뽐내며[耀武揚威]** : 무위를 뽐냄. 위세를 드러냄. [三國演義 第七十二 回]「馬超士卒 蓄銳日久 到此**耀武揚威**, 勢不可當」. [警世通言 第十一卷]「徐能此 時已做了太爺, 在家中**耀武揚威** 甚時得志」.

한 떼의 군마들이 길을 막아섰다. 앞에 선 장수는 장익이었다. 두 장수가 서로 어울려 싸우다가 몇 합이 못 되었는데 왕평이 일군을 이끌고 와서 양쪽에서 협공을 하였다. 강유는 적과 싸울 힘이 약해져서 도저히 싸울 수가 없게 되자, 길을 뚫어 겨우 성으로 들어갔다.

성 위에서는 벌써 촉병들이 기번을 꽂고 있었다. 벌써 위연의 공격을 받은 것이었다. 강유는 죽기로 길을 뚫고 천수성으로 달려가는데, 수하에는 겨우 10여 기만 따르고 있었다. 또 장포와 만나서 싸우는 중에 강유는 필마단창이 되어, 천수성 아래에 이르러 문을 열라고 외쳤다. 성 위의 군사들이 강유를 보고 당황하여 마준에게 보고하였다.

마준이 말하기를,

"이는 강유가 나를 속여 성문을 열게 하려는 것이다."

하며, 영을 내려 성 위에서 아래로 화살을 마구 쏘아 보냈다.

강유는 할 수 없이 촉병들이 가까이 온 것을 보고는 나는 듯이 상규성으로 갔다. 성 위에서 양건이 강유를 보자 크게 꾸짖으며

"나라를 배반한 도적이 어찌 감히 나를 속이려고 성에 왔느냐! 나도 이미 네가 촉에 항복했다는 것을 알고 있다."

하면서, 성 아래다 대고 마구 활을 쏘았다.

강유는 설명도 못하고 하늘을 우러러 길게 탄식하며, 두 눈에선 눈물이 흘러내리는 채 말을 돌려 장안으로 향해 갔다. 그런데 몇 마장 못 가 앞에 수풀이 우거진 곳에 이르렀는데, 함성이 일어나며 수천의 병사들이 몰려 나왔다. 촉장 관흥이 길을 막고 나섰다.

강유는 사람이나 말들이 모두 곤핍하여 저항할 수조차 없어, 곧 말머리를 돌려 달아났다. 그때, 갑자기 한 작은 수레가 산 위에서 내려오는데, 머리에 윤건을 쓰고 몸에는 학창의를 두르고 손에는 우선을 들었으니 바로 공명이었다.

공명이 강유를 부르며 말하기를,

"백약은 이때에 이르러 어찌 항복하지 않으시오?"

하거늘, 강유는 한참 생각하다가 보니, 앞에 공명 뒤에는 관흥이 있어 달아날 길이 없게 되자 이에 말에서 내려 항복하였다.

공명은 수레에서 내려 강유의 손을 잡았다.

그리고는 말하기를,

"내 모려에서 나온 이래 두루 현자를 구하고 저에게 평생 학문을 전하려 하였으나, 그런 사람을 만나지 못해 한탄하고 있었소. 이제 백약을 만났으니 내 원하는 바를 풀게 되었소이다."

하였다.

강유는 크게 기뻐하며 절하고 사례하였다. 공명은 마침내 강유와 함께 영채로 돌아와, 천수와 상규를 깨뜨릴 일을 의논하였다.

강유가 말하기를,

"천수성의 윤상과 양서 등 모두가 나와는 정의가 두터운 인물들이니, 두 장수에게 밀서 두 통을 써서 성중으로 쏘아 보내면 성중에 내란이 일 것이며 그리되면 성을 얻게 될 것입니다."

하거늘, 공명이 그의 말에 따랐다. 강유는 밀서를 써서 화살에 매어 성중에 쏘아 넣었다. 하급 장교가 주워서 마준에게 바쳤다.

마준은 크게 의심하고, 하후무와 의논하며

"양서와 윤상은 강유와 연결되어 있으며 내응하려 하고 있으니, 도독께서는 빨리 결단하셔야 할 것입니다."

하니, 하후무가 권하기를

"두 사람을 죽입시다."

하니, 윤상은 이 소식을 들어 알고 이에 양서에게, 이르기를

"성을 촉나라에 드리고 항복하는 것만 같지 못하오. 그래서 살길을

도모하여야 하겠소이다."

하였다.

　이날 밤 하후무는 여러 차례 사람을 보내 양서와 윤상에게 할 말이 있다 하였다. 두 장수는 일이 급하게 되었음을 알고, 드디어 갑옷을 입고 말에 올라 본부 군사들을 이끌고 성문을 활짝 열어 촉군이 들어오게 놓아두었다. 하후무와 마준은 놀라고 당황해서, 수백 기만 이끌고 서문으로 나가 성을 버리고 강(羌) 땅의 호성(胡城)으로 가버렸다. 양서와 윤상은 공명을 영접해서 성으로 들였다. 공명은 백성들을 안돈시키고 나서 또 상규를 취할 계책을 물었다.

　양서가 말하기를,

"이 성은 저의 친아우 양건이 지키고 있으니 제가 가서 항복해 오도록 하겠습니다."

하거늘, 공명은 크게 기뻐하였다.

　양서는 그 날로 상규에 이르러 양건을 불러서 성을 나와 항복하라 하였다. 공명은 후히 상을 내리고 노고를 치하하며, 양서를 천수태수로 임명하고 윤상을 기성의 현령으로 삼았다. 또 양건을 상규의 현령을 삼았다. 공명은 분별을 마치고 병사들을 정돈해서 진발하였다.

　여러 장수들이 묻기를,

"승상께서는 어찌해서 하후무를 사로잡으러 가지 않습니까?"

하니, 공명이 묻는다.

"내가 하후무를 놓아준 것은 오리 한 마리를 놓아준 것과 같은 것이외다. 지금 백약을 얻었으니 이는 오리를 놓아주고 대신 봉황을 얻지 않았소이까."5)

---

5) 이는 오리를 놓아주고 대신 봉황을 얻지 않았소이까 : 원문에는 '如放一鴨耳……得一鳳也'로 되어 있음.[陸游 雨中宿石帆山下民家詩]「雨泥看放鴨 烟草听

하였다.

공명이 세 성을 얻은 후에는 원근 주군에서 소문만 듣고도 항복해 왔다. 공명은 군마를 정비해서 한중의 병사들을 다 이끌고 기산(祁山)으로 진출하여, 병사들을 위수의 서쪽에 주둔시켰다. 이에 관한 자세한 내용을 세작들이 낙양에 보고하였다.

그때는 위왕 조예의 태화(太和) 원년이었다. 한편, 조예는 정전에 올라 조회를 받고 있었다.

근신이 와서 아뢰기를,

"하후무 부마께서 벌써 3군을 잃고 강중(羌中)에 도망가 있답니다. 이제 촉군들이 벌써 기산의 서쪽에 주둔하고 그의 전군들은 이미 위수 서쪽까지 진출하였으니, 원컨대 일찍이 군사를 내어서 촉군을 격파해야 합니다."

하거늘, 조예가 크게 놀라서 군신들에게

"누가 가서 짐을 위해 촉병들을 물리치겠느냐?"

하니, 사도 왕랑이 반열에서 나와 아뢰기를

"신이 보기에는 선제께서는 늘 대장군 조진을 기용하셨고 장군은 이르는 곳마다 승리하셨습니다. 이제 폐하께서는 어찌해서 장군을 대도독에 삼아, 촉병을 물리치지 않으시옵니까?"

하거늘, 조예가 조진을 불러 묻기를

"선제께서 경에게 탁고하시었소이다. 지금 촉병이 중원까지 들어와 도적질을 하고 있는데, 경은 어찌해서 앉아서만 보고 계시오이까?"

하니, 조진이 아뢰기를

呼牛」. [蘇軾 次韻答馬忠玉詩]「靈運子孫俱**得鳳**, 慈明兄弟孰非龍」.

"신이 재주가 없고 아는 것이 천박하와, 그 중책은 맡을 수 없나이다."
한다.

왕랑이 나서서 말하기를,

"장군은 나라를 지탱하는 신하라6) 고사하지 마시구려. 저 또한 노둔하나7) 장군 따라 가겠소이다."
하였다.

조진이 묻기를,

"신이 대은을 받고 어찌 감히 계속 사양하겠습니까? 다만 부장 한 사람을 같이 보내 주소서."
하거늘, 조예가 권하기를

"경이 직접 천거해 보시오."
한다.

조진이 이에, 대원 양곡(陽曲) 사람으로 성은 곽(郭)이고 이름은 회(淮)요 자를 백제(伯濟)라 하는데 지금 사정후(射亭侯)에 봉해져 옹주자사로 있는 인물을 천거했다. 조예가 그대로 따라, 조진을 대도독으로 삼아 절월을 주고, 곽회를 부도독에 임명하였다. 왕랑은 군사로 가게 되었으니 그때 그의 나이 76세였다.

동서 두 서울의 군마 20여 만을 선발하였다. 조진은 종제 조준(曹遵)

---

6) 나라를 지탱하는 신하라[社稷之臣] : 나라의 안위를 맡은 중신. 「주석지신」(柱石之臣). [禮記]「有臣柳莊也者 非寡人之臣 社稷之臣也」. [論語 季氏篇]「是社稷之臣也 何以伐爲」. [漢書 爰盎傳]「社稷臣 主在與在 主亡與亡」.

7) 노둔(駑鈍) : 어리석은 듯하여 쓸모가 없음. '자기의 능력에 대한 겸칭'임. [諸葛亮 出師表]「庶竭駑鈍 攘除姦凶」. [魏書 陳建傳]「顧省駑鈍 終於無益」. 「노마십가」(駑馬十駕)는 '재주 없는 사람도 노력하고 교만하지 않으면, 재주 있는 사람에 비견할 수 있음'을 이름. [荀子 勸學篇]「騏驥躍不能十步 駑馬十駕 則亦及之矣」. [淮南子 齊俗訓]「騏驥千里 一日而通 駑馬十舍 旬亦至之」.

을 선봉으로 삼고 또 탕구장군 주찬(朱讚)을 부선봉으로 삼았다. 그해 11월에 출사하니, 위왕 조예는 직접 서문까지 나가서 전송하고 돌아왔다. 조진은 대군을 이끌고 장안에 이르러 위수 서쪽 건너에 영채를 세웠다. 조진과 왕랑·곽회 등은 촉병을 물리칠 계책을 의논하였다.

왕랑이 말하기를,

"내일은 대오를 엄정히 하고서 깃발을 크게 펴서 세우고 있으시면, 저는 직접 나서서 적들과 대화를 해보겠소. 그리해서 제갈량이 공수하고 항복하도록 하겠소. 그렇게 되면 촉군은 싸우지도 않고 스스로 물러갈 것이옵니다."

하거늘, 조진이 크게 기뻐하였다. 밤에 영을 내려 내일 4경에 아침밥을 먹고, 날이 밝으면 모두가 대오를 정제하여 인마는 위의를 갖추고 장기와 고각 등을 각기 차례대로 배열하라 하고 나서, 사람을 시켜 전서를[8] 보냈다. 다음 날 군사들이 대치하고 기산 앞에 진세를 벌였다. 촉군들이 위병의 웅장한 것을 보니 하후무와는 크게 달랐다.[9]

삼군에서 이미 고각을 불고 북치기가 끝나자, 사도 왕랑이 말을 타고 나갔다. 앞에는 도독 조진이 서고 그 뒤에는 부도독 곽회가 따랐다.

이 두 사람이 선봉에 서서 지휘하고, 탐자가 말을 타고 나와 군사들 앞에서 큰 소리로 외치기를,

"대진의 주장들은 나와 묻는 말에 답을 하라."

하였다.

촉병의 문기가 열리는 곳에는 관흥·장포 등이 좌우로 나와 말을 타고 서고, 그 뒤로 효장(驍將)들이 나뉘어 섰다. 문기의 아래 가운데에

---

8) 전서(戰書) : 개전(開戰)을 알리는 통지문. [中文辭典]「謂對敵軍通知文 戰之文書」.

9) 대불상동(大不相同) : 크게 보아도 서로 같지 않음. '아주 다름'의 비유임.

한 대의 사륜거가 보이고 공명이 수레 가운데에 단정히 앉아 있는데, 윤건을 쓰고 우선을 들고는 흰 도포에 검은 띠를 띠고 표연히 나온다. 공명은 눈을 들어보니 위진 앞에 세 개의 휘개가 있고 그 깃발 위에는 크게 이름이 써 있었다. 중앙에는 흰 수염의 노인이 있었는데, 이에 군사10) 사도 왕랑이었다.

공명은 속으로 생각하기를,

"왕랑이 틀림없이 나에게 항복하라고 말할 것이니, 나는 마땅히 임기응변으로 이에 응해야 할 것 같다."

생각하고 드디어, 수레를 진 밖으로 밀며 호위하고 있는 소교에게 명하기를

"한 승상께서 사도와 함께 이야길 하겠다."

하였다. 이에 왕랑이 말을 몰아 나왔다. 공명은 수레 위에서 손으로 읍하자 왕랑은 말 위에서 몸을 굽혀 답례하였다.

왕랑이 묻기를,

"공의 대명을 들은 지 오래되었으나 오늘 다행히도 만나게 되었소이다. 공은 이미 천명을 알고 시무에 밝으신데, 어찌해서 명분 없이 군사들을 일으키셨소이까?"

하거늘, 공명이 대답한다.

"나는 천자의 조서를 받고 도적을 토벌하러 왔는데, 이를 어찌 명분이 없다 하십니까?"

하였다.

왕랑이 또 말하기를,

"천수는11) 늘 변화가 있고 신기는12) 다시 바뀌는 것이어서, 덕이

---

10) 군사(軍師) : 전략을 세우는 임무를 맡은 사람. [後漢書 岑彭傳]「彭因言韓歆 南陽大人可以用 乃貫歆以爲鄧禹軍帥」.

있는 사람에게 돌아가는 것이 자연의 이치이외다. 옛날 환제·영제 이래로 황건적들이 창궐하여 천하를 다투었소. 그 후에 초평·건안 시절에는 동탁이 역모를 일으켰고, 이각과 곽사 등이 포악무도했소이 다. 원술은 수춘에서 참람하게도 천자를 참칭하였고 원소는 업상에서 영웅이라 자칭하였소. 유표는 형주를 점거하고 여포는 서군을 호랑이 처럼 병탄하였소이다. 도적들이 사방에서13) 일어나고 간웅들이 매처 럼 날아서 국가가 아주 위태한 지경에 이르렀고,14) 백성은 도현의 급 박함에15) 있게 되었소이다.

우리 태조 무황제께서 천하를 소청하시고 팔황을16) 석권하셔서 만

11) 천수(天數) : 「천명」(天命). [書經 周書篇 君奭]「不知天命不易 天難諶 乃其墜 命」. [中庸 首章]「天命之謂性 率性之爲道」. [論語 爲政篇]「子曰 吾十有五 而志 于學……五十而知天命」.

12) 신기(神器) : 제왕의 보위(寶位). [老子 第二十九章]「天下神器 不可爲也 爲者 敗之」. [河上公 注]「器物也 人乃天下之神物也」.

13) 사방에서[六合] : 천지사방. 육허(六虛). 이미 죽은 사람에게 형벌을 가해서 그 목을 벰. 「육시효수」(戮屍梟首). 혹형의 한 가지. '육시'는 이미 죽은 사람 의 시체에 참형(斬刑)을 가한다는 뜻이고, '효수'는 목을 베어 사람들이 볼 수 있도록 매달아 놓는 것을 이름. [通鑑 晉元帝紀]「胡三省 (注) 梟不孝鳥 說文曰 冬至捕梟 磔之以頭 掛之木上 故今謂掛首爲梟首」. [六部成語 戮死 注解]「重罪之 犯 未及行刑而死 應戮其死」. [史記 始皇紀]「二十人皆梟首 (注) 集解曰 縣首於本 上曰梟」.

14) 국가가 아주 위태한 지경에 이르렀고[累卵之危] : 「누란지세」(累卵之勢). '누 란'은 '쌓아 놓은 알'이란 뜻으로 '몹시 위태로운 형편'을 비유하는 말임. [司馬相 如 喩巴蜀檄]「去累卵之危 就永安之計 豈不美與」. [三國志 魏志 黃權傳]「若客有 泰山之安 則主有累卵之危」.

15) 백성은 도현의 급박함에[倒懸之急] : 위험이 눈앞에 바싹 다가옴. [孟子 公孫 丑篇 上]「當今之時 萬乘之國 行仁政 民之悅之 猶解倒懸也」. [貞觀政要]「縱國家 倒懸之急 猶必不可」.

16) 팔황(八荒) : 사면 팔방의 너른 범위. 온 세상(八紘). 팔극(八極). [淮南子 本 經訓]「紀綱八荒 經緯六合」. [史記 秦始皇記]「囊括四海之意 幷吞八荒之心」. [漢

백성의 마음이 기울고 사방에 덕을 알리게 되었소. 힘으로써 그것을 취한 것이 아니고 진실로 천명이 돌아온 것이오이다. 세조(世祖) 문제께서는 신문성무하셔서[17] 대통을 이으셨으니 이는 하늘이 응한 것이고 사람이 합해져서 요가 순에게 선위하셔서 중국에 처하시고 만방에 임하였으니, 어찌 이것이 천심이고 백성들의 뜻이 아니겠소이까? 지금 공은 재주를 지니고 있는 큰 그릇으로서 스스로 관중과[18] 악의에[19] 비유하면서, 어찌하여 하늘의 이치를 억지며 거스르고 인정에 배반되는 일을 하시는 게요? 어찌 옛사람이 말한 바 '하늘에 순종하는 자는 흥하고, 하늘의 뜻을 거스르는 자는 망한다'는[20] 말을 듣지도 못했소이까?

지금 내가 위의 대군 백만과 좋은 장수 천여 명을 이끌고 왔소이다. 썩은 풀에 붙은 반딧불이 어떻게 하늘에 뜬 밝은 달을 당할 수 있겠

書 項籍傳」「有幷呑八荒之心」.

17) 신문성무(神文聖武) : 문무에 통달함. 제왕의 덕을 크게 칭송하는 말임. [書經 虞書篇 大禹謨]「帝德廣運 乃聖乃神 乃武乃文 皇天眷命 奄有四海 爲天下君」.

18) 관중(管仲) : 제(齊)나라 때 정치가. 이름은 이오(夷吾) 자가 중(仲) 호를 경(敬)이라 했음. 제환공(齊桓公)을 보좌하여 아홉 제후를 모으고 천거하여, 천하를 바로 잡는 패자(覇者)가 되게 함. [中國人名]「齊 潁上人 少與鮑叔牙爲友 嘗曰…… 生我者父母 知我者鮑子也 尊周室 九合諸侯 一匡天下」.

19) 악의(樂毅) : 연(燕)나라의 장군. 제(齊)의 70여 성을 빼앗아 창국군(昌國君)에 봉해짐. 후에 제나라 전단(田單)의 반간계에 넘어가 죽게 되자, 조나라로 도마쳐 망저군(望諸君)이 되고 나중에는 연·조 두 나라의 객경(客卿)이 되었음. [中國人名]「燕 羊後 賢而好兵 自魏使燕……下齊七十餘城 以功封昌國 號昌國君……田單乃縱反間於王……燕趙二國 以爲客卿」.

20) 하늘에 순종하는 자는 흥하고, 하늘의 뜻을 거스르는 자는 망한다[順天者昌 逆天者亡] : 천리(天理)에 순응하는 자는 번창하고 천리를 거스르는 자는 망함. 「순천자존」(順天者存). 천리에 따라 행하는 자는 오래 존재함. [孟子 離婁篇 上]「順天者昌 逆天者亡」. [管子 刑執]「順天者 有其功」. [史記 晋世家]「今天以秦賜晋 晋其可以逆天乎」. [准南子 泰族訓]「逆天暴物」.

소?21) 공이 창을 거꾸로 잡고 갑옷을 벗고 예로써 항복하면, 봉후의 지위는 잃지 않을 것이외다. 나라가 태평하고 백성들이 즐기는 것이 어찌 좋지 않겠소?"

하였다.

공명이 수레 위에서, 크게 웃으면서

"나는 한나라의 원로대신으로서 반드시 고론(高論)이 있으려니 했는데, 어찌 이렇듯 비루한 말만 하시는 게요! 내가 한 마디만 할 터이니 여러 군사들은 들으시오. 옛날 환제·영제 때에는 한나라의 법통이 쇠미해지고 환관들이 화를 빚어내어, 나라를 어지럽히고 계속 흉년이 들어서 사방에서 소란이 일어났소이다.

황건의 난 이후에는 동탁·이각·곽사 등이 계속 일어나서22) 환제를 겁박하여 천도하였고 백성들을 잔학하게 죽었소. 그래서 묘당 위에는 썩은 무리가 벼슬을 하게 되었소이다. 임금의 좌우에서는23) 금수 같은 인사들이 국록을 먹게 되었으며, 이리떼 같은 마음에 개와 같은 행동을 하는 무리들이 조정에 가득하게 되었고, 마치 노비와 같

---

21) 썩은 풀에 붙은 반딧불이 어떻게…… : '반딧불이 아무리 밝아도 중천에 뜬 달빛만은 못함'을 이르는 말임. 원문에는 '腐草之螢光 怎乃天心之皓月'로 되어 있음. 「부초지형광」(腐草之螢光). [禮記 月令篇]「季夏之月 腐草爲螢」. [李商隱 隋宮詩]「于今腐草無螢火 終古垂楊有暮鴉」. [梁昭明太子 六月啓]「螢飛腐草 光浮悵裏之書」. 「호월」(皓月)은 '밝은 달'의 뜻임. [文選 謝莊月賦]「情紆軫其何託 愬皓月而長歌」. [梁元帝 望江中月影詩]「澄江涵皓月 水影若浮天」.

22) 계속 일어나서[接踵面起] : 일이 잇달아 생김. 남의 뒤에서 가까이 따름. 「접종」. 사람들이 계속하여 왕래함의 뜻이나, 전하여 '무슨 일이 뒤를 이어 일어남'의 비유임. [戰國策 秦策]「韓魏父子兄弟 接踵而死 於秦者百世矣」. [王安石詩]「魏王兵馬接踵出」.

23) 임금의 좌우[殿陛] : 임금의 측근. [後漢書 百官志]「羽林郎掌宿衛侍從 本武帝以便馬從獵還 宿殿陛巖下室中 故號巖郎」. [黃庭堅 疑塞來享詩]「殿陛閑干羽 邊庭息鼓聲」.

은 무리들이24) 분분히 정권을 잡으니, 이로써 사직은 폐허가 되었으며25) 백성들은 도탄에 빠지게26) 된 것입니다.

나는 평소부터 당신의 소행을 알고 있거니와, 당신은 대대로 동해(東海)가에 살면서 처음에는 효렴으로 벼슬을 시작하지 않았소? 그렇다면 임금을 보좌하여 한실을 편안하게 하고 유씨를 흥왕케 해야 이치에 마땅하거늘, 어찌 도리어 역적을 돕고 같이 왕위를 찬탈하였소이까! 그것만도 죄악이 깊어 천지가 용납하지 못할 것이외다. 천하의 백성들은 모두가 다 당신의 고기를 씹기를 원하고 있소! 이제 다행하게도, 하늘의 뜻이 염한(炎漢)을 끊지 않으시고 소열황제가 서천에서 법통을 계승하신 것이외다.

나는 지금 사군(嗣君)의 성지를 받들어 군사를 일으켜서 적들을 토벌하려는 것이오. 당신들 아첨지신들은 몸을 숨기고 머리를 움츠려, 구차스럽게 의식만을 도모하고 있을 일이지, 어찌 감히 나의 군사들 앞에 나서서 망령되게도 천수를 일컫느냐! 이 머리 센 필부야, 수염이 흰 늙은 도적놈아! 너는 오늘 구천으로 돌아가리니, 무슨 낯으로 이십사제를27) 뵈려 하느냐! 늙은 도적놈은 빨리 물러가거라! 그리고 반적

---

24) 마치 노비와 같은 무리들이[奴顏婢膝] : 행동이 비굴하여 마치 노비같은 무리. [宋史 陳仲微傳]「俛首吐心, **奴顏婢膝**」. [抱朴子]「交際以**奴顏婢膝**爲曉解」.

25) 사직은 폐허가 되었으며[社稷丘墟] : 나라가 한 때는 번창했다가 망함. 원래 사(社)는 '토신'(土神) '직'(稷)은 곡신(穀神)임. [禮記 祭儀篇]「建國之神位 右社稷而左宗廟」. [後漢書 禮儀志]「考經援神契曰 **社**者土地之主也 **稷**者五穀之長也 大司農鄭玄說 古者官有大功 則配食其神 故句農配食於**社** 棄配食於**稷**」.

26) 백성들은 도탄에 빠지게[蒼生塗炭] : 백성들이 도탄에 빠짐. 「도탄」. 진구렁이나 숯불과 같은데 빠졌다는 뜻으로 '몹시 고통스러운 지경'을 일컫는 말. 「도탄지고」(塗炭之苦). [書經 仲虺之誥篇]「有夏昏德 **民墜塗炭**」[傳]「民之危險 若**陷泥墜火** 無救之者」. [後漢書 光武帝紀]「豪傑憤怒 兆人**塗炭**」.

27) 이십사제(二十四帝) : 한의 고조(高祖)부터 헌제(獻帝)에 이르기까지 24대

은 어서 나와 승패를 결단하라!"
하였다.

왕랑이 듣고 기가 막혀서, 외마디 소리를 지르며 말에서 떨어져 죽었다.

후세 사람이 이를 예찬한 시가 전한다.

군사들을 이끌고 서진으로 나갔으니
그 큰 재주는 만인을 대적하였네.
　兵馬出西秦
　雄才敵萬人.

가벼이 삼촌설을 놀리던
늙은 간신을 꾸짖어 죽게 하였구나.
　輕搖三寸舌
　罵死老奸臣.

공명은 부채로 조진을 가리키며,
"내 너를 핍박하지는 않을 터이니 군마들을 정돈하거라. 내일 결전을 하자."
하며, 말을 마치자 수레를 돌렸다. 이에 양쪽의 군사들은 다 물러갔다. 조진은 왕랑의 시신을 관에 넣어 장안으로 보냈다.

부도독 곽회가 말하기를,
"제갈량은 우리 군사들이 상을 치를 것을 생각해서, 오늘 밤 필시

———————————————

임. 한 대의 역대 제왕을 이름.

영채를 겁략해 올 것입니다. 군사들은 4로에 나누되 양로병들은 산속의 소로를 따라 빈틈을 타서 영채를 겁략하러 가게 하고, 또 다른 양로병은 본 영채 밖에 매복해 있다가 좌우에서 촉을 치게 하십시오."
하였다.

조진은 크게 기뻐하며 대답하기를,

"이 계책이 내 생각과 같소."

하고, 드디어 조준과 주찬을 불러오라 해서 두 선봉장들에게

"자네들 두 사람은 각기 1만의 군사들을 이끌고 지름길로 해서 기산의 뒤로 가 있다가, 촉병들이 우리 영채를 향해 오거든 병사들을 일으켜 가서 촉병의 영채를 겁략하게나. 또 촉병들이 움직이지 않을 것 같으면, 곧 군사들을 거두어 돌아오되 경거망동해서 진격하지 말게."

하였다. 두 장수가 계책을 받고 군사들을 이끌고 갔다.

조진이 곽회에게 이르기를,

"우리 두 사람이 각기 일지군을 데리고 영채 밖에 숨어 있고, 영채 중 빈 곳에 시초를 쌓도록 몇 사람을 남겨 두게. 그랬다가 촉병이 오면 불을 놓아 신호를 삼세."

하니, 여러 장수들이 다 좌우로 나누어 각각 준비하러 갔다.

한편, 제갈량은 장막으로 돌아와서, 먼저 조운과 위연을 불러 영을 전한다.

공명이 말하기를,

"자네들 두 사람은 각기 본부 군사들을 데리고 가서 위의 영채를 겁략하게."

하니, 위연이 나서며 말하기를

"조진은 병법을 잘 아는 인물입니다. 반드시 우리가 치상하는 틈을 타서 영채를 겁략해 올 것이라 생각할 것입니다. 저의 생각을 어찌

막지요?"

하니, 공명이 웃으면서 말하기를

"조진이 내가 영채를 겁략하러 갈 것이라는 것을 알았으면 한다오. 그러면 저는 필시 기산의 뒤에 복병을 깔아두고 우리 병사들이 지나가기를 기다렸다가, 우리 영채를 습격해 올 것이오. 그렇기 때문에 자네들 두 사람에게 병사들을 이끌고 먼저 가게 하는 것일세.

자네들은 산의 뒷길을 지나서 먼 곳에 영채를 치되, 위병들이 우리 영채를 겁략하러 오면, 횃불을 올리는 것을 신호로 하여 군사들을 양로에 나누어, 문장은 산의 입구에서 퇴로를 막고 자룡은 군사들을 이끌고 돌아오면 틀림없이 위병을 만날 것이니 저들이 달아나도록 놓아두었다가 승세를 타서 공격하면, 필시 저희들 서로가 엄살할 것이니 이렇게 되면 전승할 것이외다."

하거늘, 두 장수가 계책을 받고 갔다.

공명은 또 관흥과 장포를 불러서 말하기를,

"자네 두 사람은 각기 일지군을 이끌고 기산의 요로에 매복하게. 위병을 지나가게 놓아두었다가 위병들이 오면 길을 따라가며 위의 영채를 들이치게."

하매, 두 장수가 계책을 받고 떠났다.

또 마대와 왕평·장익·장의 등 네 장수에게 영채 밖에 매복해 있다가, 사방에서 위병을 맞아 공격하라 하였다. 공명은 빈 영채를 세우고 그 속에 시초를 싸놓고 횃불 신호를 준비하고 있었다. 그리고 직접 제장들을 이끌고 영채 뒤로 물러나서 동정을 살핀다.

한편, 위병의 선봉 조준과 주찬은 황혼 무렵에 영채를 떠나서 열을 지어 진군하였다. 2경 시분에 왼편 산 앞에 은은하게 군사들이 움직이는 것이 바로 보였다.

조준은 속으로 생각하기를,

"곽도독이 진짜 신기에 가까운 계책을 세우고 있구나!"

하고, 급히 병사들을 독려하며 나아갔다.

촉병의 영채에 도착했을 때에는 삼경이 거의 다 된 무렵이었다. 조준은 먼저 영채로 짓쳐 들어갔으나 빈 영채였다. 사람 하나 없는지라, 계책에 빠졌구나 생각하고 급히 군사들을 돌리려 하였다. 그때, 영채 속에서 불길이 치솟았다. 주찬의 병사들이 이르러 서로가 엄살하여 인마가 대혼란에 빠졌다.

조준과 주찬의 군사들은 서로 어울려 싸우다가, 저희들끼리 밟고 밟히고 있음을 알았다. 급히 합병했을 때 갑자기 사방에서 함성이 크게 일어나더니 왕평·마대·장의·장익 등이 짓쳐 왔다. 조준과 주찬 두 사람은 심복군 1백여 기만을 이끌고 큰 길을 바라고 달아났다. 이때 홀연 고각이 일제히 울리더니, 한 떼의 군마를 이끌고 짓쳐 들어왔다. 그 앞에 선 장수는 상산 조자룡이었다.

그는 큰 소리로 외치기를,

"적장은 어디로 가려느냐! 빨리 나와 죽음을 받아라!"

소리치니, 조준과 주찬 두 사람이 길을 뚫고 달아났다.

그때, 갑자기 또 함성이 일더니 위연이 한 떼의 군사들을 이끌고 짓쳐 왔다. 조준과 주찬 두 장수는 대패하여 겨우 길을 열어 본채로 달아났다. 영채를 지키는 군사들이 촉병들이 겁채하러 오는 줄 알고 황망하여 횃불을 들었다.

왼쪽에서는 조진이 짓쳐 오고 오른쪽에서는 곽회가 짓쳐오며 서로가 엄살하였다. 배후 3로에서 촉병들이 짓쳐 들어왔다. 중앙에는 위연이오 왼편에서는 관흥, 오른편에서는 장포가 한바탕 몰아쳐 위병들은 10여 리까지 패주하여 달아났다. 위 장수 중에 죽은 자들이 아주 많았다. 공명은 대승을 거두고 병사들을 수습하고 있었다.

조진과 곽회는 패군들을 수습해 가지고 영채로 돌아갔다.

서로 상의하기를,

"지금 위병의 세는 아주 위축되어 있는 반면에 촉병들의 기세가 대단하니, 장차 어찌해야 저들을 물리칠 수 있소이까?"

하니, 곽회가 말하기를

"'이기고 지는 것은 싸움에서 흔히 있는 일이라[28] 하였으니 걱정될 바가 아닙니다.' 나에게 한 가지 계책이 있으니, 촉병으로 하여금 앞과 뒤가 상응하지 못하도록 하면, 자연히 스스로 물러갈 것입니다."

한다.

이에,

가련하도다 위나라 장수여 싸움에서 이기지 못하고
서방을 향하여 구원병만 찾고 있구나.
可憐魏將難成事
欲向西方索救兵.

그 계획이 어떤 것인지는 알 수가 없다. 하회를 보라.

---

28) 이기고 지는 것은 싸움에서는 흔히 있는 일이라[勝負乃兵家之常事] : 싸움에 이기고 지는 것은 전쟁에선 흔히 있을 수 있는 일임. '실패는 있을 수 있는 일이므로 낙심하지 말라'는 비유로 쓰이는 말임. [唐書 裴度傳]「帝曰 **一勝一負 兵家常勢**」. 「승부」. [韓非子 喻老]「**未知勝負**」.

제94회

제갈량은 눈을 이용해 강병들을 파하고
사마의는 날을 정해서 맹달을 사로잡다.

諸葛亮乘雪破羌兵
司馬懿赳日擒孟達.

　한편, 곽회는 조진에게 말하기를

"서강(西羌: 서쪽 오랑캐) 사람들은 태조 때부터 해마다 조공을 했고,
문황제 또한 저들에게 은의를 베풀었습니다. 우리가 지금 험한 요처
를 의지하고 있으니, 사람을 강병에게 보내서 도움을 구하고 화친을
구한다면, 강인들은 틀림없이 기병해서 촉의 후미를 칠 것입니다. 그
리되면 나는 곧 대병을 몰아 촉병들을 공격하여, 앞과 뒤에서 협공을
하면 저를 어찌 대승하지 못하겠습니까?"

하니, 조진이 그의 말대로 곧 사람을 보내, 편지를 가지고 밤을 도와
달려가서 강으로 가게 하였다.

　한편, 서강의 국왕 천리길(徹里吉)은 조조 때부터 해마다 조공을 드
려왔다. 수하에 문무를 두었는데 문에는 아단(雅丹) 승상이고 무에는
월길(越吉) 원수였다. 그때 위나라에서 금과 진주 및 편지를 가지고 왔
다. 먼저 아단 승상에게 예물을 보내고 구원의 뜻을 갖추어 말하였다.
아단이 국왕을 뵙고 편지는 올렸다. 천리길이 보고 나서 여러 사람들
과 의논하였다.

아단이 말하기를,

"우리와 위나라는 평소부터 서로 왕래가 있어 왔습니다. 지금 조도독께서 구원병과 화친을 허락하고 있으니, 윤허하는 것이 이치에 맞는 줄 압니다."

하니, 천리길이 그 말을 따르기로 하였다.

곧 아단과 월길 원수가 15만 병을 데리고 가되, 모두가 활·창검·질려1)·비추2) 등 무기와, 또 뾰족한 쇠조각을 박아놓은 전차에다가 군량과 무기 등을 싣게 되었다. 혹은 낙타가 끄는 수레를 이용하거나 노새가 끄는 수레를 이용하였는데, 그 이름은 '철거병'(鐵車兵)이라 하였다. 두 사람이 국왕에게 인사를 드리고 나서, 병사들을 거느리고 서평관에 들이닥쳤다. 서평관은 촉장 한정(韓禎)이 지키고 있었는데, 급히 사람을 보내 문서로 공명에게 알렸다.

공명은 보고를 받고, 여러 장수들에게 묻기를

"누가 감히 강병을 물리치러 가겠소이까?"

하니, 장포와 관흥이 말하기를

"저희들을 보내주소서."

하거늘, 공명이 권유하기를

"자네 두 사람이 가게. 그러나 길이 익숙하지 않으니 어찌할꼬."

하였다.

그때 마대를 불러 말하기를,

---

1) **질려(疾藜)**: 「철질려골타」(鐵疾藜骨朶). 마름쇠. 능철(菱鐵). 네 발을 날카로운 송곳의 끝과 같이한 마름모 꼴의 무쇠붙이. [六韜 虎韜 軍用]「狹路微徑張**鐵蒺藜** 芒高四寸 廣八尺 長六尺以上 千二百具」. [武備志]「**鐵蒺藜**垃以置賊來要路 使人馬不得騁 古所謂渠答也」.

2) **비추(飛鎚)**: 유성퇴. 성추(星鎚). 긴 쇠사슬 양 끝에 쇠뭉치가 달린 무기. [中文辭典]「兵器名 以繩兩端各緊鐵鎚 一以擊敵人 一以自衛 謂之**流星鎚** 卽**飛鎚**」.

"자네는 평소부터 강인들의 특성을 잘 알고 있고 또, 오랫동안 거기서 살았으니 길 안내를 하게나."

하고는, 곧 정병 5만을 주어 관흥과 장포와 함께 가게 하였다.

관흥과 장포 등이 병사를 이끌고 갔다. 행군한 지 며칠이 되자 강병과 마주쳤다. 관흥이 먼저 백여 기를 이끌고 산언덕에 올라 보니, 강병들이 철거를 수미에 서로 연해서 그에 따라 영채를 치고 있었다. 수레 위에는 병기가 두루 꽂혀 있어서 성지(城池)와 같았다. 관흥은 한참동안 보았으나 적을 깨뜨릴 방책이 없었다. 영채로 돌아와서 장포·마대와 의논하였다.

마대가 말하기를,

"내일까지 적진을 지키며 기다리다가, 허점이 보이면 다른 계책을 논의합시다."

하였다.

다음 날 아침, 병사들을 3로로 나누어 관흥은 중도에 장포는 왼쪽에, 마대는 오른쪽에서 3로의 병사들이 한꺼번에 나아갔다. 강병의 진 속에는 월길 원수가 손에 철퇴를 들고, 허리엔 보조궁을 든 채 말을 몰아 나선다. 관흥은 3로의 병사들을 진격시켰다.

그때 문득 강병이 양편으로 갈라지더니 가운데에서 철거가 나왔다. 그것은 마치, 조수가 밀려오는 듯하여 일제히 궁노를 쏘아댔다. 촉병들은 대패하고 마대와 장포 양군은 먼저 퇴각하였다. 그때, 관흥의 일군이 강병 속에 갇히게 되어서 서북 모서리로 밀려들어가고 말았다.

관흥이 포위되어 좌충우돌하였으나 포위병을 벗어날 수가 없었다. 철거가 밀집해 있는 속에서 촉병들은 서로를 돌아볼 수조차 없었다. 관흥은 산골짜기에서 길을 찾아 달아났다. 해가 뉘엿뉘엿 지고 있었는데, 한폭의 검은 깃발이 벌떼처럼 에워싸고 왔다.

한 대장이 손에 철퇴를 들고 나서며,

"소장은 달아나지 마라! 나는 월길 원수이다!"

하거늘, 관흥이 급히 앞을 보고 달리며 힘껏 말에 채찍을 치는데, 적병과 맞닥뜨려3) 월길과 싸울 수밖에 없게 되었다. 관흥은 간담이 서늘해지고 당해낼 수가 없어, 절벽을 내려가며 도망하였다.

월길이 급히 쫓아오며 내리친 철퇴가 관흥을 빗겨 지나가더니, 결국 말의 넓적다리에 적중하였다. 그 말이 계곡 중간쯤에 이르러서 곧 넘어지자 관흥은 물속에 떨어졌다. 홀연 한 함성이 들려온 곳의 뒤에서, 월길의 말과 사람들이 평지에서 넘어져 물로 떨어지는 것이었다.

관흥이 물속에서 일어나 보니, 언덕 위에서 한 장수가 강병들을 무찌르고 있었다. 관흥은 칼을 들어 월길을 찍으려 하니 월길은 물로 뛰어들어서 달아났다. 관흥은 월길의 말을 끌고 언덕에 올라가 안장과 고삐를 정리하고, 칼을 빼들고 말에 올랐다. 그러면서 그 장수를 보니 아직도 앞에서 강병들을 주살하고 있었다.

관흥이 속으로 생각하기를 이 사람이 내 목숨을 구해주었으니, 인사나 해야겠다고 말을 급히 몰고 왔다. 차츰 가까이 이르렀으나 안개 속에서 은은하게 보이는데, 얼굴이 마치 대추 빛 같고 눈썹이 누에 같으며, 푸른색 녹포금개에 청룡도를 들고 적토마를 타고 있는데, 손으로 수염을 쓰다듬고 있는 것이었다. 분명 부친인 관공이었다.

관흥은 크게 놀라고 있는데, 홀연 관공이 손으로 동남쪽을 가리키며

"내 아들아 속히 이 길로 가거라. 내가 너를 호위해서 영채까지 가

---

3) **적병과 맞닥뜨려[正遇斷澗]** : 끊긴 계곡과 마주침(벼랑과 마주침). 「단간」은 「단편잔간」(斷編殘簡)의 준말로 '떨어지거나 빠져서 완전하지 못한 글월이나 책 따위'를 말함. [宣和遺事 後集]「陳迹分明 **斷簡**中」. [李紳 南梁行]「故僕歲深開 **斷簡**」.

겠다.”

하거늘, 말을 마치고는 보이지 않았다. 관흥은 동남쪽을 바라고 급히 달렸다. 한밤중이 되자 홀연 한 떼의 군사들이 이르니 장포였다.

　장포가 묻기를,

“너는 백부를 뵈었느냐?”

하였다.

　관흥이 또 묻기를,

“네가 그걸 어찌 알고 있느냐?”

하니, 장포가 말하기를

“내가 철거군에게 추격당하고 있는데, 홀연 백부께서 공중에 나타나셔서 놀랍게도 강병을 물리치시면서 가리키시기를 ‘네가 저 길로 가서 내 아들을 구하라.’ 하셔서, 군사들을 이끌고 지름길을 찾아 여기에 온 것일세.”

하였다.

　관흥 또한 앞서 있었던 일들을 자세히 설명하니 서로 신이함에 놀랐다. 두 사람은 같이 영내로 돌아왔다.

　마대가 맞아들이며 두 사람에게 말하기를,

“저들을 물리칠 계책이 없네. 내가 남아서 영채를 지킬 터이니, 두 사람은 가서 승상께 말씀드리고 계책을 써서 저들을 물리쳐야 할 것일세.”

하거늘, 이에 관흥과 장포 두 사람이 밤을 도와 가서 공명을 뵙고 이 일을 자세히 설명하였다. 공명은 조운과 위연에게 일군을 이끌고 가서 매복하라 하였다. 그런 후에 3만 군을 점고하여 장익·강유·관흥·장포 등을 데리고 직접 마대의 영채에 이르러 묵었다.

　다음 날 높은 곳에 올라가 보니 철거들이 끊임없이 오가고 있고, 인마들이 이쪽 저쪽으로 달리고 있었다.

공명이 말하기를,

"이는 깨뜨리기 어렵지 않도다."

하고, 마대와 장익을 불러 이리이리 하라고 분부하였다.

두 사람이 가고나자, 강유를 불러서 묻기를

"백약은 철거를 깨뜨릴 방법을 아시오?"

하니, 강유가 대답하기를

"강인들은 오직 용기만 믿고 있으니 어찌 묘계를 알겠습니까?"

하였다.

공명이 웃으며 말하기를,

"자네는 내 마음을 알고 있구나. 지금 채색구름이 빽빽히 끼고 찬바람이 몰아쳐 불고 있으니, 머지않아서 눈이 내릴 것이다. 내가 계책을 한 번 써야 하겠소이다."

하고, 곧 관흥과 장포에게 영을 내려, 두 사람이 군사들을 이끌고 가서 매복하게 하였다. 그리고 강유에게는 군사들을 거느리고 출병하라 하였다. 다만 철거병들이 오면 후퇴하여 빨리 달아나라 이르고, 영채의 어귀에는 건성으로 깃발을 꽂아 놓고 군마는 배치하지 않았다. 준비가 끝났다. 때는 12월 말이었는데, 과연 하늘에서 큰 눈이 내렸다. 강유가 군사들을 이끌고 나가니, 월길이 철거병들을 이끌고 왔다.

강유가 곧 물러나 달아나니 강병들이 급히 쫓아와 영채 앞에 이르자, 강유는 영채의 뒤쪽으로 갔다. 강병들이 영채 밖에서 살펴보니, 영채 안에서 거문고 타는 소리가 들리고 사방이 다 비어 있는데, 깃발만 꽂혀 있을 뿐이어서 급히 월길에게 보고하였다. 월길은 마음에 의심이 생겨 감히 가벼이 공격하지 못하였다.

아단 승상이 말하기를,

"이는 제갈량의 계책이오이다. 의병(疑兵)을 세워 둔 것일 뿐이니 공격해도 될 듯싶소."

하거늘, 월길이 병사들을 이끌고 영채 앞에 이르러 공명이 수레에서 거문고 타는 것을 보고, 수 기를 이끌고 영채로 쫓아 들어가니 공명이 뒤를 바라고 달아났다. 강병들이 영채 안으로 몰려 들어가 곧장 쫓아가 산어귀를 지나매, 작은 수레가 숲속으로 들어가는 것이 은은히 보였다.

아단이 월길에게 말하기를,

"저들의 병사가 비록 매복이 있다 하나 두려워할 게 없소이다."

하고, 마침내 대병을 이끌고 추격하였다.

또 강유의 병사들이 모두 눈덮힌 땅으로 달아나는 것을 보고, 월길이 크게 노하여 병사들을 독려하며 급히 추격하였다. 산길은 눈에 덮혀 있어서 얼핏 평탄해 보였다. 막 추격하고 있는데 촉병들이 산의 뒤쪽에서 나온다는 보고가 있었다.

아단이 월길에게 말하기를,

"설령 복병이 좀 있다 해도 뭐 두려울 것이 있소이까!"

하고 돌아보며, 군사들을 재촉하여 앞으로 나가게 하였다. 홀연 폭음이 산이 무너지고 땅이 꺼질 듯이 나더니, 강병들이 모두 구렁텅이(坑塹)로 떨어졌다. 뒤에서 달려오던 철거들이 멈춰설 수가 없어, 급히 정지하고자 하나 밀려와서 저희들끼리 짓밟히고 있었다.

그때, 후미에 있던 병사들이 급히 되돌아서려 할 때에, 왼편에서는 관흥이 오른편에서는 장포 양군이 충돌하며 나와서 궁노를 쏘았다. 그 뒤에서는 강유·마대·장익 3로의 병사들이 또 짓치며 나왔다.

철거병들은 대혼란에 빠져 월길 원수는 산골짜기로 도망치다가 관흥과 맞닥뜨려, 단 한 합만에 칼에 맞아 말에서 떨어졌다. 아단 승상은 이미 마대에게 사로잡혀 묶인 채 대체로 끌려 왔고 강병들은 사방으로 흩어져 숨었다. 공명이 장막에 오르자 마대는 아단을 압령해 왔다. 공명은 무사들에게 저의 결박을 풀게 하고 술을 주며, 놀램을 진정시키고 좋은 말로 위무하였다. 아단은 그 덕에 깊이 감동하였다.

공명이 말하기를,

"내 주인이신 대한 황제께서 나에게 적을 토벌하라 하셨소이다. 그대는 어찌해서 역적들을 돕는단 말이요? 내 이제 방면해 돌아가게 할터이니 그대의 왕에게 잘 설명하시오. 내 나라와 그대네는 우리와 이웃이니 영구히 결맹을 해서 좋은 관계를 유지하고, 반역들의 말을 듣지 말구려."

하고, 마침내 병사들과 빼앗은 거마와 병기들을 다 아단에게 돌려주고 저들의 나라로 돌아가게 하였다. 강병들이 다 배사하고 돌아갔다.

공명은 3천여 군사들을 이끌고 밤낮으로 행군하여 기산의 대채로 돌아왔다. 관흥과 장포에게 군사들을 이끌고 먼저 가라 하고, 한편으로는 사자에게 표장을 닦아 후주에게 첩보를 올리게 하였다.

한편, 조진은 날마다 강인들의 소식을 기다리고 있는데, 홀연히 복로군이 와서 보고하기를

"촉병들이 영채를 철거해 수습하고 떠날 준비를 합니다."

하거늘, 곽회가 크게 기뻐하며

"이는 강병들의 공격으로 인하여 저들이 후퇴하는 것이다."

하고, 마침내 양로로 나누어 급히 추격하였다.

앞에서 촉병들이 어지럽게 달아나고 있거늘 위병들이 뒤를 따라 급히 추격하였다. 선봉에선 조준이 막 추격하고 있는데, 갑자기 고각이 크게 울리더니 한 떼의 군사들이 섬광과도 같이 나타났다. 앞에 선 장수는 위연이었다.

그는 큰 소리로 외치기를,

"반적들은 달아나지 말거라!"

하였다. 조준이 크게 놀라 말을 박차고 나가 맞섰으나, 불과 3합이 못
되어 위연의 칼을 맞고 말 아래 떨어졌다. 부선봉 주찬이 병사들을
이끌고 급히 추적해 오는데, 문득 뒤에서 한 떼의 군사들이 갑자기
나타났다. 앞에 선 장수는 조운이었다. 주찬은 손을 써보지도 못하고
한 칼에 찔려 죽었다.

조진과 곽회는 두 선봉장을 잃고는 군사들을 돌리려 하였으나, 배
후에서 함성이 크게 일고 고각이 일제히 울리더니 관흥과 장포가 양
로에서 짓쳐 나와서 조진과 곽회를 쳤다. 이에 패병을 이끌고 길을
뚫고 달아났다. 촉병들은 전승을 거두고 곧장 추격하여 위수에 이르
러 위군의 영채를 빼앗았다. 조진은 두 선봉장들을 잃어 슬퍼 마지않
았다. 곧 표문을 닦아 조정에 올리고4) 구원병을 청하였다.

한편, 위주 조예는 조회를 받고 있었는데, 근신이 와서

"대도독 조진 장군이 여러 번 촉군에게 패하고 두 선봉장들이 죽고
강병들 또한 무수히 죽어서, 그 위세가 심히 위급하다고 합니다. 이제
표주를 올려 구원병을 청하오니, 폐하께서는 판단하시어 처리하시옵
소서."5)

하거늘, 조예가 크게 놀라서 급히 후퇴할 방책을 물었다.

---

4) **표문을 닦아 조정에 올리고[申朝]** : 임금님에게 표문을 올림. 장계(狀啓)는
지방에 나가 있는 벼슬아치가 임금에게 글로써 하는 보고. 계장(啓狀)·계사
(啓事). '계'는 '천자에게 상주하는 글'을 말함. [事物紀原 張璠漢記]「董卓呼三
臺尙書已下 自詣**啓事** 然後得行 此則**啓事** 得名之始也」. [晉書 山濤傳]「濤爲吏部
尙書 凡用人行政 皆先密啓 然後公奏 擧無失才 時稱山公**啓事**」.

5) **처리하시옵소서[裁處]** : 헤아려 처리함. [唐書 枓如晦傳]「秦王表留幕府 從征
伐常參帷幄機秘 方多事**裁處**」. [李綱 建炎行]. 「更效老猟師 十事聽**裁處**」.

화흠이 아뢰기를,

"모름지기 이번 원정은 폐하께서 친정하셔서, 모든 제후들을 모으시면 다들 명에 따라 적을 물리칠 것입니다. 그렇지 않으면 장안까지 잃게 되어 관중(關中)이 위태로워질 것입니다."

하거늘, 태부 종요가 말하기를

"무릇 장수된 자들은 보통 사람과 달라서 사람들을 제어할 능력이 있어야 합니다. 손자병법에 이르기를 '적을 알고 나를 알면 백 번 싸워도 다 이길 수 있다.'6)했습니다. 신이 생각하옵건대, 조진 장군은 비록 용병한 지 오래 되었대도 제갈량의 적수가 못 됩니다. 신은 전가양천으로써7) 한 사람을 추천하여 촉병을 물리치게 하겠습니다. 성의(聖意)가 어떠하신지오?"

하거늘, 조예가 대답하기를

"경은 원로대신이오. 어떤 현사가 있어서 촉병을 물리칠 수 있다는 게요? 속히 그를 불러서 짐의 걱정을 덜게 하시구려."

한다.

종요가 말하기를,

"이전에 제갈량이 국경을 범하고자 하다가 이 사람이 두려워서 유언만 퍼뜨려서 폐하로 하여금 의심하게 하여 저를 버리신 적이 있으

---

6) 적을 알고 나를 알면 백 번 싸워도 다 이길 수 있다[知彼知己 百戰百勝]: 적을 알고 나를 알면 싸울 때마다 이김. [孫子兵法 謀攻篇 第三]「故曰 知彼知己 百戰不殆 不知彼而知己 一勝一負 不知彼不知己 每戰必殆」. [漢書 韓信傳]「成安君 有百戰百勝之計 一日而失之」.

7) 전가양천(全家良賤): 온 집안 식구들의 이름을 겲. '온 가족의 목숨을 걸겠다'는 의지의 표현임. 「전가」(全家). [中文辭典]「猶言圖家也 全戶也」. 「양천」은 사농(士農) 등 정당한 직업에 종사하는 것을 '양(良)', 창우(倡優), 예졸(隷卒) 등은 '천(賤)'으로 구분하였음.

셔서, 바야흐로 장구대진하고 있었습니다. 이제 만약 저를 쓰신다면, 곧 제갈량을 물리칠 수 있을 것입니다."

하거늘, 조예가 누구냐고 묻는다.

　종요가 대답하기를,

　"표기대장군 사마의입니다."

하니 조예가 탄식하며,

　"그 일에 대해 짐 또한 후회하고 있소. 지금 중달이 어디 있느냐?"

하시거늘, 종요가 다시 대답하되

　"근래에 들으니 중달은 완성에 한양(閑養)하고 있답니다."

하였다. 조예는 곧 조서를 내려 사자로 하여금 절(節)을 가지고 가서 사마의의 관직을 회복시켜 평서도독을 더하시고, 병사를 일으켜 남양 제로의 군마들을 이끌고 장안으로 가라 하였다. 그리고 조예는 어가를 타고 친정에 나서며, 사마의에게 명하여 정한 날짜에 오라 하였다. 사자는 명을 가지고 밤을 도와 완성으로 갔다.

　한편, 공명은 출사한 이래 여러 차례 전승을 거두어 마음속에 매우 기뻐하였다. 마침 기산의 영채에서 중신들을 모아 놓고 일을 의논하고 있는데, 홀연히 영안궁을 지키고 있는 이엄의 아들 이풍(李豐)이 만나러 왔다고 한다. 공명은 동오가 경계를 범했던 일이 있기에, 마음속으로 놀라고 의심하면서 장막으로 불러 온 이유를 물었다.

　이풍이 말하기를,

　"특히 기쁜 일을 아뢰러 왔습니다."

하거늘, 공명이 묻기를

　"무슨 기쁜 일이오?"

하니, 이풍이 말하되

"지난 날 맹달이 위에 항복한 것은 부득이해서입니다. 그때에 조비는 그의 재주를 받아들여 준마와8) 금주를 주고, 일찍이 출입을 함께 하며 산기상시에 봉하고 신성(新城)태수를 시켰습니다. 그리고 상용과 금성(金城) 등지를 지키게 하며, 서남지역의 일을 위임하였습니다.

조비가 죽은 후에 조예가 즉위하자, 조정의 많은 사람들이 질투를 하여 맹달은 밤낮으로 불안에 싸위있으면서 늘 휘하 장수들에게 '나는 본래 촉나라의 장수인데 형편이 이토록 핍박되게 된 것이다.'라고 말했다는데, 지금은 누차 심복을 시켜 가친께 글월을 보내고, 승상에 대신 품해 달라고 청한답니다.

그가 말하기를 '지난 날 5로병은 천중에 내려올 때에도 일찍부터 이런 생각이 있었답니다. 지금은 신성에 있으면서, 승상께서 위를 정벌하러 오셨단 말을 듣고 금성과 신성, 그리고 상용의 3군의 군마를 거사에 동원하여 곧장 낙양을 취하고 승상께서도 장안을 취한다면, 양경(兩京)이 크게 안정될 것'이라고 합니다. 이제 저에게 보내온 사람과 여러 차례 온 서신을 가져와 드리는 것입니다."

하거늘, 공명이 크게 기뻐하며 이풍에게 상을 후히 내렸다.

문득 세작들이 와서, 보고하기를

"위주 조예가 장안으로 가고 다른 한편으로는 사마의가 복직되고 평서도독이 되어서, 이곳의 군사들을 거느리고 장안에 모이게 했다 합니다."

하거늘, 공명이 크게 놀랐다.

---

8) 준마(駿馬): 썩 빠른 말. 준제(駿蹄). [戰國策 秦策]「君之駿馬盈外厩 美女充後庭」.「준족사장판」(駿足思長阪). 하루에 천 리를 달리는 말이 험악한 긴 고개를 넘기를 바라듯이, '뛰어난 인물은 큰 난리를 당하여 재능을 발휘하기를 원한다'는 뜻. [陸機 詩]「駿足思長阪」.

참군 마속이 말하기를,

"조예 따위를 어찌 걱정하십니까! 만약에 장안으로 온다면 나가서 저를 사로잡을 수 있습니다. 승상께서는 어찌해서 그렇게 놀라십니까?"

하거늘, 공명이 묻는다.

"내가 어찌 조예를 두려워하겠소? 내가 걱정하는 것은 오직 사마의 한 사람뿐이오. 지금 맹달이 대사를 일으키려 하는데, 만약에 사마의를 만나게 된다면 일이 필시 깨어지고 말 것이외다. 맹달은 사마의의 적수가 못 되기 때문에 틀림없이 사로잡히게 될 것이오. 만약에 맹달이 죽는다면 중원을 쉽게 얻는 일은 없을 것이외다."

하니, 마속이 묻기를

"어찌해서 급히 글을 닦아 보내서 맹달에게 방비하라 하지 않으십니까?"

하거늘, 공명이 그의 말에 따라, 곧 편지를 써서 사람을 시켜 밤을 도와 가서 맹달에게 알리게 하였다.

한편, 맹달은 신성에서 오직 심복의 회보만 바라고 있었는데 하루는 심복이 와서 공명의 편지를 드리거늘, 맹달이 뜯어보니 편지의 대강 내용은 다음과 같다.

근자에 글을 보니, 공의 충의지심을 알 수 있었소. 옛 정을 잊지 않고 있으니 나도 심히 기쁘고 위안이 됩니다. 만약에 대사가 이루어지기만 한다면, 공은 한나라를 중흥시키는 데 큰 공을 세우게 되는 것이오. 그러나 아주 비밀리에 진행해야 합니다. 절대 쉽게 다른 사람에게 부탁하지 마시오. 삼가고 또 경계해야 합니다.

근자에 들으니 조예가 다시 조서를 내려 사마의에게 완성과 낙양의 군사들을 일으키게 했다 하니, 만약에 공의 거사를 듣고 한 일이라면 필시 먼저 올 것이외다. 모름지기 만반의 준비를 하고 절대로 등한히 보지 마세요.

맹달은 편지를 보고 나서 웃으면서,
"사람들이 공명은 의심이 많다 하더니[9] 이제 이 일을 보니 알겠도다."
하고, 이에 회답을 써서 심복을 시켜 공명에게 전하라 하였다. 공명이 장막으로 불러들이니 그 사람이 답서를 올린다.
공명이 뜯어보니 답서의 내용은 다음과 같다.

마침 균교를[10] 받자오니 어찌 감히 이 일을 태만히 하리이까? 사마의의 일로 말하오면 너무 두려워할 일이 아닌 듯합니다. 완성은 낙양에서 8백 리나 떨어져 있고 신성까지는 천이백 리나 됩니다. 만약에 사마의가 저의 거사를 들었다면, 모름지기 위주에게 표문을 올릴 것입니다.

그러자면 왕복 한 달은 걸릴 터인데 저는 그 사이에 성지를 굳게 하고 여러 장수들은 삼군과 함께 다 깊고 험한 곳에 있을 것이오니, 사마의가 곧 온다 해도 저는 두려워하지 않을 것입니다.

승상께서는 마음을 놓으시면, 오직 승전보를 듣게 될 것입니다.

공명은 보고 나서, 편지를 땅에 던지고 발을 구르며
"맹달은 틀림없이 사마의에게 죽게 될 것이다."

---

9) 의심이 많다 하더니[心多] : '의심이 많음'의 비유임. [呂氏春秋 審應]「口眊不言 以精相告 紂雖多心 弗能知異 (注) 紂多惡周之心」.
10) 균교(鈞敎) : 균지(鈞旨). 정승이 낸 의견이나 명령. [長生殿 收京]「小生接介 云 領鈞旨」.

하니, 마속이 묻기를

"승상께서는 무슨 그런 말씀을 하십니까?"

하니, 공명이 대답하기를

"병법에 이르기를 '방비가 없을 때 공격하고 뜻하지 않을 때 나간다.'[11] 했는데, 어찌 한 달 동안이나 기간이 있겠느냐? 조예는 이미 모든 것을 사마의에게 맡겼으니 적을 만나면 곧 제거할 뿐, 어찌 주달을 기다리겠는가? 만약에 맹달이 모반한 줄을 안다면 열흘이 못 되어서 병사들을 이끌고 올 터인데, 어찌 손 쓸 틈이 있겠소이까?"

하거늘, 여러 장수들이 다 탄복하였다.

공명은 급히 영을 내려, 사자에게 말하기를

"만약에 거사하지 않았다면, 절대 함께 하기로 한 자에게 바로 알리지 말아라. 알린다면 반드시 실패할 것이다."

하였다. 그 사람이 하직 인사를 하고 신성으로 돌아갔다.

한편, 사마의는 완성에서 한가하게 지내고 있으면서, 위병들이 촉병에게 여러 번 패했다는 소식을 듣고 하늘을 우러러 탄식하였다. 사마의의 큰 아들 사마사(司馬師)는 자를 자원(子元), 둘째 사마소(司馬昭)는 자를 자상(子尙)이라 했는데, 두 사람 다 평소부터 큰 뜻을 가지고 있었으며 병서에 통달하고 있었다.

그날 옆에서 시립하고 있다가, 사마의가 탄식하는 것을 듣고 묻기를

"아버님께서 무슨 일로 그리 탄식하십니까?"

하거늘, 사마의가 말하기를

---

11) 방비가 없을 때 공격하고 뜻하지 않을 때 나간다[攻其不備 出其不意] : 상대가 준비가 되어 있지 않을 때 공격하고, 전혀 생각지 못하고 있는 곳을 공격함. [孫子兵法 計篇 第一]「攻其不備 出其不意 此兵家之勝 不可先傳也」.

"너희들이 어찌 큰 일을 알겠느냐?"

하였다.

　사마사가 또 묻기를,

"위주께서 써주시지 않으심을 탄식하시는 게 아닙니까?"

하니, 사마소가 웃으며 대답한다.

"조만간에 반드시 아버님을 부르는 소명(召命)이 올 것입니다."

하였다.

　말이 채 끝나기도 전에, 문득 천자의 사자가 절을 가지고 왔다. 사마의가 조서를 읽고 나서, 마침내 완성의 제로군마들을 모으는데 홀연 금성태수 신의(申儀)의 가인이 비밀한 일로 뵙고자 한다고 보고하였다. 사마의가 불러들여 은밀하게 물으니, 그 사람이 맹달의 모반 사건을 자세하게 말하였다. 또 맹달의 심복 이보(李輔)와 맹달의 외생질 등현(鄧賢)의 고변 소장을 내놓았다.

　사마의가 듣고 나서 손을 이마에 올리고 말하기를,

"이는 곧 황상의 홍복이로다! 제갈량의 병사들이 지금 기산에 있으니, 내외인들이 다 간이 서늘해 하는 터이다. 지금 천자께서는 어쩔 수 없이 장안으로 행하시고 있으니, 만약에 조석 간에 나를 기용하지 않으셨다면 맹달의 거사로 하여 양경(兩京)이 모두 함몰되고 말았을 것이다! 이 도적은 반드시 제갈량과 내통하였을 것이니, 내 가서 먼저 저를 깨뜨리리라. 제갈량이란 자도 정녕 낙심하여 스스로 물러갈 것이다."

하매, 장자 사마사가 말하기를

"아버님께서 급히 표장을 써서 천자께 아뢰시지요."

하니, 사마의가 대답하기를

"성지를 얻으려면 꼬박 한 달이 걸릴 터이니 아니 될 것이다."

하고 곧 인마에게 기병하도록 이르고, 이틀 되는 길을 재촉해서 하루에 가되, 늦는 자는 참하겠다는 엄명을 내렸다.

한편, 참군 양기(梁畿)에게 격문을 보내, 밤을 도와 신성으로 가서 맹달 등에게 출전할 준비를 하게 하여 저로 하여금 의심치 않게 하였다. 양기는 먼저 가고 사마의는 뒤에 발병하기로 하였다. 이틀쯤 갔을 때 산언덕 아래에서 일군이 나오는데, 이는 우장군 서황이었다.

서황은 말에서 내려, 사마의를 보고 묻기를

"천자의 어가가 장안에 도착하셔서 직접 촉병과 싸우시는데, 지금 도독께서는 어디를 가십니까?"

하거늘, 사마의가 목소리를 낮추어 말하기를

"지금 맹달이 모반하여 내 저를 사로잡으러 가는 것이외다."

하니, 서황이 말하기를

"제가 선봉을 서겠습니다."

하거늘, 사마의가 크게 기뻐하며 병사들을 합쳤다.

그리고 서황을 전부로 삼고 사마의는 중군이 되어 두 아들을 뒤따르게 하였다. 또 이틀쯤 갔다. 전군의 초마가 맹달의 심복을 잡아 조사하다가 공명의 친서를 찾아내어 사마의를 뵈러 왔다.

사마의는 그에게 말하기를,

"내 너를 죽이지 않을 터이니 너는 처음부터 상세히 말하거라."

하였다. 그 사람은 공명과 맹달에게서 오고 간 사실들을 일일이 말하였다.

사마의가 공명의 회답서를 보고, 크게 놀라며

"세상에 능력이 있는 사람은 다 같구나. 나의 생각을 공명이 먼저 알고 있다니. 다행히도 천자께서 복이 있으셔서 이 소식을 아셨도다. 맹달이 지금 할 수 있는 것이 없게 되있구나."

하며, 마침내 밤을 도와 군사들을 재촉하며 전진하였다.

이때, 맹달은 신성에 있으면서 금성태수 신의와 상용태수 신탐에게, 날을 정해서 거사하기로 약속을 해 두었다. 신탐과 신의 두 사람은 거짓 응락하는 체하고, 매일 군마를 조련하면서 위병이 이르기만 기다려 곧 내응하기로 하고 있었다.

그리고는 맹달을 대하여 무기와 양초 모두 완비하지 못해서 감히 기일을 정해 거병할 수가 없다고 말하였으나, 맹달은 그들의 말을 믿고 의심하지 않았다. 갑자기 참군 양기가 왔다는 보고가 들어오매, 맹달은 성중으로 맞아들였다.

양기는 사마의의 명을 전하며 말하기를,

"사마도독께서는 지금 천자의 조서를 받고 제로병으로써 촉병을 물리치려 하고 있으니, 태수는 본부의 군마를 모아 놓고 영을 기다리도록 하십시오."

한다.

맹달이 묻기를,

"도독께서는 언제 출정하시오이까?"

하니, 양기가 대답한다.

"이때에 완성을 떠났다 하셨으니 장안을 바라고 가셨을 것입니다."

하거늘, 맹달이 속으로 기뻐하며 말하기를

"나의 대사는 성공하리로다!"

하며, 술자리를 베풀어 양기를 기다리게 하고 성 밖에 나가 신탐과 신의에게 일을 알렸다. 그리고 내일 거사하여 성 위에 대한의 깃발을 올리고, 제로의 군마들을 발진하여 지름길로 낙양을 취하러 가기로 하였다. 그때, 문득 성 밖에 흙먼지가 하늘에 솟는데, 어느 곳의 병사들이 오는지는 알 수 없다는 보고가 들어왔다.

맹달은 성에 올라가 보니, 한 떼의 군마들이 보이는데 '우장군 서황'이라는 기호를 달고 와 성 아래 이르렀다. 맹달이 크게 놀라서 급히 적교를[12] 끌어 올렸다.

서황은 멈추지 않고 곧장 해자 주변에 이르러, 큰 소리로

"반적 맹달은 빨리 항복하라!"

하거늘, 맹달이 크게 노하여 급히 활을 들어 저를 쏘니, 서황의 이마에 정통으로 맞아 위장들이 구원해 갔다. 성 위에서 어지럽게 성 아래로 활을 쏘아대자 위병들은 물러갔다. 맹달은 문을 열고 급히 쫓아가다가 사마의의 병사들과 마주쳤다.

맹달이 하늘을 우러러 길게 탄식하기를,

"과연 공명의 생각을 벗어나지 못하는구나!"

하였다. 그리고는 성문을 닫고 굳게 지키기만 하였다.

한편, 서황이 맹달의 화살을 이마에 맞으매 참군이 구원해 영채에 이르러서 활촉을 뽑아내고 의원에게 조리를 하도록 하였으나, 그날 밤에 죽으니 향년 59세였다. 사마의는 서황을 관에 넣어서 낙양에 보내 안장하게 하였다. 다음 날 맹달은 성에 올라 두루 살펴보니, 위병들이 사방에서 에워싼 것이 마치 철통 같았다.

맹달은 앉으나 서나 불안하여 놀라움을 진정하지 못하고 있는데, 갑자기 양로병들이 성벽에서 짓쳐 오는데 깃발 위에 크게 '신탐·신의'라 써 있었다. 맹달은 이들이 구원군을 이끌고 온 줄 알고, 황망히 본부병들을 이끌고 성문을 크게 열고 짓쳐 나갔다.

---

12) 적교(弔橋) : 줄다리. 평소에는 해자(垓子 : 도랑못) 위에 걸쳐 놓아 사람이나 말이 다닐 수 있게 하고, 필요한 때에는 들어 올려 외부인의 침입을 막을 수 있게 만든 다리. [武備志]「釣橋造以楡槐木 上施三鐵環」. [福惠全書 保甲部 建築]「視門大小 造以弔橋」.

신탐과 신의가 크게 부르짖기를,

"반적은 달아나지 말거라! 빨리 나와 목을 느려라!"

하였다.

맹달은 일이 바뀐 줄 알고 말을 돌려 성 안으로 달아나려는데, 성 위에서 성 아래로 어지러이 활을 쏘아댔다.

이보와 등현 두 사람이 성 위에서 큰 소리로, 말하기를

"우리들이 이제 성을 바쳤다!"

하자, 맹달은 길을 열어 달아났다. 신탐이 급히 쫓아오는데, 맹달은 인마가 다 피곤해져서 손을 쓰려 해도 미치지 못하게 되었다. 신탐의 한 창에 맞아 말 아래 떨어지니, 신탐이 그 수급을 효수하자 남은 군사들은 다 항복하였다.

이보와 등현은 성문을 활짝 열고 사마의를 영접하여 성 안으로 들였다. 백성들을 안무하며 군사들의 노고를 치하하고 나서, 사람을 보내 위주 조예에게 알리니 조예가 크게 기뻐하였다.

맹달의 수급을 낙양성에 효수하여 백성들이 보게 하고[13], 신탐과 신의에게 관직을 더 해주어 사마의를 따라 정벌에 나서라 하였다. 이보와 등현에게는 신성과 상용을 지키게 하였다.

사마의는 병사들을 이끌고 장안성 밖에 하채하고, 성에 들어가 위주를 뵈었다.

조예가 크게 기뻐하며 말하기를,

"짐이 한 때 불명하여 저들의 반간계에[14] 빠졌으니 후회막급이오이

---

13) 효수하여 백성들이 보게 하고[梟示警衆] : 목을 매달아 보임으로써 백성들에게 경종을 울림. [史記 始皇紀]「二十人皆**梟首** (注) 集解曰 縣首於木上曰**梟**」. [通鑑 晋元帝記 胡三省注]「**梟**不孝鳥 說文曰 冬至捕梟 磔之以頭 掛之木上 故今謂掛首 爲**梟首**」.

다. 이제 맹달이 모반을 하였는데, 경이 제어하지 않았으면 양경이 무너질 뻔했소이다."

하거늘, 사마의가 말하기를

"신이 듣건대 신의에게서 모반의 조짐을 듣고 표주를 올려 알리려 하였으나, 오가는 기간이 지체되는 것이 두려워 성지를 기다리지 않고 밤을 도와 갔나이다. 주청을 기다렸더라면 제갈량의 계책에 빠질 뻔하였습니다."

하고 말을 마치자, 공명이 맹달에게 보내는 밀서를 위주에게 바쳤다.

조예가 보고 나서 크게 기뻐하며,

"경의 학식은 손오보다 낫구려!"

하며 금월부15) 한 쌍을 내리시고, 이 뒤부터 기밀사가 있으면 표주를 기다리지 말고 곧 시행하라 하였다. 그리고 곧 사마의에게 관을 나서서 촉병을 깨뜨리라고 명하였다.

사마의가 말하기를,

"신에게 한 장수를 주시면 선봉을 삼으려 하나이다."

하니, 조예가 묻기를

"그가 누구인고."

한다.

사마의가 다시 말하기를,

---

14) 반간계[反間之計] : 상대를 이간시키는 계책. [史記 燕世家]「說王仕齊爲**反間計** 欲以亂齊」. [孫子兵法 用間篇 第十三]「故用間有五 有因間 有內間 有**反間** 有死間 有生間……**反間**者 因其敵間 而用之」. 이간책(離間策). [晉書 王豹傳]「**離間**骨肉」.

15) 금월부(金鉞斧) : 신분의 상징물임. 본래는 형구(刑具)로 '월'은 큰 도끼, '부'는 작은 도끼임. [左傳 昭公 四年]「將戮慶封 負之**斧鉞**」. [國語 晉語]「司寇之刀鋸日弊 面**斧鉞**不行」.

"우장군 장합(張郃)이 이 임무를 감당할 수 있으리라 생각하나이다."
하거늘, 조예가 웃으며 대답한다.

"짐도 그를 기용하려던 차외다."
하며, 드디어 장합을 전부의 선봉장으로 삼아, 사마의를 따라서 장안을 떠나 촉병을 깨뜨리라 하였다.

이에,

모신이 이미 있어 지모를 쓰려 하는데
또 맹장을 구해 위엄을 더하누나.
　既有謀臣能用智
　又求猛將助施威.

그 승부가 어찌 되었는지는 알 수가 없다. 하회를 보라.

제95회

마속은 간하는 말을 듣지 않다가 가정을 잃고
무후는 거문고를 타서 중달을 물리치다.

馬謖拒諫失街亭
武侯彈琴退仲達.

한편, 위주 조예는 장합을 선봉을 삼고 사마의와 함께 정벌에 나섰다. 한편으로는 신비(辛毗)와 손예(孫禮) 두 사람에게 병사 5만을 주어 가서 조진을 돕게 하였다. 두 사람은 조서를 받들고 갔다.

이때, 사마의는 20만 대군을 이끌고 관을 나서서 하채하고, 선봉장 장합을 장막으로 청하여, 말하기를

"제갈량은 평생 신중해서 감히 경솔하게[1] 일을 처리하는 법이 없는 인물입니다. 만약에 내가 용병을 한다면 먼저 자오곡(子午谷)을 따라 곧장 장안을 쳤을 것이오. 이렇게 하는 것이 일찍 많은 시간을 벌게 될 것이기 때문이오. 그는 무모하지 않기에 잃을 것이 있을까 저어해, 험한 일을 하지 않을 것이오이다.

이제 그는 반드시 군사를 야곡(斜谷)으로 보내 미성(郿城)을 취하려

---

1) **경솔하게[造次]** : 「조차간」(造次間)의 준말. 짧은 시간. 또는 아주 급작스러운 때. 「조차전패」(造次顚沛). '조차'는 창졸(倉卒)한 때, 전패는 엎드러지고 자빠질 때의 뜻. [論語 里仁篇]「君子無終食之間違仁 **造次**必於是 **顚沛**必於是」. [三國志 蜀志 馬良傳]「鮮魚 **造次**之華」.

할 것이고, 미성을 취했으면 병사들을 두 갈래로 나누어 일군으로 기곡(箕谷)을 취하려 할 것이외다. 내 이미 격문을 보내어 자단에게 미성을 단단히 방어하라 하였소. 만약에 촉군이 쳐 오더라도 나가 싸워서는 아니 됩니다. 손예와 신비에게는 기곡의 입구에 주둔하고 있다가, 적들이 오면 기병(奇兵)을 내어 치라 하였소."

하거늘, 장합이 말하기를

"이제 각 장수들에게 어느 곳까지 진병하라 할까요?"

하였다.

사마의가 말하기를,

"나는 평소부터 진령(秦嶺)의 서쪽을 잘 알고 있소이다. 거기 한 가닥 길이 있는데 그 이름이 가정(街亭)이외다. 그 곁에 한 개의 성이 있는데 그 이름이 열류성(列柳城)이오. 이 두 곳은 다 한중의 인후 구실을 하는 곳2)입니다. 제갈량은 자단을 속여 방비치 않게 하고 이곳을 따라 진군할 것이외다.

내가 장군과 함께 빨리 가정을 취한다면 양평관이 멀지 않습니다. 제갈량이 내가 가정의 요로를 막고 양도를 끊은 것을 안다면, 농서(隴西) 일대를 편히 지킬 수 없을 것입니다. 이리한다면 저들은 틀림없이 밤을 도와 한중으로 도망갈 것이오. 제갈량이 움직일 때 내가 병사들을 이끌고 공격하면 전승할 수 있을 것이외다.

만약에 돌아가지 않는다면 내가 여러 곳의 소로를 다 막고 군사들에게 지키게 하려 합니다. 그리되면 촉병들은 한 달이 못 되어 군량이 떨어질 것이니 다 굶어 죽을 것이고, 제갈량은 나에게 사로잡히게 될

---

2) 인후 구실을 하는 곳[咽喉] : 목구멍. '길목'을 비유한 말임. 「인후지」(咽喉地). [戰國策 秦策]「頓子曰 韓天下之咽喉 魏天下之胸腹」. [三國志 蜀志 楊洪傳] 「漢中 益州咽喉 若無漢中 則無蜀矣」.

것이오.”

하니, 장합이 깨닫고 땅에 엎드려 절하며

“도독의 그 계책은 귀신같습니다!”

하고 감탄한다.

사마의가 말하기를,

“비록 이와 같이 하려 하지만, 제갈량은 맹달과 같은 인물이 아니외다. 장군이 선봉이 되었으니 경거망동하지 마세요. 마땅히 제장들은 산의 서쪽에 숨어 있으면서 멀리까지 초탐하게 하되, 복병이 없을 것 같으면 전진하게 하세요. 만약에 이를 게을리하고 등한시한다면, 틀림없이 제갈량의 계책에 빠질 것이외다.”

하거늘, 장합이 계책을 받고 군사들을 이끌고 갔다.

한편, 공명은 기산의 영채에 있는데 문득 신성에서 세작이 왔다 하거늘, 급히 불러 물으니 세작이 고하기를

“사마의는 행군을 더욱 재촉하여 8일에는 이미 신성에 도착하니 맹달은 손을 쓸 수조차 없었답니다. 또 신탐과 신의·이보·등현 등이 같이 내응하고, 맹달은 어지러운 싸움터에서 죽었답니다. 그리고 지금 사마의가 군사를 거두어 장안에 와서 위주를 만났다 하며, 장합은 병사들을 이끌고 출관하여 우리 군사들을 막고 있답니다.”

하거늘, 공명이 크게 놀라면서

“맹달이 일을 은밀하게 하려 하지 않았으니, 죽은 것은 실로 당연한 일이오. 지금 사마의가 필시 가정을 취하고 우리의 인후가 될 만한 길을 끊으려 하는구나.”

하며, 곧 묻기를

“누가 감히 병사들을 이끌고 가서 가정을 사수하겠느냐?”

하고 말을 마치기 무섭게, 참군 마속이 말하기를

"제가 가겠습니다."

하거늘, 제갈량이 당부하며

"가정의 비록 작은 성이지만 아주 중요한 곳이오. 만약에 가정을 잃는다면 우리의 대군들이 모두 쓸모없게 되는 것이외다. 자네가 비록 전략에 능하기는 하나 이곳은 성곽도 없고, 또 지형이 험하지도 않아서 지키기가 매우 어려운 곳이오."

하니, 마속이 묻는다.

"제가 어려서부터 책을 읽어 자못 병법을 좀 알고 있습니다. 어찌한낱 가정을 못 지키겠습니까?"

하거늘, 공명이 또 당부하기를,

"사마의는 등한히 볼 인물이 아니오. 또 장합을 선봉장으로 삼고 위의 명장들을 거느리고 있으니, 자네가 저들을 대적할 수 있을지 걱정되오."

하였다.

마속이 대답하기를,

"사마의와 장합 등에 대해서는 말도 마십시오. 조예가 직접 온다 해도 뭐 두려울 것이 있겠습니까! 만약에 제가 실수라도 한다면 저의 전 가족을 참하소서."

한다.

공명은 또 다시 다짐한다.

"군중에는 농담이 없는 법이네."

하니, 마속이 말하기를

"그렇다면 군령장을3) 들여 놓겠습니다."

---

3) **군령장(軍令狀)** : 일종의 '서약서'. 임무를 다하지 못하면 군법에 따른 처벌을 받겠다는 서약임. 원문에는 '怎敢戲都督! 願納軍令狀'으로 되어 있음. [東軒

하거늘 공명이 그의 말을 따르기로 하니, 마속은 군령장을 들여 놓았다.

공명이 말하기를,

"내 자네에게 2만 5천의 정병과 한 명의 상장을 뽑아 같이 가서 돕도록 하겠소."

하고, 즉시 왕평을 불러 당부하기를

"내 평소부터 자네가 평생 신중하게 행동하는 것을 알고 있으므로, 특히 써 이 중차대한 일을 맡기며 부탁하는 것이니, 조심해서 이곳을 잘 지켜 주시게. 영채는 반드시 중요한 길목에다 치고 적병으로 하여금 절대 이곳을 지나가게 해서는 안 되네. 영채를 다 치고 나면, 곧 사지팔도 지리형상을 그려서 내가 볼 수 있게 하시게. 무릇 모든 일을 상의하고 정당한 일이면 실행하고 가벼이 행동해서는 아니 되네. 지키는데 위험이 없으면 곧 이는 장안 공략에 제일 큰 공이니 삼가고 경계하게!"

하거늘, 두 사람이 인사를 하고 병사들을 이끌고 갔다. 공명은 깊이 생각하여 두 사람이 실수가 있을까 저어하였다.

그래서 또 고상에게 말하기를,

"가정의 동북편에 한 성이 있는데 그 이름이 열류성이오. 산골짜기에 소로가 있어, 여기에다 군사들을 주둔하고 영채를 세울 만하오. 자네에게 1만의 병사들을 줄 터이니 가서 이성에 주둔했다가 가정이 위험해지거든 군사들을 이끌고 가서 구원하게."

하자, 고상이 군사들을 이끌고 갔다.

공명은 또 생각하였다. 고상은 장합의 적수가 되지 못할 것이니, 반드시 한 대장을 보내서 가정의 우측에 주둔하게 하여 지켜야 하겠다

筆錄]「苟無異說 即皆令具**軍令狀** 以保任之」. [書繼]「仍責**軍令狀** 以防遺墜潰汗」.

고 생각하고는, 위연을 불러 본부병을 이끌고 가서 가정의 뒤쪽에 주둔하게 하였다.

위연이 묻기를,

"저는 전부가 되었으니 먼저 나가서 적을 깨뜨려야 합당할 터인데, 무엇 때문에 저에게 한가한 곳에 가 있으라 하십니까?"

하거늘, 공명이 말하기를

"앞장 서서 적을 깨뜨리는 일은 그저 편장이나 할 일일 뿐이오. 지금 자네에게 가정을 지원하라는 것은 양평관에 이르는 요로(要路)이기 때문에 한중의 가장 중요한 곳이다. 이는 아주 큰 임무이거늘 어찌 한가한 곳이라 생각하는가? 자네가 이 일을 등한시한다면 나는 아주 큰 일을 그르치게 되는 것이니, 일체 조심하고 마음 쓰시오!"

하거늘, 위연이 크게 기뻐하며 군사들을 이끌고 갔다.

공명은 그제서야 겨우 마음을 놓고 조운과 등지를 불러, 분부하기를

"지금 사마의가 출병하였으니 사세가 전날과는 아주 다르오이다. 자네 두 사람은 각기 군사들을 이끌고 기곡에 가서, 의병인척 하되 위병을 만날 것 같으면 싸우든 싸우지 않든 간에 곧 저들을 놀라게 하시게. 내 직접 대군을 이끌고 야곡을 경유해서 곧장 미성으로 가겠소. 만약 미성을 얻기만 한다면 장안은 깨뜨릴 수 있을 것이외다."

하니, 두 사람이 명을 받고 갔다. 공명은 영을 내려 강유에게 선봉이 되게 하고 야곡으로 출발하였다.

한편, 마속과 왕평 두 사람은 병사들을 이끌고 가정에 도착하여 지세를 살펴보았다.

마속이 웃으면서 묻기를,

"승상께서는 무엇 때문에 그리 마음을 쓰시는지 알 수가 없소이다. 이 산골짜기에 위병들이 어찌 감히 오겠소이까!"

하거늘, 왕평이 말한다.

"그렇기는 하나, 위병이 오지 못하더라고 이 5로의 입구마다[五路總口] 영채를 세우고, 군사들에게 나무를 베어 목책을 세우도록 해서, 써 장구한 계책을 세워야 할 것이오."

한다.

마속이 말하기를,

"여기가 어찌 영채를 세울 만한 곳이오. 이곳의 좌측에 산 하나가 있는데, 사방이 다 연한 곳이 없고 수목이 우거졌으니 이는 천혜의 험처라. 산 위에 군사들을 주둔시키도록 합시다."

한다.

앙평이 묻기를,

"참군의 생각은 잘못되었소이다. 만약에 이 길에 군사들을 주둔시켜 놓고 성에 담을 쌓는다면, 적병이 수만이라도 넘어오지 못할 것이외다. 지금 만약에 이 요로를 버리고 산 위에 군사들을 주둔시킨다면, 오히려 위병들이 몰려오면 사방을 둘러싸이게 될 터인데, 어찌 보전하려 하오?"

하니, 마속이 웃으며 말하기를

"자네는 생각이 마치 계집애 같구려! 병법에 이르기를 '높은 데서 아래를 보니4) 형세가 대를 쪼개는 것 같다.'5) 하였소이다! 만약에 위병이 온다면, 나는 저들을 한 놈도 돌아가지 못하게 하겠소."

---

4) 높은 데서 아래를 보니[凭高視下]: 높은 곳에 올라가서 아래를 내려다 봄.
5) 형세가 대를 쪼개는 것 같다[勢如劈竹]: 날카로운 칼로 대를 쪼개는 것과 같음.「파죽지세」(破竹之勢). 많은 적을 물리치고 쳐들어가는 당당한 기세. [晉書 杜預傳]「預曰 今兵威已振 譬如破竹 數節之後 皆迎刃而解」. [北史 周高祖紀]「嚴軍以待 擊之必克 然後乘破竹勢 鼓行而東 足以窮其窟穴」.

한다.

왕평이 말하기를,

"내 여러 번 승상의 진을 따라다녔지만 매양 이르는 곳마다 승상께서 설명해 주었소. 이제 이 산을 보니 아주 절지라.6) 만약에 위병들이 우리의 급수길을 막기라도 하면, 우리 군사들은 싸워보지도 못하고 혼란에 빠질 것이외다."

하니, 마속이 묻기를

"자네, 혼란한 말을 말게나! 손자가 이르기를 '사지에 진을 치면 산다.'7) 하였네. 만약 위병이 우리의 물길을 끊는다면 어찌 죽기 살기로 싸우지 않겠는가? 가히 일당백이 될 것일세.8) 내 평소에 병서를 읽었기에, 승상께서도 모든 일들을 수하인 나에게 묻는데, 자네는 어찌해서 자꾸 막는가?"

하거늘, 왕평이 말한다.

"만약에 참군께서 산 위에 하채하시겠다면 나에게 군사들을 나눠주세요. 그러면 산 저편 아래에 작은 영채를 쳐서 기각지세를9) 이루게 하겠소이다. 만일 위병이 오더라도 상응할 수 있게 말이외다."

하였으나, 마속은 따르지 않았다.

---

6) 절지(絶地) : 절역(絶域). 멀리 떨어진 지역. 절국(絶國). 병가에서는 '활도가 끊어진 땅'의 의미로 쓰임. [孫子兵法 九變 第八]「圮地無舍 衢地合交 **絶地** 無留 圍地則謀 死地則戰」. [漢書 武帝紀]「詔州郡察 吏民有可爲將相使**絶域**者」.

7) 사지에 진을 치면 산다 : 원문에 '**置之死地而後生**'으로 되어 있음. [孫子兵法 九地篇 第十一].「**死地** 吾將示之以不治 故兵之情 圍則禦 不得已則鬪 過則從」.

8) 일당백이 될 것일세[以一可百當也] : 혼자서도 백을 당해낼 수 있음. [淮南子]「百言**百當** 不如擇趨而審行也」.

9) 기각지세(掎角之勢) : 앞 뒤에서 적을 물리칠 수 있는 태세. '기각'은 '앞 뒤에서 서로 응하여 적을 견제함'. [左傳 襄公十四年]「譬如捕鹿 晉人**角**之 諸戎**掎**之」. [北史 爾朱榮傳]「曾啓北人 爲河內諸州欲爲**掎角勢**」.

홀연, 산중에 사는 백성들이 모여 대를 결속해 나는 듯이 달려와서, 위병이 이르렀다고 알려 주었다. 왕평이 인사를 하고 가려 하였다.

그때 마속이 말하기를,

"자네는 이미 내 명령을 듣지 않으니 병사 5천 명을 데리고 가서 하채를 하게나. 그랬다가 내가 위병을 깨뜨리거든 승상의 면전에서는 공을 나눌 생각을 말게!"

하였다.

왕평은 군사들을 데리고 산을 떠나 10여 리쯤에 하채를 하고, 도본을 그려 밤을 도와 사람을 시켜 공명에게 품하였다. 또 마속이 산 위에 하채한 일을 자세히 말하였다.

한편, 사마의는 성중에 있으면서 둘째 사마소에게 명하여 전로를 초탐하게 하였다. 만약에 가정을 방비하고 있으면 곧, 병사들을 억제하여 더 가지 말라 하였다.

사마소가 명을 받고 죽 둘러보고 나서, 아버지에게 보고하기를

"가정엔 군사들이 지키고 있습니다."

하니, 사마의가 탄식하기를

"제갈량은 정말 귀신이네. 나는 저만 못하구나."

하거늘, 사마소가 웃으며 말하기를

"아버님께서는 무슨 연유로 스스로 뜻을 꺾으려 하십니까? 저의 생각으로는 가정을 쉽게 취할 수 있을 것 같습니다."

하거늘, 사마의가 묻기를

"네가 어찌 감히 이렇게 큰 소리를 치느냐?"

한다.

사마소가 또 묻기를,

"제가 눈으로 보니, 그 길에는 영채의 울타리도 없고 군사들이 다 산 위에다가 영채를 세우고 있는데, 무엇 때문에 깨뜨리지 않습니까?"

하거늘, 사마의가 크게 기뻐하며

"만약에 적들이 산 위에 영채를 세우고 있다면, 이는 하늘이 나의 성공을 돕는 것이다!"

하고, 곧 갑옷을 입고 백여 기만 이끌고 직접 가서 보았다. 이날 밤은 하늘이 맑고 달이 밝아서, 곧 산 아래에 이르러 주위를 한 바퀴 돌아보고 돌아왔다.

마속은 산 위에서 그것을 보고, 크게 웃으며

"저가 만약 살 운명이라면 산을 에워싸러 오지 않을 것이다."

하였다.

그리고 제장들에게 명령하기를,

"만약에 위병들이 오면 산 위에서 홍기를 흔들 터이니, 곧 사방에서 다 내려가라 해라."

하였다.

한편, 사마의는 영채로 돌아와서, 사람을 시켜 어떤 장수가 가정을 지키고 있는지 알아보게 하였다.

돌아와서 보고하기를,

"마량의 아우 마속이 지키고 있습니다."

하니, 사마의가 웃으면서

"저는 허명일 뿐10) 용렬한 인물이다. 공명이 이 같은 인물을 기용

---

10) 허명일 뿐[虛名] : 백망(白望). 실속이 없이 헛되게 난 이름. 「명불허전」(名不虛傳)은 '명예가 헛되이 전해진 것이 아님'의 뜻. 「명불허위」(名不虛謂)는 '이름이 헛되이 전하지 않음'의 뜻. [唐書 魏元忠傳]「元忠始名眞宰……然名不虛謂 眞宰相才也」. [後漢書 仲長統傳]「欲以立身揚明耳 而名不常存」.

하였으니 어찌 일을 그르치지 않겠는가!"

하고, 또 묻기를

"가정의 좌우에 특별히 지키고 있는 군사들은 없던가?"

하니, 탐마가 보고하기를

"산에서 10리쯤 떨어진 곳에 왕평이 영채를 치고 있습니다."

하거늘, 사마의가 장합에게 군사들을 이끌고 가서, 당장 왕평이 오는 길목에 주둔하라 하였다. 또 신탐과 신의에게는 양로의 군사들을 이끌고 가서, 산을 포위하고 먼저 물길을 끊으라 하였다.

그리고 촉병이 혼란에 빠지기를 기다렸다가 승세를 타고 저들을 공격하라 하였다. 그날 밤 군사들의 배치가 끝났다.

다음 날 날이 밝자 장합이 군사들을 이끌고 먼저 가정의 뒤로 갔다. 사마의는 대군을 몰아 산을 사방에서 포위해 버렸다. 마속이 산 위에서 이를 보니 위병들이 산과 들을 덮쳐 오고 있는데, 깃발과 대오가 심히 엄정한 것이 보였다. 촉병들이 그것을 보고 다 간담이 서늘해져 감히 산을 내려가지 못하였다. 마속이 홍기를 흔들었으나, 군사들이 서로 미루며 한 사람도 움직이지 않았다.

마속이 크게 노하여 두 장수의 목을 쳤다. 군사들은 놀라고 겁이 나서 겨우 산 아래로 내려가 위병들과 싸웠다. 그러나 위병들은 전혀 움직이지 않았다. 촉병들은 퇴각하여 산 위로 갔다. 마속은 일이 잘 풀리지 않는 것을 보고 군사들을 시켜, 영채의 문을 굳게 지키게 하고 외응만을 기다렸다.

한편, 왕평은 위병이 이른 것을 보고 군사들을 이끌고 짓쳐 오다가 마침 장합과 마주쳐 수십여 합을 싸웠으나, 힘이 부치고 진세가 궁해 지자 물러갔다. 위병이 진시부터 술시까지 포위하여 곤핍하게 하자, 산 위에는 물이 없어 군사들이 밥을 못 먹어 영채 속에서는 대혼란이 있었다. 한밤쯤 되어서 소란해지며 산 남쪽에서 영채의 문을 크게 열고, 산 아래로 내려와 위군에게 투항하였다. 마속은 금지하려 했으나 막을 수가 없었다.

사마의는 또 사람을 시켜 산기슭에다 불을 놓게 하자, 산 위의 촉병들은 더욱 혼란에 빠졌다. 마속을 지키려고 생각했으나 지킬 수가 없었다. 그는 잔병들을 이끌고 짓쳐 산을 내려와서 산 서쪽으로 달아났다. 사마의는 길을 터 마속이 지나가게 놓아두었다. 배후에서 장합이 군사들을 이끌고 급히 쫓아왔다. 추격병들이 30여 리쯤에 이르자 앞에서 고각 소리가 일제히 울리고 한 떼의 군마가 마속을 지나가더니 장합의 앞을 막고 나섰다.

그는 위연이었다. 위연은 칼을 휘두르고 말을 몰아 곧장 장합을 취하였다. 장합은 군사를 돌려 달아났다. 위연이 병사들을 몰아 급히 추격하여 다시 가정을 빼앗았다. 50여 리쯤 추격하는데 함성이 일더니 양쪽에서 복병들이 쏟아져 나왔다. 왼쪽에는 사마의이고 오른쪽에는 사마소가 위연의 뒤로 돌아서 포위해 버렸다.

장합이 다시 와서 3로의 병사들이 합쳐서 달려들었다. 위연은 좌충우돌하였으나 빠져나올 수가 없어서, 병사들 태반을 잃었다. 아주 위급한 상황에 있는데, 한 떼의 군사들이 짓쳐 오니 이에 왕평이었다.

위연은 크게 기뻐하며,

"내 이제야 살았구나!"

하며, 두 장수가 힘을 합쳐 크게 몰아치니 위병들이 퇴각하였다.

두 장수들은 황급히 영채로 돌아오는데, 영채에는 다 위병의 깃발이고 신탐과 신의가 짓쳐 나왔다. 왕평과 위연은 지름길로 해서 열류성으로 달아났다. 이때, 고상이 가정이 적의 수중에 떨어졌다는 말을 듣고, 열류성의 군사들을 이끌고 구원하러 온 것이었다. 마침 위연과 왕평 두 사람을 만나서 지난 일들을 말하였다.

고상이 말하기를,

"이제 날이 어두워지면 곧장 위의 영채로 가서, 다시 가정을 수복해야 합니다."

하고, 세 사람이 산 아래에서 의견의 일치를 보았다. 날이 저물기를 기다려 3로로 군사들을 나누어서, 위연은 병사들을 이끌고 앞에 서서 가정에 도착하였으나, 사람이 보이질 않았다. 위연은 속으로 이상하게 생각하여 감히 가볍게 진격할 수가 없었다. 그래서 복병들을 길에 깔아놓고 기다리고 있었다.

그 무렵에 고상의 병사들이 도착하였으나, 두 사람들은 다 위병들이 어디에 있는지 알지 못하겠다고 말하고 있었다. 마침 어리둥절해 할 때 또한 왕평의 군사들이 보이지 않았다. 이때, 갑자기 방포소리가 나고 불길이 치솟으며 북소리가 진동하더니, 위병들이 일제히 나와 위연과 고상을 둘러쌌다. 두 사람은 오가며 충돌하여 몸을 빼려 하였다.

그런데 홀연 산마루 후면에서 뇌성같은 함성이 들리더니, 일표 장군이 짓쳐 나오는데 곧 왕평이였다. 고상·위연을 구해 열유성(列柳城)으로 오다 성 아래 이르렀을 때, 성의 측면에서 일찍이 일군이 있으면서 짓쳐 나오는데, 깃발에 크게 쓰기를 '위도독 곽회'라 써 있었다.

원래 곽회와 조진은 서로 의논하고 사마의가 전공을 차지할 것이 걱정되어, 곽회와 가정을 취하러 왔던 것이다.

사마의와 장합이 이미 공을 이루었음을 알고, 마침내 군사들을 이끌고 지름길로 열류성에 온 것인데 거기서 세 장수들과 마주쳤던 것이다. 곽회가 일군을 몰아쳐 촉병들 중에서 사상자가 많이 나왔다. 위연은 양평관을 잃을까 저어하여 황망히 왕평·고상 등과 같이 양평관으로 돌아갔다.

한편, 곽회는 군마를 수습하고 좌우에게

"내 비록 가정을 취하지는 못했지만, 열류성을 취하였으니 단연 큰 성공이다."

하고, 병사들을 이끌고 곧 성 아래에 이르러 외치는데, 성 위에서 방포소리가 들리고 깃발들이 다 일어서며, 앞선 큰 깃발에는 '평서도독 사마의'라고 크게 써 있었다.

사마의는 현공판을[11] 들고 호심란에서[12] 크게 웃으면서, 묻기를

"곽백제는 어찌 이리 늦게 오시오."

하고 물으니, 곽회는 크게 놀라면서 말하기를

"중달의 귀신같은 기모는 내 따르지 못하겠소이다!"

하고, 성에 들어갔다.

서로 인사가 끝나자, 사마의가 말하기를

"이제 가정을 잃었으니 제갈량은 곧 달아날 것이외다. 공도 자단과 함께 밤을 도와 저를 더욱 빨리 추격하시오."

하매, 곽회는 그 말을 따라 성에서 나갔다.

사마의는 장합을 불러서 말하기를,

"자단과 백제 등이 내 혼자서 큰 공을 세울 것을 걱정하고 있기 때문에, 와서 이 성지를 취하려는 게요. 내가 혼자서 공을 독차지하려한 것이 아니고 요행이 그리된 것이외다. 내 생각에 위연·왕평·마속·고상 등은 필시 먼저 양평관으로 갔을 것이오.

내 만약에 가서 양평관을 취한다면 제갈량은 반드시 뒤따라오며 엄습하여 계책에 들 것이외다. 병법에 이르기를 '돌아가는 군사들은 막

---

11) 현공판(懸空板) : 적루(敵樓) 앞에 늘어뜨린 널빤지. [傳習錄]「豈徒懸空 口耳 講說 而逐可以謂之學孝乎」.

12) 호심란(護心欄) : 화살로부터 가슴을 보호할 수 있게 설치된 적루의 난간.

지 말고, 궁지에 몰린 도적은 쫓지 말라.'13) 했소이다. 자네가 소로를
따라 기곡에 나가서 퇴병들을 유인하시오.

나는 스스로 병사를 이끌고 야곡의 병사들을 당하겠소. 만약에 저
들이 패주하거든 막지 마시고 두었다가, 중로를 당하여 길을 자르면
촉병들의 치중을 뺏을 수 있을 것이오."
하거늘, 장합이 계책을 받고는 병사들을 반만 이끌고 갔다.

사마의는 영을 내려,

"끝내 야곡을 취하되 서성으로 나가야 하오. 서성현은 비록 산골짜
기의 소촌(小村)이나 촉병들의 군량을 저장한 곳일 뿐 아니라 또한 남
안·천수·안정 이 세 군은 모두 이 길을 통하여 있소이다. 만약에 이
성만 얻는다면 세 군을 수복할 수 있을 것이오."
하였다.

이에 사마의는 신탐과 신의에게 열류성을 지키게 하고, 자신이 직
접 대군을 거느리고 야곡을 바라고 진발하였다.

한편, 공명은 마속 등을 보내 가정을 지키게 한 뒤로도, 오히려 마
음을 정하지 못하고 있었다. 홀연 왕평이 사람을 시켜 보낸 도본이
이르렀다. 공명이 불러들이라 하니 좌우가 도본을 바쳤다. 문서궤 위
에 펴놓고 뜯어보았다.

그러다가 책상을 치며 크게 놀라서,

---

13) 돌아가는 군사들은 막지 말고, 궁지에 몰린 도적은 쫓지 말라[歸師勿掩 窮寇
莫追] : 후퇴하는 군사를 막지 말고 궁지에 든 도적을 쫓지 않음. 「궁구물박」
(窮寇勿迫)은 궁지에 빠진 적을 추적하지 말라는 뜻으로, '잘못하다가는 오히
려 해를 입는다'는 말. [孫子兵法 軍爭篇 第七]「歸師勿遏 圍師必闕 窮寇勿迫 此
用兵之法也」. [後漢書 皇甫嵩傳]「董卓引兵法 窮寇勿追 歸衆勿追」.

"마속 이 무지한 놈이 우리 군사들을 구렁텅이에 빠뜨렸구나!"14)
한다.

좌우가 묻기를,

"승상께서는 무엇 때문에 그리 놀라십니까?"

하니, 공명이 말하기를

"내 이 도본을 보니 요로를 잃고 산 위에 영채를 세웠구려. 일찍이 위군이 이르면 사방을 포위할 것이고, 급수로를 끊으면 이틀이 못 되어 군사들은 혼란에 빠질 것이오. 만약에 가정을 잃는다면 우리들이 어찌 돌아가겠소이까?"

하거늘, 장사 양의가 나서서 대답한다.

"제가 비록 재주가 없으나 마유상(馬幼常)과 교체해 주십시오."

하거늘, 공명은 안정되게 둔찰하는 방법을 하나하나 양의에게 부탁하며 막 떠나려고 하는데, 갑자기 군마가 이르러

"가정과 열류성이 다 함락되었습니다."

한다.

공명은 발을 구르며 길게 탄식하기를,

"큰 일이 다 틀어지고 말았구나!15) 이는 내 허물이로다!"

---

14) 마속 이 무지한 놈이, 우리 군사들을 …… : 원문에는 '馬謖無知 坑陷吾軍矣'로 되어 있음. 누참마속(淚斬馬謖). 「읍참마속」(泣斬馬謖). 제갈량은 부하 장수 마속이 군령을 어기고, 가정(街亭) 싸움에서 제멋대로 싸우다가 패하자 울면서 그의 목을 벤 일. '큰 목적을 위해 자기가 아끼는 자를 버리는 것'의 비유. [中文辭典]「三國蜀漢 宜城人 良弟 **字幼常**……**諸葛亮深重之** 引爲參軍 先主臨薨 謂亮曰 馬謖言過其實 不可大用 建興間 亮出軍向祁山 以謖爲先鋒 與魏將張郃戰於街亭 謖違亮節度 大敗 軍退漢中 下獄而死」. [中國人名]「良弟 **字幼常** 以荊州從事隨先主入蜀 才器過人 好論軍計 **諸葛亮深加器異**……後亮出軍向祁山 拔稷統軍 與魏將張郃戰於街亭 爲郃所破 軍還 謖下獄物故 亮爲之流涕」.

15) 큰 일이 다 틀어지고 말았구나![大事去矣] : 큰 일이 다 틀리고 말았음. [論語

하고, 급히 관흥과 장포를 불러 당부하기를

"자네 두 사람은 각기 정병 3천씩을 이끌고 무공산(武功山) 소로로 가게. 가다가 위병을 만나거든 크게 싸우지 말고 북을 울리고 고함만 쳐, 의병이 되어서 저들을 놀라게만 하여라. 저들은 마땅히 달아날 것이니 또한 추격하지는 말게나. 저들이 다 물러가고 나면 곧 양평관으로 가거라."

하고, 또 장익에게 먼저 군사들을 이끌고 검각의16) 산길을 손보아서 귀로를 준비하게 하고, 또 은밀히 영을 전해 대군은 몰래 행장을 수습하여 떠날 채비를 하라고 일렀다. 한편 마대와 강유에게도 영을 내려, 뒤를 끊게 하되 먼저 가 산골짜기에 매복하였다가 모든 군사들이 물러날 때를 기다려 병사들을 수습하라 했다.

또한 심복을 시켜 천수·남안·안정 세 군의 관리와 군민들은 다 한중으로 들여보내게 하였다. 또 사람을 보내 기현의 강유 어머님을 옮겨 한중으로 모셔가게 하라 하였다.

공명은 분별이 정해지자, 먼저 5천 명을 이끌고 서성현으로 물러가서 양초의 운반을 도왔다. 그때 갑자기 10여 차례 탐마가 달려와서 보고하기를, 사마의가 대군 15만을 이끌고 서성현을 바라고 벌떼처럼 몰려오고 있다고 하였다.

그때, 공명의 신변에는 장수들이 없고 단지 문관들 뿐이었으며 5천

子路篇」「無見小利 欲速則不達 見小利則**大事不成**」. [老子 六十三]「天下難事 必作於易 天下**大事** 必作於細」.

16) **검각(劍閣)** : 검문각(劍門閣). 촉에서 한중으로 가는 중요한 통로임. 지금의 사천성 검각현 북쪽 대검산·소검산의 사이에 있는 곳. 여기서 잔도가 시작되는 데 공중에 비각(飛閣)을 가설하여 사람이 다닐 수 있게 되었다 하며, 검문각(劍門閣)이라고도 함. [晋書 地里志]「梓潼郡 蜀直統縣 梓潼涪城 武連黃安 漢德晋壽 **劍閣**」. [水經㳂水注]「**小劍**戌北西去**大劍**三十里 連山絕險 飛閣通衢 故謂之**劍閣**」.

명의 군사들 중에서도 이미 절반은 양초를 운반하러 가고 없었다. 단지 2천 5백여 명이 성중에 남아 있는 상태에서 여러 관리들이 이 소식을 듣고는 다 얼굴빛이 변하였다.

공명이 성에 올라가서 바라보니, 과연 티끌먼지가 하늘로 솟구쳐 오르며 위병들이 양로로 나뉘어 서성현을 바라며 짓쳐 오고 있었다. 공명은 정기들을 다 감추라 하였다.

그리고 여러 장수들은 각자가 성포를17) 지키게 하고 망령되이 함부로 출입하거나, 큰 소리로 말을 하는 자는 참하리라 하였다. 사대문을 열되, 매 성문마다 군사 20명씩을 백성으로 분장하여 길을 쓸게 하다가 위병들이 이를 것 같으면, 함부로 움직이지 말게 한 후, 자신에게 계책이 있다 하였다. 공명은 이에 학창의를 입고 윤건을 쓰고 어린 아이 둘에게 거문고를 들려서, 성 위의 적루 앞, 난간에 기대 앉아 향을 피우고 거문고를 탔다.

한편, 사마의의 전군이 이런 모습을 보면서 감히 나가지 못하고, 급히 사마의에게 보고하였다. 사마의는 웃으며 믿지 않고 마침내 삼군을 멈추게 하여 직접 말을 타고 먼 데서 바라보았다.

과연 공명이 적루 위에 앉아서 웃음을 머금고 분향하면서 거문고를 타고 있었다. 왼쪽의 한 동자는 손으로 보검을 잡고 있고, 오른쪽의 한 동자는 손에 주미를18) 잡고 있었다. 성문의 안쪽에서는 20여 명의 백성들이 머리를 숙이고 땅을 쓸면서, 주변에 전혀 개의치 않고19) 있

---

17) 성포(城鋪) : 성 위를 순찰하는 군사가 머무르는 처소. 「성첩」(城堞)은 '성가 퀴'[城陣]임. [元稹 酬翰林白學士代書一百韻詩]「野連侵稱隴 亞柳壓城陣」.

18) 주미(塵尾) : 총채·진모(塵毛)·불자(拂子). 주로 고라니와 사슴의 꼬리를 가리키는데 이들의 꼬리털을 먼지털이로 썼기 때문에 그런 용구를 「주미」라 함. [晋書]「唯談老莊爲事 每提玉柄塵尾 與手同色」. [白居易 齋居偶作詩]「老翁持塵尾 坐拂手張牀」.

었다. 사마의가 보고 나서 크게 의아해서 곧 중군으로 돌아가 후군에게 전부를 맡게 하고 전군으로 후군을 삼아 북쪽 산길을 따라 물러났다.

둘째 사마소가 말하기를,

"제갈량이 군사가 없지 않다면 무엇 때문에 이렇게 할까요? 아버님은 무엇 때문에 군사들을 물리셨습니까?"

하거늘, 사마의가 명하기를

"제갈량은 평생을 신중한 사람이라 일찍이 위험한 일을 하지 않던 인물이다. 이제 성문을 활짝 열고 있으니 필시 매복이 있을 것이다. 우리 병사들이 만약에 진군하면, 이는 저의 계교에 들게 되는 것이다. 너희들이 어찌 알겠느냐? 속히 군사들을 물리거라."

하였다.

이렇게 해서 양로병들이 다 물러갔다. 공명은 위군들이 멀리 가자 손뼉을 치면서 웃었다. 여러 관료들이 아연해 마지않았다.

이에 공명에게 묻기를,

"사마의는 위나라의 명장인데, 지금 15만의 정병을 거느리고 여기에 왔다가 승상을 보고 급히 물러갔으니 도대체 무슨 영문입니까?"

하거늘, 공명이 대답하기를

"저가 생각하기에 내가 평생 신중한 사람이라, 반드시 위험한 일을 하지 않을 것으로 생각했을 것이오. 나의 이런 모습을 보면서, 복병이 있을 것이라 의심해서 물러간 것일 것이외다. 내가 위험한 일을 한 것은 부득이 해서 한 일이외다. 그는 필시 군사들을 이끌고 산 북쪽의 소로로 갈 것이오. 내 이미 관흥과 장포 두 사람에게 저들을 기다리라

---

19) 주변에 전혀 개의치 않고[傍若無人] : 곁에 사람이 없이 제 세상인 것처럼 행동함. [史記 刺客傳]「高漸離擊筑 荊軻和而歌 於市中相樂也 已而相泣 **傍若無人者**」. [晉書 謝尙傳]「尙便衣幘而舞 **傍若無人**」.

하였소."

하거늘, 여러 관료들이 놀라고 감탄하면서

"승상의 기모는 귀신도 헤아리지 못할 것입니다. 만약에 저희들 같았으면 반드시 성을 버리고[20] 달아났을 것입니다."

하였다.

공명이 묻는다.

"우리의 군사들은 2천5백에 불과한데 성을 버리고 달아난다 해도, 필시 멀리 가지 못할 것이오. 곧 사마의에게 사로잡히지 않을 수 있겠소이까?"

하였다.

후세에 사람이 이를 예찬한 시가 전한다.

삼척의 거문고가 대군보다 나았네
제갈량이 서성에서 적들을 물리쳤던 때에는.
　瑤琴三尺勝雄師,
　諸葛西城退敵時.

십오만 군사들이 말머리를 돌리던 그곳
토인들은 지금도 그곳을 가리키며 의아해 하네.
　十五萬人回馬處,
　土人指點到今疑.

---

20) **성을 버리고[空城計]** : 36계(計) 중 제32계. 성이 비어 있는 것처럼 보여서 적의 공격을 모면하는 계책. [中文辭典]「扶琴退兵 演三國時 蜀諸葛亮 鎭守西城 退魏司馬懿 大軍之事 今以爲毫無實力 徒以虛聲嚇人之喩」.

말을 마치자 공명은 손뼉을 치며 크게 웃으며,

"내가 만약에 사마의였다면, 반드시 곧바로 물러가지는 않았을 것이오."

하고, 마침내 영을 내려 서성의 백성들에게 군사들을 따라서 한중에 들어가게 하였다.

사마의는 필시 다시 올 것이기 때문에, 공명은 서성을 떠나 한중을 바라고 달아났다. 천수·안정·남안 세 성의 관리와 군민들도 길게 줄을 이뤄[21] 뒤를 따랐다.

한편, 사마의는 무공산을 바라고 소로로 가는데, 홀연 산 언덕 후미에서 함성이 하늘에 퍼지고 고성이 진동하였다.

사마의가 둘째 아들을 돌아보며 말하기를,

"내가 만약에 달아나지 않았다면 필시 제갈량의 계책 중에 들었을 것이다."

하고 있는데, 그때 큰 길 위에 한 떼의 군사들이 짓쳐 오는 것이 보이고 깃발 위에 크게, '우호위사 호익장군 장포'라 써 있었다.

위병들은 다 갑옷을 벗어버리고 창을 던지고 달아났다. 일행이 하루 길을 다 못 가서 산골짜기에서 함성이 진동하고 고각이 하늘로 퍼져 나갔다. 그때 앞에 선 기가 보이더니 그 위에 '좌호위사 용양장군 관흥'이라고 써 있었다.

산골짜기에 메아리가 쳐서 촉병의 숫자가 얼마나 되는지 알 수가 없었다. 게다가 위군들은 마음에 의심이 들어 감히 오래 머물지 못하고 다만 치중을 모두 버리고 갔다. 관흥과 장포 두 사람은 모두 장령을 따라 뒤쫓지 않고, 군기와 양초를 많이 얻고 돌아갔다. 사마의는

---

21) 길게 줄을 이뤄[陸續]: 잇달아·계속해서. [陸游 詩]「截竹作馬走不休 小車駕
羊聲**陸續**」.

산곡에 모두 촉병이 있는 것을 보고, 감히 큰길로 나가지 못하고 마침내 가정으로 돌아갔다.

이때, 조진은 공명이 군사들을 물린다는 소식을 듣고, 급히 군사들을 이끌고 추격하였다. 그때, 산의 후미에서 방포소리가 들리더니 촉병들이 산과 들판 가득히 몰려왔다. 앞선 장수는 강유와 마대였다. 조진이 크게 놀라 급히 군사들을 물리려 할 때, 선봉에 섰던 진조(陳造)가 마대에게 피살되었다. 조진은 군사들을 이끌고 쥐새끼들이 숨듯이 돌아갔다. 촉병은 밤을 도와 다 한중으로 도망하였다.

한편, 조운과 등지는 기곡의 소로에 매복하고 있다가, 공명의 명령을 듣고 군사를 돌렸다.

조운이 등지에게 말하기를,

"위군이 우리의 병사들이 물러간 것을 알면 틀림없이 추격해 올 것일세. 내가 먼저 일군을 이끌고 그 후미에 매복하고 있을 터이니, 공은 빨리 병사들을 이끌고 내 깃발을 달고 천천히 군사들을 물리게. 나는 한 걸음 한 걸음 뒤에서 호송하겠네."

하였다.

그때, 곽회는 군사들을 이끌고 다시 기곡으로 돌아오는 길에서, 선봉장 소옹(蘇顒)에게 분부하기를

"촉장 조운은 영용하기 이를 데 없는 인물이니, 자네는 조심해서 막아야 되네. 저들이 만약에 물러갔다면 틀림없이 계책이 있는 것이야."

하거늘, 소옹이 흔연히 말하기를

"도독께서 접응만 해 주신다면, 제가 당장 조운을 사로잡겠습니다."

하고, 마침내 전부군 3천을 이끌고 기곡으로 달려 들어갔다. 차츰차츰 촉병들을 추격하고 있는데, 산 언덕의 후미에서 빠르게 홍기가 나

타나더니 그 위에 '조운'이라고 써 있었다. 소옹은 급히 병사들을 거두어 달아났다.

그러나 몇 리를 못 가서 함성이 진동하더니 한 떼의 군사들이 달려오는데, 앞에 선 장수가 창을 꼬나들고 말을 박차오며

"네가 조자룡을 아느냐!"

하였다.

소옹이 크게 놀라면서 묻기를,

"어찌 이 속에 또 조운이 있는가?"

하며 손을 쓰지도 못하고, 조운의 창에 찔려 말 아래로 떨어지고, 나머지 군사들은 궤멸되어 흩어졌다. 조운이 군사들을 이끌고 전진하는데 배후에서 또 일군이 이르렀다. 곽회와 부장 만정(萬政)이었다. 조운은 위병이 급히 추격하는 것을 보고 말고삐를 멈추고, 창을 꼬나든 채 길 입구에 서서 오기를 기다리고 있었다.

그 사이에 촉병들은 이미 30여 리쯤 후퇴했다. 만정은 조운이 기다리고 있는 것을 알았으나 감히 전진하지 못하였다.

조운 등이 황혼이 될 때까지 기다리다가 말을 돌려 천천히 나아갔다. 곽회의 병사들이 이르자, 만정은 조운의 영용함이 예전과 같아서 이로 인해 가까이 갈 수 없었다고 말하였다. 곽회가 영을 내려 군사들을 데리고 급히 추격하라 한다. 만정은 수백 기의 장사들을 데리고 추격하였다.

어느 큰 숲에 이르자 갑자기 배후에서 큰소리가 나며,

"조자룡이 여기 있다!"

하거늘, 위병들이 놀라서 말에서 떨어지는 자가 백여 명이고, 나머지들도 다 고개를 넘어 달아났다. 만정이 애써 힘을 내며 나섰으나, 조운의 화살이 투구의 끈에 맞자[22] 놀라서 시냇물로 굴러 떨어졌다.

조운이 창으로 저를 가리키며,

"내 너의 목숨을 살려주어 달아나게 할 터이니, 곽회더러 빨리 쫓아 오라고 해라."

하며, 놓아 주었다.

만정이 살아서 돌아가자, 조운은 수레와 인마를 호송하며 한중을 바라고 갔으나 돌아오는 길에 잃은 것이 전혀 없었다. 조진과 곽회는 삼군을 되빼앗아 공을 이루었다.

한편, 사마의는 군사들을 나누어 전진하였다. 이때 촉병들은 모두 다 한중으로 돌아간 뒤였다. 사마의는 일군을 이끌고 다시 서성에 이르러서, 남아 있는 주민들과 산 속에 숨어 사는 사람들에게 물었다.

다들 말하기를,

"당시 성 안에는 군사 2천5백이 있었고 그 중에도 무장들은 없었습니다. 다만 몇 사람의 문관들만 있었으며 매복한 군사들이 따로 없었습니다."

하고 말하였다.

무공산에 숨어 사는 백성이,

"관흥·장포 등은 각기 3천여 군사들을 데리고 산 속을 돌면서 고함을 지르고 북을 쳐서 위병들을 놀래 준 것이지, 별군(別軍)이 있었던 것도 아니어서 감히 시살하지 못하였던 것입니다."

하였다. 사마의는 후회하였으나 다 지난 일이었다.[23]

---

22) 투구의 끈[盔纓] : 투구의 끈. 회영근상(盔纓根上). 투구꼭지 장식 술의 밑둥. [還魂記 牝賊]「閃盔纓斜簇玉釵紅」. [長生殿 合圍]「騙上馬 將盔纓低按」.

23) 후회하였으나 다 지난 일이었다[悔之不及] : 후회해도 미치지 못함. 「후회막급」(後悔莫及)은 '아무리 후회하여도 다시 어쩔 수가 없음'의 뜻. 「후회」(後悔). [漢書]「官成名立 如此不去 懼有後悔」. [詩經 召南篇 江有汜]「不我以 其後也悔」. [史記 張儀傳]「懷手後悔 赦張儀 厚禮之如故」.

하늘을 우러러 길게 탄식하며,

"나는 공명만 못 하구나!"

하고, 드디어 여러 곳의 백성들을 안무하고는, 병사들을 이끌고 곧 장안으로 돌아갔다.

조회에서 위주를 뵈니, 조예가 말하기를

"오늘 다시 농서의 여러 군을 얻게 된 것은 다 경의 공이오."

하거늘, 사마의가 아뢰기를

"지금 촉병들은 모두 한중에 있어서 그들을 다 없애지[剿滅] 못하였습니다. 신이 빌건대, 대병을 빌려주시면 천중(西川)을 거두어서, 써 폐하의 은혜에 보답하려 하옵나이다."

하니, 조예가 크게 기뻐하며 사마의에게 명하여 곧 흥병하라 하였다.

홀연, 반열에서 한 사람이 나오며 아뢰기를,

"신에게 한 가지 계책이 있사옵나이다. 이 계책은 족히 촉을 평정하고 오나라를 항복시킬 수 있사오이다."

한다.

이에,

촉나라 장상들이 바야흐로 귀국했는데
위나라 군신들은 또 계책을 드리는구나!
蜀中將相方歸國
魏地君臣又逞謀.

계책을 드린 사람이 누구인지 알 수가 없다. 하회를 보라.

제96회

공명은 눈물을 흘리며 마속을 베고[1]
주방은 머리를 잘라 조휴를 속이다.
　孔明揮淚斬馬謖
　周魴斷髮賺曹休.

　한편, 계책을 드린 이는 상서 손자(孫資)였다.

　조예가 말하기를,

　"경은 무슨 좋은 계책이 있으시오?"

하니, 손자가 아뢰기를

　"옛날 태조 무황제께서 장노(張魯)를 거두실 때에 위험한 지경에 계시
다가 뒤에 공을 이루시었는데, 여러 군신들을 상대해서 말씀하시기를,

　"남정의 땅은 진실로 하늘의 천옥이라[2] 하셨나이다. 그 중에서도
야곡의 길은 5백 리가 석굴로 되어 있어 용무할 땅이 아니었다[3] 하셨습

---

1) 눈물을 흘리며 마속을 베고[淚斬馬謖]: 「읍참마속」(泣斬馬謖). 제갈량은 부
　하 장수 마속이 군령을 어기고, 가정(街亭) 싸움에서 제멋대로 싸우다가 패하
　자 울면서 그의 목을 벤 일. '큰 목적을 위해 자기가 아끼는 자를 버리는 것'
　의 비유. [中文辭典]「三國蜀漢 宜城人 良弟 **字幼常**……**諸葛亮深重之** 引爲參軍
　先主臨薨 謂亮曰 馬謖言過其實 不可大用 建興間 亮出軍向祁山 以謖爲先鋒 與
　魏將張郃戰於街亭 謖違亮節度 大敗 軍退漢中 下獄而死」. [中國人名]「良弟 **字幼**
　常 以荊州從事隨先主入蜀 才器過人 好論軍計 **諸葛亮深加器異**……後亮出軍向祁
　山 拔稷統軍 與魏將張郃戰於街亭 爲郃所破 軍還 謖下獄物故 亮爲之流涕」.
2) 천옥(天獄): 산이 가깝게 둘러싸인 지대. 아주 험준한 요해(要害)를 이름.

니다. 이제 만약에 천하의 병사들을 일으킨다 해도, 동오는 또 지경을 범해 올 것이옵나이다.

지금 있는 병사들만 가지고 대장들에게 명하셔서 험한 요해처를 지키게 하며 정병을 기르고 예기를 축적한다면, 몇 년이 지나지 않아도 중국(위)은 날로 성해질 것이고 오와 촉 두 나라는 반드시 서로 잔해(殘 害)할 것이니, 그때 가서 저들을 도모한다면 어찌 승산이 없겠나이까. 바라옵건대 폐하께서는 살펴 주시옵소서."

하였다.

조예는 사마의에게 말하기를,

"이 생각이 어떻소?"

하거늘, 사마의가 말하기를

"손상서의 말은 아주 적절한 생각입니다."

하였다. 조예는 그의 말을 따르기로 하고는, 사마의에게 명을 내려 여러 장수들을 각 험지에 나누어 보내 지키게 하고, 곽회와 장합에게 장안을 지키라 하였다. 삼군을 크게 상 주고 어가는 낙양으로 돌아갔다.

한편, 공명은 한중으로 돌아와 군사들을 점고하니 조운과 등지가 없었다. 마음에 심히 걱정이 되어, 관흥과 장포에게 각각 일군을 이끌고 가서 접응하라 하였다. 두 사람들이 막 몸을 일으키려 하는데, 홀연 조운과 등지가 도착하였다고 알려 왔다. 더구나 군사 한 사람 말

---

3) **용무할 땅이 아니었다[非用武之地]** : 싸워볼 만한 땅이 못됨. 「용무지지」(用 武之地). 전쟁에서는 못 쓸 땅이 없다는 것이어서, '영웅은 어떤 곳에서도 적 을 제패할 수 있음'의 뜻임. [通鑑節目]「劉豫州亦收衆漢南 與曹操並爭天下 今 操破荊州 英雄無 **用武之地** 故豫州遁逃至此 將軍量力而處之」. [晋書 姚襄載記]「 洛陽雖小 山河四塞 亦是 **用武之地**」.

한 필 잃지 않았으며 치중 무기 또한 잃지 않았다 하였다. 공명은 크게 기뻐서 친히 제장들을 데리고 맞으러 나갔다.

조운이 당황하며 땅에 엎드려 말하기를,

"패장이 어찌 승상께서 멀리까지 나와 영접하심을 받으오리까?"

하니, 공명이 급히 부축해 일으키며 손을 잡고

"이는 제가 현우(賢愚)를 알지 못 해서 이 지경에 이른 것이외다! 각처의 병장들이 모두 패하고 손실을 입었으나, 오직 장군께서는 일 인 일 기도 잃지 않았으니 어찌된 일입니까?"

하거늘, 등지가 말하기를

"제가 군사들을 이끌고 먼저 갔는데, 자룡 장군께서 혼자서 뒤를 끊어 적장을 취하고 공을 세우니 적군들이 다 놀랐사오며, 이로 인해 군사들은 물론 무기들도 잃지 않았나이다."

하였다.

공명이 칭찬하기를,

"참으로 장군답습니다!"

하고, 마침내 금 50근을 조운에게 주고 또 비단 1만 필을 부하들에게 상으로 주려 하였다.

그러나 조운은 이를 사양하며,

"삼군이 조그만 공로도 없습니다. 게다가 저의 모두가 죄인이온데 어찌 되려 상을 받겠나이까? 이는 승상께서 상벌이 밝지 않는 일입니다. 청컨대 이를 창고에 두었다가, 이번 겨울에 여러 군사들에게 주어도 늦지 않습니다."

하자, 공명이 탄식하며 말하기를

"선제께서 살아계셨을 때에 늘 자룡의 덕을 칭찬하시더니, 이제 과연 이와 같구려!"

하며, 더욱 그를 공경하게 되었다.

그때, 홀연 마속·왕평·위연·고상 등이 도착하였다.

공명은 먼저 왕평을 장막으로 불러들여, 저를 꾸짖기를

"내 자네에게 마속과 같이 가정을 지키라 했거늘, 네 어찌 마속에게 간하지 않고 일을 그르쳤느냐?"

하니, 왕평이 말하기를

"제가 수삼 차 권하여 여기에 토성을 쌓고 영채를 지키자 했습니다. 그러나 참군이 크게 노하며 좇지 않아서 제가 5천 군만 이끌고, 산에서 10여 리 떨어진 곳에 하채하였습니다. 위병이 몰려오자 산을 사방에서 에워싸기에, 제가 군사들을 이끌고 나가 10여 차례나 충돌하였으나 끝내 들어가지 못하였습니다.

다음 날 그대로 무너져 항복한 자가 많았는데, 제가 고군분투하였으나4) 싸우기 어려웠습니다. 그래서 위문장에게 구원을 청했던 것입니다. 그러나 중도에서 또 위군을 만나 산골짜기에 포위되었는데, 죽기로써 싸워 짓쳐 나왔습니다. 영채에 이르니 벌써 위군들이 점령해 버렸습니다. 다시 열류성(列柳城)으로 가다가 길에서 고상 장군을 만나서, 군사들을 3로로 나누고 가서 위군의 영채를 겁략하고 가정을 다시 회복하려 했던 것입니다.

그런데 가정에는 복로군(伏路軍)이 전혀 보이지 않아서 마음속에 의심이 생겨 높은 곳에 올라가 보니, 그때 위연과 고상 장군이 위병에게 포위되어 있기에 곧장 지쳐 포위망으로 들어가 두 장수를 구출하고

---

4) **고군분투하였으나[孤軍難立]** : 단병(短兵)들은 서기 힘듦. 「고군도노수」(孤軍渡瀘水)는 고립된 군사를 거느리고 노수를 건넘. [諸葛亮 前出師表]「先帝知臣謹慎 故臨崩 寄臣以大事 受命以來 夙夜憂歎 恐付託不效 以傷先帝之明 故五月**渡瀘** 深入不毛」. [故事成語考]「五月**孤軍渡瀘水** 蜀丞相何等忠勤」.

참군과 함께 같이 한 곳에 모였던 것입니다.

저는 양평관(陽平關)을 잃을까 걱정해서 급히 돌아와 관을 지키고 있었습니다. 제가 간하지 않은 것이 아닙니다. 승상께서 믿지 못하시면 각 부의 장교들에게 물어 보시옵소서."

하거늘 공명이 꾸짖어 물러가게 하고, 또 마속을 불러 장막으로 들어오게 하였다. 마속은 스스로 몸을 묶고 장막 앞에 꿇어 앉았다.5)

공명이 낯빛을 변하며 묻기를,

"자네가 어려서부터 병서를 많이 읽어 병법을 잘 알지 않느냐. 내여러 차례 너에게 경계하라 하지 않았는가. 가정은 우리의 근본이라 했고 너도 너의 전 가족의 목숨을 걸고 이 중임을 맡았다. 자네가 만약에 일찍이 왕평의 말을 들었다면, 어찌 이런 화를 입었겠는가?

이제 싸움에 지고 군사들을 잃었으며, 땅을 잃고 성지를 빼앗겼으니 다 네 잘못이 아니냐! 만약에 군률을 밝게 하지 않으면 어찌 군사들이 따르겠는가? 자네가 이제 군법을 어겼으니 나를 원망하지 말거라. 네가 죽은 후에도 너의 가솔들에게는 월급과 녹봉·식량을 줄 터이니 너는 괘념치6) 말거라."

하고, 좌우에게 끌어내어 참하라 하였다.

마속이 울며 말하기를,

"승상께서 저를 자식처럼 보시고 저는 승상을 아버지로 생각하였습니다. 저의 죽을 죄는 실로 벗어나기 어렵사오나, 바라옵건대 승상께

---

5) 스스로 몸을 묶고 장막 앞에 꿇어 앉았다[自縛跪於帳前] : 스스로 몸을 묶고 장막 앞에 꿇어앉음. 항복한다는 뜻으로 '군주가 투항할 때의 의식'임. 「면박여츤」(面縛輿櫬). [左傳 僖公六年]「許男**面縛**銜璧 大夫衰経 士**輿櫬**」. [左氏 昭四]「**面縛**銜璧 士袒 **輿櫬**從之」.

6) 괘심(掛心) : 괘념(掛念). 마음에 두고 잊지 아니하거나 걱정함. [沈君攸 詩]「翩翩桂水不忍度 縣目**挂心**思越路」. [水滸傳 第七回]「儞但放心 去不要**掛心**」.

서는 순임금이 곤(鯀)을 죽이시고 우(禹)를 등용한 뜻을[7] 생각해 주시면, 제가 비록 죽는다 해도 구천에서라도[8] 한이 없을 것입니다."

하며, 말을 마치고 소리내어 운다.

공명도 함께 눈물을 흘리며,

"내 자네를 형제의 의로 대했고 너는 내 자식이라. 구태어 부탁할 것이 없다."

하며, 좌우에게 마속을 원문 밖에[9] 끌어내어 참하려 하였다. 참군 장완(蔣琬)이 성도에서 이르렀다.

무사가 마속을 참하려는 것을 보고, 크게 놀라 목소리를 높여

"잠시 기다리시오!"

라고 외쳤다.

그리고 장막에 들어가 공명에게,

"옛날 초나라가 득신을 죽이매 문공이 기뻐하였다[10] 합니다. 이제 천하가 평정되지도 않았는데, 지모가 있는 신하를 죽이는 것이 어찌

---

7) 순임금이 곤을 죽이시고 우를 등용한 뜻을…… : 곤이 치수(治水)에 실패하자 순임금은 그를 우산(羽山)에서 죽이고, 곤의 아들 우(禹)를 시켜 치수를 성공하였다 함. 원문에는 '舜帝殛鯀用禹之義'로 되어 있음. 「구년지수」(九年之水). [詩經 唐譜]「昔堯之末 洪水九年 不民其咨 萬國不粒」. [漢書 食貨志]「堯禹有九年之水 湯有七年之旱 而國亡捐瘠者 以蓄積多 而備先具也」.

8) 구천(九泉) : 저승. 땅 속. [阮瑀 七哀詩]「冥冥九泉室 漫漫長夜臺」. 「명도」(冥途). 죽은 사람이 가는 곳. 명토(冥土). [太平廣記]「冥途小吏」.

9) 원문 밖[轅門之外] : 진영의 문 밖. [周禮 天官掌舍]「設車宮轅門」. [穀梁 昭八]「置旃以爲轅門」.

10) 초나라가 득신을 죽이매 문공이 기뻐하였다[楚殺得臣而文公喜] : 득신(成得臣)은 초나라의 대장이었으나 진(晉)과 싸우다가 패하여 돌아오자 핍박을 받아 자살하였는데, 진문공(晉文公)이 소식을 듣고 기뻐하였다는 고사. [中國人名]「楚 卿 字子玉 成王時伐陳有功 子文使爲令尹 傳政與之 後與晋兵 戰於城濮 兵敗自殺 晋文公聞其死 喜曰 莫余毒也已」.

가석한 일이 아니겠습니까?"

하거늘, 공명이 눈물을 뿌리며 말하기를

"옛적 손무가 천하에 명성을 떨칠 수 있었던 것은[11] 병법을 분명하게 운용했기 때문이외다. 지금 사방에서 분쟁이 있고 싸움이 바야흐로 시작되고 있는데, 만약에 법을 폐한다면 어찌 써 적을 토벌하겠소. 당연히 참해야 하오이다."

하였다. 잠시 뒤에[12] 무사가 마속의 수급을 계하에서 바쳤다. 공명이 크게 울어 마지않았다.

장완이 묻기를,

"이제 유상이 죄를 지었고 군법을 바르게 하였는데, 승상께서는 어찌해서 우십니까?"

하니, 공명이 대답하기를

"내가 지금 우는 것은 마속을 위해서 우는 것이 아니외다. 옛날 선제께서 백제성에서 위험에 처하셨을 때에 나에게 당부하시기를 '마속은 실보다 말이 앞서기 때문에[13] 크게 기용해서는 안 된다.' 하셨는데, 이제 와 보니 과연 그 말씀이 맞소 그려. 이에 나의 밝지 못함을

---

11) 손무가 천하에 명성을 떨칠 수 있었던 것은[孫武 制勝於天下者] : 손무가 천하를 제압함. 손무(孫武). 손자(孫子). 손무자(孫武子)는 제(齊)나라의 병법가인데, '孫子'는 그를 존경하는 표현임. [中國人名]「春秋 齊 以兵法見吳王闔廬 王出宮中美人百八十人 使武敎之戰……吳王用爲將 西破强楚 北威齊晋 顯名諸侯 有**兵法三篇**」.

12) 잠시 뒤에[須臾] : 잠깐. 사수지간(斯須之間). 삽시간(霎時間)·편각(片刻)·수유간(須臾間). [西京叢話]「**片時則 成石**」. [中庸 第一章]「道也者 下可**須臾離也 可離非道也**」.

13) 실보다 말이 앞서기 때문에[言過其實] : 선주가 마속(馬謖)에 대해 제갈량에게 한 말로, 마속은 '말이 실제보다 앞선다'는 뜻. [三國志 馬謖傳]「先主謂諸葛亮日 馬謖 **言過其實 不可大用**」. [管子 心術]「**言不得過實 實不得延名**」.

깊이 탄식하면서 선제의 말씀이 생각납니다. 이 때문에 통곡하는 것
이외다!"

하였다. 대소 장수들이 눈물을 흘리지 않은 이가 없었다.

　마속은 나이 39에 죽었다. 때는 건흥 6년 여름 5월이었다.

　후세 사람의 시가 전한다.

　　가정을 잃은 것 그 죄 가볍지 않은데
　　우습구나, 마속이 병법을 말하다니.
　　　失守街亭罪不輕
　　　堪嗟馬謖枉談兵.

　　원문 밖에서 목을 베니 군법의 엄함이여
　　눈물을 씻고 선제의 밝음을 생각하네.
　　　轅門斬首嚴軍法
　　　拭淚猶思先帝明.

　한편, 공명은 마속을 참하고 그 수급을 각 영채에 두루 보이고 나
서, 수급을 시신에 실로써 꿰매어 담고 관에 넣어 저를 장사지내 주게
하였다. 그리고 나서 제문을 지어 제를 지내 주었다. 마속의 가솔들에
게 위로의 뜻을 전하고 월급과 녹미를 주었다.

　이내 공명은 스스로 표문을 지어 장완으로 하여금 후주에게 알리게
하고, 자신이 승상의 직에서 물러날 것을 청하였다. 장완이 성도로 들
어가 후주를 뵙고 표문을 바쳤다.

　후주가 열어 보니, 내용은 대강 다음과 같다.

신은 본래 재주가 없었으나 참람하게도 모월을14) 잡아서 삼군을 지휘하옵는 바, 법도를 가르치고 군률에 밝지 못하옵나이다. 하여 일에 임할 때마다 두려워하고 마침내 가정에서 영을 어기는 일이 있었고, 기곡에서는 경계하지 못한 허물이 있사옵나이다. 신은 밝게 사람됨을 알지 못하옵고 일을 분별하는데, 매우 어두운 바가 많사옵나이다.

춘추의 법에 비추어 보면, 어찌 죄에서 벌어날 수 있겠습니까? 청컨대 스스로 삼등(三等)을 폄강하옵기15) 원하며, 신의 허물을 벌주시옵소서.

신은 참괴함을16) 이기지 못하와 엎드려 명을 기다리나이다!

후주가 표문을 읽고 난 후,

"승부란 병가에서는 있을 수 있는 일인데,17) 승상은 어찌해서 이런 말을 하오?"

하시거늘, 시중 비위가 아뢰기를

---

14) 모월(旄鉞): 「백모 황월」(白毛黃鉞). 최고 사령관의 지휘기와 정벌을 상징하는 도끼. '백모'는 모우(犛牛:소의 일종)의 꼬리나 날짐승의 깃을 장대 끝에 달아 놓은 기. '황월'은 누런 금빛 도끼(무기). [書經 牧誓篇]「王左杖黃鉞 右秉白旄以麾曰 逖矣 西土之人」. [事物紀原]「興服志曰 黃鉞黃帝置 內傳曰 帝將伐蚩尤 玄女授帝金鉞以主煞 此其始也」.

15) 폄강(貶降): 벼슬의 등급을 떨어뜨림. [後漢書 陳球傳]「和帝無異葬之議 順朝無貶降之交」.

16) 참괴(慚愧): 부끄러워함. 「참뉵」(慙恧). [漢書]「日夜慚愧而已」. [漢書 王莽傳]「敢爲激發之行 處之不慙恧」.

17) 승부란 병가에서는 있을 수 있는 일인데[勝負兵家之常事]: 싸움에서 지고 이기는 것은 병가에서도 있을 수 있는 일임. [唐書 裴度傳]「帝曰 一勝一負 兵家常勢」.

"신이 듣건대 치국을 하는 자는 반드시 법을 지키는 것을 진중하게 해야 합니다. 법이 만약 행해지지 않는다면 어찌 써 사람들이 복종하겠나이까? 승상께서 패하여 스스로 폄강하심은 진정 마땅한 일이옵나이다."

하였다.

후주가 그 말을 좇아 이에 조서를 내려, 공명으로 우장군을 삼으시되 승상의 일을 하게 하시고 전과 같이 군사를 총독하게 하였다. 그리고 비위로 하여금 조서를 가지고 한중에 가게 하였다.

공명은 조서를 받들어 폄강하자 비위는 공명이 무안해 할까 걱정되어서, 이에 하례하는 말로

"촉나라 백성들 중에서 승상께서 처음 네 현을 빼앗았음을 알고 매우 기뻐하였소이다."

하니, 공명이 정색을 하고 말하기를

"이 무슨 말씀이오! 얻었다가 다시 잃었으니 얻지 못한 것과 같은데, 공은 이 일을 하례하려 하니 실로 나를 무안하게 할 뿐이외다!"

하였다.

비위가 또 묻기를,

"근자에 들으니 승상께서 강유를 얻었을 때, 폐하께서 매우 기뻐하셨소이다."

하거늘, 공명이 노기를 띠며 대답한다.

"싸움에서 지고 돌아와 한 뼘의 땅도 얻지 못하였으니, 이는 나의 죄가 크오이다. 한 사람의 강유를 얻은 것이 어찌 위나라에 손해가 되겠소이까?"

하였다.

비위가 또 묻기를,

"승상께서 수십 만의 용사들을 거느리시고 있으니, 다시 위나라를 정벌하시는 게 좋지 않겠소이까?"

하거늘, 공명이 말하기를,

"지난날 대군을 기산이나 기곡에 주둔하고 있을 때에는 우리가 적병보다 많았으나, 적을 파하지 못했고 도리어 적에게 패한 바 되었소이다. 이는 병은 군사가 많고 적음에 있는 것이 아니고, 주장에게 있는 것이외다. 이제 내가 병사들을 줄이고 장수들을 덜며 벌을 밝히고 허물을 생각하게 하여 변통의 길을18) 장래에 비교하려 하거니와, 만약 그렇게 못한다면 비록 병사들이 많다 한들 뭐에 쓰겠소이까?

지금 이후부터는 모든 사람들이 나라의 앞날을 걱정하되, 나의 결점을 공격하고 나의 단점을 책망해 주어야 하오. 그래야만 일이 정해질 것이고 적을 멸할 수 있을 것이오. 또 그렇게 되면 족히 천하를 평정할 날을 기다려도 좋을 것이외다."19)

하였다. 비위와 여러 장수들이 다 그의 말에 감탄하였다.

비위는 성도로 돌아갔다. 공명은 한중에 있으면서 군사들을 아끼고 백성들을 사랑하며, 병사들을 격려하고 무예를 가르치며 성을 공격하고 물을 건너는 기구를 만들어 놓았다. 양초를 쌓아 놓고 전쟁에 쓸 뗏목 등을 마련하여서 이후를 도모할 준비를 하였다. 세작들이 이 일을 탐지해서 낙양에 보고하였다.

위주 조예는 이 소식을 듣고, 곧 사마의를 불러 서천을 거둘 계책을

---

18) 변통의 길[變通之道] : 형편과 경우에 따라 이리저리 막힘없이 처리할 계책. [後漢書 鄧禹傳論]「夫變通之世 君臣相扶」. [孔子家語 五儀解]「所謂聖者 德合於天地 變通無方」.

19) 족히 천하를 평정할 날을 기다려도 좋을 것이외다[可翹足而待] : 성과를 기다릴 수 있을 것임. 머지않아 그렇게 됨. [史記 高祖紀]「大臣內叛 諸侯外反 亡可翹足而待也」. [後漢書 陳球傳]「天下太平 可翹足而待也」.

논의하였다.

사마의가 말하기를,

"촉을 아직 공격할 수는 없습니다. 바야흐로 지금 날씨가 아주 더운 때여서 촉병은 필시 나오지 않을 것입니다. 만약에 우리의 군사들이 저들의 경계에 짓쳐 들어간다면, 저들은 그 험한 요새를 굳게 지키게 될 터인데 그리하면 속히 깨뜨리기가 어렵습니다."

하니, 조예가 묻기를

"그러다가 촉병들이 다시 들어와 도적질을 한다면, 그때는 어찌하려 하시오?"

하거늘, 사마의가 아뢰기를

"신은 이미 계획을 세워 놓고 있습니다. 제갈량은 이번에는 반드시, 한신이 몰래 진창을 건너던 계책을[20] 본받으리라 생각해 두었습니다. 신이 한 사람을 천거해 진창 길 입구에다 성을 쌓고 지키려 합니다. 만에 하나라도 실수가 없도록 하겠습니다. 이 사람은 키가 9척이나 되고 원숭이의 팔을 가지고 있어, 활을 잘 쏘고 깊은 계략이 있는 인물입니다. 만약에 제갈량이 침범해 오면 이 사람이 넉넉히 저를 당해낼 것이옵니다."

하거늘, 조예가 크게 기뻐하면서 묻기를

"그가 누구요?"

하매, 사마의가 말하기를,

"그는 태원 사람인데 성이 학(郝)이고 이름이 소(昭)입니다. 자는 백도(伯道)라 하는데 지금은 잡패(雜覇) 장군으로서 하서를 지키고 있사옵

---

20) 한신이 몰래 진창을 건너던 계책[韓信暗度陳倉之計] : 한신이 몰래 진창을 건너던 계책. [中國地名]「漢王東出陳倉 敗雍王章邯之兵 諸葛亮圍陳倉 郝昭拒守 亮攻圍二十餘日 不能克而還」.

나이다."

하였다.

조예는 사마의의 말에 따라 학소를 진서장군으로 삼아, 진창의 입구를 지키라 하고 조서를 주어 보냈다. 홀연 양주사마 대도독 조휴가 표주를 올렸다는 보고가 들어왔다. 그 내용은 동오의 파양(鄱陽)태수 주방(周魴)이 항복을 청해 왔다 하며 비밀리에 사람을 보내 일곱 가지 일을 들어서, 동오를 깨뜨릴 수 있다고 말하고 있으니 속히 군사들을 동원해 주길 바란다는 것이었다. 조예는 표문을 어상(御牀) 위에 펴놓고 사마의와 같이 보았다.

사마의가 말하기를,

"이 말은 극히 지당하오니 오늘 반드시 깨칠 것입니다. 신이 바라건대 일군을 이끌고 가서 조휴를 돕겠습니다."

하고 있는데, 홀연 반열 중에서 한 사람이 나서며

"오나라 사람의 말은 반복됨이 많아 신뢰할 수 없습니다. 주방은 지모가 있는 인물이라서, 필시 항복할 마음은 없을 것입니다. 이는 특히 병사들을 유인하려는 거짓 계책일 것입니다."

하거늘 여러 사람들이 저를 보니, 건위장군 가규(賈逵)였다.

사마의가 다시 말하기를,

"이 말 또한 듣지 않을 수 없사오나21) 기회란 놓치면 아니 됩니다."

하거늘, 위주가 이르기를

"중달은 가규와 같이 가서 조휴를 도우시오."

하니, 두 사람이 명을 받들고 갔다.

---

21) 이 말 또한 듣지 않을 수 없사오나[此言亦不可不聽] : 이 말 또한 불가불 들어야 할 말임. 「불가」(不可). [詩經 大雅篇 桑]「涼曰不可 覆背善詈 雖曰匪予 旣作爾歌」. [左氏 襄 二十七]「雖曰不可 必將許之」.

이에 조휴는 군사들을 이끌고 가까운 길로 해서 환성으로 갔다. 가규는 전장군 만총과 동완태수 호질(胡質)을 데리고, 양성을 거쳐 곧장 동관에 이르렀다. 사마의는 본부병을 이끌고 곧 강릉으로 향했다.

한편, 동오의 손권은 무창의 동관에 있으면서, 많은 관료들을 모아 놓고 말하기를

"지금 파양태수 주방이 비밀리에 표주를 보내왔는데, 위나라 양주도독 조휴가 우리 지경을 침범해 오려 한다고 알려 왔소이다. 이제 주방이 거짓 계책을 써서 몰래 일곱 가지 사항을 들어 위병들을 우리의 지경에 깊이 들어오게 했으니 내가 복병을 깔아 두었다가 저들을 파하려 하오. 게다가 지금 위병들은 3로로 나뉘어 오고 있다는데, 경들의 고견은 어떻소이까?"

하였다.

고옹이 돌아보며 대답하기를,

"이 큰 임무는 육백언(陸伯言)이 아니면 감당하기 어렵습니다."

하거늘, 손권이 기뻐하며 이에 육손을 불러 보국대장군에 평부도원수를 봉하여 어림의 대군을 통솔하고 임금를 대신해서 행하도록 백모와 황월을 주어, 문무백관들이 다 그의 명령을 듣게 하였다. 손권은 친히 육손에게 채찍을 주었다.

육손은 영을 받들고 사은하고 이내 두 사람을 천거해서 좌우도독으로 삼고, 군사들을 3로로 나누어 나가서 싸우기로 하겠다 하였다. 손권은 그들이 어떤 사람인가 물었다.

육손이 말하기를,

"분위장군 주환(朱桓)과 수남장군 전종(全琮) 두 사람이 보좌할 것입니다."

하거늘, 손권이 그의 말에 따라 곧 주환을 좌도독·전종을 우도독에 임명하였다. 이에 육손은 강남 81주와 형호의 군사 70여 만을 통솔하고 주환을 왼쪽에 전종은 오른쪽에 두고, 자신은 중앙에 있으면서 3로로 진병하였다.

주환이 계책을 드리기를,

"조휴는 황족이기 때문에 임무를 맡은 것이지 지용이 있는 장수가 아닙니다. 이제 주방의 유혹하는 말을 믿고 중지까지 깊숙히 들어왔으니, 원수께서 병사들을 이끌고 저들을 공격하시면 조휴는 반드시 무너질 것입니다. 그는 패한 후에는 반드시 두 길로 따라 달아날 것입니다. 왼쪽은 협석(夾石)이고 오른쪽은 괘거(挂車)입니다.

이 두 길은 다 산골짜기의 소로로서 아주 험난합니다. 제가 전자황(全子璜)같이 일군을 이끌고 가서 산속 험준한 곳에 매복해 있다가, 먼저 나무토막과 큰 돌을 찾아서 그 길을 막으면 조휴를 사로잡을 수 있을 것입니다. 만약에 저를 잡은 후에 대군을 몰아 곧장 진격하면, 손쉽게 수춘을 파하고 허창과 낙양까지 노릴 수 있습니다. 일이 이렇게 된다면, 이는 곧 일시에 세상이 평정될 것입니다."

하거늘, 육손이 대답한다.

"이는 좋은 계책이 아니오. 나에게 묘책이 있소이다."

하였다. 이에 주환은 불평을 품고 물러갔다.

육손은 영을 내려 제갈근 등에게 강릉을 지키며 사마의를 막도록 하고, 여러 곳의 군마들을 조발해 놓았다.

한편, 조휴가 환성에 이르매 주방이 환영하러 나가서 곧바로 장하에 이르렀다.

조휴가 말하기를,

"족하의 편지를 받고 진정한 일곱 가지를 살펴보니, 이유가 아주 분명하기에 이를 천자께 아뢰고 대군을 3로로 나누어 진발하였소이다. 만약에 강동의 땅을 얻는다면, 족하의 공이 적지 않을 것이오. 사람들 중에는 족하가 계책이 많은 사람이라고들 하기도 하나, 진실로 말한 것들이 실제와 다를까 걱정되기도 하오. 내 생각에 족하가 필시 나를 속이지 않을 것이라 생각하오."

하니, 주방이 큰 소리로 울며 종인이 차고 있던 칼을 빼앗아 목을 찌르려 하매[22] 조휴가 급히 이를 제지하였다.

주방은 칼을 짚고 서서 말하기를,

"제가 말씀드린 일곱 가지 일에 대해서는, 나의 간담까지 토해내지 못한 것이 한입니다. 지금 도리어 의심을 사고 있으니, 필시 동오에 반간계를[23] 쓰는 사람이 있을 것입니다. 만일에 그 사람의 말을 들으면 나는 필시 죽게 될 것입니다. 저의 충심을 오직 하늘만이 아실 것입니다.[24]

말을 마치고 나서 또 목을 찌르려 하거늘, 조휴가 크게 놀라고 당황해 하며 만류하고

"내 농담을 했을 뿐인데 족하는 어찌해서 자꾸 이러시오?"

하니, 주방이 칼을 들어 머리터럭을 끊어 땅에 던지면서

"나는 충심으로 공을 기다리고 있는데 공은 어찌 농담을 하시는 것

---

22) 칼을 빼앗아 목을 찌르려 하매[自刎] : 스스로 목을 찔러 죽음. 「자경이사」(自剄 而死). [戰國策 魏策]「樊於期 偏袒阨腕而進曰 此臣日夜 切齒拊心也 乃今得聞敎 遂自刎」. [戰國策 燕策]「欲自殺以激 荊軻曰 願足下急過太子 言光已死 明不言也 **自剄而死**」.

23) 반간계[反間之計] : 적을 이간시키는 계책. [史記 燕世家]「說王仕齊爲**反間計** 欲以亂齊」. [孫子兵法 用間篇 第十三]「故用間有五 有因間 有內間 有**反間** 有死間 有生間……**反間**者 因其敵間 而用之」. 이간책(離間策). [晉書 王豹傳]「**離間**骨肉」.

24) 오직 하늘만이 알 것입니다[唯天可表] : 오직 하늘만이 나의 마음을 아실 것임.

이오. 나는 부모에게서 끼쳐주신 머리털을 잘라서, 이 마음을 밝히는
것이외다!"

하였다.

조휴는 저를 깊히 믿고 술자리를 베풀었다. 술자리가 파하자 주방
은 인사를 하고 갔다. 홀연 건위장군 가규가 뵈러 왔다고 알려 왔다.

조휴가 불러들여 묻기를,

"자네가 웬일로 여기에 왔는가?"

하니, 가규가 대답하기를

"제 생각에는 동오의 병사들이 필시 환성에 군사를 주둔시키고 있
을 것이옵니다. 도독께서는 가벼이 움직여서는 아니 됩니다. 제가 양
쪽에서 협공할 때를 기다렸다가 적병을 깨뜨려야 합니다."

하거늘, 조휴가 크게 노하며

"자네가 나의 공을 뺏으려 하는 게요?"

하거늘, 가규가 대답한다.

"주방이 머리카락을 베어서 맹세를 했다 하는데, 이는 속임수입니
다. 옛날에 요리가 팔을 잘라서 맹세하고도 경기를 찔러 죽였습니
다.25) 저를 믿어서는 아니 됩니다."

하였다.

---

25) 요리가 팔을 잘라서 맹세하고도 경기를 찔러 죽였습니다[要離斷臂 刺殺慶忌]
　　: 요리가 자기의 팔을 자르면서까지 경기의 신임을 얻은 후에 그를 찔러 죽
　　임. 요리는 오왕 합려(闔閭)의 신하인데 합려의 명을 받고, 전 오왕 료(僚)의
　　아들 경기를 죽이러 갔다. 경기의 신임을 얻기 위해 제 팔을 잘라 광에게 잘
　　렸다고 속이고 마침내는 경기를 창으로 찔러 죽인 고사. [中國人名]「吳 刺客
　　公子光旣弑王僚 使**要離**刺其子**慶忌**……與之俱渡江 至吳地 乘**慶忌**不意 刺中其要
　　害 慶忌義之 使還吳以旌其忠. **要離**至江陵 伏劍而報」. [史記 刺客傳]「聶政**刺殺**俠
　　累」. [南史 宗越傳]「於市井 **刺殺**不能體」.

조휴가 더욱 노여워하며,

"내 지금 진병하려 하는데, 네가 어찌 이런 말을 해서 군심을 해이하게 하느냐!"

하고는, 좌우를 꾸짖어 끌어내어 참하라 하였다. 그러나 여러 장수들이

"진병을 하지 않았으면서 먼저 장수를 참하는 것은 군사들에게 이로울 게 없소이다. 저를 참하는 일만은 면해 주옵소서."

하니, 조휴가 그 말에 따라 가규의 병사들을 영채에 남도록 하고, 몸소 일군을 이끌고 동관을 취하러 갔다.

그때, 주방이 가규가 병권을 빼앗겼다는 소식을 듣고, 속으로 기뻐하며

"조휴가 만약에 가규의 말을 받아들였다면 동오는 패망했을 것이다! 이제 하늘은 나로 하여금 성공하게 하는도다!"

하고, 즉시 몰래 사람을 환성에 보내서 육손에게 알렸다.

육손은 제장들을 불러 영을 내리며,

"앞의 석정(石亭)은 비록 산길이나 특히 매복이 가능하다. 먼저 가서 석정의 넓은 곳을 차지하고 진세를 벌리고 위군을 기다리시오."

하고는, 서성에게 명하여 선봉을 서게 하고 병사들을 이끌고 진발하였다.

한편, 조휴는 주방에게 명하여 군사들을 이끌고 떠났다.

마침 가고 있는데, 조휴가 묻기를

"이 앞이 어느 곳인고?"

하거늘, 주방이 말하기를

"이 앞은 석정이란 곳인데 군사들은 주둔할 만합니다."

하니, 조휴가 그 말에 따라 마침내 대군과 군수 물자를 실은 수레들이 모두 석정에 주둔하였다.

다음 날, 초마가 와서 보고하기를

"앞에 오병들이 있으나 얼마나 되는지는 알 수가 없지만, 산의 어귀에 있습니다."

하거늘, 조휴가 크게 놀라서,

"주방은 적군이 없다 하였는데, 어찌되어서 적들이 준비를 하고 있느냐?"

하며, 급히 주방을 찾아 물었다. 사람들이 주방이 수십 기만이 끌고 갔는데, 어디로 갔는지는 알 수 없습니다 한다.

조휴가 크게 후회하며 말하기를,

"내가 적들의 계책에 빠졌구나! 그러나 이렇게 된 바에야 뭘 두려워하겠느냐!"

하고, 드디어 대장 장보(張普)를 선봉으로 삼고, 수천의 병사들을 이끌고 가서 오병과 교전하게 하였다.

양군이 둥글게 진을 치자, 정보가 말을 타고 나서며

"적장은 빨리 항복하거라!"

하니, 서성이 말을 타고 나와 맞았다. 싸움이 몇 합 못 되어 장보가 대적하지 못하고 군병을 거두어 가서, 조휴에게 서성을 당해낼 수 없다고 말하였다.

조휴가 말하기를,

"내 마땅히 기병을 써서 저들을 이기리라."

하고, 장보에게 2만 군사를 이끌고 가서 석정의 남쪽에 매복하고 있게 하고, 또 설교(薛喬)에게 군사 2만을 이끌고 가서 석정의 북쪽에 매복하고 있으면

"내일 내가 1천 군사들을 이끌고 싸움을 돋우다가 거짓 패해 달아나, 저들을 산 북쪽으로 유인하겠소. 그때, 호포소리로 신호를 삼아

3면에서 협공을 한다면 틀림없이 크게 이길 것이외다."
하였다. 두 장수가 계책을 받고, 각기 2만의 군사들을 이끌고 밤이 되
기를 기다려 매복하였다.

한편, 육손은 주환과 전종을 불러 분부하기를

"자네 두 사람은 각기 3만 군을 이끌고 석정의 산길을 따라, 조휴의
영채 뒤에 가서 불을 놓아 신호를 삼게. 나는 직접 대군을 통솔하고
중로를 따라 나아가면 조휴를 사로잡을 수 있을 것이네."
하였다. 그날 황혼무렵에 두 장수는 계책대로 군사들을 이끌고 나아
갔다. 2경 시분에 일군을 이끌고 위 영채의 뒤에 이른 주환은 장보의
복병과 만났다. 장보는 이들이 오나라 군사인 줄 모르고 나가 시간을
묻다가, 주환의 한 칼에 맞아 말에서 떨어지자 위병들이 도망쳤다.

주환은 후군에게 불을 놓게 하였다. 전종은 일군을 이끌고 위군의
영채 뒤에 이르렀는데, 마침 설교의 진중이어서 그 속에서 크게 몰아
쳤다. 설교는 패주하고 위군들은 큰 손실을 입고 본채로 도망갔다. 뒤
에 있던 주환과 전종이 양로로 짓쳐 들어왔다. 조휴의 영채는 크게
혼란에 빠져 저희들끼리 치고받고 하였다. 조휴가 당황하여 말에 올
라 협석도(夾石道)로 달아났다.

그때, 서성이 대대 군사를 이끌고 큰 길을 따라 충돌해 왔다. 위병
중에서 죽은 자는 수를 헤아릴 수 없고, 군사들은 모두가 갑옷을 버리
고 달아났다. 조휴가 크게 놀라서 협석도에서 죽을 힘을 다해서 달아
나고 있었다. 홀연 한 떼의 군마들이 소로를 따라 짓쳐 오는데 앞선
대장은 가규였다.

조휴가 당황하여 쉬고 있다가 부끄러워하며,

"내 공의 말을 기용하지 않았다가 이런 패배를 당했소이다!"
하니, 가규가 말하기를

"도독께서는 속히 여길 벗어나소서. 만약에 오병들이 목석으로 길을 막으면 우리들 모두가 위험합니다!"

하였다.

이에 조휴가 말을 몰아 나가고 가규가 뒤를 끊었다. 가규가 수목이 울창한 곳과 험준한 산골짜기 소로에, 많은 깃발을 꽂아 놓고 의병을 하였다.

서성이 급히 쫓아왔으나 산 언덕 아래에 깃발이 있는 것을 보고는, 매복이 있을까 의심해서 감히 추격하지 못하고 군사들을 거두어 달아났다. 이로 인해 조휴는 겨우 살아났다. 사마의는 조휴가 패했음을 알고 군사를 이끌고 돌아갔다.

한편, 육손은 첩보를 기다리고 있는데, 얼마 안 있어 서성·주환·전종 등이 다 도착하였다. 그들이 노획한 수레·우마·나귀와 노새·군수 물자·무기 등 그 수를 이루 헤아릴 수조차 없었고, 항복해 온 병사 또한 1만여 명에 이르렀다. 육속은 기뻐하며 곧 태수 주방과 함께, 제장들을 데리고 군사를 돌려 오나라로 돌아왔다.

오주 손권은 문무 관료들에게 명하여 무창에 나가 영접하게 하고, 어개(御蓋)를 받쳐 주면서 육손을 영접해 들였다. 제장들 모두에게 벼슬을 올려주고 상을 주었다.

손권은 주방이 머리카락이 없는 것을 보고, 위로하며 말하기를

"경은 머리를 잘라서 이 큰 일을 성사시켰으니,26) 공의 이름은 마땅히 역사에 길이 남을 것이외다."

하고, 곧 주방을 관내후로 삼고 큰 잔치 자리를 베풀어 군사들의 수고로움을 경하하였다.

---

26) 경은 머리를 잘라서 이 큰 일을 성사시켰으니 …… : 원문에는 '卿斷髮成此大事 功名當書於竹帛也'로 되어 있음. [後漢書 王覇傳]「斷髮請戰」.

육손이 아뢰기를,

"조휴가 대패했으니, 이제 나라는 간담이 서늘할 것입니다. 주공께서는 국서를 닦아 사람을 서천에 보내셔서, 제갈량에게 진병하여 위를 공격하라 하옵소서."

하거늘 손권이 그 말대로, 사신에게 글을 가지고 서천으로 가게 하였다.

이에,

동오의 육손이 계책을 잘 쓰니
서천에서 군사를 움직이게 되누나.
只因東國能施計
致令西川又動兵.

공명이 다시 위나라를 공격할는지와 그 승부가 어찌 될지는 알 수가 없다. 하회를 보라.

제97회

위나라를 치자며 무후는 다시 표문을 올리고
조병을 파한 강유는 거짓 항서를 드리다.
　　討魏國武侯再上表
　　破曹兵姜維詐獻書.

한편, 촉한 건흥 6년 가을 9월!

위도독 조휴는 동오의 육손에게 석정에서 대패하고, 수레와 마필·
군자와 무기 등을 다 탕진하였다. 조휴는 너무도 황공하여 걱정한 나
머지 병이 되어 낙양에 이르자 등창이 나서 죽었다.[1] 위주 조예는 명
을 내려 조휴를 후히 정사지내 주게 하였다.

사마의가 병사들을 이끌고 돌아오자, 여러 장수들이 맞아들이고 묻
기를

"조도독께서 싸움에 패한 것은 곧 원수와도 관계되는데, 무엇 때문
에 서둘러 돌아오셨습니까?"

하니, 사마의가 대답하기를

"내 생각에 제갈량은 내가 패한 것을 알고 있을 터이니, 필시 허를
틈타서 장안을 취하려 할 것이오. 만일에 농서에 긴급한 일이 생기면
누가 구하겠습니까? 그래서 내 급히 돌아온 것이오."

---

1) 등창이 나서 죽었다[疽發背而死] : 등에 등창이 나서 죽음. [史記 項羽紀] 「疽發
背而死」. [漢書 陳平傳] 「疽發背而死」.

하니, 여러 사람들이 다 겁이 많다며 비웃으며 물러갔다.

한편, 동오는 사자에게 국서를 가지고 촉으로 보냈다. 위를 치기 위해 청병을 하고 아울러 조휴를 크게 무찌른 일을 이야기하였다. 첫째로는 자기의 위풍을 나타내자는 것이며, 둘째로는 우호를 다지는 좋은 기회가 될 것이라는 것들이었다.

후주는 크게 기뻐하며 사람을 시켜 편지를 가지고 한중에 보내 공명에게 알렸다. 그때 공명은 병사들을 강하게 훈련을 시키고 말들이 살졌으며 양초 또한 풍족하였다. 그리하여 전쟁에 필요한 일체의 물건들을 다 준비하고 있어서, 마침 출사만 정하면 되었는데 바로 그때 이 소식을 들은 것이다. 곧 공명은 연회를 베풀어 제장들은 모으고 출사의 뜻을 의논하였다. 홀연 일진 대풍이 동북 쪽에서 일어나더니, 정원의 소나무 가지를 부러뜨려서 여러 사람들이 다 놀랐다.

공명이 점괘를 보고 말하기를,

"이 바람은 한 대장의 죽음을 알리는 것이외다!"

하거늘 여러 장수들이 믿지 않았다. 술을 마시고 있었는데, 홀연 진남장군 조운의 큰 아들 조통(趙統)과 둘째 조광(趙廣)이 와서 승상을 뵙고자 하였다.

공명은 크게 놀라서 술잔을 땅에 던지며, 말하기를

"자룡이 죽었구나!"

하니, 두 아들이 들어와 절하고 울며

"저희 아버님께서 어젯밤 3경쯤에 병이 중해지셔서 돌아가셨습니다."

하였다.

공명이 발을 구르고 울며,

"자룡이 죽었으니 나라는 큰 대들보를 잃었고[2] 나의 한 팔이 부러졌구나!"

하거늘, 여러 장수들이 눈물을 흘리지 않는 자가 없었다. 공명은 두 아들에게 명하여 성도에 가서 천자를 뵙고, 조운의 죽음을 보고하라 하였다.

후주는 조운의 죽음을 듣고, 목 놓아 울면서

"짐이 옛날 어렸을 적에 자룡이 아니었으면, 어지러운 군사들 속에서 죽었을 것이오!"

하며 곧 조서를 내려, 대장군을 추증하시고 시호를 순평후(順平侯)라 하셨다. 또 성도의 금병산(錦屛山) 동쪽 기슭에 장사지내고, 묘당을 세워 사시 제사를 드리라 하였다.

후세 사람의 시가 전한다.

상산에 호랑이 같은 장수가 있으니
지혜와 용기가 관우 장비에 짝했네.
　常山有虎將
　智勇匹關張.

한수엔 지금도 공훈이 남아 있어
당양 장판에 그 이름이 빛나는도다.
　漢水功勳在
　當陽姓字彰.

---

2) 나라는 큰 대들보를 잃었고[棟梁]:「동량지재」(棟梁之材). 한 집안이나 나라를 다스릴 만한 큰 인재. 여기서는 '집을 떠받치는 기둥'의 의미임. [吳越春秋 句踐入臣外傳]「大夫文種者 國之棟梁 君之瓜牙」. [世說新語 賞譽]「庚子嵩目和嶠 森森如千丈松 雖磊砢有節目 施之大廈 有棟梁之用」. [書言故事 花木類]「稱人才幹 云有棟梁之材」.

두 번씩이나 어린 임금을 구해내어
오직 한 맘으로 선황께 보답했네.
　兩番扶幼主
　一念答先皇.

역사엔 그의 충렬 오래 오래 남으리니
꽃다운 그 이름 백세토록 전하리라.3)
　靑史書忠烈
　應流百世芳.

한편, 후주는 조운의 지난 날의 공훈을 생각하고, 제전(祭奠)과 장례를 후히 치러 주었다. 또 그의 아들 조통을 봉하여 호분중랑을 삼고, 둘째 조광은 아문장을 삼아 분묘를 지키게 하였다. 두 사람은 사례하고 돌아갔다.

홀연 근신이 와서 보고하기를,

"제갈승상께서 군마들을 분별하는 일을 끝내고, 병사들을 내어서 위를 치려 한답니다."

하거늘 후주가 조신들에게 물으니, 조신들은 다 경거망동해서는 안 된다고 말했다. 후주가 결정을 미루고 있는데, 홀연 승상께서 양의에게 보낸 출사표(出師表)가 이르렀다 한다. 후주가 불러들이니 양의가 표장을 올린다.

책상에 올려놓고 보니 그 내용은 다음과 같다.

---

3) 꽃다운 그 이름 백세토록 전하리라[流百世芳] : 「유방상세」(流芳上世). 「유방」
은 「방명」(芳名)을 세상에 남김의 뜻임. [晋書 桓溫傳]「既不能流芳後世 不足復
遺臭萬載耶」. [三國志 魏志 文德郭皇后紀]「流芳上世」.

선제께서 한나라를 걱정하시고 적들과 양립할 수 없다 하시면서, 왕업 때문에 늘 편안하지 못하시고, 신에게 부탁하셔서 도적들을 토벌하라 하셨습니다. 선제의 명민하심으로써 신의 재주를 헤아리시니, 진실로 신이 적을 치기에 재주가 부족하고 적들이 강함을 아셨습니다.

그러나 적들을 치지 않으면 왕업 또한 망하게 될 터이니 오직 앉아서 망하기를 기다리느니, 차라리 적을 치는 게 나을 것입니다. 그런 까닭으로 신에게 부탁하시고 의심을 떨쳐버리신 것입니다. 신은 명을 받은 날부터 잠을 잘 때에도 늘 편안하지 못하였고 음식을 먹을 때에는 그 맛을 모르고 지냈으며4) 오직 북정만을 생각하며 먼저 남만에 들어갔습니다. 그렇기에 5월에 노수를 건너 불모의 땅 깊이 들어가,5) 이틀에 하루씩 먹으면서도 신은 몸을 아끼지 않았습니다.

돌아보건대, 왕업이란 촉도에 편안히 있으면서 이뤄진 일이 아니기에, 선제의 남기신 뜻을 따라 위난을 무릅쓰고 있는 것입니다. 논의하는 자 가운데에는 위를 치는 것이 좋은 계책이 아니라 할 것이오나, 이제 적들은 서쪽에서 곤핍하고 또 동쪽에서 힘을 쓰고 있습니다. 병법에서는 적들이 피곤할 때가 추격할 때라 하였습니다.

삼가 그 일을 말씀드리면 다음과 같사옵니다.

---

4) 잠을 잘 때에도 늘 편안하지 못하였고 음식을 먹을 때에는 그 맛을 모르고 지냈으며[寢不安席 食不甘味] : 근심 걱정으로 편안히 잠을 이루지 못하고 음식을 먹어도 맛이 없음. [漢書 郊祀傳]「**食不甘味 寢不安席**」. [曹植 求自試表]「**寢不安席 食不遑味**者」.

5) 불모의 땅 깊이 들어가[深入不毛] : 불모의 땅까지 깊이 들어감. [史記 鄭世家]「不忍絕其社稷 錫**不毛地**」. [公羊傳 宣公十二年]「今如矜此喪人 錫之**不毛之地**」. [諸葛亮 出師表] (注)「深入**不毛**」.

고제(高帝)께서 밝으심이 해와 달 같으시며 모신들이 지모가 깊은 연못과 같아서, 험지를 건너고 상처를 입으시고 위험을 겪으신 뒤에야 편안해지셨습니다. 이제 폐하께서는 고제에 미치지 못하시고 저 또한 장량(張良)이나 진평(陳平)과 같지 못하면서,6) 좋은 계책으로써7) 승리를 얻으려 하고 있으며 앉아서만 천하가 정해지기를 기다리고 있으니, 이것이 신이 이해가 되지 않는 첫 번째 일이옵니다.

유요와 왕랑이 각기 주군을 차지하고 있으면서 안위를 논하고 계책을 말하면서, 걸핏하면 성인의 일을 들어 인용하였으나 사람을 쓰는데 의혹이 있고 속임수가 뱃속에 가득하며 여러 가지 어려운 일로 가슴이 막히나이다. 금년에도 싸우지 않고 또 내년에도 도적을 치지 않아 손권으로 하여금 앉아서 세력을 넓히게 하여 결국은 강동을 얻게 하였으니, 이것이 신이 이해되지 않는 두 번째 일이옵니다.

조조는 그 지모와 계략이 뛰어난 인물이며 그의 용병은 마치 손오를 방불케 합니다. 그러나 남양에서 곤경에 빠졌고 오소에서 패했으며, 기련(祁連)에서 위험에 빠지고 여양(黎陽)에서 곤핍하였습니다. 백산(伯山)에서 여러 번 패하였고 동관(潼關)에서 죽을 고비를 넘

---

6) 저 또한 장량(張良)이나 진평(陳平)과 같지 못하면서[謀臣不如良平] : 모신으로는 장량과 진평만한 이가 없음. 「장량」(張良). 한 고조 유방의 모사(謀士)가 되어 항우를 무찌르고 천하를 평정하는데 큰 공을 세움. 소하(蕭何)·한신(韓信) 등과 함께 창업 삼걸(三傑)의 한 사람임. 「진평」(陳平). 진평은 전한 문제(文帝) 때의 승상인데, 황제가 진평에게 1년간 전곡의 수입·지출이 얼마나 되는지 하문 했을 때, 전곡의 수량을 주관하는 것은 그 일을 맡아보는 관원이 할 일이고 승상의 직책은 여러 신하들을 통솔하는 것이기 때문에, 알 수 없다 하였다 함. 「진평재육」(陳平宰肉). [史記 陳丞相世家]「里中社 陳平爲宰 分肉食 甚均 父老曰善 陳儒子之爲宰 平曰 嗟乎 使平得宰天下 亦如是肉矣」.

7) 좋은 계책으로써[長策] : 양책(良策). [史記 主父偃傳]「靡敝中國 快心匈奴 非長策也」. [文選 會陽 六代論]「觀五代之存亡 而不用其長策」.

긴 뒤에야 일시 천하가 거짓 안정되었을 뿐이옵니다. 하물며 신은 재주가 없는데도 위험한 일을 겪지 않았으면서도 평온을 얻고 있으니, 이것이 신이 이해되지 않는 세 번째 일이옵니다.

조조는 다섯 번 창패를 공격하였지만 항복받지 못하였고, 네 번씩이나 소호를 건넜으나 공을 이루지 못했나이다. 그는 또 이복(李服)을 기용하였으나 오히려 그가 배반하였고, 하후연에게 위임하였으나 패망하였나이다. 선제께서 매양 조조가 능하다 하셨으나, 오히려 그는 실패하고 있사옵나이다. 하물며 신은 노둔한 재주로써8) 오히려 지지 않았사오니, 이것이 신이 이해할 수 없는 네 번째 일이옵나이다.

신이 한중에 온 지, 그새 어느덧 한 해가 지났습니다. 그 후에 조운·양군(陽群)·마옥(馬玉)·염지(閻芝)·정립(丁立)·백수(白壽)·유합(劉郃)·등동(鄧銅) 등과 곡장(曲長)·둔장(屯將) 등 70여 인이 죽어 앞장설 장수가 없고 빈수(賓叟)·청강(靑羌)·산기(散騎) 등 무장 1천여 명이 죽었습니다. 이들은 다 최근 수십 년 사이에 사방에서 정예들을 규합한 것인데도 아직 한 고을도 얻지 못하고 있사옵니다. 만약에 다시 몇 년이 지난다면 이들 중 3분의 2는 죽을 것이옵나이다. 장차 어떻게 적을 도모하겠습니까. 이것이 신이 이해하지 못하는 다섯 번째 일이옵니다.

지금은 백성들이 곤궁하고 병사들이 피곤하오나 일은 중지할 수

---

8) 노둔(駑鈍) : 어리석어 쓸모가 없음. '자기의 능력에 대한 겸칭'임. [諸葛亮 出師表]「庶竭駑鈍 攘除姦凶」. [魏書 陳建傳]「顧省駑鈍 終於無益」. 「노마십가」(駑馬十駕)는 '재주 없는 사람도 노력하고 교만하지 않으면, 재주 있는 사람에 비견할 수 있음'을 이름. [荀子 勸學篇]「騏驥躍不能十步 駑馬十駕 則亦及之矣」. [淮南子 齊俗訓]「騏驥千里 一日而通 駑馬十舍 旬亦至之」.

없사옵나이다. 일을 중지할 수 없다면, 지키고 있는 것이 가서 싸우는 것과 그 수고로움이 꼭 같사옵나이다. 일찍이 도모하지 아니하면서 한 주의 땅을 가지고 도적과 함께 오래 지속하려 하는 것이, 신이 이해되지 않는 여섯 번째 일이옵니다.

무릇 예측하기 어려운 것은 세상일입니다. 옛날 선제께서 초(楚)에서 패하셨을 때에, 그 당시 조조가 손뼉을 치며 천하가 이제 정해졌다 했습니다. 그러나 그 후에 선제께서는 동으로 오월·서로 파촉을 취하시고, 병사를 내어 북편을 치시매 하후연이 항복하였습니다. 이는 조조의 실계(失計)이오며 한나라의 대사가 이루어진 듯하였습니다.

그러나 그 뒤에 오가 다시 맹세를 어겨 관우 또한 패하여 죽고, 자귀에서 실패하게 되어 조비가 칭제하기에 이르렀습니다. 무릇 일이란 이와 같사오니, 앞으로의 일은 생각하기 어려운 것이옵니다.

신은 엎드려 비오니9) 죽은 뒤에나 그만두려 하옵나이다.

무릇 일의 성패와 이둔은10) 예측하기 어려운 것이옵니다.

후주가 보고 심히 기뻐하시며, 곧 칙지를 내려 공명에게 출사하라 하였다. 공명은 명을 받고 30만의 정병을 일으켜 위연에게 전부의 선봉을 맡아 총독하게 하고, 지름길로 진창길 어귀를 바라고 나갔다.11)

---

9) 엎드려 비오니[鞠躬盡瘁] : 나랏일에 몸과 마음을 다해 힘씀. 「국궁」, [論語鄕黨篇]「入公門 鞠躬如也 如不容」. 「진췌」. [詩經 小雅篇 北山]「或燕燕居息 或盡瘁事國」. [諸葛亮 後出師表]「鞠躬盡瘁 死而後已」.

10) 이둔(利鈍) : 날카로움과 무딤. [三國志 吳志 呂蒙傳注]「兵有利鈍 戰無百勝」. [顔氏家訓 文章]「學問有利鈍 文章有巧拙 鈍學累功 不妨精熟」.

11) 지름길로 진창길 어귀를 바라고 나갔다[逕奔陳倉道口] : 한신이 몰래 진창을 건너는 계책. 유방이 항우에 의해 한왕(漢王)에 봉해진 뒤에 함양(咸陽)을 떠

일찍이 세작들이 이 일을 낙양에 보고하였다. 사마의는 위주에게 이 일을 알리고 문무 신료를 다 모아 놓고 의논하였다.

대장군 조진이 반열에서 나오며,

"신이 전번 농서를 지키고 있을 때, 공은 보잘 것 없고 죄는 커서 황공함을 이길 수 없었습니다. 이제 제가 일군을 이끌고 나가서 제갈량을 사로잡게 해 주시면 합니다. 신이 근자에 한 장수를 얻었는데, 60근의 큰 칼을 사용하고 천리정완마(千里征宛馬)에 양석(兩石) 철태궁을12) 사용하며, 세 개의 유성추를13) 감추어 쓰되 백발백중이옵고,14) 누구도 당할 수 없는 용맹성을15) 지니고 있습니다. 농서의 적도 사람으로 성은 왕(王)이고 이름은 쌍(雙)이며 자를 자전(子全)이라 하는데, 신은 이 사람을 선봉으로 삼으려 합니다."

하거늘, 조예가 기뻐하며 곧 왕쌍을 전상으로 불러 보니, 신장이 9척이고 얼굴이 검고 눈동자가 누렇고 곰의 허리에 호랑이의 잔등이었다.

조예가 웃으며 말하기를,

나 한중(漢中)으로 왔다. 그러나 건너온 잔도(棧道)를 불태워 버리고 한신은 계책에 따라 험한 길로 출병하여 진창에서 항우를 격파함. [中國地名]「漢王東出**陳倉** 敗雍王章邯之兵 諸葛亮圍**陳倉** 郝昭拒守 亮攻圍二十餘日 不能克而還」. [中文辭典]「秦置 故城在陝西城 **寶鷄縣東** 秦文公築」.

12) 철태궁(鐵胎弓) : 강궁(强弓)의 하나로 몸에 철심을 넣어 만든 활. 「철궁」(鐵弓). [中文辭典]「鐵製烘物之架也 與鐵炎同」.

13) 유성추(流星鎚) : 양 끝에 쇠뭉치가 달려 있는 무기. [中文辭典]「兵器名 以繩兩端各緊鐵鎚 一以擊敵人 一以自衛 謂之**流星鎚** 卽飛鎚」.

14) 백발백중(百發百中) : 쏘는 대로 다 적중함. [史記 周本紀]「楚有養由基者 善射者也 去柳葉者百步而射之 **百發而百中**之 左右觀者數千人 皆曰善射」. [戰國策 西周策]「夫射柳葉者 **百發百中** 而不以善息」.

15) 누구도 당할 수 없는 용맹성[萬夫不當之勇] : 누구도 당해낼 수 없는 용맹. 「만부지망」(萬夫之望). [易經 繫辭 下傳]「君子知微知彰 知柔知剛 **萬夫之望**」. [後漢書 周馮虞鄭周傳論]「德乏**萬夫之望**」.

"짐이 이런 대장을 얻게 되니 무엇을 걱정하겠는가?"

하시며, 이에 금도와 금갑을 내리시고 호위장군 전부대선봉을 삼고 조진을 대도독을 삼았다. 조진이 사은하고 나서서 15만 정병을 이끌고 곽회·장합들과 합쳐서 길을 나누어 애구를 지키기로 하였다.

한편, 촉병 전대가 진창을 초탐하고 돌아와, 공명에게 보고하기를

"진창 입구에 이미 한 개의 성을 쌓았고 안에는 대장군 학소가 지키고 있는데, 해자를 깊이 파고 보루를 높이었고 녹각(鹿角)을 두루 꽂아 아주 견고합니다. 이 성을 버리고 태백령의 험한 길을 따라 기산으로 속히 나가느니만 못할 것 같습니다."

하거늘, 공명이 말하기를

"진창의 바로 북쪽이 가정이니, 반드시 이 성을 얻어야만 진격할 수가 있소."

하고는, 위연에게 명하여 병사들을 이끌고 이 성으로 가서 사방에서 공격하라 하였다. 위연은 공격을 계속하였으나 파할 수가 없었다. 위연은 다시 와서 공명에게 고하고, 성을 깨뜨리기가 매우 어렵다고 말하였다.

공명은 크게 노하여 위연을 참하려 하였으나, 홀연 장하의 한 사람이

"제가 능력은 없사오나, 오랫동안 승상을 따라 다녔지만 아직 그 은혜를 갚지 못하고 있습니다. 원컨대 진창성에 가서 학소에게 항복을 권해 보겠습니다. 화살 하나 쏘지 않겠습니다."

하거늘, 여러 사람들이 저를 보니 부곡의 근상(靳詳)이었다.

공명이 말하기를,

"자네가 무슨 말로써 저를 설득하려 하는가?"

하니, 근상이 대답한다.

"학소와 저는 농서사람이며 어려서부터 교유가 있습니다. 제가 지금 저 성에 가서 이해관계에 대해 저에게 설득하면, 반드시 투항해 올 것입니다."

하거늘, 공명은 즉시 먼저 가라 하였다.

근상은 말을 몰고 곧장 성 아래에 가서 부르기를,

"학백도야, 친구 근상이 너를 보러 왔다."

하니, 성 위에 있던 군사가 학소에게 알렸다. 학소가 문을 열게 해 근상을 만났다.

학소가 묻기를,

"자네가 어찌 여기에 왔는가?"

하거늘, 근상이 대답하기를

"나는 서촉의 공명 장하에 있으며, 군기에 참여하여 상빈의 예우를 받고 있네. 특히 나에게 공을 만나 보라 하시기에 온 길일세."

하자, 학소가 낯빛이 변하며

"제갈량이라면 우리의 원수요 적이네! 나는 위나라를 섬기고 있고 자네는 촉나라를 섬기고 있으니, 각기 주군을 섬기세! 옛날에는 곤중이라도16) 지금은 적일세! 자네와 다시 더 말할 말은 없으니 곧 성을 나가 주게나!"

하였다. 근상은 또 말을 하고자 하였으나 학소가 적루 위로 나가 버렸다.

위군들이 급히 재촉하며 말에 오르게 하고는 근상을 내보내었다. 근상이 머리를 돌려 저를 보니, 학소가 목난간에 기대어 있는 것이 보였다.

---

16) 곤중(昆仲) : 옛 친구·형제. [中文辭典]「昆兄也 其次曰仲 因稱人之兄弟曰昆仲」.

근상은 말고삐를 당겨 세우고, 채찍으로 가리키며

"백도 이 사람아, 어찌 그리 박정한가?"

하니, 학소가 말한다.

"위나라의 법도를 형도 아시지 않소이까? 나는 위나라에 은혜를 입고 있으니, 나라를 위해 죽음만이 있을 뿐이외다. 자네는 필요 없는 말을 마시오. 속히 돌아가 제갈량을 보거든 빨리 와서 성을 공격하라 하시게. 나는 전혀 겁내지 않소이다!"

하였다.

근상이 돌아가 공명에게 고하기를,

"학소가 저에게 말을 못하게 하고 곧 막았습니다."

하니, 공명이 말하기를

"자네 다시 한 번 가서 저를 만나 보고서 이해관계를 설명해 보시게."

하거늘, 근상이 또 성 아래 이르러 학소를 만나보기를 청하였다. 학소가 적루에 올라왔다.

근상이 목소리를 높여,

"이보게 백도, 내 말을 듣게나. 자네가 한 외로운 성을 지키지만 수십만의 군사들을 어찌 당해 내겠는가? 지금이라도 빨리 투항하지 않는다면 후회해도 미치지 못할 것일세! 또 대한을 버리고 간교한 위나라를 섬기다니, 어찌 천명을 거스리며 청탁을 구별하지 못하는가? 제발 자네 깊이 생각해 보게나."

하니, 학소가 크게 노하여 활에 화살을 멕여, 근상을 가리키며 소리치기를

"나는 이전에 한 말과 같네. 자네, 다시 더 말을 말게나! 속히 돌아 가시게. 내가 자네를 쏘지 않게 해주게나!"

하였다. 근상이 돌아와 공명을 보고, 학소의 이와 같은 모습을 자세하

게 말하였다.

공명이 크게 노하며 말하기를,

"필부의 무례함이 어찌 이리 심하냐! 어찌 내가 성을 공격할 방법이 없다고 업신여기는가?"

하고, 드디어 토인이게 묻기를

"진창성에 인마가 얼마나 되느냐?"

하니, 토인이 대답하기를

"비록 숫자는 알 수가 없으나 한 3천쯤 될 것입니다."

한다.

공명이 웃으며 말하기를,

"이렇게 작은 성으로 어찌 나의 공격을 지켜낸단 말인가! 저들의 구원병이 이르기 전에 속히 공격하라."

하였다. 이에 군중에서 백여 개의 운제를[17] 만들었다. 그리고 운제 1개에 수십 명이 올라설 수 있게 하고 주위를 나무판으로 둘러 막았다. 군사들이 각기 짧은 운제와 줄사다리를 잡고, 북소리가 울리자 일제히 성으로 올라갔다.

학소는 적루 위에 있다가 촉병들이 운제를 타고 사방에서 올라오는 것을 보고, 곧 영을 내려 3천 군사들에게 화전을 가지고 사방으로 나누어 배치하였다가, 운제가 성에 가까워지기를 기다려 일제히 쏘게 하였다.

공명은 성중에는 방비가 없을 줄로만 생각했기 때문에 많은 운제를

---

17) 운제(雲梯) : 구름사다리. 높은 산 위의 돌계단이나 잔도(棧道)를 이르기도 함. [事物紀原 墨子 公輸篇]「公輸般爲雲梯之械 左傳曰 楚子使解楊登樓車 文王之雅曰(詩經 大雅篇 皇矣) 臨衝閑閑 注云 臨車卽左氏所謂樓車也 蓋雲梯矣」. [六韜 虎韜 兵略篇]「視城中 則有雲梯飛樓」.

만들어서 북이 울리면 함성을 지르며 진입하려 하였다. 성 위에서 불화살이 날아올 줄은 생각도 않고 있다가, 운제가 다 불이 붙게 되자 운제 위의 많은 군사들이 타 죽었다. 성 위에서는 화살과 돌멩이들이 비 오듯 하자 촉병들은 퇴각하였다.

공명은 크게 노하여 말하기를,

"네가 내 운제를 태웠다면 나는 '충거'를18) 쓰겠다."

하고, 이에 밤을 도와서 충거를 준비하였다.

다음 날, 또다시 사방에서 북을 치고 함성을 지르며 진격하였다. 학소는 급히 영을 내려 돌을 운반해 오게 하고, 구멍을 뚫어 칡덩굴 새끼에 달아매어 충거들을 다 부셔버리게 하였다. 공명은 또 영을 내려 흙을 운반해서 성 앞의 해자를 메우게 하고, 요화로 하여금 3천 명의 가래와 호미를 가진 군사들을 이끌고 가서 밤새도록 땅 속에 굴을 파게 하여, 몰래 성 안으로 들어가려 했다. 학소는 또 성 안에 굴을 옆으로 깊게 파서 여러 개의 굴을 막았다. 이와 같이 밤낮으로 서로의 공방이 20여 일이 되었으나 성을 깨뜨릴 수가 없었다.

공명은 영중에서 걱정을 하고 있는데, 홀연 보고가 들어오기를

"동쪽에 구원병이 이르렀는데, 깃발 위에 쓰여 있기를 '위 선봉대장 왕쌍'이라 하였습니다."

하였다.

공명이 묻기를,

"누가 나가서 저를 맞겠오?"

하니, 위연이 나서며 말한다.

"제가 가겠습니다."

---

18) **충거(衝車)** : 겉에 철판을 씌워 성문이나 성벽을 깨뜨리는 고대의 전차. [後漢書 天文志]「或爲衝車以撞城」. [六韜 虎韜 軍用]「大扶胥衝車三十六乘」.

하였다.

공명이 말하기를,

"자네는 선봉대장이니 경솔하게 행동하지 마시게."

하며, 또 다시 묻기를

"누가 감히 나가 저들을 막겠소이까?"

하니, 비장 사웅(謝雄)이 소리치며 나왔다. 공명은 그에게 3천 군을 주어 보냈다.

공명이 또 묻기를,

"누가 또 가겠소이까?"

하니, 비장 공기(龔起)가 대답하며 나가고자 하였다. 공명은 그에게 또한 3천의 병사들을 주며 가게 하였다. 공명은 성 안의 학소가 병사들을 이끌고 나올까 걱정이 되어, 인마들을 20여 리 물러 하채하였다.

한편, 사웅은 군사들을 이끌고 앞에 가다가 왕쌍과 마주쳤다. 싸움은 3합이 못 되어 사웅이 왕쌍의 한 칼에 맞아 죽고, 촉병들은 도주하였다. 왕쌍은 뒤를 따르며 급히 쫓아왔다. 공기가 나가 부딪쳤으나 어울린지 단 3합 만에 또한 왕쌍에게 죽었다. 패병이 돌아와 공명에게 보고하니, 공명은 크게 놀라서 급히 요화와 왕평·장의 세 사람을 나가 맞게 하였다. 양 진영이 원을 그리고 대진하자 장의가 나섰다.

왕평과 요화는 진의 좌우에 섰다. 왕쌍은 말을 몰고 나와 장의와 맞붙었으나, 몇 합이 되어도 승부가 나지 않았다. 왕쌍이 거짓 패주하자 장의가 뒤를 따라 급히 추격하였다.

왕평은 장의가 적의 계책에 든 것을 알고 급히,

"쫓지 말라!"

하니, 장의가 황급히 말을 돌릴 때, 왕쌍의 유성추가 날아와서 정통으로 그의 등을 쳤다. 장의가 안장에 엎드려 달아나자 왕쌍이 말을 돌려 쫓아왔다. 왕평과 요화가 나서서 막아 장의를 구해 가지고 본진으로 돌아왔다. 왕쌍이 병사들을 몰아 짓쳐 오자 촉병들은 거의가 죽거나 부상자가 많았다.

장의가 입으로 여러 번 피를 토하고 돌아가, 공명을 보고

"왕쌍은 뛰어나게 용맹하여 당해낼 수가 없습니다. 지금 2만 명의 군사들을 거느리고 진창성 밖에 하채하고 있는데, 사방에 목책을 세워 두르고 겹겹이 성을 쌓고 해자를 깊이 파고 매우 엄하게 지키고 있습니다."

하니, 공명이 두 장수가 죽고 장의마저 상처를 입자, 곧 강유를 불러

"이 길로는 진창도로로 갈 수가 없으니, 달리 무슨 방책이 없는가?"

하니, 강유가 말하기를

"진창성은 아주 견고한데다가 학소의 방어가 치밀합니다. 또 왕쌍이 와서 돕고 있어서 사실 취하기 어렵습니다. 만약에 한 장수에게 명하여 산에 의지하고 물을 따라 영채를 세우고 굳게 지키게 하십시오. 그리고 다시 영을 내려 중요한 길목을 지키게 하면서 가정의 길목을 막게 하시고, 빨리 대군을 거느리고 가서서 기산을 엄습하십시오. 저는 이러이러한 계책이 있으니 조진을 사로잡을 수 있습니다."

하거늘, 공명이 그의 말을 따라 곧 왕평과 이회 두 장수에게 일지군을 이끌고 가정의 소로를 지키게 하며, 위연에게는 일군을 이끌고 진창으로 가는 입구를 지키게 하였다. 그리고 마대를 선봉으로 삼고 관흥과 장포를 전후구응사(前後救應使)를 삼아, 좁은 산골짜기 길을 따라 야곡으로 나가서 기산을 향해 진발하였다.

한편, 조진은 전번에 사마의에게 공을 빼앗긴 일을 분하게 생각하고, 낙양에 이르러서 곽회와 손예에게 군사를 나누어 주고 동서를 지

키게 하였다. 또 진창에서 급히 알려온 소식을 듣고 이미 왕쌍에게 구하러 가게 하였다. 왕쌍이 적장을 베고 공을 세웠다는 소식을 듣고는 크게 기뻐하였다. 이에 중호군대장 비요(費耀)에게 전부총독을 대리하게 하고,19) 제장들에게는 각자 애구를 잘 지키게 하였다.

홀연 산골짜기에서 잡힌 세작을 끌고 왔다 하거늘 조진이 압령해 들이라 하니, 그 세작이 장전에 나와 무릎을 꿇고 고하기를

"소인은 세작이 아닙니다. 말씀드릴 기밀이 있어서 도독을 뵈오려고 왔는데, 잘못 복로군에게 잡혀 온 것이니 좌우를 물리쳐 주십시오."

하거늘, 조진이 그 결박을 풀어 주게 하고 좌우에게 잠시 물러가 있으라 하였다.

그 사람이 아뢰기를,

"소인은 강백약의 심복입니다. 본관의 명을 받고 밀서를 가지고 왔습니다."

하였다.

조진이 묻기를,

"편지가 어디 있느냐?"

하니, 그 사람이 품 속에서 꺼내 바치는데 그 내용은 다음과 같다.

죄장 강유는 백 번 절하옵고 대도독 조진 휘하에게 편지를 바치나이다. 저는 대대로 위나라의 녹을 먹어 왔고,20) 또 변방의 성을

---

19) 대리하게 하고[權攝] : 임시로 다른 사람에게 어떤 직책을 겸하여 맡게 함. [宋史 高宗紀]「禁美餘罷權攝」. [金史 罕達傳]「天下輕重 係于宰相 近來每每令權攝 甚無謂也」.

20) 대대로 위나라의 녹을 먹어 왔고[世食魏祿] : 계속해서 위나라에서 벼슬을 함. 대대로 위나라에서 벼슬을 함. 「세록」(世祿). [左氏 囊 二十四]「此之謂世祿」. [孟子 縢文公 上]「夫世祿 縢固行之矣」.

지켜 왔사옵니다만, 두터운 은덕을 입고도 외람되이 갚을 길이 없사옵니다.

지난 날, 제갈량의 계책에 속아 몸이 적의 수중에 빠졌습니다.[21] 고국을 생각하오면 어느 땐들 잊겠습니까! 이제 다행히도 촉병이 서쪽으로 출병하고 제갈량은 저를 의심하지 않고 있습니다. 그러하오니 도독께서 직접 대군을 이끌고 오시옵소서.

만일 촉병을 만날 것 같으면 부디 거짓 패한 척 하시옵소서. 제가 뒤에 있다가 횃불을 드는 것을 신호로 해서, 먼저 촉군의 양초를 태우고 곧 몸을 돌려 대병으로써 엄습하시오면, 제갈량을 사로잡을 수 있을 것입니다.

이는 제가 공을 세워 나라에 보답하려는 것이 아니고, 진실로 전날 제가 지은 죄를 속죄하려는 것이옵나이다.

깊이 살피셔서 속히 분부를 내려 주시옵소서.

조진이 보고나서, 크게 기뻐하며 말하기를
"하늘이 나의 성공을 돕는구나!"
하고는 드디어 온 사람에게 중상을 내리고, 곧 회답을 보내 기약한 날짜에 만나자 하였다.

조진은 비요를 불러 상의하기를,
"이제 강유가 밀서를 보내 나에게 이리이리 하라 하는구려."
하니, 비요가 권하기를
"제갈량은 지모가 뛰어난 인물이며 강유 또한 꾀가 많은 사람입니다. 혹시 이것이 제갈량이 시킨 게 아닐까요? 저들의 계책에 들까 걱

---

21) 몸이 적의 수중에 빠졌습니다[巔崖之中] : 산꼭대기의 벼랑. [詩經 唐風篇 采苓] 「采苓采苓 首陽之巔」. [唐韻] 「崖高邊也」.

정됩니다."

하였다.

조진이 말한다.

"저는 원래 위나라 장수였소이다. 부득이 해서 촉에 항복하였는데 이를 어찌 의심하겠소?"

하였다.

비요가 묻기를,

"도독께서는 가볍게 움직이셔서는 아니 됩니다. 다만 이 본채를 지키셔야 합니다. 제가 일군을 이끌고 강유와 접응하겠습니다. 성공할 것 같으면 그 공을 모두 다 도독께 돌리겠습니다. 설혹 간계가 있다면 제가 다 감당하겠습니다."

하거늘, 조진이 크게 기뻐하며 드디어 비요에게 5만 병사들을 이끌고 야곡을 향해 진병하게 하였다. 병사들이 2, 3정쯤 가서 주둔하고 군마들을 쉬게 하였다.

그리고 사람을 보내서 초탐하게 하였더니, 그 날 신시쯤 되어서 회보가 오기를,

"야곡길 아래에 촉병들이 와서 있습니다."

하거늘, 비요가 급히 군사들을 재촉하여 나아갔다.

촉병들은 교전하지도 않고 먼저 퇴각하였다. 비요의 병사들이 급히 저들을 추격하자 촉병들이 또 왔다. 바야흐로 대진하려 하니 촉병들이 또 물러갔다. 이같이 세 차례나 하고 나자 다음 날 신시경에 이르렀다.

위군은 하루 밤낮을 조금도 쉬지 못한 채, 촉병들이 공격해 올까 저어하고 있었다. 겨우 주둔하고 있는 군사들이 밥을 지으려 하는데, 홀연 사방에서 함성소리가 크게 들리고 고각 소리가 일제히 들리더니 촉병들이 산과 들을 덮고 밀려 왔다. 문기가 열린 곳에 섬광처럼 한

대의 사륜거가 나타났는데, 공명이 수레에 단정히 앉아서 위군 주장을 청하여 대화를 하자 하였다.

비요는 말을 하고 나가서 공명을 보며, 속으로 기뻐하고 좌우를 돌아보며

"촉병들이 엄습해 오거든 곧 퇴각하라. 만약에 산 뒤쪽에서 횃불이 일어나, 돌아서서 짓쳐 들어가라. 그러면 병사들이 상응해 올 것이다."

라고 분부하고 나서, 말을 몰고 나서며

"전의 패장이 오늘 어찌 감히 또 왔느냐!"

하거늘, 공명이 권하기를

"조진을 불러오너라. 대화를 하게!"

하였다.

비요가 말하기를,

"조도독께서는 귀한 몸이신데[22] 어찌 반적과 상대하시겠느냐!"

하거늘, 공명이 크게 노하여 우선을 잡고 한 번 휘두르니, 왼쪽의 마대와 오른쪽의 장의가 양로에서 짓쳐 나왔다.

위병들은 곧 퇴각하여 30여 리를 갔을 때, 촉병들의 뒤에서 횃불이 일고 함성이 그치지 않았다. 비요는 신호로 올리는 횃불이라 생각하고 곧 몸을 돌려 짓쳐 왔다. 촉병들이 곧 퇴각하자 비요는 칼을 들고 앞에 서서 함성이 이는 곳으로 추격해 갔다. 횃불 있는 곳에 가까이 가자, 산길에서 또 고각소리가 하늘에 퍼지고 함성이 땅을 뒤흔들며 양군이 짓쳐 나왔다. 왼쪽에는 관흥 오른쪽에서는 장포가 짓쳐 왔다.

산 위에서는 시석이 쏟아져 내려 왔다. 위병들은 대패하고 비요는 그때서야 적의 계책 중에 든 줄 알고, 급히 퇴군하여 산골짜기를 바라

---

22) 귀한 몸이신데[金枝玉葉] : 귀여운 자손. 황족. [六帖]「金枝玉葉帝王之系也」.

고 달아났으나 인마 모두가 곤핍해 있었다.

그때, 배후에서 관흥이 생력군을[23] 이끌고 급히 쫓아왔다. 위병들은 서로 밟고 밟히며 계곡 물에 떨어져 죽은 자가 그 수를 알 수조차 없었다. 비요는 목숨을 걸고 도망가다가 산 언덕 입구에서 일표군을 만났는데 강유였다.

비요가 큰 소리로 꾸짖으며,

"반적놈아 신의가 없구나! 내 불행하게도 잘못 네 놈의 간계에 빠졌구나."

하거늘, 강유가 웃으며 말하기를

"조진을 사로잡으려 했더니 잘못되어 네 놈이 걸렸구나. 속히 말에서 내려 항복하거라!"

하니, 비요가 말을 달려 길을 뚫고 산골짜기를 바라고 달아났다.

홀연 보니 산골짜기 안에서는 불길이 치솟으며 뒤에서 또 병사들이 짓쳐 나왔다. 비요는 스스로 목을 찔러 죽고[24] 나머지 군사들은 다 항복하였다. 공명은 군사들을 몰아 곧장 기산 앞에 하채하고, 군마를 수습하고 강유에게 상을 후히 내렸다.

강유가 말하기를,

"제가 조진을 죽이지 못한 것이 한입니다."

하거늘, 공명 또한

"안타깝구려. 큰 계책이 작게 쓰였소이다."[25]

---

23) 생력군(生力軍) : 활기가 있는 군사. 기운이 넘치는 군사. [中文辭典]「生力 謂力之儲而未用者 因謂甫加入戰線之軍隊日 **生力軍**」.

24) 스스로 목을 찔러 죽고[自刎而死] : 스스로 목을 찔러 죽음. 「자문이사」(自刎而 死). [戰國策 魏策]「樊於期 偏袒阨腕而進曰 此臣日夜 切齒拊心也 乃今得聞敎 遂 **自刎**」. [戰國策 燕策]「欲自殺以激 荊軻曰 願足下急過太子 言光已死 明不言也 **自 刎而死**」.

하였다.

한편, 조진은 비요가 죽은 것을 알고 나서 후회했으나 미치지 못했다. 마침내 곽회와 같이 퇴병지책을 의논하였다.

이에 손예와 신비가 밤을 도와 달려서 위주에게 표문을 올려,

"촉병들이 또 기산에 나왔고, 조진은 병사와 장수들을 잃고 그 세가 심히 위급하옵나이다."

며, 있었던 일을 자세하게 아뢰었다.

조예는 크게 놀라며, 곧 사마의를 전내로 들여서 묻기를

"조진이 군사와 장수들을 잃고 촉병들이 또 기산에 이르렀다니, 경은 무슨 계책이 있소이까. 저들을 물리칠 수 있겠소?"

하거늘, 사마의가 아뢰기를

"신이 이미 제갈량을 물리칠 계획을 가지고 있사옵니다. 위군들이 위세를 떨치지 않아도 촉병들이 자연 달아날 것입니다."

한다.

이에,

자단(子丹)에겐 적을 이길 계책이 없거늘
오로지 중달(仲達)의 양책만 믿을 수밖에 없구나.
已見子丹無勝術
全憑仲達有良謀.

그 계책이 어떤 것인지는 알 수가 없다, 하회를 보라.

---

25) 큰 계책이 작게 쓰였소이다[大計小用] : '큰 계책이 작은 일에 쓰였음'을 안
타까워할 때 쓰이는 비유. [三國志 魏志 蔣濟傳]「非戰攻之 失於國家大計」. [周
禮 天官 職幣]「以詔上之小用賜予」.

제98회

한군을 추격하다가 왕쌍은 목숨을 잃고
진창을 습격한 무후는 승리를 거두다.
  追漢軍王雙受誅
  襲陳倉武侯取勝.

한편 사마의가 아뢰기를,

"신은 일찍이 폐하에게 주달하온 바, 공명은 반드시 진창으로 나오
게 될 것이므로 학소에게 지키게 했던 것이온데 지금 과연 그대로 되
고 있나이다. 저가 만약에 진창을 경유하여 쳐들어 왔다면, 군량을 운
반함에 매우 편할 것입니다. 이제 다행하게도 학소와 왕쌍이 지키고
있어서, 감히 이 길로 군량을 옮기지 못하고 있사옵나이다. 그 외의
소로들은 군량을 운반하기 어렵습니다.

신이 계산하건대, 촉병의 군량은 한 달쯤이면 바닥이 날 것이기 때
문에 속히 싸우는 것이 이로울 것입니다. 우리 쪽에서는 당연히 오래
지켜야 됩니다. 폐하께서 조서를 내리셔서, 조진에게 여러 길의 관액
을 굳게 지키고 결코 나가 싸우지 말라 하시옵소서. 불과 한 달이 못
되어서, 촉병들은 스스로 달아날 것이옵나이다. 그때에 빈틈을 타고
저들을 공격한다면, 제갈량을 사로잡을 수 있을 것이옵나이다."

하거늘, 조예가 기뻐하며 묻기를

"경은 이미 선견지명이[1] 있으면서, 어찌 군사들을 이끌고 써 저들

을 공격하지 않는 게요?"

하거늘, 사마의가 말하기를

"신은 목숨을 아끼거나 목숨을 중히 여기는 것이 아니옵고, 실제로 군사들을 남겨 두었다가 동오의 육손을 막으려는 것이옵나이다. 손권은 머지않아 반드시 제호를 참칭(僭稱)할 것이며,2) 폐하께서 칠 것을 두려워하여 먼저 쳐들어올 것입니다. 신은 그런 까닭에 병사들을 대기시키고 있는 것입니다."

하며 말하고 있을 때, 홀연 근신이 아뢰기를

"조도독께서 군정을 아뢰는 보고를 해 왔습니다."

하거늘, 사마의가 청하기를

"폐하께서는 곧 명을 내리셔서 조진에게 경계하시되, 무릇 촉병을 추격하더라도 반드시 그 허실을 살피되 너무 깊이 들어가, 제갈량의 계책에 떨어지지 말라 하옵소서."

하매, 조예는 즉시 조서를 내려 태상경 한기(韓曁)로 하여금 절을 가지고 가서 조진에게 경계하되,

"일절 싸우지 말 것이며 힘써 지키는 데 힘 쓰거라. 촉병들이 퇴각하기를 기다려 비로소 공격하라."

하였다.

---

1) 선견지명(先見之明) : 일이 일어나기 전에 미리 내다보고 아는 일. [後漢書 楊彪傳]「子脩爲曹操所殺 操見彪 問日 公何瘦之甚 對日 愧無日磾**先見之明** 猶懷 老牛舐犢之愛」.

2) 제호를 참칭할 것이며[僭號] : 원문에는 '**要吾僭居尊位 吾必不敢**'으로 되어 있음. 「참칭」(僭稱)·「참호」(僭號)는 '참람하게도 스스로 임금이라 일컬음'의 뜻임. [通俗通 五覇]「莊王**僭號**」. [三國志 蜀志 呂凱傳]「夫差**僭號**」. 「존위」(尊位). [史記 公孫弘傳]「朕宿昔庶幾 獲承**尊位**」. [漢書佞幸 張彭祖傳]. 「及帝卽**尊位** 彭祖以舊恩封陽都侯」.

사마의는 한기를 성 밖에까지 나가 전송하며 부탁하기를,

"나는 이 공을 자단에게 양보할 것이니 공이 자단을 보거든, 이것이 내가 진언한 바라 말하지 말고 천자께서 조서를 내리셨다고만 말하시오. 그리고 지키는 것이 상책이라고 하시게. 적을 추격하더라도 아주 세심한 사람을 내보내고 성급하고 조급한 자는 촉군을 추격하게 하면 안 된다 하시오."

하였다. 한기가 인사를 하고 떠났다.

한편, 조진은 마침 장상에 올라 의논을 하고 있었는데, 홀연 천자께서 보낸 태상경 한기가 절을 가지고 이르렀다는 보고를 받고, 영채에서 나가 영접했다. 조서를 받고 나자 곽회·손예 등과 의논하였다.

곽회가 웃으면서 말하기를,

"이는 사마중달의 의견이외다."

하거늘, 조진이 묻기를

"그래 이 의견은 어떻소?"

하자, 곽회가 대답하기를

"이 말은 제갈량의 병법을 잘 알고 있는 것입니다. 오랜 뒤에 촉병을 깨뜨릴 자는 반드시 중달일 것입니다."

하였다.

조진이 다시 묻기를,

"오히려 촉병들이 물러가지 않는다면, 또 저들을 장차 어찌하오?"

하니, 곽회가 이에 말하기를,

"사람에게 몰래 영을 내려, 왕쌍에게 보내 소로를 순초하라 하시지요. 저들은 스스로는 감히 그곳으로 군량을 운반하지는 못할 것입니다. 저들이 군량이 다 떨어져 물러가기를 기다렸다가, 승세를 타서 급히 추격하면 전승할 수 있을 것입니다."

하였다.

손예가 권유하기를,

"제가 기산에 가서 거짓 군량을 운반하는 시늉을 해 볼까요? 수레 위에 건초와 시초를 가득 싣고 유황과 염초를 뿌려 두고 사람을 시켜, 농서에서 군량을 운반해 왔다고 거짓 정보를 흘리게 하지요.

만약에 촉병들의 군량이 떨어졌으면 필시 뺏으러 올 것입니다. 그들이 안으로 들어오면 불을 질러 수레를 태우고, 밖에서 복병들이 접응하면 이길 수 있을 것입니다."

하매, 조진이 기뻐하며 말한다.

"그 계책이 아주 기묘하오!"

하고, 곧 영을 내려 손예에게 병사들을 이끌고 계책에 따라 행동하게 하였다. 또 사람을 왕쌍에게 보내, 병사들을 이끌고 소로로 가서 순초하게 하였다. 곽회는 군사들을 이끌고 기곡과 가정을 맡아서, 각 처의 군사들에게 요해처를 굳게 지키게 하였다.

조진은 또 장료의 아들 장호(張虎)를 선봉에 서게 하고 악진의 아들 악침(樂綝)을 부선봉으로 삼아, 같이 영채를 지키게 하고는 일절 나가 싸우지는 못하게 하였다.

한편, 공명은 기산의 영채에 있으면서 매일 사람을 시켜 독전하고 있었는데, 위병들은 굳게 지키고 나오지 않고 있었다.

공명이 강유를 불러서 의논하기를,

"위병들이 지키기만 하고 나오질 않으니, 이는 우리 군중에 군량이 없으리라 생각하고 있는 듯싶소. 지금 진창에서 군량을 옮겨 오기도 어렵고, 다른 소로들은 군량을 운반하기는 더 어렵소. 내 계산대로라면 군사들이 먹을 양초가 불과 한 달 정도 될 터인데, 이를 어찌하면 좋겠소이까?"

하였다.

저들이 머뭇거리고 있을 때에, 홀연 농서의 위군들이 수레 수천 대에 군량을 싣고, 기산의 서편에서 운반해 왔는데 운량관은 손예라 하였다.

공명이 묻기를,

"그 사람은 어떤 인물이오?"

하니, 위국 사람이 있다가 말하기를

"이 사람은 일찍이 위제를 따라 대석산(大石山)에 사냥을 갔다가 갑자기 한 호랑이가 나타나 어전으로 뛰어들었는데, 그때 손예가 말에서 내려 호랑이의 목을 베었답니다. 이때부터 상장군에 봉해져 조진의 심복이 된 인물입니다."

하거늘, 공명이 웃으며 말하기를

"이는 위나라 장수 중에서 우리의 군량이 떨어지고 있다고 생각하고 이런 계책을 쓰는 것이오. 수레에 실린 것은 필시 모초(茅草) 등 인화물질일 것이외다. 내 평생 화공을 잘 썼는데 이제 저들이 이 계책을 쓰며, 나를 유인하려 하지 않소이까?

만약에 우리 군사들이 군량을 실은 수레로 달려가면, 저들은 반드시 우리의 영채를 겁략하러 올 것이오. 저들의 계책을 이용해서 계책을 쓸 수3) 있을 것이외다."

하고, 마침내 마대를 불러 당부하기를

"자네는 3천 군을 이끌고 지름길로 해서 위병들이 군량을 적재해

---

3) 저들의 계책을 이용해서 계책을 쓸 수[將計就計] : 상대방의 계책을 역 이용하는 계책. [中文辭典]「謂就人之計以行之也」. [中國成語]「謂故意依照敵人的計劃來設計 引誘敵人入自己的圈套」.

둔 곳에 가서 영채 안으로 들어가지는 말고 바람이 불면 불을 놓게. 만약에 불이 수레에 붙으면, 위병들은 필시 와서 우리의 영채를 포위할 것이네."

하고, 또 마충과 장의에게 각각 5천 병을 주고, 밖에서 에워싸고 있다가 안과 밖에서 협공하라 하였다. 세 사람이 계책을 받고 나갔다.

공명은 또 관흥과 장포를 불러서,

"위병들의 영채가 사방에서 통하는 곳에 연해 있으니, 오늘 저녁에 서산에서 불길이 일어나면 위병들이 틀림없이 우리의 영채를 겁략하러 올 것이니, 자네들 두 사람은 위병의 영채 좌우에 매복해 있다가 저들이 영채에서 나오거든 곧장 겁략하게나."

하였다.

또 오반과 오의를 불러서는 부탁하기를,

"자네 두 사람은 각기 군사들을 이끌고 영채 밖에 매복하고 있다가, 위병이 올 것 같으면 저들의 귀로를 끊게."

하였다.

공명은 각기 나누어 보낸 뒤에, 직접 기산의 높은 곳에 올라서 자리를 잡고 앉았다. 위병들은 촉병들이 양초를 겁략하러 온다는 것을 알고는, 황망하여 손예에게 이를 보고하였다. 손예는 사람을 시켜 나는 듯이 조진에게 보고하였다.

조진은 사람을 앞채로 보내 장호와 악침에게 당부하기를,

"오늘 밤에 서산에서 불길이 치솟으면 촉병들이 반드시 구응하러 올 터이니, 군사들을 내어서 이리이리 하게나."

하였다.

두 장수가 계책을 받고 나가자, 사람을 시켜 누각에 올라가서 불길의 신호를 살피게 하였다.

한편, 손예는 군사들을 서산에 매복시키고 있으면서 촉병들이 이르기만 기다리고 있었다. 이날 밤 2경에 마대가 3천 군을 이끌고 왔는데 사람마다 다 매를4) 물고, 말들에게는 입에 하무를5) 물린 채 바로 산의 서쪽에 이르렀다. 수많은 수레들이 겹겹이 둘러 서 있어서, 마치 영채를 이룬 듯하며 수레에는 거짓 깃발까지 꽂혀 있었다.

때마침 서남풍이 일어나거늘, 마대가 군사들에게 명하여 곧 영채에 가서 남쪽에서 불을 지르게 했다. 수레에 불이 붙고 불빛이 하늘에 가득했다. 손예는 촉병들이 이르러, 위병 영채 안에서 불을 놓는 줄 알고 급히 병사들을 이끌고 일제히 엄습하였다. 배후에서 고각 소리가 하늘로 퍼지더니 양로의 병사들이 짓쳐 왔다. 이에 마충과 장의는 위군들을 에워쌌다. 손예는 크게 놀랐다.

또 함성이 일어나는 것이 들리더니, 한 떼의 군사들이 불빛을 따라 짓쳐 오는데 마대라. 안과 밖에서 협공을 하자 위군들은 대패하였다. 불길이 바람을 타고 급속히 번지자, 위군의 인마들은 쥐새끼처럼 혼란에 빠지고 죽은 자들은 수를 헤아릴 수 없었다. 손예는 부상을 입은 군사들을 이끌고, 연기를 무릅쓴 채 불 속에서 달아났다.

한편, 장호는 영채에 있다가, 불길을 바라보고 크게 영채의 문을 열고서 악침과 같이 인마를 이끌고 촉병들의 영채로 달려왔다. 그런데 영채 안에서는 한 사람도 볼 수가 없었다. 급히 군사들을 거두고 돌아설 때, 오반과 오의가 양쪽에서 짓쳐 나와서 저들의 퇴로를 끊었다.

---

4) 매(枚) : 하무. 군사들이 소리를 내지 못하게 입에 물리는 작은 나무토막. [詩經 大雅篇 旱麓]「莫莫葛藟 施于條枚 豈弟君子 求福不回」. [說文]「枝幹也 從木支 可爲杖也」. [徐箋]「枚之本義爲幹 引申之 則凡物一個 謂之枚」.
5) 하무 : 옛날 군대에서 떠드는 것을 막기 위해 물리던 막대기. 「함매」(銜枚). [史記 高祖紀]「夜銜枚 擊項梁」. [六韜 必出]「設銜枚」.

장호와 악침 두 장수들은 급히 포위망을 뚫고 본채로 달아났다.

그때, 병사들이 토성(土城) 위에서 활을 쏘아대는데 마치 누리 떼가6) 나는 듯하였다. 원래 관흥과 장포는 영채를 기습 점거하는 일을 끝내고 있었다. 위병은 대패하고 다 조진의 영채로 와서 막 영채로 들어가려 하는데, 한 장수가 패병들을 이끌고 달려 오는데 보니 손예였다.

마침내 두 장수들이 들어가 조진을 만나서, 각자가 계책에 빠졌던 일을 말하였다. 조진은 이를 알고 대채를 굳게 지키며, 다시는 나가 싸우지 않았다. 촉병들은 승리를 거두고 돌아가 공명에게 설명하였다.

공명은 사람에게 비밀리 영을 내려 위연에게 계책을 보냈다. 그리고 한편으로는 영채를 뽑아 일제히 떠나게 하였다.

양의가 묻기를,

"지금 대승을 하여 위병들의 예기를 꺾어 놓았는데, 무엇 때문에 도리어 군사를 거두십니까?"

하거늘, 공명이 말하기를

"우리는 군량이 없으니 빨리 싸우는 것이 이롭소이다. 지금 저들이 굳게 지키고 나오지 않고 있으니 내가 애를 먹고 있소. 저들이 비록 싸움에 져서 잠시 있지만, 중원에서 반드시 병사들을 더 충원 받을 것이오. 만약에 경기병으로써 우리의 군량을 운반하는 길을 급습한다면, 그때에는 돌아가려 해도 길이 없을 것이외다.

지금 위병들이 최근에 패해서 감히 우리들을 무서워할 때에, 저들은 생각도 못하고 있으니 틈을 타서 퇴각하는 것이오. 단지 걱정되는 것은 위연의 일뿐인데, 진창도의 입구에서 왕쌍이 막고 있으니 급히

---

6) 누리 떼[蝗蟲] : 메뚜기 떼. [禮記 月令]「孟夏行春令 則**蝗蟲**爲災」. [史記 秦始皇記]「十月庚寅 **蝗蟲**從東方來蔽天」.

빠져나오기 힘들 것이외다. 내 이미 사람을 시켜서 계책을 주고서 왕쌍을 베라 했소. 그래서 위군들이 오지 못하도록 하였소이다. 이제 후대부터 먼저 가게 하시오."

하였다. 공명은 금고수(金鼓守)를 남겨서 영채 안에서 치게 하여, 밤새 병사들을 모두 퇴병하게 하였다. 단지 영채 안이 빈 채로 남겨져 있었다.

한편, 조진은 마침 영채에서 고민 중에 있었는데, 홀연 좌장군 장합이 군사들을 거느리고 왔다. 장합은 말에서 내려 장막으로 들어오면서, 조진에게 말하기를

"저는 성지를 받들어 특히 와서 대진(對陣)의 상태를 알리고 왔습니다."

하거늘, 조진이 묻기를

"일찍 중달을 만나보셨소?"

하니, 장합이 도리어 묻기를

"중달이 부탁하기를 '우리 군이 승리하면 촉병들은 곧 가지 않을 것이고, 우리 군이 패하면 촉병들은 반드시 즉시 갈 것이다.' 하시더군요. 군이 패배한 후에 도독께서는 일찍이 가서 촉병들의 소식을 초탐하셨습니까?"

하니, 조진이 대답하기를

"아니외다."

하였다.

이에 즉시 사람을 보내 저들을 초탐하니 과연 저들의 영채는 비어 있었다. 단지 수십 기의 정기만 꽂혀 있고 군사들은 이미 떠난 지 이틀이나 되었다. 조진은 후회해 마지않았다.[7]

---

7) **후회해 마지않았다[奧悔無及]**: 후회해도 미치지 못함. 「후회막급」(後悔莫及)은 '아무리 후회하여도 다시 어쩔 수가 없음'의 뜻. 「후회」(後悔). 「漢書」「官成名立 如此不去 懼有**後悔**」. [詩經 召南篇 江有氾]「不我以 其**後也悔**」. [史記 張

이때, 위연은 밀계를 받고 그날 밤 2경에 영채를 뽑아 급히 한중으로 돌아갔다. 벌써 세작이 이 일을 왕쌍에게 보고하였다. 왕쌍은 대군마를 몰아 힘을 다해 급히 추격하였다.

추격해서 20여 리쯤에 이르러서 보니 위연의 깃발이 보이거늘, 왕쌍이 크게 외치기를

"위연아, 도망가지 말거라!"

하며 쫓으니 촉병들이 돌아보지도 않았다. 왕쌍은 말에 박차를 가하며 급히 쫓아갔다.

뒤에서 위병이 큰 소리로 부르짖기를,

"성 밖의 영채에 불길이 일어나는데 적들의 간계에 들었을까 걱정됩니다."

하거늘 왕쌍이 급히 말을 돌려 돌아가려 할 때에, 한 줄기 불길이 하늘까지 오르는 것을 보고 당황하여 퇴군을 명하였다.

퇴군해서 산언덕의 왼쪽에 이르자 홀연 말 탄 장수가 숲속에서 몰아나오며, 크게 꾸짖기를

"위연이 여기 있다!"

하였다.

왕쌍이 크게 놀라 미처 손쓸 사이도 없이 위연의 한 칼에 찔려 말 아래 떨어졌다. 위병들은 매복이 있는 줄 알고 사방으로 흩어져 도망쳤다. 위연의 수하에는 단지 30여 기의 인마만이 천천히 한중을 바라보며 퇴각했다.

후세 사람이 이를 예찬한 시가 남아 전한다.

儀傳]「懷手**後悔** 赦張儀 厚禮之如故」.

공명의 묘책은 손빈과 방연도8) 못 미치리
빛남이 마치 큰 별이9) 비치는 듯하도다.

孔明妙算勝孫龐

耿若長星照一方.

진퇴와 행병이 귀신같아 헤아릴 수 없으니
진창도의 어귀에서10) 왕쌍을 베었도다.

進退行兵神莫測

陳倉道口斬王雙.

원래 위연은 공명의 밀계를 받고, 먼저 30기를 남겨 왕쌍의 영채에
매복시켰다 왕쌍이 군사들을 이끌고 쫓아오면 그의 영채에 불을 지르

---

8) 손빈과 방연(孫臏·龐涓) : 두 사람 다 전국시대 병법가로 귀곡자(鬼谷子)의
   문하에서 동문수학하였음. 손빈은 제(齊)나라, 방연은 위(魏)에서 관직에 있
   었음. 방연·마릉도(龐涓馬陵道). 방연이 마릉에서 손빈과 싸운 일. 원래 방연
   과 마릉은 동문수학했던 사이였는데, 손빈이 후에 조(趙)와 함께 한(韓)을 공
   격하였다. 방연이 듣고 한에 돌아가 마릉도에서 손빈과 싸웠음. [中國人名]「與
   孫臏同學兵法……而以法刑斷其兩足 臏遂入齊後 魏與趙攻韓……涓聞之 去韓而
   歸 與孫臏戰於馬陵道 臏使人斫大樹……涓戰敗 自剄」. [中國地名]「惠王三十年
   與齊人戰 敗於馬陵 齊虜魏太子申 殺將龐涓」.
9) 큰 별[長星] : 거성(巨星)·혜성(慧星). [漢書 文帝紀]「八年有長星出于東方」.
   [史記 孝武紀]「一元日建元以長星 日元光」.
10) 진창도의 어귀[陳倉道口] : 진창길의 어귀. 진창(陳倉). 한 고조(劉邦)가 한
    왕(漢王)이 되어 한중으로 들어 올 때, 장량(張良)의 계책에 따라 장안으로 통
    하는 포야로(褒斜路)의 잔도를 불태우고 들어 왔던 곳. 지금의 섬서성 보계시
    (寶鷄市)의 동쪽에 있음. [中國地名]「漢王東出陳倉 敗雍王章邯之兵 諸葛亮圍陳
    倉 郝昭拒守 亮攻圍二十餘日 不能克而還」. [中文辭典]「秦置 故城在陝西城 寶鷄
    縣東 秦文公築」.

고, 저가 영채로 돌아오기를 기다렸다가 예상하지 못한 상태에서 나가 죽인 것이다.

위연이 왕쌍을 베고는 군사들을 이끌고 한중의 영채로 가, 공명을 뵙고 인마를 넘겨주었다.[11] 공명은 큰 술자리를 만들어서 장졸들을 위로하였는데, 그 이야기는 더하지 않기로 한다.

이때, 장합은 촉병들을 뒤쫓았으나 미치지 못하고 영채로 돌아오는 중이었다. 홀연 진창성의 학소가 사람을 시켜 보고하였는데, 왕쌍이 죽었다는 것이다. 조진이 듣고는 애통해 마지않았다. 조진은 이 일로 해서 병이 나서 낙양으로 돌아가면서, 곽회·손예·장합 등에게 장안의 여러 요로를 지키게 하였다.

한편, 오주 손권이 조회를 받고 있을 때, 세작들이 들어와 설명하기를

"촉의 제갈량은 두 차례 출병하였는데, 위의 도독 조진은 패해서 병사들과 장수들을 잃게 했다 하오이다."

하였다. 이에 군신들은 다 오왕이 군사를 내서 위나라를 쳐야 한다 권하고, 중원을 도모해야 한다고 하였다. 그러나 손권은 오히려 의심하며 결정을 내리지 못하였다.

장소가 아뢰기를,

"근자에 듣건대, 무창의 동산에 봉황새가 날아오고[12] 대강 중에 황룡이 여러 번 나타났다[13] 합니다. 주공께서는 성덕이 당의 우와 짝할

---

11) 인마를 넘겨주었다[交割人馬] : 인마를 인계함. 인마를 넘겨 줌.「교할」. [明律 職制官員赴任過退]「代官已到 舊官昭 已定限期 交割戶口 錢糧 刑名等項」. [明律 戶律]「交割違者 杖一百」.

12) 봉황새가 날아오고[鳳凰來儀] : 봉황새가 날아와서 춤추는데 의용(儀容)이 있음. [山海經 南山經]「五釆而文 名曰鳳凰」. [詩經 大雅篇 卷阿]「鳳凰于飛 翽翽 其羽 亦集爰止」.

13) 황룡이 여러 번 나타났다[黃龍屢現] : 황룡이 자주 나타남. [史記 封禪書]「黃

만하고14) 명철하심은 문왕·무왕과 아우를 만하시니,15) 제위에 오르
셔도 되옵고 그런 연후에 흥병하셔도 될 것입니다."

하거늘, 많은 관료들이 다 함께 말하기를

"자포의 말이 옳습니다."

하였다.

드디어 여름 4월 병인(丙寅) 날을 정하여 무창 남쪽 교외에 축대를
쌓았다. 이날, 군신들은 손권에게 단위에 올라 황제의 제위를 받으시
라 청하고, 황무(黃武) 8년을 고쳐 황룡(黃龍) 원년으로 하였다. 아버지
손견에게 무열황제(武烈皇帝)·어머니 오씨에게는 무열황후란 시호를
올리고, 형 손책을 장사환왕(長沙桓王)이라 하였다. 그리고 아들 손등
(孫登)을 황태자로 삼았다.

또 제갈근의 장자 제갈각은 태자좌보, 장소의 둘째 아들 장휴를 태
자우필로 삼았다. 제갈각의 자는 원손(元遜)이니 신장이 7척이며, 매
우 총명하고 응대를 잘해서 손권이 특히 사랑했다. 여섯 살 때에 마침
동오에 연회가 있어서 각기 부모를 따라 참석해서 자리에 있었다. 손
권이 제갈근이 얼굴이 긴 것을 보고 놀리느라고 사람을 시켜 한 당나
귀를 끌어오게 해서, 분필로 그 얼굴에 '제갈자유(諸葛子瑜)'라고 썼다.
여러 사람들이 큰 소리로 웃었다.

帝得土德 **黃龍蟘見**」. [漢書 文帝紀]「十五年**黃龍見成紀**」.

14) 당의 우와 짝할 만하고[唐虞] : 당요(唐堯)와 우순(虞舜)을 일컫는 말. 중국
역사상 이상적인 태평성대로 치고 있음. [書經 周書篇 周官]「**唐虞**稽古 建官惟
百」. [論語 泰伯篇]「**唐虞**之際 於斯爲盛」.

15) 명철하심은 문왕·무왕과 아우를 만하시니[明並文武] : 주(周)의 문왕과 무왕
을 일컬음. 「문무지도」(文武之道). [論語 子張篇]「衛公孫朝 問於子貢曰 仲尼焉
學 子貢曰 **文武之道** 未墜於地 在人……識其小者 莫不有**文武之道**焉」. [應貞 晋
武帝華林園集詩]「**文武之道** 厥猷未墜」.

그때 각이 앞으로 달려 나와 분필로 두 자를 그 아래에 첨자했는데, '제갈자유지려(諸葛子瑜之驢)'라 하였다. 자리에 있던 사람들이 혀를 내두르지 않는 이가 없었다. 손권이 크게 기뻐하며 마침내 나귀를 그에게 주었다.

또 하루는 관료들이 큰 잔치를 베풀었는데, 손권이 각에게 잔을 돌리게 하였다.

술잔이 장소 앞에 이르렀는데, 장소가 마시지 않고

"이는 노인을 공경하는 예가 아니다."

하니, 손권이 각에게 이르기를,

"너는 강제로라도 자포에게 잔을 마시게 할 수 있느냐?"

하였다.

각이 명을 받들고 장소에게 이르기를,

"옛날 강상부는16) 나이 90에 기(旄)와 월(鉞)을 잡고서도 오히려 늙었다고 말하지 않았습니다. 지금 전쟁을 앞두고 있는데도 선생은 뒤에 계시고, 술을 마시는 날에는 앞에 계십니다. 어찌 노인을 봉양하지를 않는다 하십니까?"

하거늘, 장소가 대답을 못하고 억지로 술을 마셨다. 손권은 이로 인해 더욱 저를 사랑하여 태자를 보좌하라 하였다.

---

16) **강상부(姜尙父)** : 태공망 강여상(姜呂尙). 주왕(紂王)의 폭정을 피해 위수(渭水)에서 낚시질을 하다가 서백(西伯 : 周文王)을 만나게 되고, 뒤에 은나라를 멸망시키고 천하를 평정하여 제 나라(齊相)에 봉함을 받음. [說苑]「**呂望**年七十釣于渭渚 三日三夜魚無食者 望卽忿脫其衣冠 上有異人者謂望曰 子姑復釣 必細其綸芳其餌 徐徐而投 無令魚驚 望如其言 初下得鮒 次得鯉 刺魚腹得素書 又曰 **呂望**封於齊」. [史記 齊太公世家]「西伯獵 果遇太公於渭水之陽 與語 大說曰 自吾先君太公曰 當有聖人適周 周以興 子眞是邪 吾**太公望**子久矣 故號之曰太公望 載與俱歸 立爲師」.

장소는 오왕을 보좌하여 그 지위가 삼공(三公)의 위에 있었다. 그런 까닭에 그의 아들 장휴를 태자우필을 삼은 것이었다. 또 고옹을 승상으로 삼고, 육손은 상장군으로 삼아 태자를 보좌하게 하고 무창을 지키게 하였다. 손권은 다시 건업으로 돌아가 여러 신하들과 함께 위나라를 칠 계책을 의논하였다.

장소가 아뢰기를,

"폐하, 처음 보위에 오르셨으니 동병하는 것은 안 됩니다. 다만 문을 닦고 무를 억누르시며 학교를 증설하고 새 민심을 안돈해야 합니다. 서천에 사신을 보내서서 촉과 동맹을 맺고, 천하를 똑같이 나누기를 한 후 천천히 도모해야 합니다."

라고 하였다.

손권은 그의 말대로, 곧 사신에게 명하여 밤을 도와 서천에 가서 후주를 뵙게 하였다. 인사가 끝나자 그 일에 관해 자세하게 설명하였다. 후주는 듣고 나서 군신들과 상의하였다. 여러 신하들이 손권의 참월을 말하고 마땅히 저들과의 동맹을 끊어야 한다고 하였다.

장완이 권유하기를,

"사람을 보내서 승상에게 물어보시지요."

하거늘, 후주는 곧 사신을 한중에 보내 공명에게 묻게 하였다.

공명이 말하기를,

"사람을 시켜 예물을 가지고 들어가 축하하고, 육손에게 병사를 일으켜 위나라를 치게 해 달라고 요청하옵소서. 그리되면 위나라는 사마의를 시켜 막을 것입니다. 사마의가 만약에 남쪽으로 가서 오나라를 막는다면, 저는 다시 기산으로 나가서 장안을 도모할 수 있을 것입니다."

하였다.

후주가 공명의 말에 따라 마침내, 태위 진진에게 명마·옥대·금주·보패 등물을 가지고 오나라에 들어가 경하케 하였다. 동오에 이르러 손권을 보고 국서를 올렸다. 손권은 크게 기뻐하며 잔치로 대접하고 촉으로 돌아가게 하였다. 손권은 육손을 불러들여서 군사를 일으켜 위를 치는 일에 대해 약속한 내용을 알렸다.

육손이 말하기를,

"사마의를 두려워하여 낸 계책입니다. 이에 함께 도모하기로 하였으니 따르지 않을 수 없나이다. 지금 짐짓 기병하는 척하며 멀리 서촉과 호응하시지요. 공명이 급히 위를 공격하면 저는 빈틈을 타서 중원을 취하겠습니다."

하고는, 곧 영을 내려 형양 각처에서 인마를 훈련시키라 하였다. 그리고 날을 정해 군사들을 일으키기로 하였다.

한편, 진진은 한중으로 돌아와서 공명에게 보고하였다. 공명은 아직도 진창에 쉽게 진출하지 못하는 것을 염려하며, 우선 사람을 시켜 초탐하게 하였다.

돌아와서 보고하기를,

"진창성에는 학소가 병이 중하여 누워 있다 하옵니다."

하거늘, 공명이 웃으며 말하기를

"이제야 대사를 이룰 수 있겠구나."

하고, 마침내 위연과 강유를 불러 부탁하기를

"자네들 두 사람은 5천 명을 이끌고 밤을 도와 진창성 아래로 가게. 그리고 불길이 이는 것을 보거든 힘을 합쳐 성을 공격하게나."

하였다.

두 사람은 다 같이 깊이 믿지 못하며 와서, 묻기를

"언제 떠날까요?"

하거늘, 공명이 당부하기를

"사흘 안에 준비를 끝내되, 나에게 인사하러 올 것 없고 준비되는 대로 곧 떠나시게."

하였다. 두 사람이 계책을 받고 갔다.

또 관흥과 장포를 불러 귀에다 대고는 이리이리 하라고 말하였다. 두 사람이 각기 밀계를 받고 갔다.

이때에 곽회는 학소가 중병에 걸렸다는 소식을 듣고, 장합과 의논하기를

"학소의 병이 중하니 공이 속히 가서 저를 대신해야 하겠소이다. 내가 표주를 올려 조정에 아뢸 터이니 그렇게 하시오. 결정을 기다릴 수 없을 것 같소이다."

하였다. 장합이 3천 명을 데리고 급히 학소를 대신하러 갔다.

그때, 학소는 병이 중한 상태로 그날 밤에도 신음하고 있는데, 홀연 촉군들이 성 아래 이르렀다고 고한다. 학소는 급히 영을 내려 군사들에게 성 위에서 굳게 지키라고 하였다. 또 각 성문에서 불길이 일어나매 성 안은 큰 혼란에 빠져들었다. 학소가 듣고 놀라 죽어버리고 촉병들은 일시에 입성하였다.

한편, 위연과 강유는 병사들을 거느리고 진창성 아래 이르러 보니, 성에는 깃발 하나 보이지 않았다. 두 사람들은 놀라고 의심이 되어 감히 성을 공격하지 못하였다. 홀연 성 위에서 방포소리가 들리고 사방에서 일제히 기치를 올렸다.

한 사람이 윤건을 쓰고 우선을 들고는 학창의에 도포를 입고서, 큰 소리로 말하기를

"자네 두 사람이 오는 게 늦었네그려."

하거늘, 두 사람이 보니 공명이라.

두 사람은 황망하여 말에서 내려, 땅에 엎드려 말하기를

"승상께서는 실로 귀신같은 계책을 쓰십니다!"

하자, 공명은 입성하라 하였다.

두 사람에게 이르기를,

"나는 학소가 병이 깊다는 소식을 듣고 자네들에게 3일 안에 병사들을 데리고 성을 깨뜨리라 했는데, 이는 여러 사람들의 마음을 진정시키기 위한 것이었소. 내가 또 관흥과 장포에게 영을 내려, 군사들을 점검한다는 핑계로 비밀리에 한중에 가도록 하였네. 나는 그 속에 숨어서 밤새 길을 재촉해 성에 이른 것은, 저들로 하여금 조병(調兵)할 틈을 주지 않기 위해서였네.

나는 일찍이 성내의 세작들에게 성 안에서 방화를 하고 서로 함성을 지르게 하여, 위병들이 놀라고 의심케 해서 마음이 안정되지 못하게 하였소. 병사들은 주장이 없으면 반드시 어지러워지는 법일세. 나는 이때에 성을 취하였는데 이는 손바닥을 뒤집듯 쉬웠소.17) 병법에 이르기를 '적이 예상하지 못할 때 나가고 적이 준비가 없을 때 공격하라.'18) 한 것은 바로 이를 이름일세."

하니, 위연과 강유가 배복하였다. 그리고 학소가 죽은 것을 안타까워하며, 영을 내려 그의 처에게 영구를 모시고 위로 돌아갈 수 있도록

---

17) 이는 손바닥을 뒤집듯 쉬웠네[易如反掌]: 쉽기가 손바닥을 뒤집는 것과 같음. '매우 쉬움'의 비유. [說苑 正諫篇]「變所欲爲 **易於反掌**」. [枚乘 書]「變所欲爲 **易于反掌** 安于泰山」.

18) 적이 예상하지 못할 때 나가고 적이 준비가 없을 때 공격하라: 원문에는 '**攻其不備 出其不意**'로 되어 있음. 상대가 준비가 되어 있지 않을 때 공격하고, 전혀 생각지 못하고 있는 곳을 공격함. [孫子兵法 計篇 第一]「**攻其不備 出其不意** 此兵家之勝 不可先傳也」.

조치함으로써 그의 충성을 표하도록 해 주었다.

공명은 위연과 강유에게 이르기를,

"자네 두 사람이 갑옷을 입고 병사들을 거느리고 가서 산관(散關)을 엄습하시게. 관을 지키는 군사들이 이른 것을 보면 필연 놀라 달아날 것일세. 만약에 늦어져 위병들이 관에 이르게 된다면, 공격하기 어려울 것이오."

하고, 말하였다.

위연과 강유가 군사들을 이끌고 곧 산관에 도착하였다. 관을 지키던 군사 모두 달아나거늘 두 사람이 관에 올라 겨우 갑옷을 벗었다. 그러자 멀리 관 밖에서 먼지가 크게 일더니 위병이 이르렀다.

두 사람이 서로에게 말하기를,

"승상은 정말 귀신이오. 도저히 예측할 수가 없소이다!"

하고 급히 누각에 올라서 저들을 보니, 앞선 위장은 장합이었다. 두 사람은 이에 군사들을 나누어 험도에 주둔시켰다.

장합은 촉병들이 요로에 주둔하고 있는 것을 보자 마침내 퇴군하였다. 위연이 뒤따라가며 추살하니 위병 중에 죽은 자는 수를 셀 수조차 없었다. 장합이 대패하고 물러갔다. 위연은 돌아와서 이를 공명에게 알렸다.

공명은 먼저 직접 군사들을 거느리고 진창·야곡으로 가서 건위(建威)를 취하였다. 뒤에 있던 촉병들은 꼬리를 물고19) 진발하였다. 후주는 또 대장 진식(陳式)에게 명하여 가서 돕게 하였다. 공명은 대군을 몰아 다시 기산으로 가 안전하게 영채를 세웠다.

그는 여러 장수를 모아 놓고 이르기를,

---

19) 꼬리를 물고[陸續] : 계속해서·이어서. [陸游 詩]「截竹作馬走不休 小車駕羊聲陸續」.

"나는 두 번을 기산으로 진병하여 이익을 얻지 못하였소이다. 이제 또 여기에 이르렀으니, 내 생각에는 위병들이 반드시 옛날 싸웠던 곳에서 나와 싸우려 할 것이오. 저들은 내가 옹성과 미성 두 곳을 취하려 할 것이 아닌가 의심하고, 필시 병사들로 하여금 지키게 할 것이외다.

그러나 내 보기에는 음평(陰平)과 무도(武都) 두 군은 한중과 연접해 있으니, 만약에 이 두 성만 얻는다면 또한 위병의 세력을 분산할 수 있을 것이오. 누가 감히 이 성들을 취하러 가겠소이까?"

하고 물으니, 강유가 말하기를

"제가 가겠습니다."

하고 나서니, 왕평도 나서면서 말하기를

"저 또한 가겠나이다."

하였다.

공명이 크게 기뻐하며, 드디어 강유에게 영을 내려 1만 명을 이끌고 가서 무도를 취하고 왕평에게는 1만의 군사를 주어 음평을 취하라 하니, 두 사람이 병사들을 거느리고 떠났다.

한편, 장합은 장안으로 돌아와서, 곽회와 손예에게

"진창은 이미 잃었고 학소가 죽었으며, 산관 또한 촉병에게 뺏겼소. 이제 공명은 다시 기산으로 나가 길을 나누어 진병하고 있소이다."

하거늘, 곽회가 크게 놀라면서

"만약 이와 같이 되었다면 반드시 옹성과 미성을 취하러 올 것입니다!"

하였다. 이에 장합은 장안에 남아 지키기로 하고, 손예로 하여금 옹성을 지키게 하였다.

그리고 곽회는 직접 군사들을 이끌고 밤을 도와 미성으로 가서 성을 지키도록 하고, 한편으로는 임금님께 표주를 올려 낙양에 급히 고하였다.

한편, 위주 조예는 조회를 하고 있었는데, 근신이 와서

"진창성을 빼앗기고 학소가 죽었답니다. 그리고 제갈량은 또다시 기산으로 나오고 있으며 산관 또한 촉병에게 빼앗겼다 하옵나이다."

하거늘, 조예가 크게 놀랐다.

홀연, 또 아뢰기를 만총 등이 표주하였는데

"동오의 손권이 제호를 참칭하고 촉과 동맹을 맺었답니다. 지금 육손을 무창에 보내서 인마를 훈련시키고 있으며 명이 내리기만 기다리고 있다 하온데, 머지않아서[20] 반드시 쳐들어 올 것이라 합니다."

하였다. 조예가 두 곳이 위급하다는 소식을 듣고, 어찌할 바를 모르고 심히 놀라 당황하였다.[21] 이때, 조진은 병이 낫지 않고 있어서 곧 사마의를 불러서 상의하였다.

사마의가 아뢰기를,

"신의 어리석은 생각이오나, 동오는 필시 병사들을 내지 않을 것입니다."

하니, 조예가 웃으며 묻기를

"경은 어찌 그렇게 생각하시는 게요?"

하였다.

---

20) 머지않아서[只在早夕] : 단지 조석 간에 달려 있음. '아주 일이 급하게 된 지경'을 이름. 「조불급석」(朝不及夕). [左傳 僖公七年]「朝不及夕 又何以待君」. [左氏 襄公十六年]「敝邑之急 朝不及夕」.

21) 어찌할 바를 모르고 심히 놀라 당황하였다[舉止失措] : 행동거지(行動舉止)가 잘못됨. 「거지」. [魏書 質狄干傳]「狄干在長安幽閉 因習讀書史 通論語尙書諸經 舉止風流 有似儒者」. 「실조」는 '실수'의 궁중말임. [方干 詩]「名場失措一年年」. [宋史 憂國傳]「范然失措」.

사마의가 대답하기를,

"공명은 일찍이 효정(猇亭)의 원수를 갚을 생각이지 오를 병탄하지 않으려는 것은 아닙니다. 다만 중원이 빈틈을 타 저들을 공격할까 두려워서 동오와 결맹을 맺고 있는 것일 겝니다. 육손 또한 그 뜻을 알고 있기 때문에 짐짓 흥병하는 체하고 있는 것이나, 실제로는 앉아서 성패를 보고 있는 것입니다.

폐하께서는 오나라를 염려하실 필요는 없으나, 모름지기 촉나라를 방비해야 할 것이옵나이다."

하거늘, 조예가 말하기를

"경의 생각은 고견이외다."

하고, 드디어 사마의를 대도독으로 임명하였다. 농서의 모든 군마를 총섭하게 하고, 근신에게 영을 내려 조진에게 가서 총병장의 인수[總兵將印綬]를 가져오라 하였다.

사마의가 아뢰기를,

"신이 직접 가서 받도록 하겠나이다."

하고, 임금께 인사를 올리고 조정을 나갔다. 그리고는 곧장 부중에 이르러 먼저 사람을 시켜 들어가겠다고 알리고 들어가 조진을 만났다.

문병을 하고 나서 사마의가 말하기를,

"동오와 서촉이 같이 흥병하여 쳐들어온답니다. 지금 공명은 또 기산에 영채를 세웠다 하는데 명공께서는 아시고 계십니까?"

하니, 조진이 놀라고 의아해 하며 묻기를

"우리 집 가인들이 내가 병이 중한 것을 알고 나에게 알리지 않았나 봅니다. 일이 이렇다면 나라가 위급할 터인데, 어찌 중달에게 도독을 배수하지 않고서 촉병을 물리치려 한답니까?"

하거늘, 사마의가 대답하기를

"제가 재주가 천박하고 아는 것이 얕아서 그런 직책을 감당하지 못합니다."

하였다.

조진이 말하기를,

"인을 가져다가 중달께 드려라."

하거늘, 사마의가 말하기를

"도독께서는 염려 마십시오. 제가 힘을 다해서 도우려 한 말이지[22] 감히 이 인을 받을 수는 없습니다."

하니, 조진이 벌떡 일어나면서

"중달 같은 사람이 임무를 맡지 않으면 중국은 반드시 위험할 것이외다! 내 당장 병을 떨쳐버리고 황제를 뵙고서 이 인을 드리겠소이다!"

하거늘, 사마의가 사양하며 말하기를

"천자께서는 이미 은명(恩命)이 있으셨으나 제가 감히 받을 수 없을 뿐입니다."

하였다.

조진이 크게 기뻐하며 말하기를,

"중달은 지금 이 직임을 받으셨으니 촉병들을 물리칠 수 있겠구려."

하였다.

사마의는 진정 재삼 인을 사양하였으나,[23] 마침내 그 인을 받고 들어와 위주에게 하직을 고하였다. 그리고 병사들을 이끌고 공명과 결

---

22) 도우려 한 말이지[一臂之力] : '아주 작은 도움'을 비유함. [中文辭典]「一膀之力 卽 **一臂之力**」.

23) 재삼 인을 사양하였으나[讓印] : 여러 번 인수를 사양함. '인수'(印綬)는 인끈. 이는 '기패(旗牌)'와 함께 신분과 권능을 증명하는 도구임. [史記 項羽紀]「項梁持守頭佩其**印綬** 門下大驚擾亂. [漢書 百官公卿表]「相國丞相 皆**金印紫綬**」.

전을 하려고 장안으로 갔다.

　이에,

　　옛 도독이 차던 인(印)을 새 도독이 뺏어차고
　　양로(兩路)의 병사들이 오직 한 길 기산으로 오누나.
　　　舊帥印爲新帥取
　　　兩路兵惟一路來.

　두 사람의 승부가 어찌 되었는지는 알지 못한다. 하회를 보라.

제99회

제갈량은 위병을 크게 깨뜨리고
사마의는 서촉을 침범해 들어오다.

　諸葛亮大破魏兵

　司馬懿入寇西蜀.

촉한 건흥 7년, 여름 4월.

공명은 기산에 있으면서 3개의 영채를 세우고 위병들을 기다리고
있었다.

한편, 사마의는 병사들을 이끌고 장안에 이르러 장합과 만나서, 이
전까지 있던 일을 자세히 이야기하였다. 사마의는 장합으로 선봉을
삼고 대릉(戴陵)을 부장으로 삼아, 10만 병을 이끌고 기산에 이르러 위
수의 남쪽에 영채를 세웠다. 곽회와 손예가 영채에 들어와서 뵈었다.

사마의가 묻기를,

"자네들은 전에 촉병들과 싸운 적이 있는가?"

하니, 두 사람이 대답하기를

"없습니다."

하였다.

사마의가 다시 묻는다.

"촉병들은 천천히 천 리 길을 왔기 때문에 빨리 싸워 결판을 내는
것이 유리할 것일세. 지금 여기까지 와서 싸우려 않는 것은 필시 계책

이 있음이리라. 농서의 제로에서는 아직까지 소식이 없소?"

하니, 곽회가 대답하기를

"세작들이 보고가 있었는 바, 각 군에서 십분 조심해 밤낮 방어하고 있어 별 사고가 없다고 합니다. 다만 무도·음평 두 곳에서 아직 보고가 없을 뿐입니다."

하였다.

사마의가 말하기를,

"내가 직접 사람을 시켜 공명과 싸우게 하였소. 자네 두 사람들은 급히 소로를 따라가서 두 군을 구원하시게. 촉병들의 후미를 엄습하면 저들은 반드시 스스로 혼란에 빠질 것이오."

하니, 두 사람이 계책을 받고 5천 병을 이끌고 농서의 소로를 따라, 무도와 음평으로 가서 촉병들의 후미를 엄습키로 하였다.

곽회는 길에서 손예에게 묻는다.

"중달과 공명을 비교하면 어떨까?"

하니, 손예가 대답하기를,

"공명이 중달보다 훨씬 수가 높지."

하거늘, 곽회가 또 묻기를

"공명이 비록 낫기는 하지만, 이번 계책에서는 족히 중달이 남보다 뛰어난 지혜가 있을 것일세. 촉병들이 정말로 두 군을 공격한다면 우리들은 뒤에 도착하게 되는 것이니, 저들이 어찌 스스로 혼란에 빠지겠는가?"

하며 말을 하고 있는데, 홀연 탐마가 와서 보고하기를

"음평은 벌써 왕평의 공격에 무너졌고 무도도 이미 강유의 공격을 받아 깨졌습니다. 앞에 촉병들은 머지 않은 곳에 있습니다."

하였다.

손예가 묻기를,

"촉병들이 벌써 성지를 깨뜨렸다는데, 어찌해서 군사들이 밖에 있을까? 무슨 속셈이 있을 것 같으니 빨리 퇴군하느니만 못할 것 같소."

하매, 곽회가 그 말을 따랐다.

바야흐로 명을 전하여 군사들은 속히 퇴군하라고 하는데, 홀연 방포소리가 들리더니 산의 뒤쪽에서 섬광과도 같이 일지군마가 나오고, 깃발 위에 쓰기를 '한 승상 제갈량'이라 하였다. 중앙에 한 사륜거가 오고 공명이 그 위에 단정하게 앉아 있었다. 왼쪽에는 관흥 오른쪽에는 장포가 있었다. 손예와 곽회 두 사람이 저들을 보고는 크게 놀랐다.

공명이 크게 웃으며 말하기를,

"곽회와 손예는 달아나지 말아라. 사마의의 계책이 어찌 나를 속일 수 있겠느냐! 저가 앞에서는 사람을 시켜 싸우게 하고, 뒤에서는 너희들을 시켜 우리 군사들의 뒤를 엄습하게 했구나. 무도와 음평을 이미 나에게 빼앗기지 않았느냐. 너희 두 사람이 항복하지 않는다면 내 군사들을 몰아 싸울 수밖에 없지 않겠는가!"

하였다. 곽회와 손예가 듣고 크게 당황하고 있었다.

그때, 배후에서 함성이 계속 하늘에 퍼졌다. 왕평과 강유가 이끄는 병사들이 짓쳐 왔다. 관흥과 장포도 또한 군사들을 이끌고 앞에서 짓쳐 왔다. 양쪽에서 협공을 받게 되자 곽회와 손예 두 사람은 말을 버리고 기어서 산으로 달아났다. 장포가 이것을 보고 말을 몰아 급히 쫓아갔다.

그러나 뜻하지도 않게 인마가 모두 계곡 안으로 떨어졌다. 후군들이 황급히 구하려 하였으나 머리가 이미 깨어져 있었다. 공명은 영을 내려 사람을 시켜 성도에 보내 치료하게 하였다.

한편, 곽회와 손예 두 사람이 패해 돌아가 사마의에게,

"무도와 음평 두 군은 이미 빼앗겼습니다. 공명이 요로에 매복하였다가 앞 뒤에서 공격하여 대패하였습니다. 그래서 말도 버리고 걸어서 겨우 도망해 왔습니다."

하니, 사마의가 대답하기를

"이는 자네들의 잘못이 아니고 공명의 지모가 나를 앞선 것일세. 다시 병사들을 이끌고 옹성과 미성 두 성을 굳게 지키고, 일절 나가서 싸우지 마시게. 내게 적을 깨부술 계책이 있네."

하였다. 두 사람은 하직 인사를 하고 떠났다.

사마의는 또 장합과 대릉에게 분부하기를,

"이제 공명이 무도와 음평을 얻었으니, 필시 백성들을 위무하고 민심을 안돈하려고 영채에 없을 것이오. 자네 두 사람은 각각 정예 1만씩을 이끌고 오늘 밤으로 가서, 촉병의 영채 뒤를 덮쳐들어 가시오. 그러면 나는 곧 군사들을 이끌고 가 앞에 포진했다가, 후방들이 혼란에 빠졌을 때 군사들을 휘몰아 공격해 가리다. 양군이 같이 힘을 다하면 촉병의 영채를 빼앗을 수 있을 것이외다. 만약에 이 지역의 산지(山地)를 얻기만 한다면, 적을 격파하는 게 무엇이 어렵겠소?"

하였다. 두 사람이 계책을 받고 갔다.

대릉은 왼편에 장합을 오른편에서 각각 소로를 취해 발진하여, 촉병의 후미 깊숙이까지 들어갔다. 3경 시분에 큰 길에 이르러 양군이 서로 만나 한 곳에서 병사들을 합치고는 곧, 촉병의 배후를 짓쳐 들어갔다. 그들이 30리를 못 가서 더는 앞으로 갈 수가 없었다. 장합과 대릉 두 사람이 직접 말을 달려 그곳에 가보니, 수백 량의 마초를 실은 수레가 길을 막고 있었다.

장합이 말하기를,

"이는 필시 준비가 있는 때문이외다. 빨리 길을 택해 되돌아감이 옳을 것이오.”

하고 겨우 퇴군하라는 명령을 전했는데, 보니 산이 온통 불빛으로 밝아졌다. 고각이 진동하며 복병이 사방에서 나와 두 사람의 주위를 에워쌌다.

공명은 기산의 위에서 큰 소리로,

“대릉과 장합 두 장수는 내 말을 들어라. 사마의는 내가 무도와 음평으로 가서 백성들을 위무하고 영채에 없을 것이라는 생각하고, 너희 두 사람에게 나의 영채를 급습하라 했을 것이다. 그래 너희 두 사람은 무명하장들이기 때문에 죽이지는 아니할 터이니 말에서 내려 빨리 항복하거라!”

하거늘, 장합이 크게 노하여 공명을 가리키며,

“너는 산야의 촌부가 아니냐? 우리 대국의 경계를 침범하고도 어찌 이런 말을 한단 말이냐! 내 만약에 너를 사로잡기만 하면 육시(戮屍)를 할 것이다!”

하고, 말을 마치고는 말을 몰아 나오며 창을 꼬나들고 짓치며 산 위로 오고 있었다. 산 위에서는 시석이 비 오 듯하였다.1)

장합은 산으로 올라갈 수가 없게 되자, 말에 박차를 가하고 칼을 휘두르며 겹겹이 에운 속을 헤쳐 나가니 감히 감당할 사람이 없었다. 촉병들이 대릉을 에워쌌다. 장합은 먼저 온 길까지 짓쳐 나왔으나 대릉이 보이지 않자, 곧 힘을 다해 몸을 돌려 포위망 속으로 짓쳐 들어가 대릉을 구출하여 돌아왔다.

공명이 산 위에서 장합이 수많은 군사들을 뚫고 오가며 충돌하고

---

1) 시석이 비 오 듯하였다[矢石如雨] : 화살과 돌팔매가 비 오듯함. 여기서 ‘석(石)’은 ‘노궁(弩弓)’에 쓰는 돌임. [**史記 晋世家**]「矢石之難 汗馬之勞 此復受次賞」. [史記 仲尼 弟子傳]「自被堅執銳 以先受矢石 如渴得飮」.

용기를 내어 싸우는 것을 보고, 좌우에게 이르기를

"일찍이 장익덕이 장합과 크게 싸웠다는 이야기를 듣고 다들 놀라고 두려워했다더니, 내 오늘 저를 보고 이제야 그의 용맹함을 보았다. 만약에 이 사람을 그대로 두었다가는 반드시 촉나라의 해가 될 것이다. 내 당장 저를 없애야겠다."

하고는, 드디어 군사들을 거두어 영채로 돌아갔다.

한편, 사마의는 군사들을 이끌고 나가 진세를 펼쳤다. 그리고는 촉병들이 혼란에 빠지기를 기다렸다가, 일제히 저를 공격하려 하고 있었다.

홀연 장합과 대릉이 대패하고 돌아와서, 고하기를

"공명이 먼저 방비하고 있어서 이렇게 대패하고 돌아왔습니다."

하니, 사마의가 크게 놀라며 말하기를,

"공명은 진짜 귀신같은 사람이구나! 퇴각하느니만 못하겠다."

하고는, 곧 영을 전해 대군을 다 본채로 돌아가게 하였다.

그 후로는 굳게 지키기만 하고 나가 싸우지 않았다.

이때, 공명이 크게 이겨 기계·마필 등 얻은 것은 그 수를 헤아릴 수 없을 정도였다. 공명은 대군을 이끌고 영채로 돌아왔다. 그 뒤로 매일같이 위연을 시켜 싸움을 돋우었지만 위병은 나오지 않았다. 한 반달쯤 되어도 한 번도 교전이 없었다. 공명이 장막에서 걱정하고 있는데, 홀연 천자가 보낸 시중 비위가 조서를 가지고 왔다.

공명은 영채 안으로 들어서 분향하고 인사가 끝나자 조서를 열어보니, 조서의 내용은 다음과 같았다.

가정의 싸움이 잘못된 것은 마속(馬謖)의 허물인데, 그대는 자신의 잘못이라고 깊이 자책하여 자신의 직위를 떨어뜨렸소. 그러나 그대의 뜻을 어기기 어려워 원하는 대로 들어주었소이다. 전년에는 군사들의 위엄을 들어내어 왕쌍을 죽였고, 지금은 원정에서 곽회 등을 쫓아내었소이다.

또 저(氐)와 강(羌) 두 군을 항복 받아서, 흉포한 무리들에게 위세를 떨쳐 그 공훈이 현연(顯然)하오이다.

바야흐로 지금은 천하가 다 소란하고 아직 원흉을 목매달지 못하고 있는 터에, 그대는 국가의 중임을 맡고 있으면서 오랫동안 스스로를 훼손하고 있으니, 이는 공업을 빛내는 일이 아니외다.

이제 그대를 다시 승상으로 삼으니 그대는 사양하지 말지어다.

공명은 조서를 읽고 나서, 비위에게

"나는 국사를 이루지 못하였는데 어찌 다시 승상의 직을 받겠소?"

하며, 굳이 사양하고 받지 않았다.

비위가 말하기를,

"승상께서 만일에 이 직을 받지 않으시면 천자의 뜻을 거절하는 것이며, 또 병사들의 마음을 섭섭하게 하는 것이니 마땅히 받으셔야 합니다."

하거늘, 공명이 마지못해 절하고 받았다. 비위는 하직하고 떠났다.

공명은 사마의가 나오지 않는다는 말을 듣고는 한 가지 계책을 생각하고, 영을 전하여 각 곳에서 다 영채를 뽑아가지고 물러가게 하라 하였다. 그때 세작이 있어, 공명이 영채를 뽑아 퇴병한다고 사마의에게 보고하였다.

사마의가 당부하기를,

"공명이 틀림없이 큰 계책이 있을 것이니 경거망동해서는 아니 되오."

하니, 장합이 묻기를

"이는 필시 양곡이 떨어져 돌아가는 것일 겝니다. 왜 쫓지 않으십니까?"

하거늘, 사마의가 대답한다.

"내 생각에는 공명이 작년에 큰 수확을 하였고, 금년에도 보리가 익어 양초는 풍족할 것이외다. 운반하는 데 어려움이 있긴 하겠지만 반년을 버틸 수 있을 터이오. 그런데 어찌해서 곧 퇴군을 하겠소? 저는 내가 계속 싸우려 하지 않기 때문에 이 계책으로 나를 유인하는 것일 터이니, 군사들에게 영을 내려 멀리까지 초탐하게 하시오."

하였다.

군사들이 초탐하고 돌아와 보고하기를,

"공명은 여기에서 30리쯤 떨어진 곳에 하채하였습니다."

하거늘, 사마의가 말하기를

"내 생각대로 공명은 돌아가는 것이 아니오. 또 단단하게 채책을 세운다니 가벼이 나가 싸울 수 없소이다."

하였다.

열흘 동안 있다가 전혀 소식이 없고 적장 또한 와서 싸움을 돋우지 아니하자, 사마의가 다시 사람을 시켜 초탐하게 하였더니, 돌아와서 보고하기를

"촉병들은 이미 영채를 뽑아갔습니다."

하거늘, 사마의는 믿을 수가 없어서 의복을 바꿔 입고 군중 속에 섞여 직접 가 보았다. 과연 촉병들은 또다시 30여 리쯤 물러가 하채를 하고 있는 것이 보였다.

사마의는 영채로 돌아와서 장합에게,

"이는 공명의 계책이외다. 뒤를 쫓아서는 안 되오."

하였다.

또 열흘이 지나자 다시 사람을 보내 초탐하게 하니, 돌아와서

"촉병들은 또 30여 리쯤 물러가서 하채하였습니다."

하였다. 장합이 말하기를,

"공명이 완병지계를[2) 써서 점점 한중으로 퇴각하고 있는데, 도독께서는 무슨 연고로 빨리 저들을 추격하지 않으십니까? 제가 가서 일전을 겨루겠습니다!"

하거늘, 사마의가 당부하기를

"공명이란 사람은 속임수[詭計]가 아주 많은 사람이오. 만일에 실수라도 있으면 아군의 예기가 꺾어지게 될 것이외다. 그래서 경솔하게 진군하지 않는 것이오."

하니, 장합이 대답하기를

"제가 가서 패하게 되면 군령을 달게 받겠습니다."

하였다.

사마의가 어쩔 수 없이 말하기를,

"자네가 정 가겠다면 군사들을 둘로 나누어서, 자네는 일지군을 데리고 먼저 가서 힘을 다해 죽기로써 싸우게. 내가 그 뒤로 따라가며 접응하면서 복병을 막겠네. 자네가 다음 날 먼저 나가 중로에서 병사들을 주둔시키고, 그 이튿날 교전을 해서 병사들로 하여금 힘이 떨어지지 않도록 하시게."

하고, 분병까지 마쳤다.

다음 날 장합과 대릉은 부장 10여 명과 정병 3만을 이끌고 힘을 내어 먼저 나아갔다. 길을 반쯤 가서 하채하였다. 사마의는 많은 군사들을 남겨 영채를 지키게 하고, 단지 5천여 정병만 이끌고 뒤따라 진발하였다.

---

2) 완병지계(緩兵之計) : 군사들을 천천히 퇴각시키는 계책. [中文辭典]「喩暫時說法使事態**和緩之術也**」.

원래 공명이 비밀리에 사람을 시켜 초탐하게 하니, 위병들이 중간 쯤에서 쉬고 있다 하였다.

이날 밤 공명은 여러 장수들을 불러,

"지금 위병들이 추격해 오고 있으니, 반드시 죽기로써 싸울 것이외다. 자네들은 모름지기 한 사람이 열 사람을 당해낼 각오로 싸워야 할 것일세.3) 나는 복병으로서 저들의 뒤를 끊겠소. 지혜와 용기가 있는 장수가 아니면 이 임무를 감당할 수 없을 것이외다."

하고 말을 마치자, 눈으로 위연을 쳐다본다. 그러나 위연은 머리를 숙이고 말이 없다.

왕평이 말하기를,

"제가 그 소임을 맡고 싶습니다."

하거늘, 공명이 묻는다.

"만약에 실수라도 한다면 어찌하시겠소?"

하니, 왕평이 대답하기를

"군령장을 드려놓겠습니다."

하였다.

공명이 탄식하며 말하기를,

"왕평은 기꺼이 목숨을 버려 직접 시석을 무릅쓰겠다 하니 참 충신이외다. 그러나 이와 같다면 어찌 위병들이 둘로 나뉘어, 전후해 와서 우리의 복병을 중간에서 끊을 것이외다. 왕평은 평소도 지용이 있지만은 한쪽만 감당할 수 있지, 어찌 몸을 두 곳에 나누겠소이까? 모름

---

3) 한 사람이 열 사람을 당해낼 각오로 싸워야 할 것일세[以一當十] : '한 사람이 열 사람의 몫[一當百]을 하라'는 뜻. 「이일경백」(以一警百)은 '사소한 일을 거울 삼아 큰 일을 경계함'을 이르는 말임. [漢書 尹翁歸傳]「翁歸治東海 …… 其有所取 也 以一警百 市民皆服」.

지기 다시 한 장수가 있어 함께 가야 하오이다. 이 군중에서 죽음을 무릅쓰고 먼저 나설 사람이 없으니 어찌하랴!"

한다.

말을 마치기도 전에 한 장수가 앞으로 나서며,

"제가 가겠습니다!"

하였다.

공명이 보니 장익이었다.

공명이 말하기를,

"장합은 위나라의 명장이어서 수많은 사람을 당해낼 용장이외다.4) 자네는 그의 적수가 아니오."

하니, 장익이 대답하기를

"만약에 실수를 한다면 제 목을 장하에 드리겠습니다."

하거늘, 공명이 당부한다.

"자네가 이미 가겠다 했으니, 왕평과 같이 1만의 정병을 데리고 가서 산골짜기에 매복하고 위병이 급히 쫓아오거든 저들을 추격하게 두었다가, 자네들 각자가 복병들을 이끌고 뒤를 따라 엄살하여라. 사마의가 뒤따라 급히 올 터이니, 곧 둘로 갈라져서 장익은 일군을 이끌고 후대를 막고 왕평은 일군을 이끌고 그 전대를 끊게나. 나는 직접 따로 도울 계책이 있소."

하거늘, 두 사람이 계책을 받고는 군사들을 이끌고 갔다.

공명은 강유와 요화를 불러서 당부하기를,

"자네 두 사람에게 한 개의 금낭을 줄 터이니, 3천 정병을 이끌고

---

4) 수많은 사람을 당해낼 용장이외다[萬夫不當之勇] : 누구도 당해낼 수 없는 용맹. 「만부지망」(萬夫之望). [易經 繫辭 下傳]「君子知微知彰 知柔知剛 萬夫之望」. [後漢書 周馮虞鄭周傳論]「德乏萬夫之望」.

가서 깃발을 숨기고 북소리를 내지 말며 산 위에 매복해 있게. 위병들이 왕평과 장익을 에워싸서 아주 위급하게 되거든 구하러 가지 말고 금낭을 열어보시게. 그러면 위기를 넘길 방책이 있을 것일세."

하였다. 두 사람이 병사들을 이끌고 갔다.

또 오반과 오의·마충과 장의 4명의 장수들에게 귀에 대고, 분부하기를

"내일 위병이 도착할 것 같으면 저들은 예기가 왕성할 것이니, 싸우다 달아나고 싸우다 달아나곤 하여라. 그러다가 관흥이 군사를 이끌고 와서 적진을 치는 것이 보이거든 자네들도 회군하여 짓쳐 나가게. 나도 직접 병사들로 접응하겠네."

하자, 네 명의 병사들이 계책을 받고 떠났다.

다시 관흥을 불러 분부하기를,

"자네는 5천 정병을 이끌고 산골짜기에 매복해 있다가, 산 위에서 붉은 기가 바람에 나부끼거든 병사들을 이끌고 나와 짓쳐 나가게나."

하니, 관흥이 계책을 받고 군사들을 이끌고 나갔다.

한편, 장합과 대릉은 병사들을 거느리고 와서, 마치 폭풍우가 몰아치 듯이 추격해 왔다. 마충·장의·오의·오반 등 네 장수들이 맞아 싸우니, 장합이 크게 노하여 병사들을 몰아 짓쳐 추격해 왔다. 촉병들은 달아나다가 돌아서서 싸우고 싸우다가는 달아났다.

위병들이 급히 추격하여 약 20여 리쯤 왔는데, 그때가 마침 6월 달이어서 기온이 아주 무더워 인마가 모두가 땀이 비 오듯 했다. 50여 리를 달려 온 위병들은 모두가 다 헐떡거렸다. 공명이 산 위에서 홍기를 잡고 흔들자 관흥이 병사들을 이끌고 짓쳐 나왔다.

마충 등 네 장수들이 일제히 병사들을 이끌고 엄살하며 돌아섰다. 장합과 대릉은 죽기로 싸우며 물러서지 않았다. 홀연 함성이 크게 들

리더니 양쪽에서 군사들이 짓쳐 나오는데, 왕평과 장익이었다. 각기 힘을 다해 추살하며 위군의 퇴로를 끊었다.

장합이 여러 장수들에게 큰 소리로,

"자네들은 여기에 올 때 한 번 죽기를 각오하고 싸우기로 하였으니, 또 어느 때를 기다리겠느냐!"

하니, 위병들이 힘을 다해 충돌하였지만 벗어나지 못하였다.

홀연 배후에서 북소리가 하늘로 솟으며 사마의가 직접 정병을 거느리고 짓쳐왔다. 사마의는 여러 장수들을 지휘해가며 왕평과 장익을 포위하였다.5)

장익이 크게 부르며 말하기를,

"승상께서는 진짜 귀신이다! 계책을 미리 정해 놓았으니 반드시 양책이로다. 우리들은 마땅히 죽기로써 결전을 하자!"

하며, 곧 두 길로 군사들을 나누었다.

왕평은 일군을 이끌고 장합과 대릉의 길을 막아서고, 장익은 일군을 이끌고 사마의를 대적하였다. 양 머리에서 죽기로 싸우니 죽음의 부르짖음이 하늘에 닿았다. 강유와 요화가 산 위에서 지켜보고 있자니, 위병이 크게 세력을 떨치고 촉병들의 힘이 위태하여 점점 당해내지 못하고 밀리고 있었다.

강유가 요화에게 권유하기를,

"형세가 이와 같이 위급하게 되었으니 금낭을 열어 보십시다."

하고 두 사람이 열어서 보니, 그 안에 있는 편지에 이르기를

---

5) 포위하였다[困在垓心] : 포위망 속에 둠. [水滸傳 第八三回]「徐寧与何里竒搶
到**垓心**交战 两馬相逢 兵器并擧」. [東周列國志 第三回]「鄭伯**困在垓心** …… 全无
俱怯」. [中文辭典]「謂在圍困之中也 項羽被圍垓下 說部中所用**困在垓心**語 或卽
本此」.

"만약에 사마의의 두 군사들이 왕평과 장익을 에워싸 급하게 되거든, 자네 두 사람은 군사들을 양쪽으로 나누어 사마의의 영채를 습격하시오. 그러면 사마의는 반드시 퇴각할 것이니 자네들은 그 혼란한 틈을 타서 저를 공격하게나. 영채는 비록 빼앗지 못한다 하더라도 전승할 것이네."

하였다. 두 사람은 크게 기뻐하며 곧 두 길로 나뉘어 곧장 사마의의 영채로 갔다.

원래 사마의 또한 공명의 계책을 저어하여 연도에 전령을 배치하여 보고하게 하였다. 사마의가 막 싸움을 독려하고 있는데, 홀연 유성마가 나는 듯이 달려와 촉병들이 양로로 나뉘어 대채를 취하러 갔다고 하였다.

사마의가 크게 놀라서[6] 여러 장수들에게, 말하기를

"내 생각에 공명이 계책이 있는 것 같다고 했는데. 자네들이 내 말을 믿지 않고 힘써 끝에까지 추격하더니 큰 일을 그르치고 있구나!"

하고는 즉시 군사들을 돌리게 하니, 군심이 당황해서 어지럽게 달아나기 시작했다. 장익이 그 뒤를 따르며 엄습하자 위병들은 대패하였다.

장합과 대릉은 세가 고립되자 산골짜기의 소로를 바라고 달아났다. 촉병들은 대승하고 배후에서는 관흥이 군사들을 이끌고 와서 여러 곳에서 접응하였다. 사마의는 한 진을 크게 패하고 달려와서 영채로 들어가니, 촉병들이 벌써 돌아간 후였다.

사마의는 패군을 모아, 여러 장수들을 꾸짖기를

"자네들이 병법을 몰라서 혈기만 믿고 강하게 나가, 우리가 이처럼 패배를 당하였소. 이후부터는 일절 망령된 행동을 허락하지 않겠네.

---

6) 크게 놀라서[大驚失色] : 몹시 놀래어 얼굴빛이 하얗게 됨. 「대경소괴」(大驚小怪). [長生殿 刺逆]「四雜軍上 爲何大驚小怪」.

다시 이를 지키지 않는 자가 있다면 군법에 따라 다스리겠소."

하니, 장수들이 다 부끄러워하며 물러갔다.

이 싸움에서 위군은 죽은 자의 수가 많았고 잃어버린 말들과 무기도 무수하였다.

한편, 공명은 승리를 하고 군마들이 영채로 돌아오자, 또다시 기병하여 진격하려 하였다. 홀연 사람이 성도에서 왔는데 장포가 죽었다고 전했다. 공명은 목 놓아 울면서 입으로 피를 토하고 땅에 혼절하여 쓰러졌다. 여러 사람들이 구원해서야 겨우 깨어났다. 공명은 이로부터 병을 얻고 침상에 누워 일어나지 못했다. 여러 장수들이 감격해하지 않는 이가 없었다.

후세 사람이 이를 예찬하는 시가 전한다.

용맹한 장포여 나라 위해 공을 세우려 했건만
가련하도다 하늘이 영웅을 돕지 않는구나!
悍勇張苞欲建功
可憐天不助英雄!

무후가 눈물을 서풍을 향해 뿌림은
국궁진췌하며[7] 도울 이 없음을 생각함인가!
武侯淚向西風灑
爲念無人佐鞠躬.

---

7) **국궁진췌(鞠躬盡瘁)** : 나랏일에 몸과 마음을 다해 힘씀. 「국궁」. [論語 鄕黨篇]「入公門 **鞠躬**如也. 如不容」. 「진췌」. [詩經 小雅篇 北山]「或燕燕居息. 或**盡瘁**事國」. [諸葛亮 後出師表]「**鞠躬盡瘁** 死而後已」.

열흘이 지나서야, 공명은 동궐(董厥)과 번건(樊建)을 불러서

"내 생각이 혼미해서 일을 처리할 수가 없소. 한중으로 돌아가 병을 치료하는 게 좋을 듯하외다. 그리고 나서 다시 좋은 계책을 도모할 터이니 자네들은 일절 누설해서는 아니 되네. 사마의가 알면 반드시 공격해 올 것일세."

하고는, 마침내 영을 전하여 밤 어두울 때 영채를 뽑아다 한중으로 돌아가라 일렀다.

공명이 간 지 5일이 되어서야 사마의가 알고, 이에 길게 탄식하며

"공명은 진짜 신출귀몰하는8) 계책을 쓰는구나. 나는 저를 따를 수가 없도다!"

하였다.

이에, 사마의는 여러 장수들을 영채에 있게 하고, 군사들을 나누어 각 곳의 애구를 지키게 하였다. 그리고 회군하였다.

한편, 공명은 대군을 한중에 주둔시키고 성도로 돌아가 요양하였다. 문무 관료들이 성 밖까지 나와서 영접해서 승상부 중에 들어갔다. 후주께서 어가를 타고 직접 오셔서 문병하고는, 어의에게 치료하게 하니 날마다 조금씩 나아져갔다.

건흥 8년 가을 7월. 위도독 조진은 병이 낫자 표주를 올렸다.

촉병들이 누차 저희 나라를 침범하고 여러 차례 중원을 범하였습니다. 만약에 지금 저들을 죽여 없애지 않는다면, 후에 반드시 화근

---

8) **신출귀몰(神出鬼沒)** : 홀연히 나타났다가 사라지곤 함. '출몰이 자유자재 함'을 일컫는 말. [唐 戲場語]「兩頭三面 **神出鬼沒**」. [淮南子 兵略訓]「善子之動也 **神出而鬼行**」.

이 될 것입니다. 지금은 마침 가을 서늘한 때여서 인마가 모두 왕성하므로 정벌하기 알맞습니다. 신은 원컨대 사마의와 함께 대군을 인솔하고 곧 한중에 들어가서, 간악한 무리들을 진멸하여 경계를 깨끗이 하겠나이다.

위주가 크게 기뻐하며, 시중 유엽에게 말하기를

"자단이 짐에게 촉을 치자고 권하고 있는데 어떻소이까?"

하니, 유엽이 대답하기를

"대장군의 말씀이 옳습니다. 지금 만약에 저들을 제거하지 않는다면 후에 필시 큰 화근이 될 것입니다. 폐하께서는 곧 이 일을 진행하시지요."

하거늘, 머리를 끄덕인다.

유엽이 나가 집에 돌아가니, 여러 대신들이 찾아와서

"듣자니 폐하께서 공에게 군사를 일으켜서 촉나라를 치는 일에 대해 의논하셨다던데, 이 일은 어떻게 되어갑니까?"

하거늘, 유엽이 말하기를

"그런 일이 없소. 촉나라는 산천이 험하여 쉽게 도모하기 어렵소이다. 공연히 군마만 수고롭게 할 일이 없소. 그것은 나라에 도움이 되지 않는 것이외다."

하니, 여러 관료들 모두 더 말을 못하고 나갔다.

양기(楊曁)가 궁중에 들어가 아뢰기를,

"어제 들으니 유엽이 폐하께 촉나라를 치라 하였습니다. 그런데 오늘은 중신들에게 촉나라를 쳐서는 안 된다 합니다. 이는 폐하를 속이는 것이온데 폐하께서는 어찌하여 캐묻지 않으시나이까?"

하였다.

조예가 곧 유엽을 궐내로 불러서 묻기를,

"경은 짐에게 촉나라를 치자고 하더니 이제 또 불가하다고 말 한다던데 어찌된 일인가?"

하니, 유엽이 아뢴다.

"신이 그 일에 대해 자세히 말씀드리겠습니다. 촉나라를 치면 안 됩니다."

하거늘, 조예가 크게 웃었다. 얼마 있다가 양기가 궁중에서 나갔다.

유엽이 묻기를,

"신이 어제 폐하께 촉을 치시라고 전해드린 것은 나라의 대사입니다. 어찌 망령되게 사람들에게 누설할 수 있겠습니까? 무릇 군사를 움직이는 것은 궤도입니다.[9] 이 일도 일체 비밀에 붙여 마땅히 비밀로 해야 하기 때문입니다."

하였다.

조예가 크게 깨닫고 말하기를,

"경의 말이 옳다."

하고, 이 일이 있은 뒤부터는 조예는 유엽을 더욱 공경해 하였다. 열흘 안에 사마의가 입조하자 위제가 조진이 표를 올린 일을 하나하나 이야기하였다.

사마의가 말하기를,

"생각하옵건대, 동오도 감히 동병을 못하고 있사오니, 오늘 이를 틈타서 촉나라를 치러 갈 수 있을 것입니다."

하자, 조예가 조진에게 대사마 정서대도독을 배수하고, 사마의를 대

---

9) **군사를 움직이는 것은 궤도입니다**[夫兵者 詭道也] : 무릇 군사에 관한 일은 속이는 일임. '병사들을 움직이는 일은 비밀'이라는 뜻임. [孫子兵法 計篇 第一]「**兵者詭道也** 故能而示之不能 用而示之不用 近而示之遠 遠而示之近」.

장군 정서부도독을 삼고 유엽을 군사로 삼았다. 세 사람은 위주를 하직하고 40만 대병을 이끌고 먼저 장안에 이르렀다. 곧 검각으로10) 달려서 한중을 취하고자 했다. 그리고 그 나머지 곽회·손예 등은 각기 길을 잡아 나아갔다.

한중 사람이 이 일을 성도에 알렸다. 이때 공명의 병은 많이 호전되었을 때여서, 매일 인마를 조련시키고 팔진법을11) 가르치고 있었다. 그리고 군사들이 이를 다 익히고 나면 중원을 취하려 하고 있던 차였다.

그 소식을 듣고는 장의와 왕평을 불러, 분부하기를

"자네들 두 사람은 먼저 1천 병을 이끌고 진창의 옛길을 지키고 있다가 위병을 맞게. 그리하고 있으면 내가 대병을 이끌고 곧 접응하러 가겠네."

하거늘, 두 사람이 말하기를

"사람들이 보고하기를 위군이 40만 또는 거짓 80만이라고도 하여 성세가 아주 크다고 하는데, 어찌 1천 병만 가지고 가서 애구를 지키라 하십니까? 아직 위의 대병이 오지는 않았지만 어찌 저들을 막겠습니까?"

한다.

---

10) 검각(劍閣): 지금의 사천성 검각현 북쪽 대검산·소검산의 사이에 있는 곳. 여기서 잔도가 시작되는데 공중에 비각(飛閣)을 가설하여 사람이 다닐 수 있게 되었다 하며, 검문각(劍門閣)이라고도 함. [晋書 地里志]「梓潼郡 蜀直統縣 梓潼涪城 武連黃安 漢德晋壽 劍閣」. [水經溓水注]「小劍戍北西去大劍三十里 連山絕險 飛閣通衢 故謂之劍閣」.

11) 팔진법[八陣之法]: 「팔문금쇄진법」(八門金鎖陣法). 팔문을 이용한 진법의 한 가지. '팔문'은 술가(術家)에서 구궁(九宮)에 맞추어 길흉을 점치는 여덟의 문. 곧 휴문(休門)·생문(生門)·상문(傷門)·두문(杜門)·경문(景門)·사문(死門)·경문(驚門)·개문(開門) 등을 말함. [太乙淘金歌 八門所主]「天有八門 以通八風 地有八方 以鎭八卦 仍取紀繩從其年 即各隨其門 吉凶而行矣」.

공명이 대답하기를,

"나는 많이 주고 싶지만 군사들만 괴롭힐 따름이오."

하니, 장의와 왕평은 서로 얼굴만 쳐다보면서 다 감히 가지 못하였다.

공명이 말하기를,

"만약에 실수가 있다 해도 이는 자네들의 죄가 아니니, 더 이상 말하지 말고 가급적 빨리 가게나."

하거늘, 두 사람이 또 대답하기를

"승상께서 저의 두 사람을 죽이려 하신다면 차라리 여기서 죽여주십시오. 감히 가지 못하겠습니다."

하거늘, 공명이 크게 웃으며 말한다.

"어찌도 그리 어리석은가? 내가 자네들에게 가라고 하는 것은 나에게 생각이 있음일세. 내가 어젯밤에 하늘을 우러러 보니 필성이[12] 태음 분야를 밟고 있어서, 이 달 안에 반드시 큰 비가 와서 물이 넘칠 것이오. 그리되면 위군 40만이 어찌 감히 산지의 험한 골에 들어오겠느냐?

이로 인해 많은 군사들이 소용되지 않아 결코 해를 받지 않을 것일세. 내가 앞으로 대군들을 거느리고 한 달 동안 한중에서 편안히 있다가 위병들이 퇴각하기를 기다려, 그때 대병으로써 저들을 엄습하려는 것이네. 그리되면 수고하지 않고 내 10만 군사들만 가지고도 40만의 위병들을 이길 수 있는 것이오."

하였다. 두 사람은 듣기를 마치고 바야흐로 기뻐하며 떠났다.

공명은 뒤따라 대군을 통솔하고 한중으로 떠나며 각처의 애구에 영

---

12) 필성(畢星) : 이십팔수(二十八宿) 가운데 열아홉째 별자리 별들. 「필숙」(畢宿). [晋書 天文志]「畢八星主邊兵 主大獵 其大星曰天高 一曰邊將」. [詩經 小雅篇 大東]「有捄天畢 載施之行」.

을 전하기를, 시초와 양식을 예비해서 한 달 동안 인마들에 쓸 만큼 준비하고 가을 장마에 대비하게 하였다. 그리고 대군들에게 한 달씩 기한을 늦춰주며 먼저 의식을 지급하게 하고 그때까지 쉬게 하였다.

한편, 조진과 사마의는 함께 대군을 거느리고 곧장 진창성 안에 이르렀으나, 집 한 채 한 칸의 방도 보이지 않았다. 그 지방 사람을 찾아 물으니 공명이 돌아갈 때에 불을 질렀다고 하였다. 조진은 곧 진창도의 요로를 찾아 진발하려 하였다.

사마의가 말하기를,

"가볍게 나가서는 안 됩니다. 내 밤에 천문을 보니 필성이 태음분야를 밟고 있는데 이달 안에 반드시 큰 비가 올 것입니다.

만약에 깊이까지 들어갔다가는 다행히 이기면 좋지마는 혹 실수라도 하는 날에는 인마 모두가 고통을 겪게 될 것이고, 그리되면 물러나오기도 어려울 것입니다. 그러니 성중에 임시 초막을[13] 짓고 둔찰하고 있으면서 장마를 피해야 합니다."

하거늘, 조진이 그 말을 따랐다. 그러자 반달이 못 되어서 하늘에선 큰 비가 내리고 장마가 그치지 않았다. 진창성 밖 평지에는 물이 세 자나 차서 모두 젖고 군사들은 잠을 잘 수가 없어 밤낮으로 불안해하고 있었다.

큰 비는 한 달 동안 내려서 말을 먹일 사료와 풀이 없었고 죽는 자가 무수히 발생하였다. 군사들의 원성이 끊이지 않고 이 소식이 낙양에까지 전해지자, 위주는 제단을 쌓고 맑기를 빌었으나 이루어지지 않았다.

황문시랑[14] 왕숙(王肅)이 상소하니, 그 내용은 다음과 같다.

---

13) 초막[窩鋪]: 와붕(窩棚). 원두막과 비슷한 임시막사. [福惠全書 庶政部 河提歲修]「派定人夫 搭蓋窩鋪 晝夜防守」. [同書 保甲部 守禦]「柵傍搭一窩鋪」.

사서(史書)에 이르기를, '천 리 밖에서 양식을 날라다 먹으면 군사들이 주린 기색이 있고, 나무를 해다가 불을 지펴 밥을 해 먹으니 군사들은 배부를 수가 없다.'[15] 하였는데, 이는 평지를 행군할 때를 이름입니다. 하물며 험지에 깊이 들어와 길을 뚫으며 가야 하는데, 그 고생스러움이 필시 백 배는 더할 것입니다. 이제 게다가 장마까지 더해지니, 산언덕은 험하고 미끄러워서 군사들이 기를 펴지 못하고 있고, 양곡도 수송하는 길이 멀어 진실로 행군하기에 어렵사옵니다.

들건대 조진이 출발한 지도 벌써 한 달이 넘었사오니, 행군은 거의 반쯤 되었을 것인 즉, 길을 만드는 일은 군사들이 다 하고 있습니다. 적군이 편히 앉아서 우리의 수고로움을 기다리게 하는 것이니[16] 이는 병가에서 아주 기피하는 것이옵나이다.

전대의 예를 말씀드리오면 무왕이 주를 치실 때에[17] 관을 나셨다

14) **황문시랑(黃門侍郞)** : 내시. 원래는 궁정의 금문(禁門)을 말하는데 황문은 황제의 친신(親臣)이기 때문에 그 권세가 매우 컸음. [漢書 元帝記]「罷**黃門**乘 輿狗馬」. [張說 侍射詩序]「乃命紫微**黃門**九卿六擘」.

15) **천 리 밖에서 양식을 날라다 먹으면……** : 원문에는 '**千里饋糧 士有飢色**'으로 되어 있음. 장이(張耳)와 한신(韓信)이 한을 배반한 진여(陳餘)를 치자 이좌거 (李左車)가 진여에게 한 말임. [後漢書 王符傳]「或轉請鄰里 **饋糧**應對」. [孫子兵 法 作戰 第二]「凡用兵之法……帶甲十萬 **千里饋糧** 則內外之費 賓客之用 膠漆之材 車甲之奉 日費千重然後 十萬之師擧矣」. 「기색」(飢色). [後漢書 章帝記]「是以歲 雖不登 而大無**飢色**」. 「荀子 宥坐」「弟子皆有**飢色**」.

16) **적군이 편히 앉아서 우리의 수고로움을 기다리게 하는 것이니[以逸待勞]** : 적이 피로해질 때까지 기다렸다가 공격함. [孫子兵法 軍爭篇 第七]「以近待遠 **以佚待勞** 以食待飢 此治力者也」. [後漢書 馮異傳]「**以逸待勞** 非所以爭也 按逸亦作佚」.

17) **무왕이 주를 치실 때에[武王伐紂]** : 주(周)의 무왕이 은(殷)의 주왕을 친 일. 「백이 숙제」(伯夷叔齊). 은나라 고죽군(孤竹君)의 큰 아들과 막내 아들. 주 무 왕의 벌주(伐紂)를 옳지 않게 여겨, 수양산(首陽山) 남쪽에 들어가 주나라의 곡식을 먹지 않고 그곳에서 굶어 죽었다 함. [史記 伯夷傳]「武王伐紂 伯夷叔齊

가 다시 돌아온 경우도 있습니다. 근자의 예를 말씀드리면, 무제[曹操]와 문제[曹丕]께서 손권을 치러 나섰다가 장강에 이르러 건너지 않으셨습니다.18) 이것이 어찌 하늘의 뜻에 따라 때를 기다리시며, 임기응변에 능한 것이19) 아니겠사옵니까?

원컨대, 폐하께서는 장마의 고통이 너무 심한 것이기 때문에 사졸들을 쉬게 하시고, 뒷날 적의 빈틈이 있으면 그때를 타서 저들을 쓰시옵소서. 이것이 이른바, '기뻐함으로써 어려움을 범하면, 백성들은 그들의 죽음도 잊는다.'20)라는 것이로소이다.

위주가 표문을 보고도 결단을 내리지 못하고 있는데, 양부(楊阜)와 화흠(華歆)이 또한 상소하여 간하였다. 위주는 곧 조서를 내려 사신을 조진과 사마의에게 보내 돌아오라 하였다.

한편, 조진은 사마의와 상의하기를

"이제 한 달 내내 비가 오니 군사들의 마음이 무심해져서, 각자가

叩馬而諫曰 父死不葬 爰及干戈 可謂孝乎 以臣弑君 可謂仁乎 左右欲兵之 太公曰 此義人也 扶而去之 武王已平殷亂 天下宗周 而**伯夷叔齊**恥之 義不食周粟 隱於首陽山 采薇而食之 遂餓死於首陽山」. [論語 述而篇]「入曰 **伯夷叔齊**何人也 曰古之賢人也」.

18) 장강에 이르러 건너지 않으셨습니다[**臨江不濟**] : 장강(長江)을 건너지 않음. 조조와 조비가 손권 정벌에 나섰다가 불리하다고 생각하여 장강을 건너지 않은 일. 「부제」(不濟)·「부도」(不渡). [新論 賞罰]「若舟之循川 車之遵路 亦奚向 **不濟** 何行而弗臻矣」. [左氏 襄 十四]「及涇**不濟**」.

19) 임기응변에 능한 것이[**通於權攝**] : 임시로 맡은 임무에 통달함. [宋史 高宗紀]「禁羨餘罷**權攝**」. [金史 罕達傳]「天下輕重 係于宰相 近來每每令**權攝** 甚無謂也」.

20) 기뻐함으로써 어려움을 범하면, 백성들은 그들의 죽음도 잊는다 : 원문에는 '**悅以犯難 民忘其死**'로 되어 있음. [周易 兌卦]「象曰 **說以犯難 民忘其死** 說之大 民勸矣哉」. 범란」(犯難)은 '위험을 무릅쓰다'의 뜻임. [戰國策 燕策]「秦趙相弊 而王以全 燕制其後 此燕之所以不**犯難**」. [易需]「需于郊不**犯難**行也」.

다 돌아갈 생각들만 하고 있으니 어떻게 저들의 마음을 돌리지요?"

하거늘, 사마의가 대답하기를

"돌아감만 같지 못할 것입니다."

하였다.

조진이 묻기를,

"만약에 공명이 추격해 온다면 어떻게 저들을 물리치지요?"

하거늘, 사마의가 대답하기를

"먼저 매복하여 양군의 뒤를 끊고 나서야 병사를 물릴 수 있을 것입니다."

하고 이야기하고 있는데 조서를 가져 왔다.

두 사람은 마침내, 대군을 전대를 후대로 삼고 후대를 전대로 삼아 서서히 퇴각하였다.

한편, 공명은 한 달 동안 비가 올 것을 계산하였으나 하늘은 개이지 않았다. 자신이 일군을 이끌고 성고(城固)에 주둔하고 있으면서, 또 영을 전하여 대군을 적파(赤坡)에 집결시켜 둔찰하라 하였다.

공명은 장상에 올라서21) 여러 장수들에게,

"내 생각에는 위병들이 반드시 달아날 것이오. 위주는 필시 조서를 조진에게 내렸을 것이고 사마의는 퇴진할 것이외다. 내 만약에 저들을 추격한다면 저들은 반드시 준비가 있을 것이오. 해서 저들이 가게 내버려 두었다가 다시 양책을 도모하겠소이다."

하였다.

이때, 홀연 왕평이 사람을 보내 보고하기를 위병들이 이미 퇴각하였다 하거늘, 공명은 온 사람에게 분부해 왕평에게 전하기를

---

21) 장상에 올라서[升帳] : 장대에 올라서. [西相記 崔鶯鶯夜聽琴雜劇]「今日**升帳** 看有甚軍情來 報我知道者」.

"추습하지 말고 있게나 내게 위병을 깨뜨릴 계책이 있네."

하였다.

이에,

> 위병들이 제 아무리 매복군을 기다리지만
> 한 승상은 원래부터 추격하지 않고 있네.
>> 魏兵縱使能埋伏
>> 漢相原來不肯追.

공명이 어떻게 위병을 깨뜨리는지는 아직 알 수가 없다. 하회를 보라.

제100회

한병들은 영채를 겁략해서 조진을 깨뜨리고
무후는 진법의 싸움에서 중달을 욕보이다.
　漢兵劫寨破曹眞
　武侯鬪陣辱仲達.

한편, 여러 장수들은 공명이 위병을 추격하지 말라는 말을 듣고, 함께 장중에 들어가서 공명에게 고하기를,

"위병들은 비로 인해 고초를 겪고 주찰도 못하며 이제 물러가고 있습니다. 아주 좋은 때이니 이 틈을 타서 저들을 추격해야 합니다. 승상께서는 어찌해서 추격하지 말라 하십니까?"

하거늘, 공명이 말하기를

"사마의는 용병에 뛰어난 인물이오. 이제 군사를 물리면서 반드시 매복이 있을 것이외다. 내가 저들을 추습한다면 바로 저의 계책에 빠지게 되오. 저들이 멀리 가게 내버려 뒀다가 곧바로 야곡으로 가서 기산을 취할 것이니, 그렇게 되면 위병들은 이에 대한 방비가 없을 것이오."

하였다.

여러 장수들이 묻기를,

"장안을 취하려면 따로 길이 있는데, 승상께서는 군이 기산을 택하시는 것은 무엇 때문입니까?"

하니, 공명이 대답하기를

"기산은 장안의 머리라, 농서의 여러 군들이 혹시 병사들을 보낸다면 반드시 이곳을 지나게 될 것이오. 아울러 앞에는 위수 가에 임해 있고 뒤에는 야곡에 의지하여 왼편으로 나가고 오른편으로 들어올 수 있어서, 복병하기 적당하니 용무(勇武)를 하기엔 이만한 곳이 없소이다. 내 이런 까닭에 먼저 이곳은 취하여 지리적 우위를 차지하려는 게요."

하거늘, 그때서야 여러 장수들이 다 배복하였다.

공명은 위연·장의·두경·진식 등에게 기곡으로 가게 하고, 마대·왕평·장익·마충 등에게는 야곡으로 가라 하였다. 그리고 모두 기산에서 모이자고 하였다. 병사들을 나누어 보내자 공명은 직접 대군을 인솔하고 관흥과 요화에게 명하여 선봉을 삼고 뒤따라 진발하였다.

한편, 조진과 사마의 두 사람은 뒤에서 인마를 감독하며 일군에게 영을 내려 진창 고도(古道)를 감시하게 하였더니, 돌아와서 보고하기를 촉병은 오지 않고 있다고 한다. 또 열흘 동안 행군하고 있는데, 후면에서 매복하고 있던 여러 장수들이 다 돌아와서 촉병들은 오지 않더라고 말하였다.

조진이 묻기를,

"계속 가을비가 내려 잔도가[1] 끊어졌으니, 촉병들이 어찌 우리가 퇴군하는 것을 알겠습니까?"

하니, 사마의가 대답한다.

"촉병들은 뒤따라 나올 것입니다."

---

1) **잔도(棧道)** : 벼랑길. 발 붙일 수 없는 험한 벼랑 같은 곳에 선반을 매듯이 하여 낸 길. 「잔각」(棧閣). [戰國策]「**棧道** 千里通於蜀漢」. [漢書 張良傳]「良因說漢王 燒絕**棧道** 示天下無還心 (注) **棧道** 閣道」.

하였다.

조진이 또 묻는다.

"어떻게 그것을 아오이까?"

고 물으니, 사마의가 대답하기를

"연일 날이 맑은데도 촉병들은 쫓지 않습니다. 내 생각에는 복병을 깔았을 것입니다. 우리가 멀리 가게 두고는 병사들이 다 지나가기를 기다렸다가, 저들은 곧 기산을 빼앗을 것입니다."

하자, 조진은 믿지 않았다.

사마의가 말하기를,

"자단께서는 어찌해 믿지 않소이까? 내 생각에 공명은 필시 양쪽 골짜기를 따라올 것입니다. 나와 자단께서 각기 한 골짜기와 입구에 있다가, 열흘을 기한으로 하십시다. 만약에 촉병들이 오지 않으면, 내 얼굴에 홍분(紅粉)을 바르고 몸에는 여자 옷을 입고 영채에 와서 복죄하기로 하겠습니다."

하거늘, 조진이 대답한다.

"만약에 촉병들이 온다면, 내 천자께서 하사하신 옥대 한 벌과 어마한 필을 그대에게 드리겠소이다."

하고, 두 길로 나누어서 조진은 군사들을 이끌고 가서 산의 서쪽 야곡의 입구에 주둔하고, 사마의는 군사들을 이끌고 기산의 동쪽 기곡의 입구에 각각 영채를 세웠다.

사마의가 일지병을 이끌고 산골짜기에 가서 매복시키고, 나머지 군마들은 각 요로에 안전하게 영채를 쳤다. 사마의는 옷을 바꾸어 입고 군사들 속에 섞여 각 영채를 두루 살펴보았다.

한 영채의 편장이2) 하늘을 우러러 보며, 탄식하기를

"장마가 오래되는데도 돌아가려고 하지도 않고, 이제 또다시 저 속에 주둔하고 내기를 하자 하니3) 관군은 괴롭지 않은가!"

하거늘, 사마의가 듣고 영채로 돌아왔다. 즉시 장상에 올라 여러 장수들을 소집하였다. 그리고 그 군사를 끌어내어 꾸짖었다.

사마의가 꾸짖으며 말하기를,

"조정에서 천 일 동안 군사를 길러서 하루를 쓰려는 것이다. 네 어찌 감히 원망의 말을 해서 군심을 흐트러뜨리느냐!"

하니, 그 사람이 처음에는 불지 않았다. 사마의는 그와 함께 있던 사람을 불러내어 대질을 시키자 그 장교는 더 이상 뻣대지 못하였다.

사마의가 또 말하기를,

"나는 내기를 하는 것이 아니라, 촉병과 싸워 이겨 너희들 각자가 공을 세워 돌아가게 하려는 것이다. 네 놈이 망령되게도 원망의 말을 해서 화를 자처하였구나!"

하고, 무사에게 명하여 끌어내어 참하라 하였다. 얼마 있다가 장하에서 수급을 드리거늘 여러 장수들이 모두 송연해 하였다.

사마의가 다시 말하기를,

"너희 제장들은 마음을 다해서 촉병들을 방어하라. 중군의 군사들이 방포소리를 내거든 사방에서 다 진격하거라."

하니, 여러 장수들이 명을 받고 물러갔다.

한편, 위연·장의·진식·두경 등 네 명의 장수는 병사 2만을 이끌고 기곡을 취하려 진격하였다. 막 가고 있는데 홀연 참모 등지가 왔다

---

2) 편장(偏將) : 편비(偏裨). [史記 衛將軍 驃騎傳]「覇曰 自大將軍出 未嘗斬裨將」.
[稱謂錄 兵頭 裨將]「李光弼專任之將曰裨將 又曰偏將」.

3) 내기를 하자 하니[賭賽] : 내기. [北史 魏任城王澄傳]「特命澄爲七言連韻 與孝
文往復賭賽 遂至極歡 際夜乃罷」.

고 보고하거늘, 네 장수들이 그 연유를 물었다.

등지가 말하기를,

"승상의 명을 전하러 왔소이다. 나가면 위병들이 매복하고 있을 터이니 경솔히 나가지 말라."

하였다 하거늘, 진식이 말하기를

"승상께서는 용병에 어찌 그리 의심이 많으신가? 내 생각에 위병들은 계속되는 장마를 만나 갑옷들이 모두 해졌을 것이어서 급히 돌아가고자 할 터인데, 어찌 또 매복이 있겠소이까? 지금 우리 병사들이 추격하면 대승할 것인데, 어찌해서 나가지 말라 하시는고?"

하니, 등지가 묻기를

"승상이 계책을 쓰셔서 맞지 않은 것이 없었고 또, 계책이 다 들어맞았으니 자네가 어찌 영을 어기려 하는가?"

하였다.

진식이 웃으면서 대답하기를,

"승상께서 만약에 계책이 많으셨다면 가정을 잃지는 않았을 것이외다!"

하니, 위연도 공명이 전에 의견을 들어 주지 않던 일을 생각해내고는, 또한 웃으며 말하기를

"승상께서 그때 내 말을 들으셔서 곧장 자오곡으로 나가셨다면, 이때 장안은 말할 것도 없고 낙양까지 다 얻었을 것일세! 이제서야 기산으로만 나가려고 집착하시니4) 무슨 이로움이 있겠는가? 이미 진병을 명하셨는데 이제 와서 또 나서지 말라고 하시니, 어찌해서 명령이 분명하지 못하신가!"

---

4) **집착[執政]** : 국정을 함. 고집을 부림. [淮南子 氾論訓]「天下縣官法日 發墓者 誅 竊盜者刑 此**執政**之所司也」. [管子 五行]「士死喪**執政**」.

하였다.

진식이 말하기를,

"내게는 5천의 군사가 있으니 곧장 기곡으로 나아가 먼저 기산에 도착해서 영채를 세우고, 승상께서 무안해 하는지 아닌지 보려 하네!"

하니 등지가 재삼 막았지만, 듣지 않고 곧장 직접 5천 병을 이끌고 기곡으로 떠났다. 등지가 이 일을 모두 공명에게 보고하였다.

한편, 진식이 군사들을 이끌고 몇 리를 못 가서, 홀연 방포성이 들리고 사면에서 복병들이 일제히 나왔다. 진식은 급히 퇴각하였으나 위병들이 골짜기 입구에 가득하여, 마치 철통과 같이 에워쌌다. 진식은 좌충우돌하며[5] 싸웠으나 벗어날 수가 없었다. 그때 문득 함성이 진동하더니, 한 떼의 군사들이 짓쳐 오는데 이는 위연이었다. 위연은 진식을 구하여 골짜기 안으로 들어갔다.

그러나 5천 군사들 중에 4, 5백 인마가 부상을 입었다. 배후에서는 위병들이 급히 쫓아오고 있는데, 두경과 장의가 군사들을 이끌고 접응하러 와서야 겨우 위병들이 물러갔다. 진식과 위연 두 사람은 그제서야, 공명의 선견지명이 귀신같다는 것을[6] 믿었으나 후회막급이었다.[7]

이때, 등지는 돌아가 공명을 보고 위연과 진식이 이토록 무례함을 말하니, 공명이 대답하기를

---

5) 좌충우돌(左衝右突) : 동충서돌(東衝西突). 이리저리 닥치는 대로 마구 찌르고 치고받고 함. [桃花扇 修札]「隨機應辯的口頭 **左衝右擋**的膂力」.

6) 선견지명이 귀신같다는 것을[先見如神] : 예견하는 능력이 아주 높음. 「선견지명」(先見之明). [後漢書 楊彪傳]「對日 愧無日磾**先見之明** 猶懷老牛舐犢之愛」.

7) 후회막급이었다[懷悔不及] : 후회해도 미치지 못함. [漢書]「官成名立 如此不去 懼有**後悔**」. [詩經 召南篇 江有汜]「不我以 **其後也悔**」. [史記 張儀傳]「懷手**後悔** 赦張儀 厚禮之如故」.

"위연은 평소부터 반역할 조짐이 있는 인물이외다. 내 저가 늘상 불평의 뜻을 가지고 있음을 알고 있는 터이나, 그 용맹성이 아까워서 기용하고 있는 것이오. 오래지 않아서 반드시 걱정을 일으킬 인물이외다."

하며 막 말하고 있는데, 문득 유성마가 왔다는 보고가 들어왔다. 진식이 4천여 군사들을 잃고, 나머지 4, 5백 명의 인마가 모두 부상을 당한 채 골짜기에 들어가 주둔하고 있다 하였다.

공명은 등지에게 명하여, 다시 기곡에 가서 진식의 마음이 변하지 않도록 위무하라 하였다.

한편으로는 마대와 왕평을 불러서,

"야곡에 만약 위병들이 지키고 있거든, 자네들 두 사람이 본부군을 이끌고 산 고개를 넘어서 밤에는 움직이고 낮에는 숨어 있으면서, 빠르게 기산의 왼편으로 가서 횃불을 들어 신호를 하게."

하고, 또 마충과 장익을 불러서는

"자네들은 또한 산골짜기의 좁은 길을 따라가되, 낮에는 숨고 밤에만 움직여서 곧장 기산의 오른쪽에 가있다가 횃불을 들어 신호로 해서, 마대·왕평 등과 합세하여 같이 조진의 영채를 겁략하게나. 나는 산골짜기에서 3면으로 공격할 것이네. 그리하면 위군을 깨뜨릴 수 있을 것일세."

하였다. 네 사람은 영을 받고 군사들을 이끌고 나갔다.

공명은 또 관흥과 요화를 불러 이리저리 하라 하였다. 두 사람이 비밀한 계책을 받고 군사들을 이끌고 갔다. 공명 자신은 정병을 거느리고 배도해[8] 가다가, 또다시 오반과 오의를 불러서 밀계를 주어 먼저

---

8) **배도(倍道)** : 배도겸행(倍道兼行). 이틀 길을 하루에 가는 것으로 '길을 재촉함'의 뜻. [孫子兵法 軍爭 第七]「是故 卷甲而趨 日夜不處 **倍道兼行** 百里而爭利

군사를 이끌고 가게 하였다.

한편, 조진은 마음속으로 촉군이 오지 않을 것이라고 믿고, 태만하여 군사들에게 영을 내려 쉬게 하였다. 다만, 열흘 동안만 무사하여 사마의를 부끄럽게 해주려는 생각뿐이었다. 그러던 중 어느덧 7일이 되자 홀연 사람이 와서 보고하기를, 골짜기에 몇몇 촉병들이 오가고 있다 하였다.

조진은 부정 진량(秦良)에게 군사 5천을 데리고 가서 초탐하라 하면서, 영을 내려 촉병이 경계 가까이 오게 해서는 안 된다고 하였다. 진량이 명을 받고 군사들을 이끌고 이 산골짜기에 이르러 촉병들이 퇴각하는 것을 보고, 급히 군사들을 이끌고 쫓았다.

그러나 군사들이 5, 60리쯤에 이르렀으나 촉병들이 보이지 않거늘, 마음에 의심이 생겼지만 진량은 군사들에게 말에서 내려 쉬게 하였다.

문득 초마가 와서 보고하기를,

"앞에 촉병의 매복병이 있습니다."

하였다. 진량이 급히 말에 올라서 보니, 산중에 흙먼지가 일어나기에 급히 영을 내려 방비하라 하였다.

얼마 안 되어서 사방에서 함성이 땅을 울리더니, 앞에서는 오반이 나오고 뒤에서는 오의가 군사들을 이끌고 나왔다. 또 배후에서는 관흥과 요화의 병사들이 짓쳐 나왔다. 좌우가 다 산이라 달아날 길이 없었다.

산 위에서는 촉병들이 큰 소리로 말하기를,

"말에서 내려 투항하는 자는 살려주리라."

하니, 위병들이 거의 다 항복하고 진량은 거기서 전사하였는데, 요화

則擒三將軍」. 「배일겸행」(倍日兼行)은 밤낮을 달림의 뜻. [史記 孫子傳]「棄其
步軍 與其輕銳 **倍日兼行** 逐之」.

의 한 칼에 맞아 말 아래에 떨어졌다.

　공명은 항복한 군사들은 후군에 묶어 두고 위군의 갑옷을 촉군 5천여 명에게 입혀 위군으로 분장시켜, 관흥·요화·오반·오의 등 네 명의 장수들이 이끌고 곧장 조진의 영채로 왔다.

　그리고는 먼저 영을 내려 말을 타고 영채에 들어가게 하면서,

　"단지 약간의 촉병이 있었는데 다 급히 가버렸습니다."

하니, 조진이 크게 기뻐하였다.

　홀연 사마도독이 심복을 보내 왔다고 보고하거늘, 조진이 불러들여 저에게 물으니 그 군사가 대답하기를,

　"지금 촉병들이 매복계를 써서 위군 4천여 명을 죽였습니다.9) 사마도독께서 장군에게 알리라 하시면서, 내기에 진 것을 생각지 마시고 마음을 다해 영채를 지키시랍니다."

하니, 조진이 말하기를

　"내 저 군사들 속에는 한 명의 촉병도 없다."

하고는, 마침내 온 사람을 쫓아 보냈다.

　홀연, 진량이 병사들을 이끌고 돌아왔다는 보고가 들어왔다. 조진이 직접 장막에서 나가 저를 영접하려고 거의 영채에 이르렀는데, 군사들이 앞뒤에서 횃불이 일어난다고 보고한다.

　조진이 급히 영채로 돌아와서 보니, 관흥·요화·오반·오의 등 네 명의 장수들이 촉군들을 지휘해서 영채 앞으로 짓쳐 나왔다. 마대와 왕평은 뒤에서 짓쳐 나왔다. 마충과 장익 또한 병사들을 이끌고 짓쳐 나왔다. 위군들은 미쳐 손을 쓸 사이도 없이10) 각자가 도망쳤다.

---

　9) 지금 촉병들이 매복계를 써서 위군 4천여 명을 죽였습니다 : 원문에는 '今蜀兵用埋伏計 殺魏兵四千餘人'으로 되어 있음. 「매복」(埋伏). [中文辭典] 「軍用語 預度敵軍必由之處 而豫置伏兵 或埋藏爆炸物……均稱埋伏」.

여러 장수들이 조진을 보호하고 동쪽을 향해 달아나는데, 촉군들이 뒤에서 급히 쫓아왔다. 조진이 막 달아나고 있는데 홀연, 함성이 크게 들리더니 한 떼의 군사들이 짓쳐 왔다. 조진은 간이 떨어지게 놀랐다.11)

그러면서 저를 보니 사마의였다. 사마의가 한바탕 크게 싸우자 그제서야 촉병들이 물러갔다. 조진은 겨우 살아났으나 부끄러워 몸 둘 곳이 없었다.

사마의가 말하기를,

"제갈량이 기산을 빼앗았으니 우리들은 여기 오래 머물러 있을 수가 없습니다. 우선 위수 가에 가서 영채를 치고 있다가 다시 저들을 도모해야겠습니다."

하거늘, 조진이 묻는다.

"중달께서는 어찌 내가 여기서 대패할 줄 알았소이까?"

하니, 사마의가 권유하기를

"갔던 군사가 와서 보고하는데, 자단께서 촉병이 1명도 없다고 하시더라기에 내가 생각하기를 제갈량이 몰래 와서 영채를 겁략하러 갈 줄 짐작해 이로써 알았습니다. 그러므로 접응하였더니 과연 계책에 빠지셨더이다. 일체 내기에서 진 일은 말씀하지 마시고 함께 나라에 보답하십시다."

하거늘, 조진은 심히 당황하여 심기가 병이 되어 자리에 누워 일어나

---

10) 미쳐 손을 쓸 사이도 없이[措手不及] : 일이 썩 급해서 손을 댈 수가 없음. [論語 子路篇]「禮樂不興 則刑罰不中 刑罰不中 則民無所措手足」.

11) 간이 떨어지게 놀랐다[膽戰心驚] : 간이 떨릴 만큼 놀라다는 뜻으로 '몹시 놀람'의 비유. [宋名臣言行錄]「軍中有一韓 西賊聞之心膽寒 軍中有一范 西賊聞之破膽」. 「담전심척」(膽戰心惕). [王起 轅門射戟枝賦]「觀之者心惕 聞之者膽戰」.

지 못하였다.

위병들은 위수 가에 군사를 주둔시키고 사마의는 군심이 어지러운 것을 알았으나, 감히 조진에게 군사들을 물리자는 말을 못하였다.

한편, 공명은 대군을 몰아 다시 기산으로 진출하였다. 애쓴 군사들을 위로하고 나자, 위연·진식·두경·장의 등 장수들이 장막에 들어와 엎드려서 죄를 청하였다.

공명이 말하기를,

"이번에 군사들을 다 잃고 온 자가 누구요?"

하니, 위연이 대답하기를

"진식은 영을 듣지 않고 골짜기로 잠입하여서 대패하였나이다."

하니, 진식이 변명하기를

"이 일은 위연이 나를 부추기는 말을 한 때문입니다."

하였다.

공명이 말하기를,

"저가 너를 구해 주었거늘 너는 도리어 저를 끌어들이려 하느냐! 장령을 어겼으니 반드시 공교한 말을¹²⁾ 말아라!"

하고, 곧 무사들에게 명하여 진식을 끌어내어 참하게 하고, 얼마 있다가 진식의 목을 장전에 달아 제장들이 보게 하였다.

이때, 공명은 위연을 죽이지 않았는데 이는 저를 살려두었다가 뒤에 쓰려는 때문이었다. 공명은 진식을 참하고 나서 곧 진병에 대해 의논하고 있었는데 홀연 세작이 보고하기를, 조진이 병으로 누워 일

---

12) 공교한 말[巧說] : 「교언영색」(巧言令色). 아첨하느라고 교묘하게 꾸며대는 알랑거리는 태도. [書經 高陶謨]「何畏乎 巧言令色 孔壬」. [論語 學而篇]「子曰 巧言令色 鮮矣仁」.

어나지 못하고 지금 영중에서 치료를 하고 있다 하였다.

　공명이 크게 기뻐하며, 제장들에게 이르기를,

　"만약에 조진의 병이 가볍다면 필시 곧 장안으로 돌아갈 것이오. 지금 위병들이 퇴각하지 않고 있음은 필시 조진의 병이 깊기 때문일 것이외다. 그러므로 군중에 머물면서 군사들의 마음을 안정시키고 있는 것이오. 내가 한 통의 편지를 써서 진량의 항병에게 가지고 가서 조진에게 전하라 하겠소이다. 조진이 만약에 이 편지를 본다면 반드시 죽게 될 것이외다."

하고는, 마침내 항병을 장막에 불러서 묻기를

　"너희들은 다 위군으로 부모와 처자식들이 중원에 있으니, 오래 촉나라에 있고자 하지 않을 것이다. 내 이제 너희들을 놓아주어 집으로 돌아가게 하려는데 어떻게 생각하느냐?"

하니, 여러 군사들이 눈물을 흘리며 배사한다.

　공명이 말하기를,

　"조자단은 나와 약속한 게 있다. 내가 편지 한 통을 줄 터이니 너희들이 가지고 가서 자단에게 주면 필시 중상이 있을 것이다."

라고 하였다.

　그리고는 편지를 주고 본채로 돌아가서 편지를 조진에게 드리게 하였다. 조진은 병든 몸을 일으켜서 편지를 열어 보았다. 편지의 내용은 다음과 같다.

　　한 승상 무향후 제갈량은 편지를 써서 대사마 조자단 앞에 드리노라.

　　무릇 장수들은 가기고 하고 오기도 하며 유(柔)하기도 하고 강(剛)하기도 하며, 나아가기도 하고 물러나기도 하며 약하기도(弱) 하며 강하기도(强) 한 것이다. 산악과도 같이 동하지 않으며 음양과 같이 알기 어려운 것이다. 무궁하기는 천지와 같으며 가득 차 있기는 태창과13) 같은 것이다.

넓고 아득하기가 사해와도 같고 눈이 부시게 빛나기는 삼광과도14) 같은 것이다. 미리 천문의 가뭄과 장마질 것을 알고 먼저 지리의 평강을 알며, 진세의 기회를 살리고 적들의 장단점을 헤아려야 하는 것이다.

슬프다, 너 무식한 후배여!

위로는 하늘의 뜻을 거스르고 찬역의 반적을 품고 낙양에서 제호(帝號)를 일컫게 하고 야곡에서 패하여 달아나고 진창에서 장마를 만났으니, 수중의 어려움 때문에 인마가 기근으로 미쳐 날뛰고 벗어 던진 갑옷과 물건들이 들판에 가득 차 있으며 버려진 칼과 창들이 땅에 가득 차 있구나! 도독은 가슴이 미어지며 간담이 찢어지고, 장군은 쥐새끼처럼 숨고 이리처럼 도망가는구나!

관중의 부로들을 뵐 면목이 없으니, 무슨 낯으로 상부의 청당(廳堂)에 들어가리오. 사관(史官)들은 곧은 붓으로 기록할 것이며 백성들은 여러 입으로 전할 것이다. 중달은 싸움에 임하면 무서워 벌벌 떨고 자단은 소문만 듣고도 벌벌 떤다고 말일세!

내 군사들은 강성하고 말들은 건장하며, 여러 장수들은 범같이 뽐내며 용과 같이 일어나도다! 진천(秦川)을 싹 쓸어버리고 평지로

---

13) 태창(太倉) : 광흥창(廣興倉). 벼슬아치들의 녹봉에 관한 일을 맡아보던 관청. 「太倉」은 정부의 미곡창고임. [史記 平準書]「太倉之粟 陳陳相因 充溢露積 於外」. [三國志 魏志 袁渙傳]「以太倉穀千斛 賜郎中令之家」.

14) 삼광(三光) : 해·달·별. 삼정(三精). [淮南子]「上亂三光之明 下失萬民之心」. [白虎通]「天有三光 日月星 地有三形 高下平 人有三尊 君父師」. [後漢書 光武帝 紀贊]「九縣飆廻 三精霧塞 (注) 三精日月星也」.

만들 것이며, 위국은 쓸어내어 폐허로 만들리라!

조진은 보고 나서, 한의 기운[恨氣]이 가슴을 막아 저녁이 되자 진중에서 죽었다. 사마의는 병거에[15] 실어 낙양으로 보내서 장사지내게 하였다. 위주는 조진이 죽었다는 소식을 듣고, 곧 조서를 내려 사마의에게 출전을 재촉하였다. 사마의는 대군을 거느리고 공명과 교전하러 가기 전에, 먼저 전서를 보냈다.

공명은 제장들에게 이르기를,

"조진이 필시 죽었을 것이다."

하고, 마침내 내일 싸우자고 회답을 해서 사자에게 주어 보냈다. 공명은 그날 밤 강유에게 밀계를 주면서 이리이리 하라 하였다. 또 관흥에게도 이리이리 하라고 분부하였다. 다음 날 공명은 기산의 병사들은 다 일으켜 위수에 이르렀다.

그곳은 일부는 강 한쪽은 산, 그리고 중앙은 평평한 들판으로 싸우기 좋은 장소였다! 양군이 서로 만나서 활을 쏘아 닿는 거리에 진각(陣角)을 세웠다. 북을 세 번 치자,[16] 위군 진중의 문기가 열리는 곳에 사마의가 나서고 여러 장수들이 그 뒤를 따라나왔다.

그러나 공명은 사륜거에 단정히 앉아서 손엔 우선을 흔들고 있었다. 사마의가 말하기를,

"내 주상께서 순임금이 요임금에게 선위한 것을 본받아서, 두 제(帝)를 전하여 중원에 자리잡고 있는 바 너희 촉과 오 두 나라를 용납하시

---

15) 병거(兵車) : 전거(戰車). 전장할 때 쓰는 수레. [禮 曲禮 上]「兵車不式 武車
綏旌 德車結旌」. [論語 憲問]「桓公九合諸候 不以兵車 管仲之力也」.

16) 북을 세 번 치자[三通] : 북을 세 번 침. [後漢書 光武帝紀]「傳吏疑其僞乃椎鼓
數十通」. [李靖 衛公兵法]「日出日沒時 搖鼓一千搥 三百三十三搥爲一通」.

고 계신데, 이는 우리 임금께서 사랑이 넓으시고 인후하셔서 백성들이 고생할까 저어하심이었다. 너는 남양에서 밭 갈던 일개 농부로서 천수를 알지 못하고 침범을 강행하고 있으니, 이치상으로도 마땅히 진멸되어야 할 것이다!

그러나 마음을 살피고 잘못을 고쳐 일찍 돌아감이 마땅할 것이며, 각기 지경을 지키고 정족지세를[17] 이룸으로써, 백성들을 도탄에[18] 빠뜨리지 않을 것이고 너희들도 각자 목숨을 보전할 수 있을 것이다!"

하였다.

공명이 웃으면서 대답하기를,

"나는 선제의 지중하신 당부를[19] 받들었으니, 어찌 마음을 기울이고 힘을 다해서 도적을 토벌하지 않겠느냐? 너희 조씨들은 얼마 되지 않아 한(漢)에서 소멸될 것이다. 또 너의 조부는 다 한나라의 신하가 되어 대대로 녹을 먹었으면서도 그 은혜를 갚을 생각은커녕 도리어 찬역을 도왔으니, 어찌 스스로 부끄럽지도 않느냐?"

하니, 사마의가 부끄러움이 얼굴에 가득하여

"내 너와 한 번 자웅을 겨루리라! 네가 만약에 이긴다면 내 맹세코 대장에서 물러나리라! 네가 만약에 패할 때에는 일찍이 고향으로 돌아가라. 내 너를 해치지는 않으리라."

하였다.

---

17) **정족지세(鼎足之勢)** : 서로 버티고 있는 형국. [史記 淮陰侯傳] 「莫若兩利 而俱存之三分天下 **鼎足**而居」.

18) **도탄(塗炭)** : 「도탄지고」(塗炭之苦). 진구렁이나 숯불과 같은데 빠졌다는 뜻으로 '몹시 고통스러운 지경'을 일컫는 말. [書經 仲虺之誥篇] 「有夏昏德 **民墜塗炭**」 [傳] 「民之危險 若**陷泥墜火** 無救之者」. [後漢書 光武帝紀] 「豪傑憤怒 兆人**塗炭**」.

19) **지중하신 당부(託孤之重)** : 탁고의 지중함. [三國志 蜀志 先主紀] 「先主病篤 **託孤**於丞相亮」. [文選 袁宏 三國名臣序贊] 「把臂**託孤** 惟賢與親」.

공명이 묻기를,

"네가 장수로 싸우고 싶으냐? 아니면 군사로 싸우고 싶으냐? 아니면 진법으로써 싸우고 싶으냐?"

하니, 사마의가 대답하기를

"먼저 진법으로 싸우겠다."

하였다.

공명이 말하기를,

"먼저 진을 펴서 내게 보이거라."

하니, 사마의가 중군의 장막에 들어가서 손에 황기를 잡고 휘두르니, 좌우로 군사들이 움직이더니 한 가지 진을 펼쳐 보였다.

그러더니 다시 말에 올라 출전하여 묻기를,

"너는 내 진을 알겠느냐?"

하거늘, 공명이 웃으며 말하기를,

"내 군사들 중 말장(末將)들도 또한 그런 진을 펼쳐 보일 수 있다! 이것은 '혼원일기진'이다."[20]

하니, 사마의가 말한다.

"네가 진을 펼쳐 나에게 보여라."

하였다.

공명이 진중에 들어가 우선을 잡고 한 번 흔들고는 다시 진을 보이며 말하기를,

"너는 내가 펼친 진을 알겠느냐?"

하니, 사마의가 대답하기를

---

20) 혼원일기진(混元一氣陣) : 천지(우주)가 하나 되는 진법. 「혼원」(混元)은 우주(천지)를 뜻함. [後漢書 班固傳 典引]「外運混元 內浸豪芒 (注) 混元 天地之總名也」. [晉書 孝友傳序]「大矣哉 孝之爲德也 分混元立体」.

"이는 팔괘진인데21) 어찌 모르겠느냐!"

하였다.

공명이 또 말하기를,

"네가 알기는 안다마는 내 진을 파할 수 있느냐?"

하니, 사마의가 말한다.

"이미 알고 있는데 어찌 파하지 못하겠느냐."

하거늘, 공명이 권유하기를

"그렇다면 와서 파해 보거라."

하였다.

사마의가 본진으로 들어가서, 대릉·장호·악침 등 세 장수들을 불러서 분부하기를,

"이제 공명이 포진 한 것은 휴(休)·생(生)·상(傷)·두(杜)·경(景)·사(死)·경(驚)·개(開) 등 8문을 안배한 것이니, 너희 세 사람들은 정동을 따라서 생문으로 쳐들어가서 서남으로 가서 휴문으로 짓쳐 들어갔다가, 다시 정북의 개문으로 짓쳐 들어가라. 그러면 이 진을 깨뜨릴 수 있다. 너희들은 조심 또 조심하라!"

하였다.

이에 대릉은 진중에 있고 장호는 앞에, 악침은 뒤에서 각기 30기를 이끌고 생문으로 쳐 들어갔다. 양 진영에서는 함성을 지르며 위세를 돕는다. 세 장수가 촉진으로 짓쳐 들어가 보니, 마치 진이 성과 같아서 짓쳐 들어갈 수가 없었다.

세 사람들은 당황하여 기병들을 이끌고 진각(陣脚)을 돌아 나가며

---

21) 팔괘진(八卦陣) : 「팔문금쇄진」(八門金鎖陣). 역경(易經)의 팔괘에 따른 진법. [太乙淘金歌 八門所主]「天有八門 以通八風 地有八方 以鎮八卦 仍取紀繩從其年 卽各隨其門 吉凶而行矣」.

서남쪽으로 짓쳐 갔으나, 문득 촉병들이 활을 쏘며 막아서서 뚫고 나갈 수가 없었다. 진은 더욱이 중중첩첩하고 여기 저기 문이어서, 동서남북을 분별할 수가 없었다.

세 장수들은 서로를 볼 수도 없게 되니 함부로 부딪히고 있는데 검은 구름이 가득 끼고 안개가 자욱해지더니, 함성이 이는 곳에서 위군 하나하나가 다 포박당해서 중군으로 압송되고 말았다. 공명은 장막에 앉아 있는데, 좌우가 장호·대릉·악침과 90여 명의 군사들을 다 묶어서 장하에 끌고 왔다.

공명이 웃으면서 말하기를,

"내가 너희들을 잡았다 해서 무엇이 신기할 게 있겠느냐! 내 너희들은 놓아 줄 터이니, 돌아가서 사마의를 보고 저에게 병서를 다시 읽고 전책(戰策)을 더 본 뒤에 그때 다시 와서 자웅을 결정하자 하여라. 그래도 늦지는 않을 것이다. 너희들의 생명을 살려 주었으니 무기와 말은 여기 두고 가거라."

하고, 마침내 여러 군사들의 옷을 벗기고 얼굴에 검은 칠을 한 후 걸어서 진에서 나가게 하였다.

사마의가 이를 보고 크게 노하여 여러 장수들을 돌아보며,

"이같이 예기가 꺾이고서야 무슨 면목으로 중원으로 돌아가 대신들을 보겠느냐!"

하고는, 즉시 삼군을 지휘하여 죽기로 싸워 진을 뺏으려 하였다.

사마의가 칼을 뽑아 손에 들고, 백여 명 날쌘 장수들을 독려하며 짓쳐 나갔다. 양군이 서로 맞닥뜨렸을 때, 홀연 진의 후미에서 고각이 일제히 울리고 함성이 진동하더니 한 떼의 군사들이 서남쪽을 따라 짓쳐 오는데 저는 관흥이었다. 사마의가 후군을 나누어 저들을 막게 하고, 다시 군사들을 독려하며 앞을 향해 짓쳐 나갔다. 그때 갑자기

위병들이 큰 혼란에 빠지게 되었다.

원래 강유가 한 떼의 군사들을 이끌고 몰래 짓쳐 나왔던 것이다. 촉병들이 세 곳에서 협공해 오자 사마의는 크게 놀라며 급히 퇴군하였다. 촉병들이 위병들을 에워싸며 들이쳐 오자 사마의는 삼군을 이끌고 남쪽으로 죽기로써 뚫고 나가는데, 위군들은 열 명 중 예닐곱은 다 부상을 입었다. 사마의는 군사를 물려 위수가의 남쪽 해안에 영채를 세우고, 굳게 지키며 좀체 나오지 않았다.

공명이 승리한 군사들을 거두어 기산으로 돌아갔을 때, 영안성의 이엄이 도위 구안(苟安)으로 하여금 수송케 한 군량이 이르러서 군중에 교부하고 있었다. 구안은 술을 좋아해서 군량 수송을 태만히 하여 기한을 열흘이나 넘겼다.

공명은 크게 노하여 묻기를,

"우리 군중에서는 군량 수송을 대사로 삼고 있어서, 사흘을 어기면 곧 참형에 처한다! 네가 열흘을 늦게 왔으니 무슨 말이 또 있겠느냐?"
하고 영을 내려 저를 끌어내어 참하라 하였다.

장사 양의가 말하기를,

"구안은 이엄의 수하이고 또 전량의 대부분이 서천에서 나오는데, 만약에 이 사람을 죽인다면 뒤에 누가 감히 군량을 수송하겠습니까."
하거늘, 공명이 이에 무사들에게 저의 결박을 풀어주게 하고 장 80도만 쳐서 놓아 주게 하였다.

구안은 꾸짖음을 당한 후 심중에 한을 품고, 밤을 도와 친히 심복 5, 6기를 데리고 위의 영채로 가서 투항하였다. 사마의가 불러들이니, 구안이 그동안 있던 일을 자세히 고하였다.

사마의가 말하기를,

"비록 그러하나 공명은 지모가 많은 인물이니 네 말을 믿기 어렵구

나. 네가 나를 위해 큰 일을 해준다면, 내 그때 가서 천자께 표주하여 너를 상장군에 보임해 주겠다."

하니, 구안이 나서며 말한다.

"걱정되는 일이 있으시면, 제가 그 일을 맡겠습니다."

한다.

사마의가 말하기를,

"네가 성도에 들어가서 말을 퍼뜨리되, '공명이 후주를 원망하는 뜻이 있어 머지않아 칭제(稱帝)를 할 것이다'라고 해라. 너희 주군이 공명을 불러들이기만 한다면, 이것이 너의 공이 될 것이다."

하거늘, 구안이 허락하고 곧 성도로 돌아가 환관들을 보고 말을 퍼뜨렸다. 공명이 스스로 세운 공에 의지해서 조만간에 나라를 찬탈할 것이라 하였다. 환관들이 듣고는 크게 놀라서, 곧 궁중에 들어가 후주께 이 일을 자세히 말하였다.

후주가 놀랍고 의아해 하며,

"일이 이와 같다면 어찌할꼬?"

하니, 환관들이 말하기를

"빨리 성도로 불러들여 저에게서 병권을 빼앗고 반역이 일어나지 않게 하옵소서."

하였다.

후주가 조서를 내려 당장에 공명에게 회군하라 하거늘, 장완이 반열에서 나와 묻기를

"승상은 직접 군사들을 이끌고 나간 이후에 여러 차례 큰 공을 세웠는데, 무슨 까닭으로 돌아오라 하시나이까?"

하니, 후주께서 말하기를

"나에게 긴밀한 일이 있어서 반드시 승상과 상의해야만 하오."

하고, 곧 사신을 시켜서 밤을 도와 공명에게 가서 돌아오라 하였다. 사신은 명을 가지고 곧 기산의 영채에 이르니 공명이 맞아들였다.

공명은 조서를 읽고 나서, 하늘을 우러러 탄식하며

"주상께서 나이 어리시고 필시 간사한 신하들이 곁에 있구나! 내 마침 공을 세우려는데 무엇 때문에 돌아오라 하시는가? 내가 돌아가지 않으면 이는 주군을 속이는 것이고, 만약에 명을 받고 회군한다면 이후에는 다시 이런 기회는 없을 것이다."

한다.

강유가 묻기를,

"만약에 대군을 퇴각시킨다면 사마의가 그 틈을 타서 엄살해 올 터인데, 그때는 어찌하시겠습니까?"

한다.

공명이 대답하기를,

"내 이제 퇴군할 때에는 군사들을 다섯으로 나눠서 갈 것이오. 오늘은 먼저 본영을 물러가게 하겠소이다. 가령 영내의 병사가 1천 명이면 부뚜막을 2천 개 만들고, 오늘 3천 개를 만들면 내일은 4천 개를 쌓을 것이외다. 매일 퇴군하면서 부뚜막의 수효를 늘려갈 것이오."

하니, 양의가 묻기를

"옛날 손빈(孫臏)이 방연(龐涓)을 사로잡은 때에, 군사들은 늘리고 부뚜막의 숫자는 줄이는 방법을22) 썼는데 승상께서 퇴병하시면서 어찌

---

22) 군사들은 늘리고 부뚜막의 숫자는 줄이는 방법[添兵減竈之法] : 제(齊)나라 손빈의 기책(奇策). 적에게 기만책으로 매일 '군사의 수는 늘리되 부뚜막의 수를 줄이는 계책.' [史記 孫武吳起傳]「魏伐韓韓請救於齊 涓去韓而歸 臏使齊軍 入 魏地者爲十萬竈 明日爲五萬竈 又明日爲二萬竈 涓大喜日 我固知齊軍怯 入吾 地三日 士卒亡者過半矣 乃倍日并行逐之」. [梁簡文帝 泛舟橫大江詩]「**減竈驅前** 馬 銜枚進後兵」.

해서 부뚜막의 수효를 늘리려 하십니까?"

하거늘, 공명이 대답하기를

"사마의는 용병에 능한 인물이오. 내가 퇴병하는 줄 알면 반드시 급히 추격해 올 것이외다. 그러면서도 내가 복병을 깔아두었을까 의심하고 옛 영채의 부뚜막의 수를 세어 볼 것이다. 매일 부뚜막의 숫자가 느는 것을 보고 군사들 또한 퇴각하는지 안 하는지 모르게 되면, 의심하면서도 감히 추격해 오지 못할 것이오. 내가 서서히 회군하면 병사들을 잃을 걱정은 없으리라."

하고, 마침내 영을 내려 퇴군하게 하였다.

한편, 사마의는 구안이 계획대로 행하였으라 하고 촉병들이 퇴각하기를 기다렸다가 일제히 엄살하려 하였다. 그러나 주저하고 있는데, 문득 촉병들의 영채가 비어 있고 인마들이 다 떠났다는 보고가 들어왔다.

사마의는 공명은 지모가 많은 인물이라 생각하고는 감히 가벼이 추격하지 못하고, 직접 백여 기만을 이끌고 먼저 가서 촉병들의 영채 안을 보고 군사들에게 부뚜막의 수효를 헤아려 보라 이르고 영채로 돌아왔다. 다음 날, 또 군사들에게 급히 다음 영채에 가서 부뚜막의 수를 살피게 하였다.

돌아와서 보고하기를,

"저들의 영채 안의 부뚜막은 전에 비해 한 배가 늘어났습니다."

하였다.

사마의가 제장들에게 이르기를,

"내 생각대로 공명은 지모가 많은 사람이외다. 지금까지 살펴본 결과 군사들이 수를 늘리고 부뚜막을 더 쌓아서 우리가 만약에 저들을 추격하면, 반드시 저의 계책 중에 들게 될 것이오. 저들을 추격하지 않는 것이 좋겠소. 다시 좋은 계책을 세워 저들을 도모해야겠소이다."
하고, 이에 군사들을 돌려 추격하지 않았다. 공명은 군사 한 사람도
잃지 않고 성도를 향해 퇴각하였다.

그 후 서천의 토인들이 와서 사마의에게 보고하기를,

"공명이 퇴병할 때 군사들을 늘리는 것을 보지 못했으나, 부뚜막을
더 쌓는 것을 보았나이다."
하고, 말했다.

사마의는 하늘을 우러러 길게 탄식하며,

"공명은 우후를 본받아23) 나를 속였도다! 그의 지모는 내가 따를
수 없구나!"
하고, 마침내 대군을 이끌고 낙양으로 돌아갔다.

이에,

　　바둑에서 적수를 만나면 이기기 어렵거니
　　훌륭한 인물을 만났는데 어찌 교만하리오.
　　　棋逢敵手難相勝
　　　將遇良才不敢驕.

공명이 성도로 돌아가 어찌 되었는지는 알 수가 없다. 하회를 보라.

---

23) **우후를 본받아[效虞詡之法]** : 후한(後漢) 때 무도태자(武都太子)가 사용했던
계책을 본받음. 우후가 강족(羌族)들과 진창에서 싸울 때 기곡에서 길을 차단
당하자, 매일 '부뚜막을 늘리는 계책'을 써서 상대를 혼란에 빠뜨려 추격하지
못하게 하고 끝내 적을 깨뜨렸던 계책을 썼음. [中國人名]「漢 經孫 字升卿 年
十二 通尙書……及到官 募求壯士 殺賊數百人 大有治聲 遷武都太守 **增竈進兵** 大
破羌人……遭譴考 性終不出」.

제101회

제갈량은 농상으로 나가 귀신 놀음을 하고
장합은 검각으로 달려가다가 계책에 빠지다.
　　出隴上諸葛妝神
　　奔劍閣張郃中計.

　한편, 공명은 '감병첨조지법'을[1] 써서 무사히 한중으로 퇴각하였
다. 사마의는 공명이 매복을 하였는가 저어하여 감히 급히 추격하지
못하고, 또한 군사들을 수습해 장안으로 돌아갔다. 이 일로 인해 촉병
들은 군사를 한 사람도 잃지 않았다. 공명은 삼군을 크게 포상한 다음
성도로 돌아가 후주를 뵈러 입궐하였다.

　그리고 아뢰기를,

　"노신이 기산에 출사하여 장안을 깨뜨리려 하였으나, 갑자기 폐하
께서 돌아오라는 조서를 내렸습니다. 무슨 큰 일이 있사온지 알 수가
없나이다."

하니, 후주는 대답할 말이 없었다.

　한참 있다가 말하기를,

---

1) 감병첨조지법(減兵添竈之法) : 병사의 수를 줄이되 부뚜막의 수를 늘리는 전
법. 〔史記 孫武吳起傳〕「魏伐韓韓請救於齊 涓去韓而歸 臏使齊軍入 魏地者爲十萬
竈 明日爲五萬竈 又明日爲二萬竈 涓大喜曰 我固知齊軍怯 入吾地三日 士卒亡者
過半矣 乃倍日并行逐之」. 〔梁閘文帝 泛舟橫大江詩〕「**減竈**驅前馬 銜枚進後兵」.

"짐이 오랫동안 승상의 얼굴을 뵙지 못해 마음에 생각하는 정이 깊어서, 특히 조서를 내려 돌아오라 한 것이오. 특별히 일이 있는 것은 아니외다."

하였다.

공명이 대답하기를,

"이 말씀은 폐하의 본심이 아닙니다. 반드시 간신들이 제가 딴 생각을 가지고 있다는 참소의 말을 하였을 것이옵나이다."

하니, 후주가 들으시고 아무 말이 없었다.

공명이 다시 아뢰기를,

"노신은 선제의 두터운 은혜를 입삽고 죽음으로써 그에 보답하려는 마음뿐입니다. 이제 만약에 내부에 간사한 무리들이 있다면, 신이 어찌 능히 적을 토벌할 수 있겠나이까?"

하거늘, 후주께서 말한다.

"짐이 환관들의 잘못된 말만 듣고 일시 승상을 불러들였소. 오늘 모든 것을 깨닫고 보니2) 후회막급이외다."

하였다.

공명은 마침내 여러 환관들을 불러 추궁하고3) 나서야, 비로소 이것이 구안이 말을 퍼뜨린 것을 알았다. 급히 저를 체포하라 하였으나 이미 위국으로 달아나 버린 후였다. 공명은 또 망령되이 후주에게 상

---

2) 모든 것을 깨닫고 보니[茅塞方開] : 욕심 때문에 흐려진 마음이 바야흐로 열림. 「모색」은 '띠가 길게 깔려 있는 것처럼 욕심 때문에 마음이 흐려져 있음'의 뜻임. [孟子 盡心篇 下]「孟子謂高子曰 山徑之蹊間 介然用之而成路 爲間不用則**茅塞**之矣 今**茅塞**子之心矣」. (集註) 茅塞 茅草生而塞之也 言理義之心 不可少間斷也」.

3) 추궁[究問] : 물음(拘問). 신문(訊問). 추궁(追窮)함. [北史 尒朱敞傳]「彦伯之誅 敞小隨母養於宮中……比**究問**知非 會日已暮 由是免」.

주한 환관을 죽이고 나머지들을 모두 궁중에서 쫓아내었다.

그리고 장완과 비위 등에게는 간사한 무리들을 밝혀내지 못하고, 임금에게 주달한 일에 대해 엄중하게 문책하였다. 두 사람 다 유유복죄하였다.4) 공명은 후주에게 배사하고 다시 한중에 이르러, 한편으로는 격문을 발하여 이엄에게 양초를 거두어 군사들이 주둔하고 있는 데까지 운반하게 하였고, 또 한편으로는 다시 출사에 대해 의논하였다.

양의가 대답한다.

"전에도 여러 차례 병사들을 일으켜 군사력이 피폐되었고, 양곡 또한 댈 수가 없게 되었습니다. 지금은 군사들을 두 길로 나누어서, 석달 기한을 정해서 쉬게 하는 게 좋겠습니다. 또 20만의 병사들 중 10만을 기산으로 진병시켜서 석 달 동안 머물게 하였다가, 다른 10만과 교체하도록 해서 서로 순환하게 하시지요.

만약에 이런 방법으로 한다면 병력은 끊어지지 않을 것입니다. 그런 뒤에 천천히 진병한다면 중원의 도모가 가능할 것입니다."

하거늘, 공명이 말하기를

"그 말이 내 생각과 아주 같소이. 내가 중원을 정벌하려 하되 하루 아침에 이뤄지지 않을 것이니,5) 마땅히 장구한 계책 하에 이루고자 하오이다."

하고는 마침내 영을 내려, 군사들을 둘로 나누어서 일백 일 기한으로

---

4) 유유복죄(唯唯服罪) : '예예'하며 자신의 죄를 인정함. 「유유」. [戰國策 秦策三]「范雎曰 **唯唯**有閒 秦王復請 范雎曰 **唯唯** 若是者三」. [韓詩外傳 四]「言乎將毋 周公**唯唯**」.

5) 하루 아침에 이뤄지지 않을 것이니[一早一夕之事] : 하루 아침이나 저녁과 같은 아주 짧은 시일. [易經 坤]「文言曰 臣弑其君 子弑其父 非**一朝一夕之故** 其所由來者漸矣」. [史記 太史公自序]「故曰 臣弑君 子弑父 非**一旦一夕之故也** 其漸久矣」.

서로 순환하게 하였다. 그리고 이를 어기는 자는 군법으로 다스릴 것이라고 하였다.

건흥 9년 봄 2월, 공명은 다시 위나라를 치기 위해 출사하였다. 때는 위 태화 5년이었다. 위국의 조예는 공명이 또 중원을 깨뜨리기 위해 정벌에 나섰다는 소식을 듣고, 급히 사마의를 불러 의논하였다.

사마의가 말하기를,

"자단이 이미 죽었사오니, 원컨대 신 혼자의 힘으로 적을 소멸하여 폐하의 은혜에 보답하겠나이다."

하였다. 조예가 크게 기뻐하며 잔치 자리를 마련하여 대접하였다.

다음 날, 사람이 와서 촉병들이 쳐들어온다고 보고하였다. 조예는 곧 사마의에게 명하여 출사하여 방어하라 하였다. 그리고 친히 난가를 타고 성 밖까지 나가서 전송하였다. 사마의는 위주에게 인사를 하고 곧 장안에 이르러서, 제로의 인마들을 다 모아 촉병을 깨뜨릴 계책을 논의하였다.

그때 장합이 말하기를,

"내가 일군을 이끌고 옹성과 미성으로 가서 촉병들을 막겠나이다."

하거늘, 사마의가 대답하기를

"우리의 전군만으로는 제갈량의 무리들을 당해낼 수 없고, 그렇다고 군사들을 전후로 막아서는 승산이 없소. 병사들을 남겨서 상규를 지키게 하고, 남은 군사들로 하여금 기산으로 가게 하는 게 좋겠소이다. 공이 선봉이 되는 게 어떻소이까?"

하니, 장합이 크게 기뻐하며

"내 평소부터 충의를 품어 왔고 마음을 다해 보국하고자 했으나, 애석하게도 지기를 만나지 못하였습니다. 이제 도독께서 저에게 중임을 맡겨주시니, 비록 만 번 죽는다 해도 사양하지 않겠습니다."

하였다.

이에, 사마의는 장합에게 명하여 선봉을 삼아 대군을 이끌게 하고, 또 곽회에게는 농서의 여러 군을 지키라 하였다. 그리고 그 나머지 장수들은 각 길에 나누어 진발하게 하였다.

전군의 초마가 보고하기를,

"공명이 대군을 이끌고 기산을 바라고 진발하였는데, 전부 선봉 왕평과 장의 등이 지름길로 진창과 검각을6) 지나서 산관을 경유하여 야곡을 향해 옵니다."

하였다.

사마의가 장합에게 이르기를,

"지금 공명이 대군을 몰아 온다 하니, 반드시 농서의 보리를 베어 군량으로 삼으려는 게 틀림없소. 자네가 영채를 세우고 기산을 지키시오. 나는 곽회와 같이 천수 제군들을 순찰하면서, 적들이 그곳의 보리를 베는 것을 막겠소."

하거늘, 장합이 군사들을 영솔해, 마침내 4만의 병사들로 기산을 지키기로 하였다. 사마의는 대군을 이끌고 농서를 바라고 떠났다.

한편, 공명의 병사들은 기산에 이르러 안전하게 영채를 다 세웠다.

위수 가에서 위군이 방비하고 있는 것을 보고, 이에 제장들을 돌아보며 말하기를

"이는 틀림없이 사마의일 것이다. 곧 영채에 군량이 바닥날 것이라,

---

6) **검각(劍閣)** : 지금의 사천성 검각현 북쪽 대검산·소검산의 사이에 있는 곳. 여기서 잔도가 시작되는데 공중에 비각(飛閣)을 가설하여 사람이 다닐 수 있게 되었다 하며, 검문각(劍門閣)이라고도 함. [晉書 地里志]「梓潼郡 蜀直統縣 梓潼涪城 武連黃安 漢德晋壽 **劍閣**」. [水經漾水注]「**小劍**戌北西去**大劍**三十里 連山絕險 飛閣通衢 故謂之**劍閣**」.

계속 이엄에게 사람을 보내 쌀을 보내라고 독촉했으나 아직껏 오지 않고 있소이다. 내 생각에 농서에는 지금쯤 보리가 익었을 터이니, 몰래 병사들을 데리고 가서 보리를 베어 올 수 있을 것이오."

하고, 왕평과 장의·오반·오의 등 네 장수들에게 기산의 영채를 지키라 하고, 공명은 직접 강유·위연 등 제장들과 같이 노성(鹵城)으로 갔다. 노성태수는 평소부터 공명을 아는 터라 황망히 성문을 열어 나가 항복하였다.

공명은 저를 위무한 후에 묻기를,

"이때쯤 어느 곳의 보리가 익었소이까?"

하니, 태수가 대답하기를

"농상의 보리가 다 익었습니다."

하였다. 이에 공명은 장익과 마충 등에게 노성을 지키게 하고, 직접 제장들과 함께 병사들을 이끌고 농상을 바라고 갔다.

전군에서 보고하기를,

"사마의가 병사들을 이끌고 여기 와 있습니다."

하였다.

공명이 놀라며 말하기를,

"이 사람이 우리가 보리를 베러 올 것을 예상하고 있구나!"

하고, 즉시 목욕재계한 후 옷을 갈아 입고 같은 사륜거 세 채를 밀어 내오게 하고는, 수레 위에 모두가 같은 모양의 옷을 입게 하였다. 이 수레는 공명이 촉에 있을 때에 미리 꾸며 놓은 것이었다. 강유에게 명하여 1천의 군사들로 수레를 호위하게 하고, 5백의 군사들이 북을 치며 상규 뒤에서 매복해 있게 하였다.

또 마대를 왼쪽에, 위연을 오른쪽에 있게 해서 각기 1천 군을 이끌고 수레를 하나씩 호위하게 하고, 5백여 군사들은 북을 치게 하였다.

각 수레 하나에 24명, 검은 옷을 입고 발을 벗고 머리를 풀어트리고 칼을 잡고, 다른 한 손에는 칠성조번을[7] 들고 좌우에서 수레를 밀게 하였다. 세 사람이 각각 명을 받고 병사들을 이끌고 수레를 밀며 갔다. 공명은 또 3만 군에게 영을 내려 각자가 낫과 칼, 새끼 등을 가지고 보리를 베러 나서게 하였다.

그리고 24명의 장사들을 뽑아서 각기 검은 옷을 입고 머리를 풀어흐트러뜨리고, 발을 벗게 하고 칼을 잡고서 사륜거를 옹위하며 추거사자를[8] 삼았다. 또 관흥에게 명하여 천봉원수[9] 모양으로 꾸미되, 손에 '칠성조번'을 들고 수레 앞에 가게 하였다. 공명은 수레 위에 단정하니 앉아서 위나라의 영채를 바라보며 나아갔다. 초탐 나갔던 군사들이 크게 놀라서, 그게 사람인지 귀신인지 알 수가 없어 급히 사마의에게 보고하였다.

사마의는 직접 영채에서 나가 보았다. 공명은 갓을 쓰고 학창의를[10] 두르고 손에는 우선을 든 채 사륜거 위에 단정하게 앉아 있는데, 좌우에서 스물 네 사람이 머리를 풀어트리고 칼을 잡고 있었다. 앞면의 한 사람은 손에 검은 깃발을 들었는데, 그 은은함이 흡사 천신

---

7) 칠성조번(七星皁旛): 북두칠성을 그려 놓은 기. 「조개」(皁蓋)는 검은 비단의 천으로 친 마차 위에 세운 일산(日傘). [後漢書 輿服志]「中二千石 二千石 皆**皁蓋**朱兩幡」. [白居易 送李滁州詩]「白衣臥病嵩山下 **皁蓋**行春楚水東」.

8) 추거사자(推車使者): 수레 미는 귀신. '사자'는 사람이 죽으면 그 넋을 저승으로 잡아가는 일을 맡았다는 저승의 귀신. [左氏 成 二]「苟有險 余必**推車**」. [易林]「**推車**上山 高仰重難」.

9) 천봉원수[天蓬之帥]: 고대 전설에 나오는 「천신」(天神). [史記 殷紀]「謂之 **天神**」.

10) 학창의(鶴氅衣): 도포(道袍). 학의 털로 만든 웃옷. [晉書 王恭傳]「王恭 字孝伯 大原晉陽人⋯⋯嘗被**鶴氅裘** 涉雪而行 孟昶窺見曰 神仙中人也」. [晉書 謝萬傳]「萬著白綸巾**鶴氅裘** 履版而前 旣見與帝 共談終日」.

과도 같았다.

　사마의가 말하기를,

　"저 공명이 또 괴이한 일을 꾸미려는구나!"

하고는, 마침내 2천 인마를 불러 당부하기를

　"너희들은 빨리 가서 수레째 사람들을 다 잡아 오너라!"

하였다. 위병들이 영을 거느리고 일제히 급히 쫓아갔다.

　공명은 위병들이 쫓아오자 곧 수레를 돌리게 하고, 멀리 촉의 영채를 바라고 천천히 갔다. 위병들이 다 말을 몰아 급히 쫓아오는데, 음산한 바람이 솔솔 불며 차가운 안개가 천천히 끼었다. 위병들은 힘을 다해 달려 1마정이나 쫓아갔으나 따를 수가 없었다.

　모두가 크게 놀라서 말고삐를 잡아 세우며,

　"이상하다! 우리가 급히 30여 리나 쫓았는데, 끝내 따라갈 수가 없으니 이게 어찌 된 일인가?"

하거늘, 공명은 위병들이 쫓지 않는 것을 보고, 또 영을 내려 수레를 밀고 지나가게 하며 위병들 앞에서 쉬게 하였다.

　위병들은 오히려 한참 있다가 말을 타고 급히 쫓았다. 공명은 수레를 돌려 천천히 가게 하였다. 위병들은 또 20여 리나 쫓아갔으나 앞에 보이는데도 따라잡을 수가 없어서, 다 얼이 빠져 있었다. 공명은 수레를 돌리라 명하고 위군 앞에 섰다가, 위군을 만나자 수레를 뒤로 밀게 하였다.

　위병들은 또 추격하려는데 뒤에서 사마의가 일군을 이끌고 와,

　"공명은 팔문둔갑법을11) 잘 쓰고 육정육갑지신을12) 잘 부리는 인

---

11) **팔문둔갑법(八門遁甲法)** : 기문둔갑(奇門遁甲). '둔갑'은 술법을 써서 마름대로 제 몸을 감추거나 다른 것으로 변하게 함을 뜻함. 여기서는 '군사동향의 승패와 길흉을 미리 알아서 조치를 취함'의 뜻임. [後漢書 方術前注]「**奇門**推六

물이니, 이는 육갑천서 속에 있는 축지법이라!13) 군사들은 저를 추격하지 말아라."

하니, 여러 군사들이 바야흐로 말을 돌리려 할 때에, 왼편에서 전고소리가 크게 울리더니 한 떼의 군마가 짓쳐 나왔다. 사마의가 명하여저들과 싸우게 하는데, 촉병들 속에서 24인이 보이고 머리를 풀어 헤뜨리고 손에는 칼을 잡고 있었다. 발은 모두 벗어 맨발인데다가 한대의 사륜거를 에워싸고 나왔다. 그 위에는 공명이 단정하게 앉아 있는데, 관을 쓰고 학창의를 둘렀으며 손에 있는 우선을 흔들고 있었다.

사마의가 크게 놀라며 말하기를,

"방금 저 수레에 있는 공명을 급히 50여 리나 쫓았거늘 따라잡히지 않더니, 저 수레 속에 또 공명이 있다니? 이상한 일이다! 이상한 일이로다!"

하고 말을 마치기도 전에, 오른편에서 또 전고가 울리고 한 떼의 군사들이 짓쳐 나왔다. 사륜거 위에는 또 한 사람의 공명이 앉아 있고 좌우에서 또 24인이 검은 옷을 입고 발은 벗었으며, 머리는 풀어 흐트러뜨리고 칼을 손에 잡고 사륜거를 호위하며 나온다.

사마의는 내심 크게 의아해 하고, 여러 장수들을 돌아보며

"이는 필시 신병(神兵)이로다!"

甲之陰而隱遁也 今書七志有**奇門經**」. [奇門遁甲 煙波釣叟歌句解上]「因命風后演成文 **遁甲奇門**從此始」.

12) 육정육갑지신(六丁六甲之神) : 둔갑술을 할 때에 부르는 신장(神將)의 이름. '육갑'은 천신(天神)의 이름인데 '바람을 내리게 하는 귀신을 관리했다'고 함. [黃庭經]「役使**六丁**神女謁」. [後漢書 梁節王暢傳]「言能使**六丁**善占夢 (注) 六丁 謂**六甲**中丁神也」.

13) 축지법(縮地法) : 축지를 하는 술법. 「축지」는 도술로 지맥을 줄여 먼 거리를 가깝게 하는 일을 이름. 「축지맥」(縮地脈). [神仙傳]「費長房遇壺公 有神術 能**縮地脈** 千里聚在目前 宛然放之復舒如舊」.

하였다. 군사들이 모두 큰 혼란에 빠져 각자 흩어져 달아났다.

한참 달아나고 있을 때, 홀연 북소리가 진동하더니 또 한 떼의 군사들이 짓쳐 왔다. 앞에서 한 대의 사륜거가 오는데 공명이 그 위에 단정히 앉아 있고, 좌우와 전후에 추거사자가 있는데 앞에서 본 것과 꼭 같았다. 위병들은 놀라지 않는 자가 없었다.

사마의는 이것이 사람인지 귀신인지 알지 못하고, 또 촉병들의 그 수가 얼마나 되는지를 알 수 없어서 더욱 놀랍고 두려워했다. 그래서 급히 군사들을 이끌고 달아나 상규로 들어가 문을 닫고 나오지 않았다.

이때, 공명은 곧 영을 내려 3만의 정예병들이 농상의 보리를 다 베어 버렸다. 그리고는 이를 노성으로 운반하여 햇볕에 말리게 하였다. 사마의는 상규의 성중에 있으면서 3일 동안을 꼼짝 못하고 성에만 갇혀 있다가, 촉병들이 물러간 것을 보고 겨우 군사들을 시켜 초탐하게 하였다. 길에서 촉병 한 사람을 붙잡아 사마의에게 데리고 갔다.

사마의가 촉병에게 물으니, 그 병사가 대답하기를

"저는 보리를 베는 일을 맡았는데 말이 달아나서 잡혀온 것뿐입니다."

하거늘, 사마의가 묻기를

"앞에 보였던 그 것은 대체 어찌된 신병이냐?"

하니, 그 병사가 대답하기를

"3로의 복병들은 다 공명이 아니옵고 강유와 마대, 그리고 위연장군입니다. 각 길마다 수레를 호위하는 군사들이 천 명씩 있고, 북을 치는 군사가 5백입니다. 단지 제일 먼저 와서 유인하던 수레 위에 있던 사람만이 공명이었습니다."

하니, 사마의가 하늘을 우러러 길게 탄식하며

"공명이야말로 신출귀몰하는 계교가 있구나!"

하였다. 바로 그때 부도독 곽회가 들어와 뵙자 하였다.

사마의가 저를 들여 인사가 끝나자, 곽회가 대답한다.

"제가 듣기에 촉병은 많지 않으며 노성에서 보리를 베고 있다 하니, 저들을 공격할 수 있을 것입니다."

하거늘, 사마의가 앞서 있었던 일들을 자세히 말하였다.

곽회가 웃으면서 말하기를,

"속임수는 지나갔고 이제 우리가 다 알았으니, 더 말할 게 있습니까? 내 일군을 이끌고 가서 저들의 후미를 공격할 것이니, 장군께서는 앞을 공격한다면 노성을 빼앗고 공명을 사로잡을 수 있을 것입니다."

하거늘, 사마의가 그 말을 따라 드디어 군사들을 둘로 나누어 나섰다.

한편, 공명은 군사들을 이끌고 노성에서 보리를 말리고 있다가, 문득 제장들에게 영을 내려

"오늘 밤에 적들이 반드시 공격해 올 것이다. 내 생각에는 노성 동서의 보리밭 안에다 복병을 놓는 것이 좋겠는데, 누가 나를 위하여 가겠소?"

하니, 강유·위연·마충·마대 네 장수가 나서며,

"저희들이 가겠습니다."

하거늘, 공명이 크게 기뻐하며 강유와 위연에게 각각 2천의 군사를 주어 동남과 서북 양쪽에 복병하라 하였다. 마대와 마충은 각기 2천의 군사들을 이끌고 서남과 동북 두 곳에 복병하게 하였다.

그러면서 말하기를,

"방포 소리를 듣거든 사방에서 한꺼번에 공격하시오."

하거늘, 네 명의 장수들이 계책을 받고 군사들을 이끌고 떠났다.

공명 자신이 백여 명에게 각각 화포를 가지고 성을 나서서, 보리밭 안에 매복하고 기다리고 있었다. 한편, 사마의는 군사들을 이끌고 곧

노성 아래 이르렀는데, 벌써 어두워졌다.

이에 제장들에게 말하기를,

"만약 낮에 진병하면 성중에서 필시 준비를 하고 있을 터이니, 밤을 틈타서 저들은 공격합시다. 이곳은 성이 낮고 해자가 깊지 않으니 곧 깨뜨릴 수 있을 것이외다."

하고, 성 밖에 군사들을 주둔하게 했다. 초경 시분에 곽회가 또한 군사들을 이끌고 도착하였다. 두 군사들이 성 아래에서 합세하고 나서 북을 치며, 노성의 주위를 마치 철통처럼 에워쌌다.

성 위에서는 수많은 쇠뇌와 화살을 쏘아 화살과 돌들이 비 오듯했다. 위병들이 전진하지 못하고 있는 사이에, 홀연 위군 속에서 신호포 소리가 연달아 일어나자 삼군이 크게 놀랐다.

또 어디에서 병사들이 오는지를 도통 알 수가 없었다. 곽회는 군사들에게 보리밭을 수색하게 하였는데, 이때 불길이 하늘로 치솟으며 함성이 크게 울리고, 사방에서 촉병들이 일제히 짓쳐왔다. 노성의 4대 문이 활짝 열리더니 성내의 병사들이 짓쳐 나왔다. 안에서 호응하고 밖으로부터 합세해서 일진이 크게 짓쳐 나와, 위병들을 무수히 죽었다.

사마의는 패병들을 이끌고 죽기로 싸워서 겹겹의 에움을 뚫고 산머리에 머물렀다. 곽회 또한 패병들을 데리고 산 뒤쪽으로 달아나 군사들을 주둔시켰다. 공명은 입성하여 4명의 장수들에게 각기 성곽의 네 모서리에 안전하게 영채를 치게 하였다.

곽회가 사마의에게 보고하기를,

"이제 촉병들과 오래도록 대치하였지만 퇴군할 방책이 없습니다. 지금 또 한 진이 패하여 3천여 명을 잃었습니다. 만약에 일찍 도망하지 않으면 점점 더 군사를 물리기 어려울 것입니다."

하거늘, 사마의가 묻기를

"그러니 어찌하면 좋겠소?"

하니, 곽회가 대답하기를

"격문을 옹주와 양주에 보내서 함께 적을 토벌하자 하시지요. 제가 군사들을 이끌고 검각을 급습해 저들의 귀로를 차단하고 저들이 양곡을 운반할 수 없게 한다면, 저들은 모두가 당황해서 혼란에 빠질 것입니다. 우리가 그때를 타서 공격한다면 깨뜨릴 수 있습니다."

하였다. 사마의가 그 말에 따라 곧 격문을 써서, 밤을 도와 옹주·양주로 가서 인마를 조발해 오게 하였다.

하루가 못되어 대장 손예가 군마를 조발하여 도착하였다. 사마의는 곧 손예에게 명하여 곽회와 만나기로 약속하고, 검각을 기습하러 가라고 했다.

한편, 공명은 노성에 있으면서 여러 날 서로 대치하고 있었다.

그러나 위병들이 싸우러 나오지 아니하자, 이에 강유와 마대를 불러 입성하게 하고 말하기를,

"이제 위병이 산의 험준한 곳을 지키면서 나와 싸우려 하지 않고 있다. 그 이유는 첫째 우리가 보리를 다 먹으면 군량이 떨어지기를 기다리는 것이며, 둘째로는 군사들에게 검각을 급습하게 해서 우리들의 양도를 끊으려는 것이다. 자네 두 사람은 각기 군사 1만씩을 이끌고 먼저 가서 험요한 곳을 지키고 있으면, 위병들이 우리가 준비하고 있는 것을 보고 자연 돌아갈 것이다."

하니, 두 사람이 군사들을 이끌고 떠났다.

장사 양의가 장막에 들어와 말하기를,

"전에 승상께서 대병들을 백일간씩 교대시키기로 하셨소이다. 이제 그 기한이 되어 한중의 군사들이 이미 서천의 입구를 나섰다 합니다.

벌써 공문이 도착하여 군사들이 교환하기만 기다리고 있습니다. 여기 8만 군이 있으니까 4만 명 내외가 교환에 해당될 것입니다."

하니, 공명이 대답하기를

"이미 명을 내렸으니 곧 빨리 보내겠다."

하였다. 여러 군사들이 듣고 각자가 행장을 준비하였다. 홀연,

"손예가 옹주와 양주에서 군사 20만을 이끌고 싸움을 도우러 와서 검각을 급습하러 갔고, 사마의는 직접 군사들을 이끌고 노성을 공격하러 오고 있사옵니다."

하자, 촉병들은 듣고 놀라지 않는 자가 없었다.

양의가 공명에게 말하기를,

"위병의 형세가 심히 급하오니 승상께서는 환군하는 일을 유보하시고 먼저 적을 격퇴하시지요. 새 병력이 이르기를 기다렸다가 도착한 후에 교대하게 하십시오."

하거늘, 공명이 단호하게 말하기를

"안 되오. 내가 병사들에게 명령한 것은 신의가 생명이외다.14) 이미 명령을 먼저 한 것이니 어찌 신뢰를 저버리겠소? 또 촉병 중에 가기로 한 자들은 다 돌아갈 준비를 하고 있을 것이외다. 또 그들의 부모와 처자식들은 간절하게 저들을 기다리고 있을 것이오.15) 내가 지금 큰 어려움이 있다 해서 결정을 미룰 수는 없소."

---

14) 신의가 생명이외다[以信爲本] : 신의를 지키는 것이 근본임. '신의를 지키는 것이 생명처럼 중요한 일임'의 비유. 원문에는 '不可 吾用兵命將 以信爲本'으로 되어 있음.

15) 간절하게 저들을 기다리고 있을 것이오[倚扉而望] : 사립문에 기대서서 바라봄. 의문이망(倚門而望). 어미가 문에 기대어 자식이 돌아오기를 기다림. [戰國策 齊策]「王孫賈每日 汝朝出而晚來 則吾倚門而望 汝暮出而不還 則吾倚閭而望」. [王維 送友人南歸詩]「懸知倚門望」.

하고, 곧 영을 내려 교대할 병사들은16) 곧 떠나라 하였다.

여러 군사들이 그 명을 듣고 다들 큰 소리로,

"승상께서 이렇게 우리에게 은혜를 베푸시는데, 우리들은 원컨대 돌아가지 않고자 합니다. 각자가 목숨을 버릴 각오로 위군을 크게 무찔러 승상께 보답하겠사옵니다!"

하였다.

공명이 묻기를,

"너희들은 귀가하는 순번에 해당하는데 어찌 다시 이곳에 남으려 하느냐?"

하니, 여러 군사들이 다 나가 싸우고자 하며 집으로 돌아가기를 원치 않았다.

공명이 말하기를,

"너희들이 나와 함께 싸우기를 원하거든 다 성 밖으로 나가서 영채를 세우고 있다가 위병들이 이르거든, 저들이 숨 쉴 틈을 주지 말고 곧 들이쳐라. 이를 이일대로지법이라17) 한다."

여러 병사들이 명을 받고 각자가 무기를 들고, 기꺼이 성에서 나가 진을 치고 기다렸다.

한편, 서량의 인마들은 길을 재촉하여 오느라고 모두 지쳐 있었다. 바야흐로 영채를 세우고 쉬려 할 때마다 촉병들이 몰려오는데, 한 사람 한 사람이 모두 힘을 다해 싸웠다. 장수들은 강하고 병사들은 용맹하여 옹주·양주의 병사들이 힘써 싸웠으나 당해내지 못하고 뒤로 퇴

---

16) 교대할 병사들은[敎應去之兵] : 교대하기로 해서 가야 할 병사.

17) 이일대로지법(以逸待勞之法) : 적군이 지치기를 기다리는 전법. [孫子兵法 軍爭篇 第七]「以近待遠 **以佚待勞** 以食待飢 此治力者也」. [後漢書 馮異傳]「**以逸待勞** 非所以爭也 按逸亦作佚」.

각하자, 촉병들은 계속 추살해 왔다.

옹주와 양주 병사들의 죽은 시체가 들판에 널부러져 있고 흐르는 피가 내를 이루었다. 공명은 싸움에서 이긴 병사들을 수습해 성으로 들어가 노고를 상주었다. 홀연 영안성 안의 이엄에게서 급히 보고하는 글이 왔다.

공명은 크게 놀라 열어보니, 다음과 같았다.

근자에 들건대 동오에서 사람을 시켜, 낙양에 들어가서 위와 화친을 맺고자 한답니다. 위는 오에게 명하여 촉을 치라 하였으나, 다행히도 오가 아직은 기병하지 않았다 합니다. 이제 엄은 이 소식을 탐지하여 승상께 아뢰나이다.

일찍이 좋은 계책을 세우소서.

공명은 읽고 나서 이에 심히 놀라고 의심스러워, 여러 장수들을 모아 놓고 말하기를

"만약에 동오가 흥병하여 촉을 침범한다면, 나는 반드시 속히 돌아가야 하오이다."

하고, 곧 영을 내려 기산의 대채에 있는 인마를 서천으로 물러나게 하라 일렀다.

그리고 또 말하기를,

"사마의는 내가 이곳에 군사들을 주둔시키고 있음을 알고 있으니, 반드시 속히 추격하지는 못할 것이오."

하였다. 이에 왕평·장의·오반·오의 등이 두 길로 군사들은 나누어 서서히 퇴각하여 서천으로 들어갔다.

장합은 촉병들이 퇴각하는 것을 보고 계책이 있을까 저어하여 경거

망동하지 못하고, 이에 군사들을 이끌고 가서 사마의를 보고

"이제 촉병들이 퇴각하고 있는데 무슨 까닭입니까?"

하니, 사마의가 말하기를

"공명은 위계가 많은 인물이니 가벼이 나가 싸우지 마시오. 오히려 성을 굳게 지키면서 저들의 군량이 떨어지기를 기다리면, 저절로 물러갈 것이외다."

하였다.

그때, 대장 위평(魏平)이 나서며 묻기를,

"촉병들이 기산의 영채를 빼서 물러가고 있으니, 지금이 바로 승세를 타서 저들을 추격해야 됩니다. 도독은 병사들을 안돈하여 움직이지 않으려 하시고 촉병을 호랑이와 같이 두려워하고 있으니, 어찌 천하의 웃음거리가 아니겠습니까?"

하였으나, 사마의는 끝내 고집하고 움직이지 않았다.

한편, 공명은 기산에 있던 군사들이 벌써 돌아간 것을 알고, 마침내 양의와 마충을 장막에 들어오게 해서 밀계를 주었다. 먼저 1만의 궁노수들을 이끌고, 검각의 목문도(木門道)에 가서 양쪽에 매복하고 있게 하였다. 위병이 추격해 온다면 내가 방포 소리를 낼 터이니, 그때 급히 나무와 돌을 아래로 떨어뜨려 먼저 돌아가는 길을 끊고, 양쪽에서 일제히 쇠뇌를 쏘라 하니 두 사람들이 병사들을 이끌고 떠났다.

또 위연과 관흥을 불러 군사들을 이끌고 뒤쳐져 오면서 퇴로를 끊으라고 했다. 그리고 성 위 사방에 두루 깃발을 꽂고 성내에다가 여기저기에 시초를 쌓아 놓고 거짓 불을 지르게 한 후, 대병을 데리고 목문 길을 향해 떠났다.

위병 순초군들이 영채를 초탐하고, 사마의에게 보고하기를

"촉병의 대대 군마가 이미 물러갔습니다. 다만 성중에 아직도 얼마의 군사들이 있는지는 알 수가 없습니다."

하거늘, 사마의가 직접 성에 가보니 성 위에 깃발이 꽂혀 있고 성 안에서는 연기가 오르는 것을 보고, 웃으면서 말하기를

"저 성은 비어 있다."

하고 사람을 시켜 탐지하게 하니, 과연 성은 비어 있었다.

사마의는 크게 기뻐하며 묻기를,

"공명이 이미 물러갔으니 누가 감히 저들을 추격하겠는가?"

하니, 선봉 장합이 나서며

"제가 가겠습니다."

하며, 나선다.

그러나 사마의가 막는다.

"공은 성질이 급하니 가서는 아니 되오."

하니, 장합이 말하기를,

"도독께서 출관할 때에 저에게 선봉이 되라 하시지 않으셨나이까. 이제 바로 공을 세우려 할 때에, 도리어 쓰지 않으심은 무슨 연유입니까?"

하거늘, 사마의가 말하기를

"촉병들이 이미 퇴거하였으나 험한 곳에는 필시 매복을 깔아 두었을 것이오. 모름지기 십분 조심해야 하며 그런 다음 비로소 저들을 추격해야 하오이다."

하였다.

장합이 말하기를,

"내 이미 잘 알고 있으니 염려 놓으시지요."

하매, 사마의가 다시 당부한다.

"공이 꼭 가고자 한다면 뒤에 후회하지 마시구려."

하니, 장합이 대답하기를

"대장부가 목숨을 버려 나라에 보답하려 하는데, 비록 만 번 죽는다해도 한이 없을 것이옵니다."

하거늘, 사마의가 말하기를

"공이 이미 가려고 고집을 부리니[18] 5천의 군사들을 이끌고 먼저떠나시오. 곧 위평에게 2만의 마보병을 이끌고 뒤따르게 하여 매복병들을 막게 하겠소. 그리고 내 곧 3천의 군사들을 이끌고 뒤따라가며후응하겠소이다."

하니 장합은 명을 받들고, 병사들을 이끌고 급히 추격하였다.

그러나 30여 리쯤에 이르렀을 때에, 홀연 뒤에서 함성이 일어나며수림 속에서 일표군이 섬광같이 나오는데, 앞선 대장이 칼을 빗기 들고 말고삐를 당기며 큰 소리로 외치기를,

"적장은 군사들을 이끌고 어디로 가느냐!"

하거늘, 장합이 머리를 돌려 보니 위연이었다. 장합이 크게 노하여말을 돌려 어울려 싸웠다. 서로 싸우기 10합이 못 되어서 위연이 거짓패한 체 달아났다. 장합이 또 급히 추격하면서 30여 리쯤 가 말고삐를 당겨 돌아보니 전혀 매복병이 없었다. 그래서 다시 말에 채찍을가하며 앞으로 추격하였다. 막 산 언덕을 돌아가는데 홀연 함성이 크게 일더니, 일표군들이 섬광처럼 나타나는데 보니 앞선 장수는 관흥이었다.

칼을 빗기 들고 말고삐를 멈추며, 큰 소리로

"장합아, 도망가지 말아라! 내 여기 있다!"

하거늘, 장합이 말을 박차며 나가 싸웠다. 그러나 싸움이 10여 합이

---

18) 고집을 부리니[堅執] : 굳게 잡음. 고집(固執)의 뜻도 있음. [舊唐書 王世忠傳]「秦王謂曰 四海之內 皆奉正朔 惟公**執迷** 獨阻聲敎 若轉禍來降 則富貴可保」.

채 못 되었는데 관흥은 말을 돌려 달아났다.

　장합이 그 뒤를 따라 추격하여 급히 쫓아가는데 한 수풀이 있거늘, 장합이 마음속으로 의심이 들어 사방을 초탐하게 하였으나 복병은 없었다. 이에 방심하고 또 급히 추격하였다. 뜻밖에 위연이 질러 와서 앞을 막았다. 장합은 또 그와 10여 합을 싸웠다. 위연은 또 패하여 달아났다.

　장합은 노하여 또 추격하는데, 어디서 나타났는지 또 관흥이 코 앞에 나서서 길을 막았다. 장합이 노하여 말을 박차고 나가 싸웠다. 싸움이 10여 합에 이르자, 촉병들이 갑옷과 집물들을 버려서 길에 가득하였다. 위군들은 다 말에서 내려 다투어 물건들을 챙겼다.

　위연과 관흥 두 장수들은 번갈아가며 장합과 싸웠다. 장합은 더욱 힘을 내어 급히 추격하는데 점점 날이 저물어 갔다.

　급히 목문도의 입구에 이르러 위연이 말을 돌려, 큰 소리로 꾸짖기를
　"장합, 이 역적놈아! 내 너와 싸우지 않으려 했거늘 내 뒤를 쫓아오다니! 내 이제 너와 사생결단하고 싸우리라!"
하거늘, 장합이 더 할 수 없이 화가 나서 창을 꼬나들고 말을 몰아 곧장 위연을 취하려 들었다. 위연이 칼을 휘두르며 나와 맞았다. 싸움이 10여 합이 못 되어 위연이 대패하여 갑옷·투구·마필들을 다 버리고, 패병들을 이끌고 목문도를 향해 달아났다.

　장합은 살인적인 분노가 치미는데 위연이 또 대패하고 달아나자, 이에 말을 몰아 급히 쫓았다. 이때는 날이 완전히 어두워졌는데 방포 소리가 나더니, 산 위에선 불길이 하늘까지 치솟고 큰 돌과 나무들이 떨어져서 길을 막았다.

　장합이 크게 놀라면서 말하기를,
　"내가 저들의 계책에 빠졌구나!"

하며, 급히 말머리를 돌리려 할 때에, 벌써 나무토막과 돌멩이로 돌아가는 길이 막혀 버렸다. 그 중간에 한 공터가 있었으나, 양쪽이 모두 깎아지른 석벽이어서 퇴로가 없었다.

그때, 갑자기 방짜 소리가[19] 들리더니, 양쪽에서 쇠뇌들이 일제히 쏟아져 내렸다. 장합과 백여 명의 부장들이 다 목문도에서 쇠뇌에 맞아 죽었다.

후세 사람의 시가 전한다.

매복한 쇠뇌들이 별똥처럼 날리니
목문도 위에서 웅병들을 쏘도다.
　　伏弩齊飛萬點星
　　木門道上射雄兵.

지금에도 검각을 지나는 행인들은
군사의 옛 일을 말하며 지나네.
　　至今劍閣行人過
　　猶說軍師舊日名.

한편, 장합이 죽고 나서 뒤를 따르던 위병들이 이르렀다. 그리고 길이 막혀 있고 장합이 계책에 들어 죽은 것을 알게 되었다. 그래서 군사들은 말고삐를 돌려 급히 퇴각하려 하였다.

그때 홀연, 산 위에서 대군이 부르짖기를,

---

19) 방짜 소리(梆子響) : 목탁소리. '방자'는 중국의 극(劇)의 한가지임. 그 극에서 박자(拍子)를 맞추기 위하여 쓰이던 박자목(拍子木)의 일컬음. [南皮梆子-尤著] 「河南梆子 山東梆子之不同」. [水滸傳 第二回] 「梆子一響 時誰敢不來」.

"제갈승상께서 여기 계시다!"

하거늘, 군사들이 올려다보니 공명이 불빛 속에 서 있는 것이 보이고 여러 군사들을 지휘하며,

"내 오늘은 사냥에 '말[馬]'을 쏘아 잡으려 했다가, 잘못해 '노루[獐]' 한 마리만 잡았구나.20) 너희들 각자는 안심하고 가서 중달에게 조만간에, 반드시 내 너를 사로잡겠다고 하거라."

하였다.

위병들은 돌아가 그동안에 있었던 일을 상세하게 고하였다.

사마의는 가슴 아파해 마지않으며, 하늘을 우러러 탄식하기를

"장전의가 죽은 것은 내 잘못이구나!"

하고는, 이에 군사를 거두어 낙양으로 돌아갔다.

위주가 장합이 죽은 것을 알고 눈물을 뿌리고 탄식하며, 사람을 시켜 그 시신을 수습하여 후히 장사지내 주게 하였다.

한편, 공명은 한중으로 들어가 성도에 돌아가서 후주를 뵈려 하였다.

그때, 도호 이엄이 망령되이 후주에게 아뢰기를,

"신은 이미 군량을 준비하고 승상의 영채까지 운반하려고 준비하고 있는데, 승상께서는 무슨 연고로 갑자기 반사하시는지를 알 수가 없나이다."

하였다. 후주가 듣고서, 곧 상서 비위에게 명하며 한중에 가서 공명을 보고 반사의 이유를 묻고 오라 하였다.

비위가 한중에 가서 후주의 뜻을 전하니, 공명이 크게 놀라서

---

20) '말[馬]'을 쏘아 잡으려 했다가, 잘못해 '노루[獐]' 한 마리만 잡았구나 : 원문에는 '**欲射一馬 誤中一獐**'으로 되어 있는데, '말'은 '사마의'를, '노루'는 '장합'을 가리키는 것임. 공명이 여러 군사들에게 '애초에 목적한 바를 이루지 못했음'을 설명한 것임.

"이엄이 글을 보내와 동오의 장수들이 군사를 일으켜, 서천을 침범하려 한다 하기에 회군하는 것이오."

하거늘, 비위가 말하기를

"이엄이 군량은 벌써 준비하였다 하며 승상께서 군사를 돌릴 이유가 없다 하였소이다. 천자께 이로 인해 저에게 물으라 하셨나이다."

하거늘, 공명이 크게 노하여 사람을 보내 알아보게 하였다. 이에 이엄은 군량을 준비하지 못하자 승상께 죄를 받을까 두려워 편지를 보내 돌아오게 하고는, 또 망령되게도 천자께까지 아뢰어 이미 지은 잘못을 막으려 했던 것이었다.

공명은 크게 노하여 말하기를,

"필부놈이 제 일신의 일로 해서 국가의 대사를 망치는구나!"21)

하고는, 사람을 시켜 저를 불러오게 해 참하려 하였다.

비위가 말하기를,

"승상께서는 선제의 탁고지의를22) 생각해서 저를 용서하십시오."

하거늘, 공명이 그의 말을 따랐다. 비위는 곧 후주에게 자세히 표주하였다.

후주가 표문을 보고 크게 노하셔서, 무사들을 꾸짖어 이엄을 끌어내 참하라 하였다.

참군 장완이 반열에서 나와,

"이엄은 선제의 탁고지신의 한 사람이옵나이다. 바라건대 저를 너

---

21) 제 일신의 일로 해서 국가의 대사를 망치는구나! : 원문에는 '一己之故 廢國家大事'로 되어 있음. 「일기」(一己)는 '자기 한 몸'의 뜻임. [李格非 書洛陽名園記後]「放乎 一己之私 自爲之而忘天下治忽 欲退事此得乎」.

22) 탁고지의(託孤之意) : 자식을 부탁한다는 뜻. [三國志 蜀志 先主紀]「先主病篤 託孤於丞相亮」. [文選 袁宏 三國名臣序贊]「把臂託孤 惟賢與親」.

그러이 용서해 주옵소서."

하거늘, 후주가 그의 뜻을 따라 곧 서인으로 만들어 유배시키고, 재동 군(梓潼郡)에 가서 한가하게 살게 하였다.

공명은 성도에 돌아와서 이엄의 아들 이풍(李豊)을 장사로 삼았다. 그리고 저에게 시초를 준비하고 군량을 저축하여 병법과 무예를 강론하며, 군기를 수보하고 병졸들을 위무하는 일을[23] 맡기고 3년이 지난 후 출정하겠다 하였다. 양천의 군민과 군사들을 다 그 은덕을 추앙하였다.

세월은 빨라서[24] 어느 덧 3년이 지났다. 때는 건흥 12년 봄 2월.

공명은 이로 하여 후주에게 상주하기를,

"신은 이제 군사들은 위무한 지 3년이 되었습니다. 양초가 풍족하고 군기가 완비되었으며, 인마가 웅장하여서 위를 정벌할 수 있게 되었습니다. 이번에 만약 간당들을 쓸어내지 못해 중원을 회복시키지 못한다면, 맹세코 폐하를 뵙지 않을 것이옵나이다."

하거늘, 후주가 묻기를

"바야흐로 지금 천하는 정족지세를 이루고[25] 있고 또한 오와 위가 침략하지 않고 있는데, 상부께서는 어찌해서 태평을 누리고 있음을 불안해 하십니까?"

하였다.

---

23) 위무하는 일[存恤] : 위문하고 구제함. [漢書 宣元六王傳]「左顧存恤 發心惻憺」. [史記 楚世家]「存恤國中 修政教」.

24) 세월은 빨라서[荏苒] : 세월이 덧없이 지나감. [文選 張茂先勵志詩]「日欹月 欹 荏苒代謝 (注) 濟日 荏苒猶漸進也」. [文選 潘岳 悼亡詩]「荏苒冬春謝 寒暑忽 流易」.

25) 정족지세(鼎足之勢) : 서로 버티고 있는 형국. [史記 淮陰侯傳]「莫若兩利 而 俱存之三分天下 鼎足而居」.

공명이 간절히 대답하기를,

"신은 선제의 지우지은을[26] 받자와, 자나 깨나 위를 정벌하는 방책을 생각하고 있습니다. 그리하여 힘을 다하고 충성을 다해,[27] 폐하께서 중원을 회복하시고 한실을 중흥하시기만 바라왔습니다. 그리고 이것은 신의 소원입니다."

하였다.

말을 마치기도 전에 반열에서 한 사람이 나오며, 말하기를,

"승상께서 흥병하시면 아니 됩니다."

한다. 여러 사람들이 저를 보니 초주(譙周)였다.

이에,

무후께선 몸을 바쳐[28] 오직 나라를 위해 걱정하거늘
태사는 천기(天機)를 안다며 또 그 얘길 하누나!
　武侯盡瘁惟憂國
　太史知機又論天.

초주가 어떤 이론을 펼칠지는 알 수가 없다. 하회를 보라.

---

26) **지우지은(知遇之恩)** : 자기를 알아주고 후히 대해 준 은혜. [南史 南康王 曇朗傳]「梁簡文之在東宮 深被**知遇**」. [白居易 爲人上宰相啓]「伏觀先皇帝之**知遇**相公也」.

27) **힘을 다하고 충성을 다해[竭力盡忠]** : 충성을 다하고 힘을 다 바침. 「갈충보국」(竭忠報國). [禮記 燕義]「臣下**竭力能盡** 以立功於國」. [劉氏鴻書 岳飛 下]「飛裂裳以背示鑄 有**盡忠報國**四大字」.

28) **몸을 바쳐[瘁盡]** : 국궁진췌(鞠躬盡瘁). 나랏일에 몸과 마음을 다해 힘씀. 「국궁」. [論語 鄕黨篇]「入公門 **鞠躬**如也 如不容」. 「진췌」. [詩經 小雅篇 北山]「或燕燕居息 或**盡瘁**事國」. [諸葛亮 後出師表]「**鞠躬盡瘁** 死而後已」.

제102회

사마의는 북원 위수교로 점거하고
제갈량은 목우와 유마를 만들다.
　　司馬懿占北原渭橋
　　諸葛亮造木牛流馬.

한편, 초주는 관직이 태사(太史)로 자못 천문에 밝았다.

공명이 출사하려는 것을 보고, 이에 후주에게 상주하기를

"신의 지금 직분은 사천대(司天臺)를 관장하고 있는데, 화복의 징후가 있기에 아뢰지 않을 수가 없사옵나이다. 근자에 뭇새 수만 마리가 남쪽에서 날아들어 한수(漢水)에 빠져죽었는데, 이는 상서의 징조가 아니옵나이다.

신이 또 천문을 보니 규성이1) 태백성(太白星)의 경계를 밟고 있고 성한 기운이 북쪽에 있사오니, 위를 정벌하는 것은 불리합니다. 또 성도의 백성들이 다 잣나무가2) 밤에 우는 소리를 들었다 하옵나이다. 그후 여러 가지 재해와 이상한 일이 있었사오니, 승상께서는 마땅히 삼가고 지켜야 할 것이며 경거망동해서는 안 될 것입니다."

---

1) **규성(奎星)** : 이십팔수 가운데 열다섯째 별자리의 별들. [晉書 天文志]「**奎十六宿** 天地武庫也 主以兵禁暴 又主溝瀆」.

2) **잣나무[柏樹]** : 백목(柏木). [漢書 朱博傳]「其府中列**柏樹** 常有野鳥數千棲宿其上」. [晉書 郭璞傳]「數日果震 **柏樹**粉碎」.

하거늘, 공명이 묻기를

"신은 선제의 탁고지중을 받자왔사오니 마땅히 힘을 다해 적을 토벌할 뿐, 어찌 허망한 재앙으로 해서 국가의 대사를 폐하리까?"
하고 드디어 유사에게 명하여, 소열묘에서 태뢰제를3) 지내며 눈물을 뿌리며 절하고 고하기를,

"신 제갈량은 기산에 다섯 차례나 나갔었으나 한 뼘의 땅도 얻지 못하였사오니 그 죄 가볍지 않나이다! 이제 신은 다시금 모든 군사들을 동원하여 기산으로 나가서 힘을 다하고 마음을 다해서 한의 적을 초멸하고 중원을 회복하기 위해, 국궁진췌하여4) 죽은 뒤에야 그만두려 하나이다!"
하였다.

제가 끝나자 후주에게 배사하고 나와 밤을 도와 한중으로 가서, 제장들을 모아 출사에 관해 의논하였다. 문득 관흥이 병으로 죽었다는 보고가 들어왔다. 공명이 목 놓아 울다가 혼절해 땅에 쓰러져 한참만에 깨어났다.

여러 장수들이 재삼 권하자, 공명이 탄식하고 말하기를
"불쌍하구나 충성스런 사람아! 하늘이 저들에게 수(壽)를 주시지 않는구나! 내 이번 출사에 또 한 사람의 장수를 잃는구나!"
하며, 한탄한다.

후세 사람이 이를 한탄한 시가 전한다.

---

3) 태뢰제(太牢祭) : 나라의 제사에 소를 통째로 바치는 큰 제사. 처음에는 소·양·돼지를 아울러 바치는 것을 말하였으나 뒤에는 소만 제물로 바쳤음. [禮記王制]「天子社稷皆**太牢** 諸侯社稷皆**小牢**」. [管子 事語]「諸侯**太牢** 大夫**小牢**」.

4) 국궁진췌(鞠躬盡瘁) : 나랏일에 몸과 마음을 다해 힘씀. 「국궁」. [論語 鄕黨篇]「入公門 **鞠躬**如也 如不容」. 「진췌」. [詩經 小雅篇 北山]「或燕燕居息 或**盡瘁**事國」. [諸葛亮 後出師表]「**鞠躬盡瘁** 死而後已」.

살고 죽음은 사람에게 늘 있는 일이라5)
하루살이같이 부질없도다.
　生死人常理
　蜉蝣一樣空.

오직 충효의 절개가 있다면 그만일 뿐
어찌 반드시 교송처럼 꼭 오래 살랴!
　但存忠孝節
　何必壽喬松.

　공명은 촉병 34만을 이끌고 5로로 나누어 전진하였다. 강유와 위연을 선봉에 삼고서 다 기산으로 가서 모이게 하였다. 이회에게는 먼저 양초를 운반하고 가서 야곡 입구에서 기다리게 하였다.

　한편, 위나라에서는 지난 해에 청룡이 마파(摩坡)의 우물 속에서 나와 연호를 청룡(靑龍) 원년으로 고쳤다. 이때는 청룡 2년 봄 2월이었다.

　근신이 와서 아뢰기를,

　"변경에 나가 있던 관료가 촉군 30여 만이 5로로 나뉘어 다시 기산으로 온다는 소식을 나는 듯이 전해 왔습니다."

고 하자, 위주 조예는 크게 놀라서, 급히 사마의를 불러

　"촉이 3년 동안 침범하지 않더니, 이제 제갈량이 또 기산으로 나온다하오. 이를 어찌하면 좋겠소?"

하거늘, 사마의가 말하기를,

　"신이 어젯밤에 천상을 보니, 중원에 왕성한 기운이6) 있고 규성이

---

5) 늘 있는 일이라[常理] : 떳떳한 도리. 당연한 이치. [韓愈 謝自然詩]「人生有
　常理 男女各有倫」. [舊唐書 李德武妻裵氏傳]「不踐一庭 婦人**常理**」.

태백을 범하고 있어 서천에 불리합니다. 이제 공명은 스스로 재질을 믿고, 하늘의 뜻에 역행하고 있으니 스스로 패망할 것입니다. 신은 폐하의 홍복을[7] 빌려 당장에 가서 저를 깨뜨리겠습니다. 다만, 신이 원하는 것은 네 사람과 같이 가게 해 주옵소서."

하거늘, 조예가 묻기를

"경이 같이 가고자 하는 사람이 누구요?"

하니, 사마의가 대답한다.

"하후연에게는 아들 넷이 있사온데, 첫째는 이름은 패(霸) 자는 중권(仲權), 둘째는 이름은 위(威) 자는 계권(季權), 셋째는 이름은 혜(惠) 자는 아권(雅權), 막내는 이름을 화(和) 자는 의권(義權)이라 하옵는데, 패와 위 두 사람은 궁마에 능숙하고 혜와 화 두 아들은 육도삼략을[8] 잘 압니다.

이 네 사람들은 항상 아비의 원수를 갚고자 하고 있습니다. 신이 지금 하후패와 하우위 등을 좌우의 선봉을 삼고, 하후혜와 하후위를 행군사마로 삼아 군기(軍機)를 의논하면서 촉병을 물리치려 하나이다."

하였다.

조예가 또 묻기를,

"전자에 하후무 부마가 많은 인마를 잃어 지금껏 그 부끄러움을 이

---

6) 기운[旺氣]: 왕성하게 될 조짐.

7) 홍복(洪福): 큰 복. 홍복(鴻福). [金史 顯宗后徒單氏傳]「皇后陰德至厚 而有今日 社稷之洪福也」. 「홍복제천」(洪福齊天). [通俗編 祝誦]「洪福齊天」. [元曲選]「抱粧盒 劇有此語……洪福與齊天」.

8) 육도삼략(六韜三略): 도략(韜略). 태공망이 지은 「육도」와 황석공이 지은 「삼략」. 중국의 병법서의 고전. '육도'는 태공망이 지었다는 문도·무도·용도·호도·표도·견도 등 60편이고, '삼략'은 상·중·하 3권으로 되어 있다 함. [耶律楚材 送王君王西征詩]「五車書史豈勞力 六韜三略 無不通」. [丁鶴年 客懷詩]「文章非豹隱 韜略豈鷹揚」.

기지 못하고 있었소. 이제 이 네 사람이 또한 하후무와 다르지 않겠소이까?"

하거늘, 사마의가 대답하기를

"이 네 사람은 하후무와 비교해서는 안 됩니다."

하니, 조예는 그의 청을 받아들여 곧 사마의를 대도독으로 삼고, 모든 장수들을 재능에 따라 위임하게 하여 각처의 병마들을 다 조정하게 하였다. 사마의는 명을 받고 인사를 드리고 성을 나갔다.

조예는 그에게 조서를 내렸는데, 그 내용은 다음과 같다.

경이 위수에 이르거든 마땅히 굳게만 지키고 나가 싸우지 마시오. 촉병들이 뜻을 얻지 못한다면, 필시 거짓 물러가는 체하며 적을 유인하려는 것이니 경은 삼가 추격하지 마시오. 저들의 군량이 떨어질 때를 기다린다면 필시 스스로 물러갈 것이니, 그런 다음에 빈틈을 타서 저들을 공격한다면 곧 어렵지 않게 깨뜨릴 수 있을 것이외다. 또한 군마들의 노고를 면할 수 있을 터이니 이보다 더 좋은 계책이 어디 있겠소이까.

사마의는 머리를 조아려 조서를 받고 그날로 장안에 이르렀다. 각처에서 모은 군마 40만이 다 위수 가에 영채를 세웠다. 또 5만 군사들을 조발해서 위수 위에 아홉 개의 부교를[9] 세웠다. 그리고 선봉 하후

---

9) 부교[浮橋] : 배다리(浮航). 부항(浮航). 배나 뗏목들을 잇대어 잡아매고 널빤지를 깔아서 만들거나, 교각 없이 임시로 강 위로 놓은 다리. [事物紀原]「春秋後傳曰 周赧王五十八年 秦始作浮橋於河上 按詩大明云 造舟爲梁 孫炎曰 造舟比舟爲梁也 比舟於水 加板於上 今浮橋也 故杜預云 造舟爲梁 則浮橋之謂矣 鄭康成以爲周制 後傳以爲秦始 疑周有事 則造舟 而秦乃擊之也」.

패와 하후위에게 명하여, 위수를 건너가서 영채를 세우게 하였다.

또 대채의 위 동쪽 언덕에 성을 쌓게 해서 뜻밖의 일에 대비하게 하였다. 사마의가 곧 여러 장수들과 상의하고 있는데, 홀연 곽회와 손예가 뵙기를 청한다.

사마의가 저들을 맞아들여 인사가 끝나자, 곽회가

"지금 촉병들이 기산에 있는데, 위수를 건너서 언덕에 오르면 북쪽의 산과 이어집니다. 그리되면 농서로 가는 길이 끊기지 않을까 큰 걱정입니다."

하거늘, 사마의가 권유하기를

"참으로 옳은 말이오. 공은 농서의 군마를 총독하여 북쪽 언덕에 가 하채하시오. 해자를 깊이 파고 보루를 높이되 군사들을 움직이지 말고, 다만 저들의 군량이 떨어질 때까지 기다렸다가 그때 가서 공격하시오."

하자, 곽회와 손예가 명을 받고 군사들을 이끌고 하채하러 갔다.

한편, 공명은 다시 기산으로 나와서 좌우와 중앙·전후 등에 다섯 개의 영채를 세웠다. 야곡으로부터 곧장 검각에 이르기까지 연하여 14개의 영채를 세웠다. 그리고는 군마를 주둔시키고 오래 버틸 계책을 세우고는, 매일 군사를 시켜 순초를 돌게 하였다.

문득 곽회와 손예의 농서군이 북쪽 언덕에 하채하고 있는데, 공명이 제장들에게 말하기를,

"위병들이 북쪽 언덕에 영채를 세운 것은 우리가 북쪽 길을 취하고 농서로 가는 길을 막을까 걱정하기 때문이외다. 내가 지금 거짓 북원 (北原)을 공격하는 체하다가 몰래 위수 가를 취하겠소. 그리고는 사람을 시켜 나무를 베어다가 백여 척의 뗏목을 만들어, 그 위에 시초더미를 쌓고 물질에 솜씨가 좋은 군사 5천 명을 뽑아 타게 하겠소. 내가

일시에 뗏목 백여 척으로 공격하면, 사마의는 필시 군사들을 이끌고 구원하러 올 것이외다.

저가 작은 패배를 한다면 나는 후군을 이끌고 먼저 강안을 건너게 하고, 그런 다음에 전군에게 뗏목에 타고 강안에 오르지 말고 물길을 따라 내려가서 부교를 불태워 버리고서 저들의 후미를 공격하겠소. 또, 나는 일군을 이끌고 가서 전영(前營)의 영문을 취하겠소이다. 만약에 위수의 남쪽을 얻게 되면 곧 진병하여도 어렵지 않을 것이외다."

하니, 제장들이 영을 받아서 행하였다. 벌써 순초군이 이 사실을 사마의에게 나는 듯이 보고하였다.

사마의는 제장들에게 말하기를,

"공명이 이와 같이 배치하는 것은 그 속에 계책이 있는 것이오. 저들이 북원을 취하는 것을 명분으로 하여 물길을 따라 내려오다가 부교를 불태워 버리고, 우리의 후미가 혼란해지면 전면을 공격하려는 것이외다."

하고는, 곧바로 하후패와 하후위에게 영을 내려

"만약에 북원에서 함성이 들리거든, 곧 병사들을 이끌고 위수의 남산에 가 있다가 촉병들을 기다려 저들을 공격하시오."

하였다.

또 장호와 악침에게는,

"2천의 궁노수를 이끌고 위수의 적이 부교의 북안에 매복해 있다가, 촉병을 태운 뗏목이 물길을 따라 내려오거든 일제히 공격하여 다리에 접근하지 못하게 하시오."

하고 또, 곽회와 손예에게 영을 전해

"공명이 북원에 와서 몰래 위수를 건널 것일세. 자네는 영채를 새로 세워 인마가 많지 않을 터이니 모두들 중간에 매복하게. 그랬다가 촉병들이 오후에 물을 건너 황혼 무렵에는 필시 자네들을 공격할 것이네. 그때 거짓 패하여 달아나면 촉병들이 반드시 추격할 것이니, 자네들도 모두 궁노로써 저들을 쏘시오. 나는 수륙으로 같이 진병하겠네. 만약에 촉병들이 대거 밀고 오면, 내 지휘를 받아 저들을 공격하게."

하고 각 군에 이미 명령이 전해졌다. 사마의는 또 두 아들 사마사와 사마소에게 영을 내려 군사들을 이끌고 전영(前營)을 구응하게 하고, 사마의 자신은 일군을 이끌고 북원을 구하기로 하였다.

한편, 공명은 위연과 마대에게 영을 내려 병사들을 이끌고 위수를 건너서 북원을 치라 하고, 오반과 오의에게는 뗏목의 군사들을 이끌고 가서 부교를 불태워 버리게 하였다. 왕평과 장의에게 명하여 전대가 되게 하고 강유와 마충을 중대 요화와 장익을 후대로 삼았다. 군사들은 3로로 나누어 가서, 위수의 육지에 있는 영채를 공격하게 하였다.

이날 오시(午時)에 인마로 하여금 영채에서 떠나게 해서, 모두가 위수를 건너서 진세(陣勢) 빌리게 하고 천천히 행군하였다. 이때, 위연과 마대는 북원 가까이에 이르러 날이 저물었다. 손예가 보고는 곧 영채를 버리고 달아났다. 위연은 군마가 있음을 알고 급히 군사들을 물리려 하고 있을 때에 사방에서 함성이 크게 일어났다.

왼쪽에는 사마의 오른쪽에는 곽회 등이 양쪽에서 군사를 이끌고 짓쳐 나왔다. 위연과 마대가 힘을 다해 짓쳐 나왔다. 그러나 촉병들이 태반이나 물에 빠져 죽고 나머지 군사들은 도망할 길조차 없는데, 오의가 병사들을 이끌고 짓쳐 와서 패병들을 구원하여 강 연안으로 가 적을 막았다.

오반은 군사들을 반으로 나누어 뗏목을 타고 물길을 따라 내려와 부교를 불태워 버렸다. 장호와 악침 등이 언덕에서 활을 어지러이 쏘아댔다. 그때, 오반은 화살에 맞아 물에 떨어져 죽고, 나머지 군사들은 물속으로 뛰어들어 도망하였다. 뗏목을 위병에게 거의 다 빼앗겼다. 한편, 왕평과 장의는 북원에서 병사들이 패한 줄 모르고, 곧장 위병들의 진영에 이르렀다. 그때가 벌써 2경쯤 되었는데 함성이 사방에서 들렸다.

왕평은 장의에게 이르기를,

"마군이 북원을 공격하러 갔는데 그 승부를 알 수 없소이다. 위수 남쪽의 영채가 바로 눈앞에 있었지만 위병들이 한 사람도 보이지 않소. 사마의가 길을 알고 먼저 준비하고 있는 게 아닐까요? 우리들은 부교에 불이 이는 것을 보고 진병하십시다."

하고 두 사람이 말고삐를 잡고 멈추는데, 갑자기 배후에서 말을 타고 와서 보고하기를

"승상께서 군마를 급히 물리라 하셨소이다. 북병과 교병들을 다 잃었습니다."

하거늘, 왕평과 장의는 크게 놀라서 급히 군사들을 물리려 하고 있으니, 방울 소리가 들리며 위병들이 배후에 나타나 일제히 짓쳐 나오는데 불길이 치솟았다.

왕평과 장의는 위병을 맞아 양군이 한바탕 혼전에 빠졌다. 왕평과 장의 두 사람이 죽기로써 짓쳐 나왔으나, 촉병들 대부분이 죽거나 부상을 입었다. 공명은 기산의 대채로 돌아왔다가 남은 군사들을 수습해 보니, 대략 만여 인이 꺾였다. 공명은 근심에 빠졌다. 그때, 갑자기 비위가 성도에서 공명을 만나러 왔다.

공명이 청해 들이니 인사를 하고 나자 공명이 말하기를,

"내 한 통의 편지를 오에 전하려 하고 있으니, 번거롭지만 공이 가 주셨으면 하는데 어떤지 모르겠소이다."

하니, 비위가 묻기를

"승상의 명을 어찌 감히 거절하겠습니까?"

하였다. 공명은 즉시 글을 닦아 비위에게 주어 가게 하였다.

비위가 편지를 가지고 곧 건업에 이르러 들어가 오주 손권을 보고 공명의 편지를 바쳤다. 손권이 뜯어보니, 편지의 내용은 대략 다음과 같았다.

한실이 불행하여 나라의 기강이 무너지매, 조조가 나타나 왕권을 찬탈하여10) 오늘까지 이르렀습니다. 제갈량은 소열제의 중한 부탁을 받았으니, 어찌 감히 힘을 다하고 충성을 다하지 않겠습니까? 지금 대병들이 기산에 모였으니, 미친 도적들은 장차 위수에서 멸망할 것입니다.

엎드려 바라옵건대, 폐하께서는 동맹의 의를 생각하셔서 북정을 명하시옵소서. 그리하여 함께 중원을 취하고 천하를 함께 나누심이 어떻겠나이까. 편지로서는 다 말씀드릴 수 없사오니 천만 들어주시기 바라나이다.

손권이 편지를 읽고 나서 크게 기뻐하며, 비위에게 이르기를

"짐이 오래 흥병하고자 하였으나 공명을 만나지 못하였소. 이제야 편지를 보았으니 곧 짐이 직접 흥병할 것이오. 거소(居巢)에 들어가서 위의 신성(新城)을 취하겠소이다. 육손에게 명하여 제갈근 등에게 강하와 면양의 입구에 주둔하게 하여 양양을 취하게 하리다.

---

10) 찬탈[簒逆] : 임금의 자리를 뺏으려고 꾀하는 반역. 「모반」(謀反). 군주에 대한 반역을 꾀함을 이름. [史記 高祖紀]「楚王信**簒逆**」. [後漢書 王充傳]「禍毒 力深 **簒逆已兆**」.

또, 손소(孫韶)와 장승(張承) 등애에게는 광릉으로 출병시켜서 회음(淮陰) 등을 취하게 하겠소이다. 이 세 곳에 한꺼번에 진군하게 되면, 모두 30만 명의 군사들을 서둘러 일으키게 되는 것이오이다."

하거늘, 비위가 사례하여

"진실로 이와 같을진대 중원은 머지않아 무너질 것입니다!"

하였다. 손권이 잔치를 베풀어 비위를 환대하였다.

술을 마시고 있는 사이에, 손권이

"승상은 군전에 누구를 등용해서 적을 깨뜨리고 있소이까?"

하거늘, 비위가 말하기를

"위연이 수장을 담당하고 있습니다."

하니, 손권이 웃으며 묻기를

"그는 용기가 있지요. 그러나 마음이 바르지 못한 자입니다. 만약에 하루 아침에 공명이 없어진다면 반드시 난을 일으킬 터인데, 공명이 어찌 알아보지 못하고 있을까요?"

하거늘, 비위가 말하기를

"폐하의 말씀이 지당하십니다. 신이 이제 돌아가면 곧 이 말씀을 알리겠습니다."

하고, 마침내 손권을 하직하고 기산으로 돌아와 공명을 뵙고, 오주가 대병 30만을 일으키고 직접 친정을 하여 병사들을 3로에 나누어 진병하겠다는 말을 상세하게 하였다.

공명이 또 묻기를,

"오주가 특별히 한 말은 없으십니까?"

하거늘 비위가 위연에 관해 한 말을 하자, 공명이 탄식하기를

"정말 총명한 군주요! 내가 이 사람의 사람됨을 모르지 않소. 다만 그의 용기를 아껴서 쓰고 있을 뿐이오."

하니, 비위가 대답하기를

"승상께서는 일찍이 대책을 세우는 것이 좋을 것입니다."

하거늘, 공명이 말하기를

"나에게 생각이 있소이다."

하였다. 비위가 공명과 헤어져 성도로 돌아갔다.

공명이 마침 제장들과 정진(征進)을 상의하고 있는데, 홀연 위장이 투항해 왔다는 보고가 들어왔다.

공명이 불러들여서 물으니 대답하기를,

"저는 위나라의 편장군 정문(鄭文)입니다. 근자에 진랑(秦朗)과 같이 군사들을 이끌면서, 사마의의 쓰임을 받고 있었습니다. 사마의가 사사로움에 편향되어서 진랑을 전장군으로 삼고 저를 초개처럼 생각하고 있어서, 이 때문에 불평을 품고 특히 승상께 투항하러 왔습니다. 원컨대 거둬 주십시오."

하거늘, 말이 끝나기도 전에 군사들이 진랑이 병사들을 이끌고 와서 정문에게 싸움을 돋운다고 보고한다.

공명이 묻기를,

"이 사람은 무예가 너와 비교하여 어떠냐?"

고 물으니, 정문이 대답하기를

"내 저의 목을 베어오겠습니다."

하였다.

공명이 말하기를,

"네가 만약에 먼저 진랑을 벤다면 내 너를 의심치 않겠다."

하니, 정문이 기꺼이 말에 올라 진랑과 싸우러 나갔다. 공명이 직접 진영에서 나가 보았다.

진랑이 창을 꼬나들고 나오며 꾸짖기를,

"반적이 내 전마를 도적질했으니, 여기 나와서 빨리 나에게 돌려라."
하고, 말을 마치고 곧장 정문을 잡으려 하였다. 정문이 말을 박차고
칼을 휘두르며 나가 맞아 싸웠다. 단 한 합이 못되어 진랑을 참하여
말 아래 떨어뜨리자 위군들은 각자가 도망갔다. 정문은 수급을 가지
고 진영으로 돌아왔다.

공명이 돌아와 장막에 앉았다가 정문이 이르르자, 좌우를 꾸짖으며
말하기를

"끌어내어 참하라."
하였다.

정문이 변명하기를,

"저는 죄가 없습니다."
하거늘, 공명이 묻기를

"내 일찍부터 진랑을 알고 있는데, 네가 지금 참한 자는 진랑이 아
니니 어찌 나를 속이느냐?"
하였다.

그때서야 정문이 고하기를,

"이는 실제로 진랑의 아우 진명(秦明)입니다."
하니, 공명이 웃으며 말하기를,

"사마의가 너에게 거짓 항복하여 내통하려 하였지만, 어찌 나를 이
렇게 속이느냐! 만약에 사실을 말하지 아니하였다면 반드시 너를 죽
였을 것이다!"
하였다. 정문은 그 사건이 거짓임을 고하고 울며 죽음을 면해 달라고
하였다.

공명이 단호하게 말하기를,

"네 목숨이 아깝거든 한 통의 편지를 써서, 사마의에게 직접 진영에

와서 우리의 영채를 겁탈하라 하라. 그러면 내 너의 목숨을 살려 줄 것이며, 만약에 사마의를 사로잡는다면 곧 너의 공으로 믿고 곧 중용하리라."

하거늘, 정문이 한 통의 편지를 써서 공명에게 바쳤다. 공명은 정문을 가두게 하였다.

번건이 묻기를,

"승상께서는 어이하여 그가 거짓 항복한 줄을 아셨습니까?"

하거늘, 공명이 대답하기를

"사마의는 경솔하게 사람을 쓰지 않소이다. 만약에 진랑에게 전장군의 벼슬을 주었다면, 반드시 무예가 좋은 사람일 것이외다. 이제 정문과 싸운 지 한 합이 못되어서 곧 정문에게 죽었다면, 이는 필시 진랑이 아니기 때문에 거짓임을 알았소이다."

하거늘, 여러 사람들이 다 배복하였다.

공명은 구변이 좋은 군사 한 사람을 뽑아 이리이리 하라고 분부하였다. 그 군사는 명을 받고 편지를 지니고, 빠른 길로 위의 영채로 가 사마의를 뵙자고 청하였다.

사마의가 불러들여 편지를 뜯어 보고 나서 묻기를,

"너는 어떤 사람이냐?"

하거늘, 그 군사가 대답하기를

"저는 중원 사람이온데 촉나라에 흘러들어 살고 있으며 정문장군과도 동향입니다. 이제 공명은 공을 세운 정문을 선봉장으로 삼았습니다. 정문이 특별히 부탁하여 저에게 편지를 바치라 하며, 내일 저녁 불길이 오르는 것을 신호를 하기로 약조를 하였습니다. 바라건대 도독께서는 대군을 이끌고 가서 영채를 겁략하소서. 정문이 안에서 호응할 것입니다."

하니, 사마의가 다시 따져 묻고 또 편지를 자세히 살펴보았으나 과연 사실이었다.

곧 군사들에게 주식을 먹이며 당부하기를,

"오늘 밤 2경쯤에 시간을 정해 내가 직접 영채를 겁략하러 가겠다. 일이 성공만 하면 반드시 너를 중용하겠다."

하였다. 그 군사가 절하고 헤어져 본채로 돌아와서 공명에게 고하였다.

공명은 칼을 집고 혼자 이리저리 거닐며11) 북두성을 우러러 빌고 나서, 왕평과 장의를 불러 이리이리 하라고 일렀다. 또 마충과 마대를 불러서도 이리이리 하라고 이르고, 또 위연에게도 그렇게 일렀다. 공명은 직접 수십 기만을 이끌고 높은 산 위에 앉아서 여러 군사들을 지휘하기로 하였다.

한편, 사마의는 정문의 편지를 보고 곧 두 아들을 데리고 대병을 거느려 촉의 영채를 겁략하러 가려 하는데, 큰 아들 사마사가

"아버님께서는 무엇 때문에 한 통의 편지만 보고 직접 적진 깊숙이까지12) 들어가십니까? 만일에 실수라도 있으시면13) 그때는 어찌하시렵니까? 별장(別將)을 먼저 보내시고 아버님께서는 호응하시지요. 그게 좋겠습니다."

하였다.

사마의는 그 말을 좇아 마침내 진랑에게 군사 1만을 이끌고 가서

---

11) 이리저리 거닐며[步罡] : 「보강답두」(步罡踏斗)의 준말. 도사가 별들에 예배하며 신령을 부르거나 보내는 일종의 동작. [搜神記]「步罡訣呪 以水噀之」.

12) 적진 깊숙이까지[重地] : 중난하고도 종요로운 땅. [孫子兵法 九地篇 第十一]「有散地 有輕地 有交地 有衢地 有**重地**」. [同書]「**重地**則掠 圮地則行 圍地則謀 死地則戰」.

13) 실수라도 있으시면[疎虞] : 어설퍼서 그릇됨. [蘇軾 畫車詩]「上易下難須審細 左提右挈免**疎虞**」. [福惠全書 保甲部 功罪]「如有**疎虞** 不行査察盤獲」.

촉의 영채를 겁략하라고 일렀다. 그리고 사마의 자신이 직접 군사들을 이끌고 나서서 접응하기로 하였다. 이날 밤 초경에는 바람이 맑고 달도 밝았는데, 2경시분이 되자 돌연 구름이 사방에서 모여들고 검은 기운이 하늘 가득 퍼져서 달도 보이지 않았다.

사마의는 크게 기뻐하며 말하기를,

"하늘이 내 성공을 도와주는구나!"

하였다. 이에 군사들마다 매를 물고 말들에게는 다 하무를[14] 물리고 대군들을 내몰았다.

진랑이 앞장서서 군사 1만을 이끌고 곧장 촉의 영채로 짓쳐 들어갔으나, 군사는 한 사람도 보이지 않았다. 진랑이 그제서야 계책 중에 빠진 것을 알고 황망히 퇴군하라고 소리쳤다.

그때, 사방에서 횃불이 일제히 비치며 함성이 땅을 뒤흔들더니, 왼쪽에선 왕평과 장의 오른쪽에서는 마대와 마충이 짓쳐 나왔다. 진랑은 죽기로 싸웠으나 벗어날 수가 없었다. 배후에서는 사마의가 촉의 영채에 불길이 하늘로 치솟고 함성이 그치지 않는 것을 보고, 또 위병들의 승패를 알지 못하고서 병사들은 돌아보고 접응하기를 재촉하며 짓쳐 나갔다.

홀연 함성이 일어나고 고각이 하늘로 퍼지고 화포 소리가 진동하더니, 왼쪽에서는 위연이 오른쪽에선 강유가 양로에서 짓쳐 나왔다. 위병은 대패하여 십중팔구는[15] 부상을 입고 사방 흩어져 달아났다.

한편, 진랑이 이끌고 갔던 1만의 병사들은 모두가 촉병에게 포위된 채 빗발치는 화살을 맞았다. 진랑은 혼란한 중에 죽고 사마의는 패병

---

14) 하무[啣枚] : 소리를 내지 않도록 입에 물리는 나무토막. [說文]「枝榦也 從木支 可爲杖也」. [徐箋]「枚之本義爲榦 引申之 則凡物一個 謂之枚」.

15) 십상팔구(十傷八九) : 열에 아홉은 상처를 입었음. '대다수가 상함'의 비유.

들을 이끌고 본채로 도망하였다. 3경 이후엔 하늘이 다시 밝아졌다. 공명은 산 위에서 금고를 쳐 군사들을 거두었다. 2경 시분에는 구름이 끼고 하늘이 검었던 것은, 원래 공명이 둔갑술을16) 썼기 때문이었다. 후에 병사들은 거두고 나자 하늘이 다시 맑아진 것도, 공명이 육정육갑을17) 몰아 검은 구름을 밀어 냈기 때문이었다.

공명이 크게 이기고 영채로 들어와서 정문을 참하라 하고, 다시 위남(渭南)을 취할 계책을 의논하였다. 매일 병사들을 시켜 싸움을 돋우었으나 위군은 나와 싸우질 않았다. 공명은 직접 작은 수레를 타고 기산의 앞에 와서 위수의 동서 지형 살펴보았다. 홀연, 한 골짜기의 형상이 '표주박'처럼 생겨서 그 안에 수천 명이 들어갈 수 있을 것 같았다. 또 두 산이 합쳐져서 한 골짜기를 이루고 있어, 4, 5백여 명은 수용할 만하였다. 그 뒤에는 두 산이 둘러 있는데 한 사람이 겨우 말을 타고 나갈 수 있게 되어 있었다.

공명이 보고 와서 속으로 기뻐하며, 향도관에게 묻기를

"이곳의 이름이 무엇이냐?"

하니,

"이곳의 이름은 상방곡 또는 호로곡(葫蘆谷)이라 합니다."

한다.

---

16) **둔갑술[遁甲之法]** : 둔갑술. [後漢書 方術前注]「**奇門**推六甲之陰而隱遁也 今書七志有**奇門經**」. [奇門遁甲 煙波釣叟歌句解上]「因命風后演成文 **遁甲奇門**從此始」.

17) **육정육갑(六丁六甲)** : 둔갑술을 할 때에 부르는 신장(神將)의 이름. '육갑'은 천신(天神)의 이름인데 '바람을 내리게 하는 귀신을 관리했다'고 함. [黃庭經]「役使**六丁**神女謁」. [後漢書 梁節王暢傳]「言能使**六丁**善占夢 (注) **六丁**謂**六甲**中丁神也」.

공명은 장중에 돌아와 비장 두예(杜叡)와 호충(胡忠) 두 사람을 불러서 귓속말로 밀계를 주어 보냈다. 군졸이 따라와 있는 장인[匠色] 1천여 명을 불러서 호로곡에 들여보내 '목우'(木牛)와 '유마'(流馬)를 만들고, 또 마대에게 영을 내려 5백의 병사들에게 그 입구를 지키라 하였다.

공명은 또 마대에게 말하기를,

"장인들이 밖으로 나가지 못하게 하고, 밖의 사람 또한 들어가지 못하게 하라. 내가 돌아와서 불시에 점검을 하겠다. 사마의를 잡을 계책이 여기에 있으니 일절 이 일이 누설되어서는 안된다."

며 신신당부하였다. 마대는 명을 받고 떠났다.

두예 등 두 사람은 호로곡에 있는 장인들이 규칙에 맞게 만드는 지를 감독하고 공명은 매일 오가며 지시하였다.

하루는 장사 양의가 들어와 고하기를,

"지금 양미(糧米)가 다 검각에18) 있는데, 인부나 우마가 운반하기 불편하니 이를 어찌하면 좋겠습니까?"

하거늘, 공명이 웃으며 말하기를

"내가 이미 운반할 계책을 많이 생각하였소이다. 전에 쌓아 두었던 목재와 또 서천에서 사들인 큰 나무들로 사람을 시켜 '목우(木牛)'와 '유마(流馬)'로 만들고 있소. 이 목우와 유마를 써서 군량을 운반한다면 아주 편리할 것이오. 우마는 물이나 음식을 먹지 않고 운반할 수 있으니, 밤이고 낮이고 운반할 수 있을 것이외다."

---

18) **검각(劍閣)** : 검각관(劍閣關). 지금의 사천성 검각현 북쪽 대검산·소검산의 사이에 있는 곳. 여기서 잔도가 시작되는데 공중에 비각(飛閣)을 가설하여 사람이 다닐 수 있게 되었다 하며, 검문각(劍門閣)이라고도 함. [晋書 地里志]「梓潼郡 蜀直統縣 梓潼涪城 武連黃安 漢德晋壽 **劍閣**」. [水經洸水注]「**小劍**戌北西去**大劍**三十里 連山絕險 飛閣通衢 故謂之**劍閣**」.

하니, 사람들이 모두 놀라며 대답하기를

"예로부터 지금에 이르기까지,19) 목우와 유마가 있다는 말을 들어 보지도 못했습니다. 또 승상께서 무슨 묘법으로 이런 기이한 물건들을 만드시게 되었는지 도무지 알 수가 없나이다."

하거늘, 공명이 말하기를

"내 이미 제조법을 일러두었소만 아직 완성되지는 아니 하였소이다. 내 이제 먼저 목우와 유마를 만드는 법을 그 치수와 둘레, 길이와 넓고 좁음 등을 명백하게 써 줄 터이니 자네들은 한 번 보게."

하였다.

여러 사람들이 크게 기뻐하였다. 공명은 곧 1장의 종이를 여러 사람들에게 주어 볼 수 있게 하였다. 여러 사람들이 빙 둘러서서 보니, '목우'의 제조법은 다음과 같았다.

배는 네모[方形]이고 정강이는 둥글고 한 배에 다리가 넷이 있다. 머리는 턱 속에 넣고 혀는 배에 붙어 있다. 많이 실으면 걸음이 더디고, 혼자 가면 수십 리 떼를 지어가면 30리를 갈 수 있다. 굽은 것은 소의 머리며 한 쌍으로 되는 것은 소의 발이다.

빗긴 것은 소 머리고 구르는 것은 소 다리며 덮은 것은 소 등이다. 모난 것은 소 배며 드리워진 것은 소 혀다. 굽은 것은 소 갈빗대며 새긴 것은 소 이빨이다. 선 것은 소 뿔이며 가느다란 것은 소 굴레이고, 비끄러맨 것은 소 고들개[鞦軸]로 삼는다. 소는 두 개의 멍에를 이끈다. 사람이 6척을 가는 동안에 소는 4척을 가는데, 사람은 크게 피로하지 않고 소는 마시지도 먹지도 않는다.

---

19) 예로부터 지금에 이르기까지[自古及今] : 예로부터 지금에 이르기까지. [詩經 小雅篇 甫田]「食我農人 自古有年」. [詩經 魯頌篇 有駜]「自今以始 歲其有」.

또 '유마'의 제조법은 다음과 같다.

늑골의 길이는 3척 5촌, 넓이는 3촌, 두께는 2촌 5푼이니 좌우가 다 같다. 앞축(軸)의 구멍은 머리에서 4촌 직경이 2촌이고 앞다리의 구멍은 머리에서 4촌 5푼, 길이가 1촌 5푼, 넓이가 1촌이다. 앞에 가로지른 나무의[20] 구멍은 앞다리 구멍에서 3촌 7푼, 구멍의 길이는 2촌, 넓이는 1촌이다.

뒷축의 구멍은 앞에 가로지른 나무의 구멍에서 1척 5촌, 그 크기는 앞축과 똑같고, 뒷다리의 구멍은 뒷다리에서 2촌 2푼, 뒤에 가로지른 나무 구멍은 4촌 5푼이다. 앞에 가로지른 나무 길이는 1척 8촌, 넓이 2촌, 두께가 1촌 5푼이며 뒤에 가로지른 나무 길이도 이와 같다. 판자로 만든 네모꼴 통이 두 개니, 두께는 8푼, 길이는 2척 7촌, 높이는 1척 6촌 5푼, 넓이는 1척 6촌이니 통 하나마다 쌀 2곡(斛) 3두(斗)를 담을 수 있다.

위의 가로지른 나무 구멍은 늑골에서 아래로 7촌이고 앞뒤가 같다. 위에 가로지른 나무 구멍은 아래로 가로지른 나무 구멍에서 1척 3촌, 구멍 길이는 1촌 5푼, 넓이는 7푼으로 여덟 구멍이 다 같다. 앞뒤 네 다리는 넓이가 2촌, 두께가 1촌 5푼, 형태는 코끼리와 비슷하다. 말린 가죽[鞆]은 길이가 4촌 직경이 4촌 3푼 구멍의 직경은 세 개의 다리에 해당하는데, 가로지른 나무의 길이는 2척 1촌, 넓이는 1촌 5푼, 두께는 1촌 4푼이다.

여러 장수들이 두루 살펴보고 다 배복하며,[21]

---

20) 가로지른 나무[杠] : 앞에 가로지른 나무. 횡목(橫木). [中文辭典]「牀前橫木也」. [說文]「杠 牀前橫木也 从木工聲」. [方言 五]「牀 其杠 北燕朝鮮之間 謂之樹」.

"승상께서는 진짜 신인이시오."

하였다.

며칠이 지나서 목우와 유마가 다 만들어졌는데 마치 살아 있는 것과 꼭 같았다. 산에 오르고 내리는 것이 다 편하게 되어 있었다. 여러 사람들이 다시금 저를 보고 기뻐하지 않는 자가 없었다.

공명은 우장군 고상에게 명하여 1천여 명의 병사들을 이끌고 목우와 유마 등을 몰아 검각에서 기산의 대채까지 오가며, 이들을 이용해서 군량을 공급하게 하였다.

후세 사람이 이를 예찬한 시가 전한다.

험준한 검각을 유마를 몰아 가고
야곡의 기구한 길 목우가 내려온다.
　劍閣險峻驅流馬
　斜谷崎嶇駕木牛.

후세 사람이 만약에 이 법을 행한다면
짐을 나를 때 사람들 무슨 걱정 있으리?
　後世若能行此法
　輸將安得使人愁?

한편, 사마의가 아주 걱정하고 있으려니까, 홀연 탐마가 와서 보고하기를

"촉병들이 목우와 유마를 써서 양초를 운반하고 있습니다. 군사들

---

21) 배복(拜伏): 절하며 엎드림. 복종. [風俗通 愆禮]「豈徒**拜伏**而已哉」. [北史 齊孝昭帝紀]「帝唯啼泣**拜伏** 竟無所言」.

이 노력하지도 않고 우마는 먹지도 않는다 합니다."

하거늘, 사마의가 크게 탄복하며 말하기를

"내가 굳게 지키고만 있고 나가지 않았던 것은 저들이 양초를 대지 못해서 스스로 죽기를 기다리고 있었던 것인데, 지금 이 방법을 씀은 필시 오래 있겠다는 것으로 물러갈 생각이 없는 게 아닌가. 이를 어찌 하면 좋을까?"

하고, 급히 장호와 악침 두 사람에게 당부하기를,

"자네들 두 사람은 각기 5백여 군사들을 이끌고 야곡의 소로로 가 시게나. 그랬다가 촉병들의 목우와 유마가 지나기를 기다렸다가, 뒤에 일제히 짓쳐 나가 많이 뺏을 것도 없고 너댓 개만 뺏어오게."

하니, 두 사람이 명을 받고 각각 군사 5백씩을 이끌고 촉병으로 꾸며서 몰래 소로를 지나 골짜기에 매복해 있으니, 과연 고상이 군사들을 이끌고 목우와 유마를 몰고 왔다.

저들이 다 지나가자 양쪽에서 일제히 북을 치며 짓쳐 나왔다. 촉병들이 손을 쓸 틈도 없어[22] 여러 필을 버리고 달아났다. 장호와 악침은 기뻐하며 저들은 몰고 영채로 돌아왔다. 사마의가 살펴보니 과연 진퇴가 살아 있는 것 같았다.

그는 기뻐하며 말하기를,

"너희들이 이의 사용법을 알고 있거늘 나라고 저들의 용법을 모르 겠느냐!"

하고는, 곧 장인 백여 명에게 명하여 당장 열어보게 하고 그 치수·장 단·후박(厚薄)을 그대로 해서 목우와 유마를 만들게 하였다. 불과 반

---

[22] 손을 쓸 틈도 없어[措手不及] : 일이 썩 급해서 손을 댈 수가 없음. [論語 子路篇]「禮樂不興 則刑罰不中 刑罰不中 則民無所**措手**足」.「조수」(措手)는「착 수하다」의 뜻임. [中文辭典]「謂**着手**布置也」.

달이 못 되어서 2천여 개를 만들었는데, 공명이 만든 것과 똑같아 달릴 수 있게 하였다.

사마의는 마침내 진원장군 잠위(岑威)에게 명하여 1천여 군사들로 하여금 목우와 유마를 몰고 가서, 농서의 양초를 운반해 오게 하였다. 양초의 운반이 끊이지 않으니, 위나라 진영의 장군들은 기뻐하지 않는 자가 없었다.

한편, 고상은 돌아가서 공명을 보고 위병들이 목우와 유마 각 5, 6필씩 빼앗아 갔다는 말을 하였다.

공명은 웃으며 말하기를,

"내 저들이 좀 뺏어 갔으면 하였소. 나는 단지 몇 필의 목우와 유마를 잃었으나, 머지 않아서 곧 군중에 많은 도움이 될 것이외다."

하거늘, 여러 장수들이 묻기를

"승상께서는 어찌 그리될 줄 아십니까?"

하였다.

공명이 대답하기를,

"사마의가 목우와 유마를 살펴보고, 반드시 내가 만든 법을 모방해서 똑같게 만들었을 것이오. 그리되면 그때에 나는 또 계획이 있소이다."

한다.

며칠 후에 병사들이 와서 보고하기를, 위병들도 목우와 유마를 만들어서 농서에 가서 양초를 운반해 온다 하였다.

공명이 크게 기뻐하면서,

"내 계산대로 되는구나!"

하고, 곧 왕평을 불러 분부하기를

"자네가 1천 병사를 이끌고 위병으로 분장해 밤을 도와 몰래 북원을 지나면서 순량군이라고만[23] 말하고, 저들 양곡 운반군 속에 섞여 들어가서 순량군을 호위하는 자들을 다 죽여 흩어지게 하라. 그리고 목우와 유마를 몰고 북원을 지나오면, 저들이 반드시 추격해 올 것이다. 그러면 자네들은 목우와 유마의 입 안의 혀를 돌려 놓아 우마가 움직일 수 없게 해놓고 그것들을 버리고 달아나오게.

그러면 뒤에서 위병들이 급히 추격해 와서 끌어도 움직이지 않을 것이네. 그리되면 들고 가지도 지고 가지도 못할 때 내 다시 병사들을 이끌고 갈 터이니, 자네들은 속히 몸을 돌려 다시 우마의 혀 묶은 것을 돌려놓고 거침없이 몰고 오게. 위병들은 필시 괴물인 줄 알 것이네." 하였다. 왕평이 병사들을 이끌고 갔다.

공명은 또 장의를 불러서 말하기를,

"자네는 5백의 군사들을 인솔하고 가되 모두 육정육갑의 신병들로 꾸미게. 귀신의 머리에 짐승의 몸으로 꾸며 오색 비단을 써서 얼굴에 칠을 하고 이따금 괴이한 행동을 하며, 손에는 수기(繡旗)를 잡고 한 손에는 칼을 집고 몸에는 호로(葫蘆)를 차고 그 안에는 연기를 내는 물건을 감춰 두고 산기슭에 매복하고 있게나. 목우와 유마가 오거든 연기를 내며 일제히 뛰쳐나와 우마들을 몰고 오시게. 위병들이 이를 보면 반드시 귀신으로 생각해서 감히 추격하지 못할 것일세." 하자, 장의가 계책을 받고 군사들을 이끌고 갔다.

공명은 위연과 강유에게 분부하기를,

"자네 두 사람은 1만 군사들을 이끌고 북원의 영채 입구에 가서, 목우와 유마를 접응해서 교전에 방비토록 하게." 하였다.

또 요화와 장익을 불러서는,

---

23) 순량군(巡糧軍) : 군대에서 쓰는 양곡을 순찰하는 병사.

"자네들 두 사람은 5천의 병사들을 이끌고 가서 사마의가 오는 길을 차단하게나."

하고, 또 마충과 마대를 불러 당부하기를

"자네 두 사람은 2천의 병사들을 이끌고 위남에 가서 싸움을 돋우게."

하였다. 여섯 장수들이 각각 명령을 받고 갔다.

이때, 위장 잠위가 군사를 이끌고 목우와 유마를 몰고 와서 양초를 싣고 가고 있는데, 홀연 전면에 순량병이 왔다 하였다. 잠위가 사람을 보내 초탐하게 하였더니, 과연 위병이어서 방심하고 전진하고 있다가 양군이 한 곳에서 합치게 되었다.

홀연 함성이 일더니 촉병들이 본대 속에서 들고 일어나며, 큰 소리로

"촉의 대장 왕평이 여기 있다."

하며, 충살하였다.

위병들이 손을 쓸 새도 없이 촉병들에게 태반이나 죽었다. 잠위는 패병들을 이끌고 적과 싸우다가 왕평의 한 칼에 맞아 죽었다. 그 통에 남은 군사들은 모두 뿔뿔이 흩어졌다.

왕평은 군사들을 이끌고 목우와 유마들을 몰고 돌아왔다. 패병들이 나는 듯이 북원의 영채에 가서 고하였다. 곽회는 군량을 겁탈당했다는 말을 듣고는 황망히[24] 군사들을 이끌고 구하러 갔다. 왕평은 군사들에게 목우와 유마들의 혀를 돌려놓게 하고 길에다 다 버리고, 싸우다가 달아나고 달아나다 싸우곤 하며 도망갔다. 곽회는 추격하지 말라 하고 목우와 유마만 몰고 가라 했다. 군사들이 일제히 달려들어 목우와 유마들을 몰고 가려 하였으나 옴짝달싹하지도 않았다.

곽회는 속으로 의심이 생겼으나 어찌할 도리가 없어 하는데, 홀연

---

24) 황망히[疾忙] : 서둘러. 황망하게. 「疾」에는 '急·速'의 뜻이 있음. [左氏 襄
五]「疾討陳 (注) 疾急也」. [國語 周語 下]「高位寔疾顛 (注) 病速也」.

고각 소리가 하늘에 퍼지고 사방에서 함성이 일어나더니 양로에서 군사들이 짓쳐 왔다. 그들은 위연과 강유였다. 왕평은 다시 군사들을 이끌고 돌아서 세 군데서 협공을 하자, 곽회는 대패하여 달아났다.

왕평은 군사들에게 영을 내려 우마의 혀를 다시 돌려놓게 하고 급히 몰고 갔다. 곽회가 이를 보고 군사를 돌려 다시 추격하려 하는데, 산의 후미에서 연기가 갑자기 피어오르고 한 떼의 신병들이 몰려나오는데, 각자가 손에 깃발을 들고 이상한 형상을 하며 목우와 유마들을 호위하고 마치 바람처럼 가버렸다.

곽회가 놀라며 말하기를,

"이는 필시 신이 돕는 것이다!"

하였다. 여러 군사들도 놀라고 두려워하지 않는 자가 없어 감히 더 추격하지 못하였다.

한편, 사마의는 북원에서 병사들이 패했다는 소식을 듣고, 급히 군사들을 인솔하고 구원하러 갔다. 바야흐로 중간쯤에 이르렀을 때에 홀연 포향 소리가 나더니, 군사들이 양로의 험준한 곳에서 짓쳐 나오며 함성이 땅을 뒤흔들었다. 깃발 위에는 '한장 장익·요화'라고 크게 써 있었다. 사마의는 크게 놀랐다. 위군들은 당황해서 각자 쥐새끼처럼 도망쳤다.[25]

이에,

> 길에서 신장(神將)을 만나 군량을 빼앗기고
> 직접 기병(奇兵)들을 만나 목숨 또한 위급하네.

---

25) **쥐새끼처럼 도망쳤다[逃竄]** : 쥐새끼처럼 숨음. '두려워 숨을 죽이고 꼼짝도 못함'을 형용하는 말임. 「포두서찬」(抱頭鼠竄). [漢書 蒯通傳]「常山王**奉頭鼠竄** 以歸漢王」. [遼史 韓匡傳]「棄我師旅 **挺身鼠竄**」. [中文辭典]「急逃之意」.

路逢神將糧遭劫

身遇奇兵命又危.

사마의는 그때 어떻게 적과 싸웠는지는 알 수가 없다. 하회를 보라.

제103회

상방곡에서 사마의는 곤경에 빠지고
오장원에서 제갈량은 별에 수를 빌다.
上方谷司馬受困
五丈原諸葛禳星.

이때, 사마의는 장익과 요화에게 패배하고 필마단창으로 우거진 밀림 속을 바라고 달아났다. 장익은 그 자리에서 후군을 수습하고, 요화는 앞장서서 사마의를 급히 추격하였다. 사마의는 당황해서 순간 나무를 끼고 홱 돌았다. 요화가 한 칼에 내리 찍는다는 것이 정통으로 나무를 찍고 말았다. 요화가 칼을 빼려 할 때에 사마의는 산림 밖으로 달아나버렸다. 요화가 뒤따라 급히 나갔으나 간 곳을 알 수가 없었는데, 숲의 동쪽에서 금투구 한 개가 떨어져 있었다.

요화가 투구를 취하여 말 위에 매달고 곧장 동쪽으로 급히 추격해 갔다. 원래 사마의는 금투구를 숲의 동쪽에 버리고는, 반대쪽 방향인 서쪽으로 달려 갔다. 요화가 1마정 정도 추격하였으나 사마의의 자취를 볼 수 없게 되자, 산골짜기 입구까지 달려갔다가 강유를 만나서 함께 영채로 돌아와서 공명을 뵈었다.

장의는 벌써 목우와 유마들을 몰고 영채에 와 이미 인수인계를[1] 끝

---

1) 인수인계[交割] : 분배. [明律 職制官員赴任過退]「代官已到 舊官昭 已定限期 **交割**戶口 錢糧 刑名等項」. [明律 戶律]「**交割**違者 杖一百」.

냈는데, 노획한 양곡이 만여 석이나 되었다. 요화는 황금투구를 바치고 첫째인 공훈에 기록되었다.

위연은 마음속으로 기뻐하지 않아 입으로 원망의 말을 했으나 공명은 짐짓 모르는 체했다. 이때, 사마의는 영채로 도망쳐 오는 중에 마음이 심히 편치 않았다. 홀연 사신이 조서를 가지고 와서 동오의 3로군이 쳐들어 왔다며 조정에서는 장수를 보내어 막으려 하니, 사마의 등에게는 굳게 지키기만 하고 나가 싸우지 말라 하였다. 사마의가 명을 받고 더욱 해자를 깊이 파고 보루를 높게 하여, 굳게 지키고 나가 싸우지 않았다.

한편, 조예는 손권이 군사들을 3로로 나누어 온다는 소식을 듣고, 군사를 일으켜서 저들을 막았다. 유소(劉劭)에게 명하여 군사들은 인솔하고 강하를 구하게 하고, 전예(田豫)에게는 병사들을 이끌고 가서 양양을 구하라 하였다. 조예 자신은 만총과 같이 대군을 이끌고 합비를 구하러 갔다. 만총이 먼저 일군을 이끌고 소호구(巢湖口)에 가서 보니, 동안에 전선이 무수히 많고 깃발이 정숙했다.

만총은 군중에 들어가 위주에게 아뢰기를,

"오군은 반드시 우리가 멀리 온 것을 가볍게 보고 방비가 없을 것입니다. 오늘 밤 빈틈을 타고서 갑자기 저들의 수채를 공격하면 전승할 수 있습니다."

하거늘 위주가 말한다.

"그대의 말이 짐의 뜻과 같구나!"

하고, 곧 사납고 날랜 장수 장구(張球)에게 명하여, 병사 5천을 이끌고 가되 각각 불 지르는 데 필요한 도구[火具]들을 가지고 호구(湖口)로 들어가 공격하게 하고, 만총은 5천 명을 이끌고 동안을 따라 공격하게 하였다. 이 날 2경 시분에 장구·만총 등이 각기 군사들을 이끌고 가만 가만히 호구를 향하여 진발하였다.

저들의 수채에 가까워지자 일제히 함성을 지르며 짓쳐 들어갔다. 오병들은 당황하여 싸우지도 못하고 달아났다. 위군들은 사방에 불을 질렀다. 불에 탄 전선과 양초·무기 등은 그 수를 헤아릴 수조차 없었다. 제갈근은 패병들을 이끌고 면구로 도망쳤다. 위병들은 대승을 거두고 돌아왔다. 다음 날 초마가 이 소식을 육손에게 보고를 올렸다.

육손은 여러 장수들을 모아놓고 말하기를,

"내 당장 주상에게 표주하여 신성(新城)을 포위하고 있는 군사들을 철수시켜 위군의 퇴로를 끊게 하라고 아뢰고, 내가 여러 장수들을 이끌고 가 그 앞을 공격한다면, 저들은 수미가 다 적이어서 막을 수 없을 것이니 일격에 깨뜨릴 수 있소이다."

하거늘, 여러 장수들이 그 말에 따랐다. 육손은 곧 표문을 써서 소교(小校)에게 주어 신성으로 가게 하였다. 소교는 명을 받들어 표문을 가지고 떠나 가다가 뜻밖에 위군의 복로군에게 잡혀서, 군중에 끌려가 위주 조예를 만나게 되었다.

조예는 육손의 표문을 찾아내어 읽고 나서,

"동오의 육손이 정말 교묘한 묘책을 쓰고 있구나!"

하고 마침내 오병을 감옥에 가두게 하고, 유소에게 명하여 손권의 오군을 방비하라고 하였다.

한편, 제갈근은 한 진을 크게 패한데다가, 또 마침 무더워서 많은 인마들이 병에 걸렸다. 이에 한 통의 글을 써 육손에게 전하게 하며 철군하고 돌아갈 일을 의논하였다.

육손이 보고 나서 온 사람에게 이르기를,

"상장군께 내가 생각한 바 있다고 말씀을 드려라."

하매, 그 사람이 돌아가서 제갈근에게 보고하였다.

제갈근이 묻기를,

"육손장군은 무얼하고 계시더냐?"

하니, 그 사람이 대답하기를

"장군께서는 여러 사람들을 독려하여 콩을 심고 계십니다. 그리고 자신은 여러 사람들과 어울려 원문에서 활을 쏘며 놀고 계시더이다."

한다.

제갈근이 놀라서 직접 영중에 가 육손을 만나서 묻기를,

"이제 조예가 직접 오고 저들의 세가 아주 성해지고 있소이다. 도독께서는 어찌 저들을 방어하려 하시오?"

하니, 육손이 말하기를

"내가 전번에 사람을 보내서 주상께 표주하였는데, 적들에게 잡힌 바 되어서 기밀이 이미 노출이 되었습니다. 저들은 필시 알고서 대비했을 것이니, 싸운다면 소득이 없을 것이고 물러가느니만 못할 것입니다. 내 이미 사람을 보내어 주상께서 서서히 퇴병하기를 약속을 받았소이다."

하거늘, 제갈근이 또 말하기를

"도독께서 이미 이런 생각이시라면 속히 퇴군해야지, 무엇 때문에 자리하고 있으시오?"

한다.

육손이 대답하기를,

"내가 군사를 물리려면 마땅히 서서히 움직여야 하오. 이제 만약에 빨리 퇴각한다면, 위군은 반드시 승세를 타고 급히 추격해 올 것이외다. 이렇게 하는 것은 패하는 것입니다. 족하께서는 마땅히 먼저 배들을 감독하면서 짐짓 적과 싸우려는 체 하세요.

나는 그동안에 군사들을 다 양양으로 가게 하겠소이다. 이것은 적을 의심하게 하는 계책입니다. 그런 뒤에 서서히 퇴병해서 강동으로 돌아가면, 위병들은 감히 가까이 오지 못할 것이오이다."

하거늘, 제갈근이 그 계책에 따르기로 하고 육손과 하직하고 본영으로 돌아와, 배들을 정돈하고 군사를 일으킬 준비를 하였다.

육손은 전군의 대오를[2] 엄격히 정비하고 허장성세를 하며 양양을 향해 진발하였다. 벌써 이 내용을 세작들이 위주에게 알리며, 오병들이 이미 움직이기 시작했으니 막을 준비를 하라고 보고하였다. 위나라 장수들이 그 소식을 듣고 다 출전하여 싸우겠다 하였다. 위주는 평소부터 육손의 재주를 알고 있는 터여서,

여러 장수들을 달래며 말하기를,

"육손은 지모가 있는 인물이오. 유적지계를[3] 쓰는 것이 아닐까 하니 가벼이 나가지 마시오."

하며 여러 장수들을 진정시켰다.

며칠 후에 초마가 와서 보고하기를,

"동오의 삼로병들이 다 퇴각하였습니다."

하거늘, 위주가 믿기지 않아 다시 사람을 보내 알아보게 하였으나, 회보의 내용은 다 퇴군했다는 것이었다.

위주가 말하기를,

"육손의 용병법은 손오에 버금가니 아직 동남쪽은 평정할 수가 없다."

---

2) 대오[部伍] : 부(部)와 오(伍)로 엄격히 정비함. '부'와 '오'는 군대의 편제임.
   [史記 李廣傳]「廣行無**部伍**行陣」. [三國志 魏志 陸遜傳]「遜爲兒童戲弄 常設**部伍**」.
3) 유적지계(誘敵之計) : 적병을 유인하는 계책. [六韜 大韜 戰騎]「左有深溝 右有坑阜 高下如平地 進退**誘敵** 比騎之陷也」. [左氏 定 七 齊師聞之墮伏而待之注]「墮毀其軍以**誘敵** 而設伏兵」.

하고는 제장들에게 칙서로 내려, 각기 요해처를 지키게 하고 자신이 대군을 이끌고 합비에 주둔하고서 변화를 기다렸다.

한편, 공명은 기산에서 오래 머물 계획을 세웠다. 그래서 군사들에게 위나라 백성들 속에 섞여서 농사를 짓게 하였다. 군사들이 3분의 1을, 백성들이 3분의 2를 차지하게 하고 결코 더 취하지는 않았다. 위나라 백성들이 더 안심하고 농사에 정진하였다.

사마사가 들어와, 아버지에게 고하기를

"촉병들이 우리를 겁략해서 많은 양곡을 빼앗아 갔는데도, 어제 또 우리 백성들 속에 섞여서 위빈에서 둔전하게 하고 있으면서 오래 있을 계획을 하고 있습니다. 이것은 정말 국가의 큰 화근이 될 듯싶습니다. 아버님께서는 어찌하여 공명과 더불어 한바탕 큰 싸움을 하셔서, 자웅을 결할 계획을 하지 않으십니까?"

하거늘, 사마의가 말하기를,

"나는 천자의 명을 받들어 굳게 지킬 뿐이다. 경거망동해서는 아니 된다."

하였다.

그러고 있는데 홀연,

"위연이 전번에 잃으신 황금투구를 쓰고 앞에 나와 욕설을 하면서, 싸움을 돋우고 있습니다."

라는 보고를 드렸다.

여러 장수들이 분노하며 다 나가 싸우고자 하거늘, 사마의가 웃으며 말하기를

"옛 성인께서 이르시기를 '작은 일을 참지 못하면 큰 계획에 혼란을 가져온다.'4) 하였으니, 굳게 지키는 것이 상책이외다."

하며, 제장들에게 나가 싸우지 말라 하였다.

위연은 오랫동안 욕하며 꾸짖다가 돌아갔다. 공명은 사마의가 출전하지 않자, 이에 마대에게 나무울타리를 만들고 진영에 깊은 참호를 파게한 후, 거기에다 마른 나무와 인화물을 쌓게 하였다. 그리고 그 주위 산 위에 시초를 써서 많은 빈 초막을 만들고 그 내외에다 지뢰(地雷)를 설치하게 하였다. 설치가 끝나자 공명은 귓속말로 부탁하기를 호로곡 후미의 길을 끊어 놓고, 몰래 골짜기에 복병을 깔아 놓게 하였다.

만약에 사마의가 추적해 오면, 저들이 마음대로 골짜기로 들어오게 하고, 곧 지뢰와 건초에 일제히 화기를 일으켜라. 또 군사들에게 명을 내려 낮에는 칠성호대를5) 골짜기 입구에 세워두고, 밤이면 산 위에 칠잔명등을 설치해서 신호를 삼게 하였다. 마대가 명을 받고 병사들을 인솔하고 갔다.

공명은 또 위연을 불러 분부하기를,

"자네는 병사 5백을 이끌고 가서 위의 영채 앞에서 싸움을 청해, 기어코 사마의를 유인해 내어 싸우게 하게나. 이기려 하지 말고 거짓으로 패한 척하시게. 사마의가 급히 추격해 오면 자네는 칠성기가 있는 곳으로 들어가게나. 만약 밤이라면 칠잔명등이 있는 곳으로 달아나게. 사마의가 호로곡 안으로 들어가게 되면 내 직접 저를 사로잡을 계교가 있네."

하니, 위연이 계획을 받고 떠났다.

---

4) 작은 일을 참지 못하면 큰 계획에 혼란을 가져온다[小不忍則亂大謀] : 적은 일을 참지 못한다면 큰 계책을 도모할 수 없음. [論語 衛靈公篇]「子曰 巧言亂德 小不忍則亂大謀 (集注) 小不忍 如婦人之仁 匹夫之勇 皆是」.

5) 칠성호대(七星號帶) : 북두칠성을 그린 신호기. 좁고 긴 비단 조각. 깃대의 머리에 매어 사졸들에게 알리는 구실을 했음. [六部成語 兵部 號帶 注解]「號帶 乃長條之帛 繫于竿頭 用以呼軍卒」.

공명은 또 고상을 불러서 분부하기를,

"자네는 목수와 유마를 2, 30필 씩 무리를 만들거나, 4, 50필을 한 떼로 하여 각각 양미를 운반하는 것으로 꾸며 산길을 오가게나. 만일 위병들이 빼앗아 가려 하면 이는 곧 자네의 공이 될 것일세."

하자, 고상이 계획을 받고 목우와 유마를 몰고 갔다.

공명은 기산에 있는 병사들을 하나하나 분별해 보낸 후에, 둔전병들만6) 남겨 부탁하기를

"싸움이 일어나거든 거짓 패하기만 하고, 만약에 사마의가 직접 오거든 힘을 합쳐서 위수 남쪽을 공격하여 그가 돌아가는 길을 끊거라."

하였다.

공명은 군사들을 배치하고 나자 직접 각자가 일군들을 이끌고 상방곡 부근에 가 진영을 세웠다. 이때, 하후혜와 하후화 두 사람은 영채에 들어가서, 사마의에게 고하기를

"이제 촉병들은 사방으로 흩어져 영채를 세우고, 각각 그곳에서 주둔하면서 오래 버틸 계획을 하고 있습니다. 만약에 이때에 저를 제거하지 않으면, 오래 될수록 그 뿌리가 깊어져 흔들기 어려울 것입니다."

하거늘, 사마의가 말하기를

"이것은 필시 또 공명의 계책일 것일세."

하였다.

두 사람이 묻기를,

---

6) **둔전병(屯田兵)** : 둔전을 맡은 병사. 「둔전」. 군량을 조달하기 위해 궁·관아 및 지방에 주둔하고 있는 병사들에게 딸린 땅. 그 곳에 머물러 있던 병사들이 농사짓던 밭을 「둔전답」(屯田畓)이라 했음. [周禮 冬官]「有屯部 今曰**屯田**司」. [漢書 趙充國傳]「乃詣金城上**屯田** 奏願罷騎兵 留步兵萬餘 分屯要害處 條不出兵留田 便宜十二事」.

"도독께서 만약에 이렇게 의심만 하신다면, 도적들은 어느 때나 멸하겠습니까? 우리 형제 두 사람이 나가 힘을 다해 싸워서, 국은에 보답하겠습니다."

하거늘, 사마의가 대답하기를

"꼭 그러겠다면 자네 두 사람이 각기 길을 나눠 나가서 싸우게."

하고, 마침내 하후혜와 하후화에게 각각 5천씩 이끌고 가게 하였다. 그리고 사마의는 앉아서 결과를 기다렸다.

한편, 하후혜와 하후화 두 사람은 군사들을 둘로 나누어 행군하고 있는데, 홀연 촉병들이 목우와 유마를 몰고 오는 것이 보였다. 두 사람은 일제히 짓쳐 나갔다. 촉병들은 대패하고 달아나고, 위병들은 목우와 유마를 모두 빼앗아 사마의의 영채로 보냈다.

다음 날 또 인마 백여 명을 사로잡아 또 대채로 보냈다. 사마의는 촉병들을 데리고 저들의 허실을 힐문하였다.

촉병이 와서 보고하기를,

"공명은 도독께서 굳게 지키고 나오지 않을 것이라 생각하고 우리 모두에게 사방으로 흩어져 둔전을 하게 하여, 오래 머물 계책을 삼은 것이온데 뜻하지 않게 잡혀온 것입니다."

한다. 사마의는 곧 촉병들을 다 놓아 돌려보냈다.

하후화가 말하기를,

"어찌해서 저들을 죽이지 않으십니까?"

하니, 사마의가 대답한다.

"이들 병사들을 죽인다 해서 무슨 이익이 있겠는가. 본채로 돌려보내서 위장의 관대하고 인자함을 보임으로써, 저들의 싸우고자 하는 마음을 풀어지게 하려 함일세. 이것은 여몽이 형주를 취할 때 썼던 계책일세."

하고는, 마침내 명을 내려 이후부터 촉병을 사로잡는 일이 있으면 모두 잘 타일러 돌려보내라 하고, 이에 공이 있는 장수와 관리들은 중상한다 하였다. 제장들은 다 명을 듣고 떠났다.

한편, 공명이 고상으로 하여금 거짓 양초를 운반하는 체하고, 목우와 유마를 몰아 상방곡 안으로 왕래하게 하였다. 하후혜 등은 이것을 끊고 쳐서 반 달 여간[半月之間]에 연하여 여러 진을 이겼다.

사마의는 촉병이 여러 차례 패한 것을 보고 마음속으로 흐뭇해 하였는데, 하루는 또 촉병 수십 인을 잡아가지고 왔으므로 사마의는 장하(帳下)로 불러들여 묻기를,

"공명은 어디 있느냐?"

하니, 촉병들이 아뢰기를,

"제갈승상께서 기산에 계시지 않고 상방곡 서편 십 리에 하채하고 그곳에 들어가 계신데, 매일 양초를 운반하여다가 상방곡에 쌓아놓고 계십니다."

하였다.

사마의는 자세히 묻고 나서 곧 촉병들을 놓아 보내고, 여러 장수를 불러 분부하기를

"공명이 지금 기산에 있지 않고 상방곡에 하채하고 있으니, 자네들은 내일 기산의 대채를 온 힘을 다해 공격하여 뺏으라. 나도 직접 군사를 이끌고 가서 접응하겠소이다."

하였다. 모든 장수들이 명을 받아 각각 나가서 싸울 준비를 하였다.

사마사가 묻기를,

"아버님은 어인 까닭으로 상방곡은 치지 않고 도리어 기산을 치려 하십니까?"

하매, 사마의가 대답하기를

"기산은 촉병의 근본이라 만약 우리 군사가 치는 것을 보면, 각 영에서 필연 모두 와서 구할 것이다. 그때, 우리가 뒤쪽으로 상방곡을 쳐서 그 양초를 불살라, 저희로 하여금 머리와 꼬리가 서로 접하지 못하게 하면 적은 크게 패하고 말 것이다."

하였다. 사마사는 배복하였다.

사마의는 곧 군사를 거느리고 나가며, 장호와 악침으로 하여금 각각 5천 병을 거느리고 뒤에서 접응하게 하였다. 이때, 공명은 산 위에서 위병들이 4, 5천 명이 한 대(隊)가 되고 혹은 1, 2천 명이 한 대가 되기도 하여 대오도 정돈하지 않은 채 앞뒤를 돌아보며 가고 있는 것을 보고, 저희가 필시 기산 대채를 취하러 가는 것이라 짐작하고서 곧 여러 장수들에게 영을 전하여 분부하기를,

"만약에 사마의가 친히 오거든, 너희들은 바로 가서 위병의 영채를 겁탈하고 위수 남쪽 땅을 뺏어라."

하였다. 장수들은 각각 영을 들었다.

한편, 위병들은 다 기산의 영채로 달려들었다. 바로 그때 촉병들이 사방에서 에워싸서 일제히 함성을 지르고 거짓 구응하는 체했다. 사마의는 촉병들이 모두 기산의 영채를 구응하려 한 것을 보고, 곧 두 아들과 중군의 호위 인마들과 같이 상방곡으로 짓쳐 나왔다.

위연이 상방곡의 입구에 있다가 사마의가 오는 것을 보았다. 홀연 한 떼의 위군이 짓쳐 오거늘, 위연이 말을 몰아 앞으로 가서 적을 보니, 곧 사마의였다.

위연이 크게 소리치며 말하기를,

"사마의는 달아나지 말아라."

하고 칼을 춤추며 나가 맞았다.

사마의는 창을 꼬나들고 나가 싸웠다. 불과 3합이 못 되어서 위연이 말을 돌려 달아나거늘, 사마의가 뒤를 따르며 급히 쫓아왔다. 위연은 칠성기가 있는 곳을 바라고 달아났다. 사마의가 보니 위연 혼자뿐이고 따르는 군마가 거의 없자, 방심한 채 저를 추격하였다. 사마사를 왼편에, 사마소를 오른편에 있게 하고 자신은 중앙에 있으면서 일제히 공격하며 짓쳐 갔다.

위연은 5백여 군사들을 이끌고 골짜기 입구까지 퇴각하였다. 사마의는 상방곡 입구에 이르러, 먼저 사람을 시켜 골짜기 입구를 초탐하게 하였다. 그 사람이 골짜기 입구에는 매복병이 없고 산 위에는 초방7) 뿐이라고 보고하였다.

사마의는 말하기를,

"이는 필시 양곡을 쌓아 두는 곳일 게다."

하고는, 드디어 대병들을 몰아 모두 상방곡으로 들어갔다.

사마의는 초방 위에 마른 시초들이 쌓여 있는 것만 보이고 앞에 위연이 보이지 않았다.

그래서 마음속에 의심이 일어, 부하들에게

"만약에 병사들이 상방곡의 입구를 막는다면, 이를 어찌하려느냐?"

하였다.

말이 끝나기도 전에 함성이 크게 일어나는 소리가 들리고, 산 위에서 일제히 햇불을 던져 골짜기 입구를 불태워 끊어 버리자, 위병들이 달아날 길이 없어졌다. 산 위에서는 불화살을 쏘아대자 지뢰가 한꺼번에 터졌다.

---

7) **초방(草房)** : 띠집(茅蘆). [皮日休 秋晚自洞庭湖 別業寄穆秀才詩]「破村寥落過
重陽 獨自櫻寧茸**草房**」.

초방 안에 쌓여 있던 마른 나무에 모두 불이 붙어, 활활 타 올라 불길이 하늘로 치솟았다.[8] 사마의는 놀라서 손을 쓸 수가 없자,[9] 말에서 내려 부하들을 끌어안고 통곡하며

"우리 삼부자가 다 여기서 죽는구나!"

하며 울고 있을 제, 홀연 바람이 미친 듯이 불고 검은 기운이 공중에 가득 차더니, 벼락이 치고 소나기가 붓듯이 내렸다. 골짜기의 불길이 다 꺼지고 지뢰도 터지지 않으며, 불 놓은 기구들이 쓸모가 없어졌다.

사마의가 크게 기뻐하며,

"지금 짓쳐 나가지 못하면 다시 어느 때를 기다리려 하느냐!"

하고, 즉시 군사들을 이끌고 죽을 힘을 다해 짓쳐 나갔다. 장호·악침 등이 또한 군사들을 이끌고 접응해 왔다. 마침내 군사들이 없어서 더 이상 쫓지는 못하였다.

사마의 부자는 장호·악침 등과 병사들을 합쳐 함께 위남의 대채로 돌아왔다. 그러나 뜻밖에도 대채가 이미 촉병들에게 빼앗긴 상태였다. 곽회와 손예가 마침 부교 위에서 촉병들과 싸우고 있었다. 사마의 등이 군사들을 이끌고 들이치자 촉병들은 퇴각하였다. 사마의는 부교에 불을 질러 끊고 북쪽 언덕에 군사들을 주둔시켰다.

이때 기산에서 촉병들의 영채를 공격하던 위병들은, 사마의가 대패하여 위남의 진영을 잃었다는 소식을 듣고 군사들이 크게 당황하며 혼란에 빠졌다. 급히 퇴각하려는데 사방에서 촉병들이 짓쳐 들어왔

---

8) 활활 타 올라 불길이 하늘로 치솟았다[刮刮雜雜]: 성질이 거세고 세련되지 못함을 이름. 여기서는 '마른 나무에 불이 붙어 활활 타는 모습을 혀용하는 말임. [三國演義 第103回 注「形容枯柴着火的聲音」.

9) 놀라서 손을 쓸 수가 없자[手足無措]: 손이 있어도 쓰지 못함. [禮記 仲尼燕居]「若無禮則 手足無所錯」. 「조수불급」(措手不及). '일이 썩 급해서 손을 댈 나위가 없음'을 이름. [史記 孔子世家]「有司加法焉 手足無處」.

다. 위병들은 대패하여 열에 여덟 아홉은 목숨을 잃고 죽은 자는 그 수를 셀 수가 없었으며, 나머지 군사들을 위수 북쪽 언덕으로 달아나 겨우 목숨을 부지하였다.

공명은 산 위에서 위연이 사마의를 유인하여 골짜기로 들어가는 것과 화광이 일시에 이는 것을 보고 속으로 심히 기뻐하며, '사마의가 이번에는 반드시 죽었을 것'이라고 생각하였다. 그런데 뜻밖에 하늘이 큰 비를 내려 불이 붙지 않았다.

초마가 와서 보고하기를,

"사마의의 부자들이 모두 도망갔습니다."

하였다.

공명이 탄식하며 말하기를,

"일을 꾸미는 것은 사람이지만 일을 성취시키는 것은 하늘이구나.10) 억지로 되는 일이 아니다."

하였다.

후세 사람이 이를 탄식한 시가 전한다.

골짜기에 갑자기 바람이 일고 불꽃이 이는데
누가 생각했느냐 맑은 하늘에서 비가 올 줄을.
　谷口風狂烈燄飄
　何期驟雨降靑霄.

무후의 묘한 계책이 성취만 하였더라면

---

10) 일을 꾸미는 것은 사람이지만, 일을 성취시키는 것은 하늘이구나[謀事在人 成事在天]: 일을 도모하는 것은 사람이지만, 일이 성사되는 것은 하늘 뜻에 달려 있음. [中文辭典]「謂行事當有計劃 然事之成否 則在於天命也」.

어찌 산하가 진나라에 속했을 것인가!

武侯妙計如能就

安得山河屬晉朝!

한편, 사마의는 위의 북쪽 언덕 영채에서 말하기를,

"위남의 영채를 지금 다 잃었다. 제장들 중에서 나가 싸우자고 또다시 말하는 자는 참하리라."

하였다. 여러 장수들은 명을 듣고 굳게 지키기만 하고 나가 싸우지 않았다.

곽회가 들어와 아뢰기를,

"근일에 공명이 군사들을 이끌고 순초(巡哨)한답니다. 필시 이곳 어디에 영채를 세울 모양입니다."

하거늘, 사마의가 대답하기를

"공명이 만약에 무공(武功)으로 나와 산의 동쪽 영채를 친다면 우리가 다 위태롭게 될 것이고, 만약에 위남을 나와서 서쪽 오장원에11) 머문다면 그땐 무사할 것이외다."

하며 사람을 보내 정탐하게 하니, 과연 오장원에 군사들을 주둔시켰다는 보고가 들어왔다.

사마의는 손으로 이마를 짚으며,

"이는 대위 황제의 홍복이니라!"

하며, 여러 장수들에게 말하기를

"굳게 지키기만 하고 나가 싸우지는 말아라. 오래지 않아서 저들에

---

11) 오장원(五丈原): 오장(五丈)은 협서성 봉상현(鳳上縣)의 서남. 제갈량이 오장원에서 죽었음. [蜀志 諸葛亮傳]「建興十二年春 亮悉大衆 由斜谷出 以流馬運 據武功**五丈原**」. [水經 沔水注]「諸葛亮 死於**五丈原**」.

게 큰 변화가 있을 것이다."
하였다.

　한편, 공명은 직접 군사들을 인솔하고 오장원에 주둔시키고 여러
사람을 보내 싸움을 돋우었으나, 위병들은 나오지 않았다. 공명은 이
에 부녀자들이 쓰는 머릿수건과 여자들이 입는 흰옷을, 잘 꾸민 함에
함께 넣어서 한 통의 편지와 같이 위의 영채에 보냈다.
　제장들은 감히 숨길 수 없어 사신을 이끌고 와서 사마의를 만나게
하였다. 사마의가 여러 사람 앞에서 함을 여니 그 안에는 여인의 수건
과 옷이 들어 있고, 한 통의 편지가 들어 있었다.
　사마의가 열어 보니 대략 다음과 같다.

　중달은 이미 대장이 되어 중원의 군사들을 거느리고 있으면서도,
갑옷을 입고 병장기를 잡고서 자웅을 결정할 생각은 않고 이에 토
굴을 지키는 것만 즐기고 칼과 화살은 피하고 있구려. 그러하니 여
자들과 뭬 다르겠소이까!
　이제 사람을 시켜 여자들이 쓰는 수건과 옷을 보내오이다. 계속
출전하지 않으려면 가히 두 번 절하고 이를 받으시오. 그러나 아직
은 부끄러운 마음이 없지 않아서 남자의 흉금이 있거든, 빨리 회답
을 하고 날짜를 정해서 싸우십시다.

　사마의가 읽고 나서 마음속에 크게 노여웠으나, 거짓 웃으며
　"공명이 나를 부녀자로 보고 있었구려!"
하며, 곧 그 물건들을 받아 그것을 가지고 온 사자를 잘 대접하며
　"공명은 침식과 일들을 어떻게 하고 있느냐?"

하니, 사자가 말하기를

"승상께서는 아침엔 일찍 일어나시고 저녁에 늦게 주무시며, 곤장 20대 이상의 일은 직접 하십니다. 그러나 잡수시는 것은 하루에 얼마 되지 않으십니다."

하거늘, 사마의가 제장들에게 이르기를

"공명이 먹는 게 적으면서 일은 많으니,12) 오래 지탱하지 못할 것이오."

하였다.

사자가 하직하고 오장원에 돌아가, 공명을 보고 자세히 보고한다.

"사마의가 수건과 여자의 옷을 받고 편지를 읽고 나서 화를 내지 않고서, 단지 승상께서 침식과 번거로운 일들을 어떻게 하고 계신지만 묻고, 군사들에 관한 일들은 일절 묻지 않았습니다. 제가 대답하였더니 저가 '잡수시는 것은 적고 일이 많으시니, 어찌 오래 지탱하랴.' 하더이다."

이에, 공명이 탄식하며 말하기를,

"저가 나를 속속들이 알고 있구나!"

하거늘, 주부 양옹(楊顒)이 말하기를

"제가 승상께서 장부와 문서를 직접 검토하시는 것을 보면서, 그렇게 할 필요가 있을까 생각했습니다. 무릇 일을 다스리는 데는 상하가 있어서도 침범돼서는 안 됩니다. 이는 치가(治家)의 도에 비유하면, 밭 가는 일은 반드시 노복에게 맡겨 하게 하고, 여종들에게는 밥 짓는 일을 맡겨야 집안일들이 빈틈이 없는 것입니다.

---

12) 먹는 게 적으면서 일은 많으니[食少事煩] : 하는 일에 비해 먹는 게 적음.
　 [晉書 宣帝紀]「先是亮便至 帝問曰 諸葛公起居何如 食可幾米 對曰 三四升 次問
　 政事曰 二十罰以上 皆自省覽 帝旣而告人曰 **諸葛孔明其能久乎** 竟如其言」.

그래서 구하는 바가 다 충족하고 그 집의 주인은 유유자적(悠悠自適)하며 먹고 마시고 할 수 있는 것입니다. 만약에 이런 일을 다 직접 한다면 몸이 피로하고 정성이 곤핍해져서, 끝내 하려는 일을 할 수 없을 것입니다. 이는 주인의 지혜가 비복들만 못하다는 것이 아니고, 그것은 주인 된 도리를 잃었기 때문입니다. 그런 까닭에 옛사람들은 앉아서 도를 논하는 것을 삼공(三公)이라 이르고, 그 도를 행하는 이들을 사대부라 하였습니다.

옛적에 병길은 소가 헐떡이는 것을 걱정하고[13] 길에서 횡사한 사람은 묻지 않았으며, 진평은 나라의 전곡의 수를 모른다면서[14] '그것은

---

13) 병길은 소가 헐떡이는 것을 걱정하고[丙吉憂牛喘]: 병길이 소가 헐떡거리는 것을 보고 걱정함. '병길'은 전한(前漢) 선제(先帝) 때의 승상. 그는 사람이 상처를 입고 누워 있어도 관심을 갖지 않다가 소가 헐떡거리는 것을 보고는 걱정하였다. 사람들이 그런 행동을 비방하자, 백성들이 싸우는 것은 그 방면의 관리가 단속할 것이지만 나는 절기가 바르지 못해 작황(作況)에 영향이 있을까 걱정하는데, 이는 승상으로서 마땅히 걱정해야 할 일이 아닌가라고 말했다 함.

「병길문우천」(丙吉問牛喘). [漢書 丙吉傳]「吉又嘗出 逢淸道羣鬪者 死傷橫道 吉過之不問 掾史獨怪之 吉行前 逢人逐牛 牛喘吐舌 吉止駐 使騎史門逐牛行幾里 矣 掾史獨謂 丞相前後失問 或以譏吉 吉曰 民鬪相殺傷 長安今京兆尹 職所當禁 備逐捕 歲竟 丞 相課其殿最 奏行賞罰而已 幸相不親小事 非所當於道路問也 方 春少陽用事 未可太熱 恐牛近行 用署故喘 此時氣失節 恐有所傷害也 三公典調和 陰陽 職所當憂 是以問之 掾史酒腹 以吉知大體」.

14) 진평은 나라의 전곡의 수를 모른다면서[陳平不知錢穀]: 진평이 전곡의 양을 모른다고 했음. 진평은 전한 문제(文帝) 때의 승상인데, 황제가 진평에게 1년 간 전곡의 수입·지출이 얼마나 되는지 하문했을 때, 전곡의 수량을 주관하는 것은 그 일을 맡아보는 관원이 할 일이고 승상의 직책은 여러 신하들을 통솔하는 것이기 때문에, 알 수 없다 하였다 함. 「진평재육」(陳平宰肉)은 진평이 고기를 똑같이 나누어 손님에게 주면서, 나에게 재상을 맡기면 이와 같이 나라의 일을 공평히 다스려 태평하게 하겠다고 했다는 고사임. [史記 陳丞相世家]「里中社 陳平爲宰 分肉食甚均 父老曰善 陳儒子之爲宰 平曰 嗟乎 使平得宰天

주관하는 자가 있습니다.' 하고 대답하였습니다. 이제 승상께서 직접 이런 사소란 일까지 처리하는데 하루 종일 땀을 흘리시고 있으니, 어찌 힘들지 않겠나이까. 사마의의 말이 참으로 맞는 말입니다."

하거늘, 공명이 울며 대답하기를

"내가 그것을 알지 못하는 게 아니라 선제의 탁고의 중임을 받았는데, 오직 다른 사람이 나의 진심과 같지 않을까 저어하기 때문이외다!"

하였다. 여러 사람들이 다 눈물을 흘렸다. 이로부터 공명은 자신의 정신이 평안하지 못함을 알게 되었다. 이렇게 되자 제장들은 이로 인해 감히 진병하지 못하고 있었다.

한편, 위장들은 공명이 수건과 여자의 옷을 보내 사마의를 욕되게 했음을 알았다.

사마의가 그러고도 싸우려 나서지 아니하자, 여러 장수들이 다 분해서 장막에 들어가 말하기를,

"우리들은 다 대국의 명장들입니다. 어찌 촉인들로부터 이런 욕을 당하십니까? 곧 출전하여 자웅 가리기를 청하나이다."

하거늘, 사마의가 대답한다.

"내가 출전하려 하지 않는 것이 아니고 이 욕됨을 달게 받는 것이 아니오. 천자께서 조서에서 분명하게 밝히시기를, 굳게 지키고 경동하지 말라 하였소이다. 지금 만약에 가벼이 나가 싸운다면 이는 천자의 명을 어기는 것이기 때문이외다."

하니, 여러 장수들이 다 분노하며 불평하였다.

사마의가 말하기를,

"자네들이 정녕 출전하고자 하니, 내가 천자께 상주하기를 기다려

下 亦如是[肉矣」.

힘을 합쳐 적들을 치리다. 어떻소이까?"

하거늘, 여러 사람들이 이에 동의하였다.

사마의는 이에 표문을 써서 사람을 보내고, 곧 합비의 군전에 가서 조예에게 바치게 하였다. 조예가 그것을 뜯어보니 대략 다음과 같았다.

신은 재주에 비해 임무가 중하여 엎드려 밝으신 성지를 받들고 있사옵니다. 신은 군사들에게 굳게 지키며 싸우지 말라신대로, 촉병들이 스스로 무너지기만 바라고 있습니다. 그러나 제갈량이 신에게 수건을 보내어 신을 여자와 같이 대하고 있으니, 그런 치욕이 어디 있겠나이까! 신을 삼가 먼저 성총(聖聰)께 알리는 것입니다. 조석으로 한 번 죽기로써 싸워서 조정의 은혜에 보답하옵고, 삼군의 원한을 풀려 하나이다.

신은 실로 격분한 마음을 더 이상 참을 수 없나이다!

조예가 보고 나서 여러 관료들에게 말하기를,

"사마의가 굳게 지키기만 하고 싸우려 나가지 않더니, 지금은 어찌해서 표문을 올려 싸우려 하는고?"

하니, 위위(衛尉) 신비가 말하기를

"사마의는 본래 싸울 마음이 없을 터인데, 이는 반드시 제갈량으로부터 받은 치욕 때문일 것입니다. 이로 인해 여러 장수들이 분노하고 있어 특히 주상께 표주를 올려, 다시 한 번 조서를 빌어서 제장들의 요구를 막으려 하는 것일 겝니다."

하였다.

조예가 그렇다고 여겨서 곧 신비에게 특히 절을 가지고 위북에 가게 하여, 칙지를 전하고 설득하여 나가 싸우지 말라 하였다.

사마의는 조서를 받아들고 장막에 들어오니, 신비는 권유하기를

"감히 또다시 출전한다고 말하는 것은 곧 조서의 유지를 어기는 것입니다."

라고 전하였다. 중장(衆將)은 다만 조사를 받을 뿐이었다.

사마의가 은밀하게 신비에게 말하기를,

"공은 진정 나의 마음을 아시는구려."

하였다.

이에 군중에게 명하여, '위주의 명을 받고 신비가 절을 가지고 와서 나가 싸우지 말라 하였다'고 전하도록 하였다. 촉병들이 이 일을 듣고 나서 공명에게 보고를 드렸다.

공명이 웃으면서 말하기를,

"이게 사마의가 삼군을 안돈시키는 방법이외다."

하거늘, 강유가 말하기를,

"승상께서는 어찌 그렇게 아셨습니까?"

하니, 공명이 대답하기를,

"그는 원래 싸울 마음이 없었소이다. 싸우자고 주장하는 여러 사람들에게 자신의 용맹을 보인 것뿐이오. '장수는 싸움터에 나가 있을 때에는 임금의 명을 받지 않을 수도 있다.'는15) 말을 어찌 듣지 못하였소? 어찌 천 리 밖에 있으면서 싸움을 청하겠소이까? 이는 사마의가 장수들의 분노 때문에 조예의 뜻을 빌어 제장들을 제어한 것이오. 이제 또 이 말이 퍼지게 하여 우리 군사들의 마음을 나태하게 하려는

---

15) 장수가 싸움터에 나가 있을 때에는 임금의 명을 받지 않을 수도 있다[將在外 君命有所不受] : 장수가 싸움터에 나와 있을 때에는 임금의 명이 있어도 받지 않을 수도 있음. [孫子 九變篇 第八]「地有所不爭 君命有所不受」. [史記 司馬穰苴傳]「將在外 君命有所不受」. [同書 信陵君傳]「將在外 主令有所不受」.

것이오."
하였다.

한창 그럼 이야기를 하고 있는데, 홀연 비위가 왔다고 보고하였다. 공명이 청해 들여 그에게 물었다.

비위가 말하기를,

"위주 조예가 동오의 군사들이 세 길로 나뉘어 진병한다는 소식을 듣고, 즉시 직접 대군을 이끌고 합비로 가서 만총·전예·유소로 하여금 3로에서 적을 맞아 싸우게 하였는데, 만총은 계책을 써서 동오 군사들의 양초와 마초·그리고 무기를 모조리 불태워버렸습니다.

동오의 군사들 중에는 병자가 많은지라, 육손은 오왕에게 표주를 올려 전후에서 협공하기를 기약하였는데, 뜻하지 않게 표주를 가지고 가던 사람이 중도에서 위병에서 잡혔답니다. 이로 인해 그 계획이 누설되자 오병은 아무 공도 없이 돌아갔답니다."

하거늘, 공명이 이 소식을 듣고 깊게 탄식하며 그 자리에 쓰러져 혼절하였다. 여러 장수들이 황급히 구하자 한나절이 지나서야 겨우 깨어났다.

공명이 탄식하며 말하기를,

"내 마음이 몹시 혼란하고 옛날 앓던 병이 재발하여 살지 못할까 걱정이외다."

하였다. 이날 밤 공명은 병을 무릅쓰고 장막에 나와 우러러 천문을 보더니, 아주 놀라고 당황하였다.

장막에 들어가 강유에게 이르기를,

"내 목숨이 조석에 달려 있소이다!"

하거늘, 강유가 말하기를

"승상께서는 어찌 이런 말씀을 하십니까?"

하였다.

공명이 대답하기를,

"내가 삼태성을16) 보니 객성(客星)이17) 배나 밝고 주성(主星)이 그윽히 숨어버렸으며 상성과 보성은 밝음을 벌이고 있었는데, 그 빛이 모두 어두워졌소. 천상이 이와 같으니 내 목숨을 가히 알 수 있네!"

하거늘, 강유가 말하기를

"천상이 비록 그렇다 하나, 승상께서는 그것에 대해 기양할 방법을18) 하여 만회하지 않으십니까?"

하니, 공명이 대답하기를

"나는 평소부터 기양하는 법을 알고는 있으나, 다만 하늘의 뜻이 어디에 있는지를 알지 못하겠네. 자네가 갑사19) 49명을 이끌고, 각각 저들에게 검은 기를 잡게 하고 성벽 밖을 둘러싸게.

내가 장막 안에서 두우(斗牛)에게 기양하여 만약에 7일 내에 주등이 꺼지지 않는다면 내 수는 십이 년을20) 더 할 수 있을 것이고, 주등이 꺼진다면 나도 반드시 죽을 것일세. 잡인들을 일절 금해서 들이지 말

---

16) 삼태성(三台星) : 태성(太星). 큰 곰자리에 딸린 자미성(紫微星)을 지키는 별. [史記 天官書]「魁下六星 兩兩相比者 名曰三能 (注) 集解曰 蘇林曰 能音台」. [李白 詩]「明君越羲軒 元老左三台」.

17) 객성(客星) : 어떤 별자리에 보통 때에는 없다가 간혹 딴 데로부터 들어와 나타나는 별. [史記 天官書]「客星出天廷 有奇令」. [後漢書 章帝紀]「客星入紫宮」.

18) 기양할 방법[祈禳之法] : 복을 오게 하고 재앙은 물러가게 해 달라고 신명에게 빎. [漢書 孔光傳]「俗之祈禳小數 終無益於應天塞異 銷禍興復」. [三國志 魏志 高堂隆傳]「寧有祈禳之義乎」.

19) 갑사(甲士) : 갑병(甲兵). 무예가 뛰어난 병사. [史記 周記]「甲士四萬五千人」. [岑參 過梁州奉贈張尙書大夫公詩]「層城重鼓角 甲士如熊羆」.

20) 십이 년[一紀] : '12년'을 일기라 함. [書經 周書篇 畢命]「旣歷三紀 世變風移 四方無虞 子一人以寧」. [孔氏傳]「十二年曰 紀」. [國語]「蓄力一紀 可以遠矣」.

게. 무릇 필요한 물품들만 들이되 소동 두 아이에게 가지고 들어가게
하시게."

하자, 강유가 명을 받들고 준비하러 나갔다.

때마침 8월 보름. 이날 밤은 은하수가 맑고 이슬이 소리 없이 내렸
다. 깃발은 움직이지 않고 조두도[21] 소리가 없었다. 강유는 장막 밖
에서 갑사 49인을 데리고 지키고 있었다. 공명은 장막 안에 향을 피우
고 제물을 차렸다. 땅 위에는 7개의 큰 등을 벌여 놓고 밖에는 49개의
작은 잔등을 벌여 놓았다. 그러고 안에 본명등[22] 한 개만 놓았다.

공명이 절하고 축원하기를,

"제가 난세에 나서 자연 속에서 늙으려 하였더니, 소열황제의 삼고
지은에[23] 이어 탁고의 중임을[24] 받아 감히 적은 힘이나마 보태지 않
을 수 없어서 국적을 토벌하고자 맹세하였습니다. 그러나 뜻밖에 장
성이 떨어지려 하고 양수가[25] 끝나려 하나이다. 삼가 글월을 닦아 위

---

21) 조두(刁斗) : 쟁개비(작은 냄비)와 징을 겸한 옛날 군사제구. 낮에는 취사도
    구로 쓰고 밤에는 진지의 경계를 위해 두드리는 데 썼음. [史記 李將軍傳]「廣
    (李將軍名)行無部曲行陣 就善水草屯舍止 人人自便 不擊刁斗以自衛」. [洞天淸
    錄]「大抵刁斗 如世所用有柄銚子 宜炊一人食 卽古之刁斗」.
22) 본명등(本命燈) : 공명이 태어난 '간지'(干之)를 적은 등. '본명'(本命)은 '사
    람이 태어난 해의 간지를 말함. [福惠全書 筮仕部 擇到任吉期]「干支喜與本命
    行年相生 忌相中剋」.
23) 삼고지은(三顧之恩) : 삼고초려의 은혜. '삼고초려'(三顧草廬). [三國志 蜀志
    諸葛亮傳]「亮字孔明 瑯琊陽都人也 躬耕隴畝 每自比於管仲樂毅 先主屯新野 ……
    由是先主遂詣亮 凡三往乃見 建興五年 上疏(卽前出師表)曰 臣本布衣 躬耕於南陽
    先帝不以臣卑鄙 猥自枉屈 三顧臣於草廬之中」. [故事成語考 文臣]「孔明有王佐之
    才 嘗隱草廬之中 先王慕其芳名 乃三顧其廬」.
24) 탁고의 중임[託孤之重] : 선제에게 받은 탁고의 소중한 소임. [三國志 蜀志
    先主紀]「先主病篤 託孤於丞相亮」. [文選 袁宏 三國名臣序贊]「把臂託孤 惟賢與
    親」.
25) 양수(陽壽) : 수명(壽命). [史記 李斯傳]「禱祠名山諸神 以延壽命」. [莊子 盜

로 하늘에[26] 고하나이다.

엎드려 바라옵건대, 상제께서는 굽어 살피시어서 신의 수를 늘려 주소서. 이로 하여금 위로는 군은에 보답하고 아래로는 백성들을 구하오며 옛 문물을 회복하옵고,[27] 한나라 종사를 길이 이어가게 하옵소서. 감히 망령되이 기양을 하는 것이 아니옵고 실로 절박한 심정을 아뢰나이다."

하고 빌기를 마치자, 장중에 부복하고 아침까지 기다렸다.

다음 날 병을 무릅쓰고 일을 처리하니 피 토하는 것이 멈추지 않았다. 낮에는 군무를 보고 밤이 되어서야 북두칠성에게 수를 빌었다.

한편, 사마의는 진영에 있으면서 굳게 지키고 있는데 홀연 밤에 우러러 천문을 보고 크게 기뻐하며, 하후패에게 말하기를

"내가 보니 장성(將星)이 위치를 잃었으니 공명은 필연 병이 들었을 것이며, 그 병으로 인해 머지않아 죽을 것이다. 자네가 군사 병사 1천을 이끌고 오장원을 초탐하고 오게. 만약에 초병들이 혼란에 빠져서 싸우러 나오지 아니하면 공명은 틀림없이 병을 앓고 있는 것일세. 내 당장 승세를 타서 저들을 공격하겠네."

하자, 하후패가 병사들을 이끌고 나갔다.

공명은 장중에서 기양을 한 지 이미 엿새 째가 되었다. 그때 주등의 불빛이 밝은 것을 보고 마음속으로 심히 기뻐하였다. 강유가 장막에 들어와 보니, 공명이 머리를 풀어 흐트러뜨리고 칼을 집고 서서 이리

跼]「不念本養壽命者」.

26) 하늘[穹蒼]: 창천(蒼天). [詩經 大雅篇 桑柔]「靡有旅力 以念穹蒼」. [爾雅 釋天]「穹蒼 蒼天也」.

27) 옛 문물을 회복하옵고[克服舊物]: 옛 문물을 회복함. '한조(漢朝)의 통치권을 회복한다'는 뜻임. [左氏 哀元]「祀夏配天 不失舊物」. [晉書 王獻之傳]「靑氈 我家舊物 可特置之」.

저리 거닐며28) 장성을 진압하고 있는 것을 보았다.

　홀연 영채 밖에서 함성이 들리자 사람을 시켜 물으니, 위연이 나는 듯이 달려와서 고하기를

　"위병이 몰려옵니다!"

하였다. 위연이 걸음을 빨리하여 가는 바람에 주등이 꺼지고 말았다.

　공명은 들고 있던 칼을 던지면서 말하기를,

　"살고 죽는 것은 명에 있는 것이니 기양으로 얻어지는 것이 아니구나!"29)

하였다.

　위연이 당황하고 두려워서 땅에 엎드려 죄를 청했다. 강유가 분노하여 칼을 빼어 위연을 죽이려 하였다.

　이에,

　　세상만사는 사람의 뜻대로 되지 않는 법
　　정성을 다한다 해도 목숨과 다툴 수 없구나!
　　　萬事不由人做主
　　　一心難與命爭衡.

　위연의 목숨은 어찌 되었는지 알 수가 없다. 하회를 보라.

---

28) 이리저리 거닐며[踏罡步斗] : 도가(道家)에서 기도를 드리는 의식. [捜神記]「步罡訣呪 以水噀之」.

29) 살고 죽는 것은 명에 있는 것이니, 기양으로 얻어지는 것이 아니구나![死生有命 不可得而禳也!] : 죽고 사는 것은 오로지 운명에 달려 있음. '사람의 생사는 천명이므로 사람의 힘으로 좌우할 수 없다'는 뜻. [論語 顏淵篇]「子夏曰 死生有命 富貴在天」. [荀子]「遇不遇者時也 死生者命也」.

제104회

큰 별이 떨어져 한승상은 귀천하고
목상을 본 위도독은 간담이 서늘해지다.
　隕大星漢丞相歸天
　見木像魏都督喪膽.

　한편, 강유는 위연이 등을 밟아 꺼지게 하자, 속에 분노가 치밀어
칼을 빼어 그를 죽이려 하였다.
　공명이 강유를 제지하면서 말하기를,
　"이는 내 명이 다하기 때문이지 문장의 잘못이 아니오."
하거늘, 강유는 칼을 거두었다. 공명은 입으로 몇 번 피를 토하고는
침상에 쓰러졌다.
　위연에게 부탁하기를,
　"분명히 사마의가 내가 병이 있음을 알고 사람을 시켜 우리의 허실
을 탐취하려 할 것일세. 자네는 급히 나가서 적을 막게나."
하자, 위연은 명을 받들고 장막을 나가 말에 올라서 병사들을 이끌고
영채를 나섰다.
　하후패가 위연을 보고 황급히 군사를 물려 달아났다. 위연히 추격
하여 20여 리쯤 따라갔다가 되돌아왔다. 공명은 위연에게 본 영채를
굳게 지키라고 명하였다. 강유가 장막에 들어와 곧 앞에 가서 공명에
게 문안을 드렸다.

공명이 말하기를,

"내 본시 충성을 다해[1] 중원를 회복하여 한실을 중흥시키려 했으나, 어찌 하늘의 뜻이 이와 같으니 조만간에 내가 죽을 것이외다. 내 평생 배운 책들이 24편에 십만 사천 일백 십이 자이네. 그 안에는 팔무·칠계·육공·오구의 법이[2] 있소. 내가 이를 제장들에게 두루 보게 하였으나 전할 만한 사람이 없소이다. 다만 자네에게 내 서적을 줄 것이니 일체 소홀히 하지 말게나!"

하니, 강유가 울며 절하고 받으니 공명이 다시 말하기를

"나에게는 '연노(連弩)'의 법이 있었으나 아직 써 보지 않았소. 그 법은 화살의 길이가 8촌이고, 한 개의 쇠뇌로 열 개의 화살을 쏠 수가 있소이다. 다 도본은 그려 두었으니 자네가 법에 따라 쓰게."

하거늘, 강유가 또 절하며 받았다.

공명이 또 말하기를,

"촉의 모든 길은 다 염려할 게 없소. 오직 음평(陰平) 지방만은 전체를 조심해야 할 것이오. 이 길은 비록 험난하기도 하지만 머지 않아 잃게 될 것이외다."

공명은 또 마대를 불러서 장막으로 들어오게 하고, 귀에 대고 낮은 소리로 써 밀계를 주며 부탁하기를,

"내가 죽은 후에 자네는 계책대로 행하게."

하니, 마대가 계획을 받고 나갔다. 조금 있다가 양의가 들어왔다.

---

1) 충성을 다해[竭忠盡力] : 충성을 다해 나라의 은혜를 갚음. 「갈충보국」(竭忠報國). [禮記 燕義]「臣下**竭力能盡** 以立功於國」. [劉氏鴻書 岳飛 下]「飛裂裳以背示鑄 有**盡忠報國**四大字」.

2) 팔무(八務)·칠계(七戒)·육공(六恐)·오구(五懼)의 법 : 제갈량이 강유에게 전했다 하나, 그 내용은 실전(失傳)되어 전해지지 않음.

공명은 침상 앞으로 불러서 주머니 하나를 주면서, 은밀하게

"내 죽으면 위연이 반드시 배반할 것이니 그가 배반할 때를 기다렸다가, 자네가 싸움터에 나가서 이 금낭을 열어 보시게, 그때 가서는 자연히 위연을 참할 사람이 있을 걸세."

하며, 일일이 분별하고 나서 곧 혼수상태에 빠져 쓰러졌다가, 저녁이 되어서야 깨어나서 곧 밤새워 후주에게 표주를 썼다. 후주는 표주를 받고 크게 놀라서, 급히 상서 이복(李福)을 밤을 도와 군중에 가서 문안하게 하고 겸하여 후사를 알아 오게 하였다. 이복이 명을 받들고 여정을 제촉하여 오장원으로 갔다. 들어가 공명을 뵙고 후주의 명을 전하였다.

문안이 끝나자 공명이 눈물을 흘리며,

"나는 불행하게도 중도에서 죽게 되어 국가의 대업을 완성시키지 못하게 되었으니, 천하에 죄를 짓게 되었습니다. 내가 죽은 후에도 공들은 힘을 다해 후주를 보좌해 주시오.

내가 죽거든 나라의 옛 제도를 쉽게 고치지 마시고, 내가 쓰던 사람들을 경솔하게 바꿔서도 아니 됩니다. 나의 병법을 다 강유에게 전하였으니, 저가 내 뜻을 이어서 나라를 위해 힘을 다할 것입니다. 내 목숨은 이미 경각에 달렸으니 곧 천자께 표문을 올려 주시오."

하였다. 이복이 그 말을 받들고 총총히 하직하고 갔다.

공명은 병든 몸을 지탱하며 좌우에게 명하여, 부축해서 작은 수레에 태우게 하여 나가서 각 진영의 영채를 둘러보았다. 직접 가을 바람이 얼굴에 닿자 그 바람에 한기가 느껴졌다.

이에 깊게 탄식하며 말하기를,

"다시는 싸움터에 나아가 적을 토벌할 수 없다니! 유유창천이여, 어찌 이다지도 심한가!"[3]

라며 오랫동안 탄식하였다.

장막에 들어와서 병이 더 심해지자, 이내 양의를 불러 분부하기를

"마대·왕평·요화·장익·장의 등 장수들은 다 충의지사이고 오랫
동안 전쟁터에 임하였으니, 계속 일을 맡길까 하오이다. 내가 죽거든
모든 일을 옛 하던 대로 시행하시오. 군사들을 서서히 퇴각시키고 급
히 돌아가지 마시구려. 자네는 지략에 밝으시니 더 부탁하지 않겠소
이다. 강백약은 지혜와 용기를 두루 갖추었으니 그 뒤를 막으라 하면
될 것이오."

하거늘, 양의가 울며 명을 받았다.

공명은 필묵을4) 가져오게 하여, 병상에서 직접 표문을 써서 후주에
게 전하게 하였다. 그 표문은 다음과 같다.

신이 엎드려 듣자오매, 생사란 정해져 있어서 피하기 어렵다고
들었습니다.

장차 죽음에 이르러, 원컨대 어리석은 충성을 다하고자 합니다.
신 제갈량은 천성이 우졸한5) 중에 어려운 때를6) 만났습니다. 부를

---

3) 유유창천 갈차기극(悠悠蒼天 曷此其極) : 멀고 먼 하늘이여! 실로 끝이 없구
　나. [爾雅] 「春爲悠悠蒼天 夏爲旻天 秋爲旻天 冬爲上天」. [詩經 王風篇 黍離] 「悠
　悠蒼天 此何人哉」.

4) 필묵[文房四寶] : 「문방사우」(文房四友). 종이·붓·먹·벼루의 네 가지. [文
　房四譜] 「管城侯毛元銳 筆也 卽墨侯石虛中 硯也 好時侯楮知白 紙也 松滋侯易玄
　光 墨也」. [長生殿 製譜] 「不免將文房四寶 擺設起來」.

5) 우졸(愚拙) : 어리석고 못남. [韓非子 用人] 「如此則上無私威之毒 而下無愚拙
　之誅」. 「우열」(愚劣)은 어리석어 남에게 뒤떨어짐의 뜻임. [漢書 谷永傳] 「永與
　譚書日 永等愚劣」.

6) 어려운 때[艱難] : 몹시 힘들고 어려운 일들이 많음. 「간난신고」(艱難辛苦).
　[詩經 王風篇 中谷有蓷] 「嘅其嘆矣 遇人之艱難矣」. [詩經 小雅篇 白華] 「天步艱

나누고 절을 받자와,7) 온전히 승상의 직을 맡고8) 군사를 일으켜서 북벌에 임하였사오나 성공을 거두지 못하였습니다. 어찌 뜻하였겠나이까. 병이 고황에9) 들어 목숨이 조석 간에 있사옵니다. 끝까지 폐하를 섬기지 못하옴은 그 한이 끝이 없사옵나이다.

엎드려 폐하께 원하옵건대, 마음을 맑게 하시고 욕심을 적게 하옵소서. 이미 백성들을 사랑하기로 한 약속을 지키시옵소서. 선황께 효를 다 하시고 인은(仁恩)을 천하에 펴시옵소서. 숨어 있는 인재를 찾아내셔서 어질고 착한 인재를 쓰시옵소서. 간사한 무리들을 물리치셔서 풍속을 두텁게 하시옵소서.

신의 집에 뽕나무 팔백 주와 밭 오십 경이 있어서, 자식들이 먹고 살기에 넉넉합니다. 또 신이 자리에 있으면서 제가 필요한 물품들을 다 관청에서 받았사오니, 특별히 생산을 쌓을 필요가 없었습니다. 신이 죽는 날에는 안으로는 남을 금포가 없고 밖으로는 남은 재산이 없을 것이오니, 이는 제가 폐하께 짐이 되지 않으려 한 때문입니다.

공명은 쓰고 나서 또 양의에게 당부하기를,

"내가 죽거든 발상을 하지 마시오. 하나의 큰 감실을10) 만들어 내

難 之子不猶」.

7) 부를 나누고 절을 받자와[符節] : 부계(符契). 사신이 가지고 다니던 신표(信標). [事物紀原]「周禮地官之屬 掌節有玉角虎人龍**符**璽旌等**節** 漢文有旌節之制 西京雜記曰 漢文駕鹵簿有節十六在左右 則漢始用爲儀仗也」. [墨子號令]「無**符節** 而橫行軍中者斷」.

8) 승상의 직을 맡고[鈞衡] : 균형(均衡). 어느 한쪽으로 치우치지 않음. [素問 五常政大論]「五化**均衡** (注) **均**等也. **衡**平也」.

9) 고황(膏肓) : 염통과 가로막 사이. 「고황지질」(膏肓之疾). [晋書 樂廣傳]「此 腎胸中 當必無**膏肓**之疾」. [唐書 田游巖傳]「臣所謂**泉石膏肓** 烟霞痼疾者」.

시신을 그 속에 넣어 주시구려. 그리고 낱알 일곱 알을 내 입안에 넣고, 다리 아래에 한 개의 등불을 밝혀 주시오.

군중을 평시와 같이 안정되게 하여 일절 곡은 하지 말게 하면, 나의 장성이 떨어지지 않을 것이오. 그렇게 되면 나의 음혼(陰魂)이 다시 일어나 저들을 진압할 것이외다. 사마의는 장성이 떨어지지 않으면 필시 놀라고 의아해 할 것이오. 우리 군사들은 후채(後寨)부터 먼저 떠나게 한 후에, 영채를 한 채씩 천천히 퇴각시키시오.

만약에 사마의가 추격해 오거든, 자네가 진세를 벌여서 깃발을 올리고 북을 치면서 저들이 오기를 기다렸다가 내가 앞서 새겼던 목상(木像)을 수레 위에 앉혀서 군사들이 앞으로 밀고 나가면서, 대소 장수들에게 명하여 좌우로 나뉘어 옹위하게 하시오. 사마의가 보면 필시 놀라 달아날 것이외다."

하였다. 양의는 하나하나 응락하였다.

이날 밤 공명은 사람들에게 자신은 부축하게 하고 나가서 북두칠성을 우러러 보면서, 그 중의 한 별을 가리키며 말하기를,

"저것이 나의 장성이외다."

하거늘 여러 사람들이 그 별을 보니, 그 빛이 어둡고 흔들흔들하며 떨어지려 하였다. 공명이 칼로써 그 별을 가리키며 입으로 주문을 외웠다. 주문이 끝나고 급히 장막으로 돌아오자 인사불성이었다.

여러 장수들이 당황해서 혼란에 빠져 있는 사이에, 홀연 상서 이복이 또 이르렀다. 공명이 혼절한 것을 보고 말을 잇지 못하였다.

그러다가 크게 울면서 말하기를,

"내가 나라의 큰 일을 그르쳤구나!"

---

10) 큰 감실[大龕] : 사당 안에 신주를 모셔 두는 장. [隋煬帝 答智顗遺旨書]「今奉施甕瓦香爐 供養龕室」.

하였다.

　잠깐 있으니11) 공명이 다시 깨어나서 눈을 뜨고 두루 살피다가, 이복이 침상 앞에 있는 것을 보더니,

　"내 이미 공이 다시 온 뜻을 알고 있소이다."

하거늘, 이복이 대답하기를

　"저는 천자의 명을 받들고 승상께서 죽은 뒤에12) 누구에게 대임을 맡기려 하시는지 물어 오라 하였으나, 마침 그때는 창졸지간이어서 여쭙지 못하여 다시 온 것입니다."

한다.

　공명이 말하기를,

　"내가 죽은 후에 큰일을 맡길 사람은 장공염(蔣公琰)이 마땅할 것이오."

하거늘, 이복이 묻는다.

　"공염의 뒤는 누가 잇는 것이 좋겠습니까?"

하니, 공명이 대답하기를

　"비문위(費文偉)가 잇는 것이 좋을 것이외다."

한다.

　이복이 또 묻기를,

　"비문위 다음은 누가 계승하오리까?"

하니, 공명은 더 이상 대답하지 않았다. 여러 장수들이 가까이 가서 보니 이미 세상을 떠난 뒤였다.

---

11) 잠깐 있으니[須臾] : 잠깐 동안. [西京叢話]「片時則 成石」. [中庸 第一章]「道也者 不可須臾離也 可離非道也」.

12) 백년(百年) : '죽은 뒤'라는 말을 높여서 이르는 말임. 본래는 사람의 일생을 이름. [詩經 唐風篇 葛生]「百歲之後 歸于其居」. [杜甫 詩]「百年地僻柴門迥 (注) 邵寅云 百年猶言一生」.

그때는 건흥 12년 가을 8월 23일. 향년 54세였다.
뒤에 두공부가 한탄한 시가★ 전한다.

장성이 어제 저녁 진영 앞에 떨어지더니
선생의 부음을 오늘 아침에 듣는구나.

　長星昨夜墜前營
　訃報先生此日傾.

장막의 엄한 호령소리 더 이상 들을 수 없고
기린대에는 오직 훈명만 빛나네.

　虎帳不聞施號令
　麟臺惟有著勳名.

문하엔 삼천 빈객들만 덩그러니 남았어도
흉중의 십만 대병 모두가 부질없네.

　空餘門下三千客
　辜負胸中十萬兵.

밝은 한낮의 녹음 보기도 좋거니와
이제는 맑은 노랫소리 다시 들을 수 없구려.

　好看綠陰清晝裏
　於今無復雅歌聲.

백낙천13) 또한 시를★ 남겼다.

★ 두공부(杜工部)의 「영회고적」(詠懷古迹).

선생께선 종적을 감추신 채 산림에 누웠어도
현주의 삼고초려를 만나셨구려.

　先生晦跡臥山林

　三顧那逢賢主尋.

고기가 남양에서 비로소 물은 만났으니
용이 하늘 밖을 날으매 곧 장마가 지는구나.

　魚到南陽方得水

　龍飛天外便爲霖.

탁고의 중한 당부 은근한 예로 다하였으니
나라에 보답하려 충의심을 기울였도다.

　託孤旣盡慇懃禮

　報國還傾忠義心.

두 번의 출사표만이 지금에 남았거니
사람들 한 번 읽고 옷깃을 적시도다.

　前後出師遺表在

　令人一覽淚沾襟.

---

13) **백낙천(白樂天)** : 당의 시인 백거이(白居易). 이름이 거이이고 낙천은 자임.
　향산거사라 했는데 그의 유명한 시 「장한가」(長恨歌)는 칠언(七言) 120구의
　장편임. [中國人名] 「唐 季庚子 字樂天……元和初入翰林爲學士 遷左拾遺……累
　遷杭蘇二州刺史 文宗立遷刑部侍郎……與香山僧如滿 結香火社 自稱**香山居士**」.
　★ 백낙천(白樂天)의 「영사」(詠史).

그 전에 촉나라 장수교위 요입(廖立)이 스스로 이르기를 자신의 재
명이 공명의 버금의 되리라 하였는데, 일찍이 그 직위가 한직이어서
늘 불평하며 지내면서 공명에 대한 원망과 비난을 마지 않았었다. 이
에 공명은 저를 폐서인하고 문산으로 이사해 살게 하였다.

그가 공명이 죽었다는 소식을 듣고는, 눈물을 흘리며

"나는 끝내 좌임을 하였구나!"14)

하였다.

이엄은 공명의 죽음을 듣고 또한 큰 소리로 울다가 병사하였다. 이
엄이 일찍이 공명이 자신을 다시 써주어서 전에 있었던 허물을 보완
하려 하였는데, 공명이 죽은 후에 아무도 자기를 써 줄 사람이 없으리
라 생각했기 때문이었다.

뒤에 원미지가 공명을 예찬한 시가★ 전한다.

　　난을 다스리고 임금을 부축해서
　　은근한 탁고를15) 받으시니.

　　　撥亂扶危主
　　　慇懃受託孤.

---

14) 나는 끝내 좌임을 하였구나![吾終爲左袵矣] : 우리는 마침내 좌임(왼섶)의 의
　　속(衣俗)을 하게 되었구나. '북쪽 오랑캐가 되었다는 한탄'임. 「피발좌임」(被
　　髮左袵). [論語 憲文篇]「微管仲 吾其被髮左袵矣 豈若匹夫匹婦之爲諒也」. [三國
　　志 蜀志 廖立傳]「吾終爲左袵」.
15) 탁고(託孤) : 선주가 제갈량에게 후주를 부탁하신 일. 「탁고지중」(託孤之重).
　　[三國志 蜀志 先主紀]「先主病篤 託孤於丞相亮」. [文選 袁宏 三國名臣序贊]「把臂
　　託孤 惟賢與親」.
　★ 원미지(元微之)의 「탄와룡」(嘆臥龍).

그 재주는 관중과 악의16)

그 묘책은 손무와 오기보다17) 뛰어나네.

　英才過管樂

　妙策勝孫吳.

늠름하도다 양출사표

당당하구나 팔진도여.18)

　凜凜出師表

　堂堂八陣圖.

---

16) 관중과 악의(管仲·樂毅) : 제(齊)나라의 정치가 연(燕)나라의 장군.「관중」.
　[中國人名]「齊 穎上人 少與鮑叔牙爲友 嘗曰……生我者父母 知我者鮑子也 尊周室
　九合諸侯 一匡天下」.「악의」. [中國人名]「燕 羊後 賢而好兵 自魏使燕……下齊七
　十餘城 以功封昌國 號昌國君……田單乃縱反間於王 ……燕趙二國 以爲客卿」.
17) 손무와 오기(孫吳) : 병법가 손무(孫武)와 오기(吳起). 손무자(孫武子)는 제
　(齊)나라의 병법가인데, '孫子'는 그를 존경하는 표현임. [中國人名]「春秋 齊
　以兵法見吳王闔廬 王出宮中美人百八十人 使武敎之戰……吳王用爲將 西破强楚
　北威齊晋 顯名諸侯 有兵法三篇」.「오기」(吳起). 전국시대 위나라 사람. 위의
　문후(文候)가 어질다는 말을 듣고, 찾아가 공을 세워 진(秦)과 한(韓)을 막음.
　문후가 죽자 무후(武候)를 섬겼는데 공숙(公叔)의 참소를 당하자 초나라로 가
　서 백월(百越)을 평정하였음. 장수가 되자 말단 군사들과 숙식을 같이 하였으
　며 재상이 되어서는 법령을 밝게 폈음. 강병책을 써서 귀족들의 미움을 사기도
　하였으며 병법서「吳子」6편이 있음. [中國人名]「戰國 衛人 嘗學於曾子 善用兵
　初仕魯 聞魏文候賢 往歸之 文候以爲將 拜西河守……南平百越 北郤三晋 西伐秦
　諸侯皆患楚之强」.
18) 팔진도(八陣圖) : 촉한(蜀漢) 때 제갈량이 창안했다는 진법. [三國志 蜀志 諸
　葛亮傳]「亮長于巧思 損益連弩木牛流馬 皆出其意 推演兵法 作八陣圖 咸得其要
　云」. [水經注]「諸葛亮所造八陣圖 東跨故壘 皆累細石爲之 自壘西去 聚石八行 行
　相去二丈 因曰八陣」.

공과 같으신 성덕

고금에도 없음을 한탄하도다!

如公全盛德

應歎古今無!

이날 밤 하늘과 땅 모두가 암담하고 달빛마저 빛을 잃었다. 공명은 문득 귀천하였다.

강유와 양의는 공명의 남기신 명을 받들어 감히 애도하지 못하고, 법에 따라 염하고 감실에 모셔 놓고 심복들에게 명을 하여 장졸 삼백 여 명으로 하여금 지키게 하였다. 그리고 밀령을 내려 위연에게 뒤를 끊게 한 후에 각 영채를 하나씩 퇴각하게 하였다.

한편, 사마의는 밤에 천문을 보니, 한 큰 별이 붉은 색에 뿔이 돋혀 있으면서 동북으로부터 서남방으로 흐르다가 촉군의 영채 안으로 떨어지다가 두세 번 솟아오르며 은은한 소리가 있었다.

사마의는 놀라고 기뻐하며 말하기를,

"공명이 죽었도다!"

하고, 즉시 영을 내려 대병을 일으켜 저들을 추격하라 하였다.

막 영채에서 나가려 하다가, 홀연 또 의문이 들어

"공명은 육정육갑지신을[19] 쓰는 인물이니, 이제 내가 오래 싸우려 나가지 않으니 이 때문에 이런 술법으로 죽은 체해서, 나를 유인해 내려는 것인지도 모른다. 지금 만약에 저들을 추격했다가는 필시 계

---

19) 육정육갑지신[六丁六甲之法]: 둔갑술을 할 때에 신장(神將)의 이름을 부르는 법. 둔갑술을 할 때에 부르는 신장(神將)의 이름. '육갑'은 천신(天神)의 이름인데 '바람을 내리게 하는 귀신을 관리했다'고 함. [黃庭經]「役使六丁神女謁」. [後漢書 梁節王暢傳]「言能使六丁善占夢 (注) 六丁謂六甲中丁神也」.

책에 들게 될 것이라.”

하고는, 드디어 다시 말고삐를 되돌려 영채로 돌아와 나가지 않았다. 다만 하후패에게 은밀히 수십 기만 이끌고 오장원에[20] 가서 초탐해 오라 하였다.

한편, 위연은 본채에 있다가 밤에 꿈을 꾸었는데, 꿈속에서 머리에 갑자기 두 개의 뿔이 깨고 나서도 심히 의아해 했다. 다음 날, 행군사마 조직(趙直)이 왔다.

위연히 청해 들여 묻기를,

“오래전부터 족하께서 역리에 밝은 줄 알고 있소이다. 내가 밤에 꿈속에서 갑자기 두 개의 뿔이 났는데, 이게 길몽인지 흉몽인지 알 수가 없소이다. 번거롭지만 나를 위해 해몽을 좀 해주시오.”

하니, 조직이 한참동안 생각하다가 말하기를

“이 꿈은 아주 길몽입니다. 기린도 머리에 뿔이 있고 창룡도[21] 머리 위에 뿔이 있습니다. 이는 변화하여 날아오를 상입니다.”

하니, 위연이 크게 기뻐하며

“공의 말과 같게만 되면 응당 중상하리다!”

하고는, 곧 인사를 하고 갔다. 얼마 못 가서 마침 상서 비위를 만났다. 비위가 어디에서 오느냐고 물었다.

조직이 말하기를,

“마침 유문장의 영채에 갔다가 문장이 꿈에 뿔이 났다며, 나에게 그 길흉을 말해 달라 하기에 기실 이는 길몽이 아니지만 직언을 하면 이상

---

20) **오장원(五丈原)** : 제갈량이 죽은 곳. [蜀志 諸葛亮傳] 「建興十二年春 亮悉大衆 由斜谷出 以流馬運 據武功**五丈原**」. [水經 沔水注] 「諸葛亮 死於**五丈原**」.

21) **창룡(蒼龍)** : 청룡(靑龍). [史記 天官書] 「東宮**蒼龍**房心 心爲明堂」. [元好問 過 晋陽故城書事詩] 「東闕**蒼龍**函玉虎」.

하게 볼까 봐, 기린과 청룡의 예를 들어 그 꿈을 해석해 주었습니다."

하거늘, 비위가 묻기를

"족하는 그것이 길몽이 아님을 어찌하시오?"

하니, 조직이 대답한다.

"각(角)자의 자형이 칼[刀] 아래에 쓸 용(用)을 씁니다. 지금 머리에 뿔이 났다 했으니 그것은 아주 흉몽입니다."

하였다.

비위가 다시 말하기를,

"자네는 이 이야기를 절대 누설하지 마시게."

하고, 조직과 헤어져 갔다.

비위는 위연의 영채에서 좌우를 물리치고 고하기를,

"어제 밤 3경쯤에 승상께서 이미 세상 떠나셨습니다. 임종하실 때에 두세 번 부탁하시기를 장군께 명을 내려, 사마의의 뒤를 끊으라 하시고는 서서히 퇴각하되 발상을 하지 말라 하셨습니다. 지금 병부가 여기에 있사오니 곧 기병하실 수 있습니다."

하니, 위연이 묻는다.

"누가 승상을 대신해서 대사를 처리하오?"

하거늘, 비위가 말하기를

"승상께서 통틀어 대사를 양의에게 부탁하셨소이다. 용병의 비법은 강맹약에게 전수하였습니다. 이 병부는 이에 양의의 명입니다."

하니, 위연이 다시 말하기를

"승상이 돌아가셨으나 지금 내가 있지 않소이까. 양의는 한낱 장사에 지나지 않는데 어찌 이 큰 일을 담당하겠소? 저는 단지 승상의 영구를 이끌고 서천에 들어가서 안장하는 게 마땅할 것이오. 내가 직접 대병을 이끌고 사마의를 공격해서 공을 이루겠소이다. 어찌 승상 한 사람으로 인해서 국가의 대사를 전폐하겠소이까?"

하거늘, 비위가 말하기를

"승상의 유명이 점진적으로 퇴각하라 하셨는데, 이를 어길 수는 없소이다."

하니, 위연이 노하며 말하기를

"승상께서는 당시에 만약에 나의 계책을 받아들였다면, 장안을 오래 전에 취했을 것이오! 내 지금 관임이 전장군 정서대장군 남정후에 있소이다. 어찌 장사 따위를 위해서 뒤를 끊는단 말이오!"

하였다.

비위가 묻기를,

"장군의 말씀이 비록 옳지마는 그렇다고 경거망동해서는 적의 비웃음만 살 것이외다. 내가 가서 양의를 만나 볼 때까지 기다리면, 이해관계를 들어 저를 설득하겠소이다. 저로 하여금 장군에게 병권을 넘겨주게 하면 어떻겠습니까?"

하니, 위연이 그의 말에 따랐다. 겨우 인사를 하고 위연의 영채를 나와 급히 대채에 가서 위연의 말을 자세하게 하였다.

양의가 말하기를,

"승상이 임종하실 때에 일찍이 은밀하게, 나에게 당부하시기를 '위연이 반드시 다른 뜻을 품었다.' 하시었소. 이번에 내가 병부를 보낸 것도 그의 마음이 실제 그런지 탐색하고자 한 것이오. 지금 들으니 과연 승상의 말씀대로이외다. 내 백약에게 뒤를 끊으라 하겠소."

이에, 양의는 병사들을 이끌고 운구를 회송하며 강유에게는 뒤를 끊게 한 후, 승상의 말씀대로 서서히 퇴군하였다.

한편, 위연은 영채에 있으면서 비위가 다시 돌아오지 않는 것을 보고, 마음속에 의심이 일었다. 마대에게 수십 기만 이끌고 가서 소식을 알아오라 하였다.

마대가 돌아와서 말하기를,

"후군은 강유가 총독하고 있는데 전군은 거의 다 퇴각하여 골짜기에 들어갔다 합니다."

하였다.

위연이 크게 노하며 대답하기를,

"못된 유생놈이 어찌 감히 나를 속일 수 있는가! 내 반드시 저놈을 죽이리라!"

하고는, 마대를 돌아보며 말하기를

"공은 기꺼이 나를 돕겠지요?"

하자, 마대가 대답한다.

"저 또한 평소부터 양의에게 감정이 많습니다. 이제 장군을 도와 저를 공격하리다."

하니, 위연이 크게 기뻐하여 즉시 영채를 뽑아 본부병을 이끌고 남쪽을 바라고 행진하였다.

한편, 하후패는 군사들을 이끌고 오장원에 이르러 보니, 군사들은 한 사람도 볼 수가 없었다. 급히 돌아와 보고하니, 사마의가 발을 헛디디며 말하기를,

"공명은 진짜 죽었다. 빨리 저들을 추격하시게!"

하매, 하후패가 말하기를

"도독께서 가벼이 추격하지 말라셨는데, 편장을 시켜 먼저 가보게 하시지요."

하였다.

사마의가 대답하기를,

"이번에는 내 직접 가보겠소."

하고, 마침내 병사들과 두 아들을 거느리고 오장원으로 짓쳐 왔다. 함성을 지르고 깃발을 흔들면서 촉병의 영채로 뛰어들었으나, 과연 한 사람도 없었다.

사마의가 두 아들을 돌아보며,

"너희들은 군사들을 독려하여 추격하라. 내 먼저 군사들을 이끌고 가마."

하거늘, 이에 사마사와 사마소는 뒤에서 군사들을 독려하고, 사마의는 직접 군사들을 이끌고 앞서 추격하여 산자락에 이르렀다. 바라보니 촉병들이 있는 멀지 않은 곳에서, 힘을 다해 급히 추격하고 있었다.

홀연, 산의 후미에서 일제히 포향소리가 들리며 함성이 진동하였다. 그러더니 촉병들이 깃발과 북을 되돌려서 나오는데, 중군 대기가 숲속에서 펄럭이며 나왔다. 그 기에 한 줄로 크게 쓰기를 '한승상 무향후 제갈량'이라 하였다.

사마의가 크게 놀라서[22] 똑바로 보고 있노라니,[23] 군사들 속에는 수십 명의 상장들이 한 대의 수레를 에워싸고 나오는데, 그 수레에는 공명이 단정하게 앉아 있는 것이 보였다. 윤건을 쓰고 우선을 들었으며 학창의를 두르고 검은 띠를 띠고 있었다.

사마의가 놀라며 말하기를,

"공명이 살아 있구나. 내가 가벼이 중지에 들어와서 저의 계책에 빠지다니!"

---

22) 크게 놀라서[大驚失色] : 몹시 놀라 얼굴빛이 하얗게 됨. [漢書 霍光傳]「群臣 皆驚鄂失色」. [三國志 魏志 崔琰傳]「賓客個伏失色」.

23) 정청(定晴) : 눈을 크게 뜨고 똑바로 바라봄. [吳融 春詞]「羞多轉面語 妬極定晴看」.

하고는, 급히 말고삐를 돌려 달아났다.

그 뒤를 강유가 큰 소리로 외치며,

"적장은 도망가지 말거라. 너희들은 승상의 계책에 들었다!"

하며 쫓아온다. 위병들은 혼비백산하여[24] 갑옷과 투구·창과 극을 버리고 각기 목숨을 구하려 도망갔다. 서로 짓밟히며 죽는 자가 무수하였다.

사마의는 50여 리나 달아나고 있는데, 뒤에서 위장 두 사람이 쫓아와서 말의 재갈을 잡으며 말하기를,

"도독께서는 놀라지 마십시오."

하거늘, 사마의가 손으로 말 머리를 쓸면서

"내 머리가 붙어 있느냐."

하거늘, 두 장수가 말하기를

"도독께서는 두려워하실 게 없습니다. 촉병들은 다 멀리 가버렸습니다."

하였다. 사마의는 한동안 숨차하다가 얼굴빛이 돌아왔다. 눈을 크게 뜨고 저들을 보니 하후패와 하후혜였다.

이에 천천히 고삐를 나란히 하며 두 장수와 함께 소로를 찾아 본채로 달려와, 여러 장수들로 하여금 병사들을 이끌 사방으로 흩어져 초탐하라 하였다.

이틀이 지나자 그 고장 사람이 달려와서, 고하기를

"촉병들이 퇴각하여 산골짜기에 들었을 때에, 곡성이 크게 올리고 군중에 백기가 올랐던 것을 보면 공명이 과연 죽었나 봅니다. 오직

---

24) 혼비백산(魂飛魄散): 몹시 놀라 혼백이 흩어짐. [紅樓夢 第三十二回]「襲人 聽了這話 唬得魂銷魄散」. [驚世通言 第三十三卷]「二婦人見洪三已招 驚得魂不 附體」. [禮記 郊特牲篇]「魂氣歸于天 形魄歸于地」.

강유가 1천 병을 이끌고 뒤를 끊었다 합니다. 전날 수레에 앉아 있던
공명은 나무로 새긴 목인이라 합니다."
하거늘, 사마의가 탄식하며 말하기를
"내 그가 살았다고 생각만 했지 그가 죽었다는 생각을 못했구나!"
했다. 이를 두고 촉나라 사람들에게는 속담이 생겼는데, '죽은 제갈량
이 능히 살아 있는 중달을 쫓아 버렸다.'는[25] 것이었다.

후세 사람이 이를 한탄한 시가 전한다.

장성이 한밤중에 하늘에서 떨어졌으나
추격하려던 사마의 도리어 제갈량이 살았다 의심했네.
　長星半夜落天樞
　　奔走還疑亮未殂.

이제도 관외에서 그를 비웃는 말은
'내 머리 아직 붙어있냐'는 물음에 대답이 없네.
　關外至今人冷笑
　　頭顱猶問有和無!

사마의는 공명이 죽었음을 확신하고는 다시 군사들을 이끌고 급히
추격하였다. 군사들이 적안파에[26] 이르렀으나 촉병들은 이미 멀리

---

25) 죽은 제갈량이 능히 살아 있는 중달을 쫓아 버렸다[死諸葛能走生仲達]: 죽은
공명이 산 중달을 달아나게 한 일. [通鑑綱目]「諸葛亮卒於軍 長史楊儀整軍而
還 百姓奔告司馬懿 懿追之 姜維使儀若反旗 鳴鼓將向懿 懿不敢逼 百姓爲之諺曰
死諸葛走生仲達 懿笑曰 吾能料生 不能料死故也」.

26) 적안파(赤岸坡): 적안(赤岸). 촉나라의 부고(府庫)의 이름임. [三國志 蜀志
趙雲傳 注]「軍事無利 何爲有賜 其物請悉入**赤岸府庫**」.

가고 없었다.

　군사들을 이끌고 돌아와 여러 장수들을 돌아보며,

　"공명은 벌써 죽었다. 우리들은 이제 베개를 높이 베고 자도27) 걱정이 없다."

하며, 드디어 철군 길에 올랐다. 돌아오면서 공명이 영채를 세웠던 곳을 보니, 전후좌우가 다 진법에 맞지 않는 것이 없었다.

　사마의가 탄식하며 말하기를,

　"그는 역시 천하의 기재(奇才)일세!"

하였다.

　이에 군사들을 이끌고 장안으로 돌아와서 여러 장수들을 배치하여, 각기 입구를 지키게 하고 사마의는 천자를 뵈러 낙양으로 돌아갔다.

　한편, 양의와 강유는 진세를 펴면서 서서히 퇴각하여 잔각도구에28) 들어온 후에야, 옷들을 갈아 입고 발상을 하며 조기를 달고 발을 구르며 곡을29) 하였다. 촉병들이 모두 잔각도구에 이르렀는데, 홀연 앞에 불길이 하늘로 치솟으며 함성이 땅을 뒤흔들었다. 한 떼의 군사들이 길을 막으며 나섰다. 장수들이 크게 놀라 급히 양의에게 보고하였다.

　이에,

　　벌써 위나라 장수들이 돌아갔거늘

---

27) 베개를 높이 베고 자도[高枕無憂] : 베개를 높이 하여 걱정이 없이 잠. [戰國策 齊策]「三窟已就 君姑高枕爲樂矣」. [鏡花緣 第六十回]]「就只到了客店 可以安然睡覺 叫作高枕無憂」.

28) 잔각도구(棧閣道口) : 잔각도의 어귀. '잔각'은 '잔도(棧道)'와 같은 뜻으로, 산의 낭떠러지 사이에 사다리처럼 만든 다리. [戰國策]「棧道 千里通於蜀漢」. [漢書 張良傳]「良因說漢王 燒絶棧道 示天下無還心 (注) 棧道 閣道」.

29) 발을 구르며 곡을[撞跌而哭] : 발을 구르며 통곡함.

어떤 군사들이 촉나라 땅에 또 왔는가.

已見魏營諸將去

不知蜀地甚兵來.

길을 막아서는 군사들이 어디에서 왔는지 알 수가 없다. 하회를 보라.

제105회

무후는 미리 금낭계를 깔아 두고
위주는 승로반을 떼어 옮기다.
　武侯預伏錦囊計
　魏主析取承露盤.

한편, 양의는 앞에 길을 막는 병사들이 있다는 보고를 듣고, 황망하여
사람을 보내어 초탐하게 하였다. 돌아와서 보고하기를, 위연이 잔도를
불태우고 병사들을 이끌고 와서 길을 막는다 하였다.

양의가 크게 놀라며 말하기를,

"승상께서 살아계실 때에 이 사람이 오래지 않아 반드시 모반할 것
이라 하였는데, 오늘에 와서 과연 이 같은 일이 일어나다니! 지금 내
가 돌아갈 길을 끊었으니, 당장 어찌하면 좋겠소이까?"

하니, 비위가 대답하기를

"이 사람은 필시 먼저 천자께 주청을 드려 우리들이 모반을 한다 했
을 것입니다. 그러니까 잔도를 끊어놓고 귀로를 막는 것일 겝니다. 우
리들 또한 마땅히 천자께 상주하여 위연이 반란의 뜻을 품고 있다고
말씀드린 후에, 저들을 도모해야 합니다."

하거늘, 강유가 말하기를

"여기 한 작은 길이 있는데 이름은 사산(槎山)이라 합니다. 비록 험
준하고 기구하기는 하나 잔도의 뒤로 해서 빠져나갈 수 있습니다."

하거늘, 한편으로는 천자께서 아시도록 주문을 올리고, 다른 한편으로는 인마가 사산의 좁은 길을 따라 진발하였다.

이때, 후주는 성도에 있으면서 침식이 불안하고 동지(動止)가 편치 않았다. 밤에 꿈을 꾸었는데, 꿈에 성도의 금병산이 무너지는 것을 보고 마침내 놀라 깨어 앉아서 아침을 기다려 문무를 모아 놓고 입조하여 해몽을 시켰다.

초주가 말하기를,

"신이 어제 천문을 보니 한 별이 보였는데, 붉은 빛을 내고 뿔이 돋혀 동북방으로부터 서남쪽으로 떨어졌습니다. 이는 아마도 승상께 큰 흉사가 있는 듯합니다. 이제 폐하께서 산이 무너지는 꿈을 꾸었다 하시니, 이 흉조와 맞아 떨어지나이다."

하거늘, 후주가 더욱 놀라고 두려워하고 있는데, 홀연 이복이 왔다는 보고를 들으시고 후주는 급히 저를 들여 물었다. 이복은 머리를 조아리고 울면서 승상께서 이미 돌아가셨다고 말씀 올리고, 임종하시면서 하시던 말씀을 자세하게 모두 말씀드렸다.

후주가 들으시고 대곡하시면서,

"하늘이 나를 망하게 하시는도다!"[1]

하시며, 울며 용상에서 쓰러지셨다. 뫼시고 있던 신하들이 부축해서 후궁으로 뫼셨다. 오태후가 들으시고 또한 목 놓아 크게 울기를 마지 않았다. 많은 관료들이 애통해 하지 않은 이가 없고, 백성들 한 사람 한 사람이 다 눈물을 뿌렸다.

---

1) 하늘이 나를 망하게 하시는도다![天喪我也] : 하늘이 나를 망하게 하는도다. 「천망아」(天亡我). 하늘이 나를 버렸다는 뜻으로, '나는 잘못이 없는데 저절로 망함'을 탄식할 때 쓰는 말. [史記 項羽紀]「**天亡我** 非用兵之罪也」. [後漢書 齊武王縯傳]「王莽暴虐 白姓分崩 今故旱連年 兵革竝起 此亦**天亡之時**」.

후주는 계속 슬퍼하시면서 조회도 받지 못하시고 있는데, 홀연 위연이 표주를 올려 양의가 모반을 하였다 하거늘, 여러 신하들이 크게 괴이해 하며 입궁하여 이를 후주께 알렸다.

이때 오태후도 또한 궁중에게 계셨다. 후주는 주청하는 말을 들으시고 크게 놀라서, 근신에게 위연의 표문을 읽게 하였다. 표문의 내용은 다음과 같다.

정서대장군 남정후 신 위연은 진실로 당황하고 두려워서, 머리를 숙여 상서를 올립니다. 양의가 병권을 잡은 뒤부터 군사들을 거느리고 모반을 꾸며, 승상의 영구를 겁략하고 적병을 저의 지경에 끌어들이려 하옵기에, 신은 먼저 잔도를 불태워서 끊고 병사들로 하여금 지키게 하였나이다.

삼가 이런 내용은 표문에 담아 올리나이다.

읽고 나자, 후주는 말하기를

"위연은 용장이니 넉넉히 양의의 무리들을 막을 수 있을 터인데, 어찌해서 잔도까지 불태워 버렸을꼬?"

하니, 오태후가 말하기를

"일찍이 선제께서 하시는 말씀을 들었는데, 공명은 위연의 뇌후(腦後)에는 반드시 반골이2) 있다시며 매양 저를 참하고자 하셨으나, 그 용기를 아끼셔서 어쩔 수 없이 쓰신다 하셨습니다. 이제 제가 양의 등이 모반한다고 아뢰고 있으나 가벼이 믿으시면 안 됩니다. 양의는

---

2) 반골(反骨): 권력에 저항하는 사람. [太平天國 天父下凡詔書]「兮有周錫能反骨偏心 串同妖人田朝 內應謀反」. [太平天國 李秀成 諭李昭壽書]「竟不意爾乃反骨之人」.

이에 문인이오나 승상께서는 장사의 임무를 맡기셔서 쓰시고 있으니, 반드시 쓸만한 인물일 겝니다.

오늘 만약에 한쪽의 말을 들으시면, 양의 등이 반드시 위나라로 투항할 것입니다. 이 일은 마땅히 깊이 생각하고 여러 사람들의 의견을 들으셔야지, 경솔하게3) 처결해서는 절대 안 됩니다."

하신다. 여러 관료들이 의논하고 있는데, 홀연 장사 양의가 긴급히 표주를 올린 것이 이르렀다 한다.

근신이 열어 읽으니 대략 다음과 같다.

장사 수군장군 신 양의는 진실로 황공하옵고 실로 두려워하며, 머리를 숙여 삼가 표문을 드리나이다. 승상께서 임종하시면서 장차 대사를 신에게 위임하시면서 이르기를, 모든 것은 옛 제도에 따르고 변경하지 말라 하였습니다. 위연에게 뒤를 끊게 하시고 강유로 버금을 삼으셨습니다.

이제 위연이 승상의 유언을 따르지 않고 스스로 본부의 인마를 수중에 넣어, 먼저 한중에 들어가 불을 질러 잔도를 끊고 승상의 영구를 겁략하여 모반을 꾀하고 있사옵니다. 창졸간에 일어난 일이어서 우선 삼가 급히 표문을 올리나이다.

태후께서 듣고 묻기를,

"경들은 어떤 생각이시오?"

하시거늘, 장완이 아뢰기를

"신의 어리석은 생각으로는 양의는 비록 품성이 급하여 남을 용납

---

3) **경솔하게[造次]** : 얼마 아닌 짧은 시간. [論語 里仁篇]「君子無終食之間違仁 **造次**必於是 顚沛必於是」. [三國志 蜀志 馬良傳]「鮮漁 **造次**之華」.

하지 못하기는 하여도, 주도나 양초4) 그리고 참군의 일을 맡아 왔으며 승상과 함께 많은 일을 한 인물입니다. 이제 승상께서 임종하시면서 대사를 맡기었으니, 결단코 배반할 사람이 아니옵나이다.

위연은 평소부터 저의 큰 공만 믿고 있어서, 사람들은 다 저를 높였습니다. 양의가 혼자서 양보하지 않으니5) 위연은 마음속에 한을 품었을 것입니다.

이제 양의가 군사들을 총독하는 것을 보고 복종할 생각이 없어 잔도를 불태워 군사들의 귀로를 끊고, 또 양의를 무고하고 표주를 올려 함정에 빠뜨리려 하고 있는 듯합니다. 신이 바라건대 전가양천으로6) 양의가 모반하지 않았다고 생각되지만, 진실로 감히 위연을 보증할 수는 없나이다."

하니, 동윤이 또 아뢰기를

"위연은 저의 공이 높은 것을 믿고 늘 불평하는 마음을 가지고, 입으로 원망의 말을 해 왔습니다. 그러나 아직까지 모반을 하지 못한 까닭은 승상이 두려웠기 때문입니다. 이제 승상께서 돌아가시자 기회를 타서 난을 일으키는 것이니, 이는 당연한 일입니다. 만약에 양의가 재주가 월등하고 명민하여 승상께서 일을 맡기신 것이라면, 절대로 배반하지 않을 것입니다."

---

4) **주도나 양초[籌度糧草]**: 군량을 담당함. 군량에 대한 계획. [三國志 蜀志 楊儀傳]「八年遷長史加綏軍……儀常規畫分部 **籌度糧穀**」. [杜牧 籌筆驛重題詩]「郵亭寄人世 人世寄郵亭 何如自**籌度** 鴻路有冥冥」.

5) **혼자서 양보하지 않으니[獨不假借]**: 오직 혼자서만 대수롭지 않게 여김. [蜀志 魏廷傳]「惟楊儀不**假借**」. [戰國策 燕策]「願大王少**假借**之 使得畢使於前」.

6) **전가양천(全家良賤)**: 온 집안 식구들의 목숨이라도 걸고 하겠음. 「전가」(全家). [中文辭典]「猶言圖家也 全戶也」. 「양천」은 사농(士農) 등 정당한 직업에 종사하는 것을 '양(良)', 창우(倡優) 예졸(隷卒) 등은 '천(賤)'으로 구분하였음. [中文辭典]「猶言圖家也 全戶也」.

하거늘, 후주가 말하기를

"만약에 위연이 과연 모반을 했다면, 당장 무슨 계책을 써서 그를 막겠소?"

하였다.

장완이 대답하기를,

"승상께서 평소부터 이 사람을 의심해 오셨으니, 반드시 양의에게 계책을 남기셨을 것입니다. 만약에 양의가 믿는 것이 없었다면, 어찌 능히 골짜기의 입구까지 퇴각했겠나이까? 위연은 필시 계책에 빠지고 말 것입니다. 폐하께서는 너무 심려 마시옵소서."

하였다. 얼마 되지 않아서 위연이 또 표문을 보내 양의가 모반했다고 고했다.

마침 표문을 읽고 있는데 양의가 보낸 표문이 또 왔는데, 표문에서 위연이 모반했다는 내용이었다. 두 사람의 표문이 연달아 오고, 각기 옳고 그르다고 쓰고 있었다. 이때 비위가 돌아왔다는 보고가 있었다. 후주께서 불러들이니, 비위는 위연이 모반했음을 상세히 아뢰었다.

후주가 말하기를,

"만약에 이리 되었다면 동윤에게 절을 가지고 가서, 그의 마음을 풀어주고 좋은 말로 위무하게 하라."

하시니, 동윤이 조서를 받들고 떠났다.

한편, 위연은 잔도를 불태워 끊고 남곡에 병사들을 주둔시켰다. 애구를 지키며 스스로 이것을 득책(得策)이라 생각하였다. 그러나 양의와 강유가 밤새 병사들을 이끌고 남곡의 뒤에 이른 것을 생각지 못하였다. 양의는 한중을 잃을까 걱정되어, 선봉 하평(何平)에게 3천 군사들을 이끌고 먼저 가게 하였다. 양의와 강유 등은 함께 병사들을 이끌고 승상의 영구를 모셔 한중을 바라고 왔다.

이때, 하평(何平)은 군사들을 이끌고, 곧장 남곡의 뒤에 이르러 북을 치고 함성을 질렀다. 초마가 나는 듯이 위연에게 보고하기를, 양의가 선봉 하평에게 명하여 군사들을 이끌고 사산(槎山)의 소로를 따라 와서 싸움을 돋우고 있다고 하였다. 위연이 크게 노하여 급히 갑옷을 입고 말에 오르며, 칼을 들고 병사들을 이끌고 나가 맞았다.

양편이 둥글게 진을 치고 대치하자, 하평이 말을 타고 나오며 크게 꾸짖으며 말하기를,

"반적 위연은 어디 있느냐?"

하니, 위연 또한 꾸짖으며

"네가 양의를 도와 모반을 하고서 어찌 감히 나를 꾸짖느냐!"

하였다.

하평이 말하기를,

"승상께서 돌아가셔서 몸도 채 식지 않았거늘[7] 네 감히 모반을 하다니!"

하고, 이에 채찍으로 촉병을 향해

"너희 군사들은 다 서천의 사람들이다. 서천에는 부모 처자들이 있고 형제와 친구들이 있다. 승상께서 살아계셨을 때 일찍이 너희들을 박대한 적이 없었으니, 너희들은 이제 반적을 도우면 안 된다. 각자 집으로 돌아가 나라에서 내리는 상이나 기다리고 있거라."

하니, 군사들이 듣고 큰 소리로 함성을 지르며 흩어졌다.

위연이 크게 노하여 칼을 휘두르며 말을 몰아 직접 하평을 취하려 한다. 하평이 창을 꼬나들고 나와 맞아 싸웠다. 싸움 몇 합이 못 되어

---

7) **몸도 채 식지 않았거늘[骨肉未寒]** : 몸이 채 식지도 않음. '아직 살아 있음'의 비유. [戰國策 秦策]「今臣羈旅之臣也……皆匪君臣之事 處人 **骨肉之間**」. [管子 輕重丁]「兄弟相戚 **骨肉相親**」.

하평이 거짓 패해 달아나니 위연이 뒤를 따라 급히 추격해 왔다. 여러 군사들이 일제히 쇠뇌를 쏘자 위연은 말을 돌려 돌아갔다.

그런데 군사들이 뿔뿔이 흩어져 달아나고 있거늘, 위연이 화를 내며 말 박차고 쫓아가 그중 몇 사람을 죽였으나 막을 수가 없었다. 단지 마대가 이끄는 삼백여 군사들만이 동요하지 않고 있었다.

위연이 마대에게 말하기를,

"공이 진심으로 나를 돕기만 한다면 일을 이루고 나서 결코 버리지 않으리다."

하고, 마침내 마대와 같이 하평을 몰아쳤다. 하평은 군사들을 이끌고 나는 듯이 가버렸다.

위연은 남은 군사들을 수습하여, 마대와 의논하기를

"우리들이 위군에게 투항하는 게 어떻겠소이까?"

하니, 마대가 묻기를

"장군의 말은 이치에 맞지 않습니다. 대장부가 어찌 스스로 패업을 도모하지 않고 경솔히 남에게 무릎을 꿇는단 말이오이까? 내 보기에는 장군은 지용을 겸한 양천의 인물입니다. 양천 사람 가운데 누가 감히 적이 되겠소이까? 나는 맹세하거니와 장군과 같이 먼저 한중을 취하고 뒤이어 서천을 공격하겠소이다."

하거늘, 위연이 크게 기뻐하며 마침내 마대와 같이 군사들을 이끌고 곧장 남정을 취하러 갔다. 강유가 남정의 성 위에서 보니, 위연과 마대가 위용을 떨치며 질풍같이 몰려오고 있었다.

강유가 급히 적교를 들어 올리게 하니, 위연과 마대 두 사람이 큰 소리로 외치기를

"빨리 항복하라."

하거늘, 강유가 명하여 양의를 청해 의논하며 묻기를

"위연은 총명한데다가 겸하여 마대가 돕고 있습니다. 비록 군사들은 적지만 어찌 저들을 물리치겠소이까?"

하니, 양의가 대답하기를

"승상께서 임종하실 때에 한 개의 금낭을 주시었소이다. 그리고 부탁하시기를 '만약에 위연이 모반을 해서 성에서 적과 대치하게 되면, 그때 열어 보라 하시며 위연을 죽일 계책이 들어 있다.' 하셨으니 이제 당장 열어 보십시다."

하며, 마침내 금낭을 열어 보니 쓰였으되 '위연과 대적할 때 말 위에서 열어보라' 하였거늘, 강유가 크게 기뻐하며

"이미 승상께서 이렇게 약속하셨으니, 장사께선 잘 간수하고 계십시오. 내 먼저 병사들을 이끌고 성을 나가서 진세를 벌이고 있거든 공은 곧 따라오시구려."

하고는, 강유가 갑옷을 입고 말에 올라 창을 들고 3천 군들을 이끌고 성문을 열고 일제히 나가 충돌하며 북을 치고 전세를 벌였다.

강유는 창을 잡고 문기 아래 말을 세우고, 큰 소리로 꾸짖기를

"반적 위연아! 승상께서 일찍이 너를 섭섭하게 하지 않으셨거늘 오늘 어찌해서 모반을 하느냐?"

하니, 위연이 칼을 빗겨 들고 말을 세우며

"백약아, 너는 이 일에 나서지 마라. 양의를 오라 해라!"

하거늘, 양의가 문기 뒤에서 금낭을 열어보니 이리이리 하라 쓰여 있었다.

양의가 크게 기뻐하며 갑옷도 입지 않고 가볍게 말을 타고 나가 진 앞에 서서, 손으로 위연을 가리키고 웃으며

"승상께서 살아계셨을 때에 네 놈이 머지않아 반드시 모반할 것을 아시고, 나에게 이에 대해 준비하라 하시더니 과연 그 말씀이 맞았구

나. 네 감히 말 위에서 연달아 '누가 감히 나를 죽일 수 있느냐!'라고 세 번 외치거라. 그렇게 할 수만 있다면 이는 진정 대장부이다. 내가 한중의 성지를 너에서 바치겠다."

하거늘, 위연이 웃으며 말하기를

"양의 이 필부놈아, 네 듣거라! 만약에 공명이 살아 있을 때라면 내가 저를 서푼[三分]쯤 저를 두려워하겠지만, 저가 이미 죽었으니 천하에 누가 감히 나를 대적하겠느냐? 연달아 세 번이 아니라 삼만 번이라도 외치는 것이 뭐 어렵겠느냐?"

하며, 칼을 들고 고삐를 잡고는 말 위에서 외치기를

"누가 감히 나를 죽이겠느냐?"

하고 외치기 한 번이 못 되어서, 뒤에서 한 사람이 소리를 높여

"내가 네 놈을 죽이겠다!"

하며, 손으로 칼을 들어 내려치니 위연의 목이 말 아래 떨어졌다. 여러 군사들이 이상해 하며 위연을 죽인 사람을 보니 마대였다.

원래 공명은 임종할 때에 마대에게 밀계를 주어, 위연이 소리치고 있을 때 불시에 나서서 저를 죽이라 하였던 것이다. 그날로 양의는 금낭을 열어 읽어 보고, 이미 마대가 저쪽에 매복해 있는 것을 알고 계책대로 해서 위연을 죽였던 것이다.

후세 사람의 시가 남아 있다.

제갈량은 먼저 위연을 아시고서
뒷날 서천을 배반할 줄 이미 아셨구려.
　諸葛先機識魏延
　已知日後反西川.

금낭에 넣은 계교 사람들은 생각하기도 어려운 것을
뜻밖에 그 성공이 말 앞에서 이뤄질 줄 뉘 알았으리.

　錦囊遺計人難料

　却見成功在馬前.

　한편, 동윤은 아직 남정에 이르지 못했는데, 마대는 이미 위연의 목을 베고 강유와 같이 한 곳에서 합하였다.

　양의는 밤을 도와 표주를 후주에게 주달하니, 후주가 조서를 내려 "이미 그 죄를 바로 잡았으니 그 전공을 생각해 관을 써서 저를 장사지내주어라."[8]
하였다.

　양의 등은 공명의 영구를 받들고 성도에 이르렀다. 후주께서 문무관료들을 이끄시고 모두 상복을 입게 하여[9] 성에서 20여 리나 나와서 맞아들였다. 후주께서 대곡하시니, 위로는 공경대부에서 아래로는 산림에 묻혀 사는 백성·남녀노소 할 것 없이 통곡하지 않는 자가 없었다. 그리고 그 애통하는 소리가 땅을 뒤흔들었다.

　후주는 영구를 모시고 성에 들어와 승상부 앞에 모였다. 공명의 아들 제갈첨(諸葛瞻)으로 하여금 거상(居喪)을 입게 하였다. 후주가 조정에 돌아오니 양의가 스스로 자신을 묶고 죄를 청하였다.

　후주는 근신에게 가서 그의 결박을 풀어 주게 하고,

---

8) **장사지내주어라[卜地]** : 복거(卜居). 살 만한 곳을 가려서 정함. [吳越春秋
　句踐歸國外傳]「范蠡對曰 唐虞卜地 夏殷封國 古公營城」. [史記 周本紀]「成王使
　周公卜居」.
9) **모두 상복을 입게 하여[掛孝]** : 장사를 지냄. 상복을 입음의 뜻. [中文辭典]「
　俗謂載孝曰挂孝 亦作掛孝 謂喪家服著喪服也」.

"만약에 경이 아니었으면 승상의 유교(遺敎)대로 하지 못했던들 승상의 영구가 어느 날 돌아왔을 것이며, 위연을 어찌 멸할 수 있었겠소. 대사를 잘 보전하였음이 어찌 경의 힘이 아니었겠소."

하시고, 드디어 양의에게 벼슬을 더해서 중군사를 삼으셨다. 마대에게는 역적을 토벌한 공로로써 위연의 관직을 그에게 주었다. 양의는 공명의 유표를 바쳤다. 후주께서 다 보시고 나서 큰 소리로 우시며, 성지를 내려 명당에 안장하게 하였다.

비위가 아뢰기를,

"승상께서 임종하시면서 정군산(定軍山)에 묻되, 담장을 치지 말고 벽돌도 사용하지 말며 일절의 제물을 쓰지 말라 하였나이다."

하니, 후주가 공명 유지대로 하였다.

좋은 날을 가려 10월 길일에, 직접 영구를 전송하고 정군산에 안장하였다. 후주는 또 조서를 내려 치제하고, 공명의 시호를 충무후(忠武侯)라 하였다. 또 면양에 사당을 세우고 사시사철 계절마다 제를 올리게 하였다.

후에 두공부가 지은 시가★ 전한다.

　승상의 사당을 어디가 찾으리
　금관성10) 밖 잣나무가 울창한 곳이다.

　　丞相祠堂何處尋
　　錦官城外柏森森.

---

10) 금관성(錦官城) : 촉(蜀)나라 성도(成都)의 별명. [杜甫集 (注)]「成都府城 亦呼爲**錦官城** 以江山明麗錯雜如錦也 趙云 或以其有錦官如銅官鹽官之類 其說亦是 不然 止取錦 而何以更有官字乎」. [杜甫 蜀相詩]「丞相祠堂何處尋 **錦官城**外柏森森」.
　★ 두공부(杜工部)의 「촉상」(蜀相).

뜰에 비치는 푸른 풀은 봄빛을 띠고 있고
나뭇잎 속 꾀꼬리는 혼자서 노래한다.

　　映階碧草自春色
　　隔葉黃鸝空好音.

세 번씩이나 찾으신 것 천하대계 위함이니
양조를 섬겨 오신 노신의 마음이여.

　　三顧頻煩天下計
　　兩朝開濟老臣心.

출사해 못 이기시고 몸이 먼저 가셨으니
후세의 영웅들 눈에 눈물 마를 날 없구나!

　　出師未捷身先死
　　長使英雄淚滿襟!

또 두공부의 시가★ 또 전한다.

제갈량 그 큰 이름 세상에 드리웠네
종신의 그 모습 엄숙·청고도 하구나.

　　諸葛大名垂宇宙
　　宗臣遺像肅淸高.

삼분천하11)하면서 천하를 계획하니

---

11) 삼분천하[三分割] : 한(漢)이 나뉘어 세 나라가 됨. [史記 太師公自敍]「楚人
　　追我京索 而信拔魏趙 定燕齊 使漢三分天下有其二 以滅項籍 作淮陰侯列傳第三

만고 하늘에 자격 갖춘 이 오직 그뿐이어라.

　　三分割據紆籌策

　　萬古雲霄一羽毛.

엇비슷한12) 이로는 이윤과 여상이13) 있고

지휘하여 결정짓기는 소하와 조삼도14) 못 따르리.

　　伯仲之間見伊呂

　　指揮若定失蕭曹.

천운이 한조를 떠나 회복될 길 어렵건만

뜻을 세우고 몸을 바쳐 군무에 애쓰도다.

　　運移漢祚終難復

　　志決身殲軍務勞.

十二」. [文選 諸葛亮 出師表]「今天下三分 益州罷弊 此誠危急存亡之秋」.

12) 엇비슷한[伯仲之間]: 실력이 비슷하여 우열을 가리기 어려움. '큰 차이가
없음'을 이름. [魏文帝 典論]「傅毅之於班固 伯仲之間耳」. [杜甫 詠懷古跡詩]「伯
仲之間見伊呂」.

13) 이윤과 여상[伊呂]: 은나라의 이윤(伊尹)과 주나라의 여상(呂尙). 「이윤」.
[中國人名]「一名摯 耕於薪野 湯以幣三聘之 遂憣然而起 相湯伐桀救民 以天下爲
己任……湯崩 其孫太甲無道 伊尹放之於桐三年 太甲悔過 復歸於亳」. 「여상」.
[說苑]「呂望年七十釣于渭渚 三日三夜魚無食者 望卽忿脫其衣冠 上有異人者謂望
曰 子姑復釣 必細其綸芳其餌 徐徐而投 無令魚驚 望如其言 初下得鮒 次得鯉 刺
魚腹得素書 又曰 呂望封於齊」. [史記 齊太公世家]「西伯獵 果遇太公於渭水之陽
與語 大說曰 自吾先君太公曰 當有聖人適周 周以興 子眞是邪 吾太公望子久矣 故
號之曰太公望 載與俱歸 立爲師」.

14) 소하와 조삼(蕭·曹): 두 사람 다 한 고조 유방(劉邦)의 신하로 한의 기초를
세운 공신임. [史記 曹相國世家]「蕭何薨 參代何相 擧事無所變更 一遵何之約束
參薨百姓歌之曰 蕭何爲相 顜若畫一 曹參代之 守而勿失 載其淸淨 民以寧一」.

★ 두공부(杜工部)의 「영회고적」(詠懷古迹)〈5-5〉.

한편, 후주가 성도에 돌아오시니, 홀연 근신이 아뢰기를

"변경에서15) 보고가 들어왔는데, 동오가 전종(全綜)으로 하여금 군사 수만을 이끌고 파구계(巴丘界)의 어귀에 주둔시키고 있으나, 그 의도를 알 수 없다 합니다."

하거늘, 후주가 놀라서 말하기를

"승상이 돌아가시자 동오가 맹세를 저버리고 경계를 침범하려 하니, 이를 어쩌면 좋을 것인가?"

하시니, 장완이 말하기를

"신이 감히 왕평과 장의에게 수만의 병사들을 영안에 주둔하고 있다가, 불측한 변이 있을 때 방비하라 할 것입니다. 폐하께서는 사자를 동오에 보내서, 상을 당한 것을 알리시면서 저들의 동정을 정탐하게 하옵소서."

하였다.

후주가 말하기를,

"모름지기 말을 잘하는 사람을 사신으로 삼아야 한다."

하시거늘, 한 사람이 대답하고 나오며 말하기를

"소신이 가기를 원하나이다."

한다. 여러 사람들이 저를 보니 남양 안중 사람으로 저는 성이 종(宗)이며 이름은 예(預)이고, 자를 덕염(德豔)이라 하는데 벼슬이 참군 우중랑장이었다.

후주가 크게 기뻐하며 곧 종예에게 오나라에 가서 상을 당했음을 전하게 하고, 겸하여 저들의 허실을 탐지해 오라 하였다. 종예는 명을 받들고 곧 금릉에 이르러 들어가 오주 손권을 뵈었다. 예를 마치자

---

15) 변경[邊庭] : 변경(邊境). [杜甫 兵車行]「**邊庭**流血成海水 武皇開邊意未已」. [史記 三王世家]「大司馬臣去病上 疏曰 階下過聽使臣去病 待罪行閒 宜專**邊塞**之恩」.

좌우에 있는 사람들이 다 흰 옷을 입고 있는 것이 보였다.

손권이 노기를 띠고 말하기를,

"오와 촉은 이미 한 집안인데, 경의 주군께서는 어찌하여 백제성에 군사를 증강하고 있는가?"

하거늘, 종예가 말하기를

"신이 생각컨대 동오에서 파구의 수자리를16) 더하면, 서에서도 백제의 수비를 더욱 굳건히 할 것은 그 형편이 당연한 것이온데, 서로가 족히 물을 일이 아닌 듯합니다."

하니, 손권이 웃으면서

"경은 등지의 아래가 아니로다."

하였다.

이에 종예에게 이르기를,

"짐이 제갈승상의 귀천했음을17) 듣고 매일 눈물을 흘리며, 관료들에게 다 상복을 입게 했소이다. 짐은 위군이 상을 틈타서 촉을 취하려 할까 걱정이 되어서, 파구의 수병(守兵) 수를 1만으로 늘려서 구하려 했을 뿐 다른 의도는 없소이다."

하거늘, 종예가 머리를 조아려 배사하였다.18)

손권이 말하기를,

---

16) 파구의 수자리를[巴丘之戌] : 파구에서 수자리를 함. '수자리'는 나라의 변경을 지키는 민병(民兵) 또는, 그것을 지키는 일의 뜻임. 「수」(戌)는 '변방을 지킴'의 뜻. [公羊莊 十七]「衆殺戌者也 (注) **以兵守之曰戌**」. 「요수」(徭戌). [李華 吊古戰場文]「**齊魏徭戌** 荊韓召募」.

17) 귀천(歸天) : '넋이 하늘로 돌아감'의 뜻으로, '사람의 죽음'을 일컫는 말임. [禮記 郊特牲]「**魂氣歸于天** 形魄歸于地 故祭求諸陰陽之義也」.

18) 머리를 조아려 배사하였다[頓首拜謝] : 머리를 조아려 고마워함. 「돈수재배」(頓首再拜). [周禮 注]「稽首 拜頭至地也 **頓首** 拜頭叩地也」. [疏]「稽首**頓首** 俱頭至地 但稽首至地多時 **頓首**至地卽擧 故以叩地言之 謂若以首叩物然」.

"짐은 이미 동맹을 맺었으니 어찌 의리를 배반하겠소이까?"

하거늘, 종예가 대답한다.

"전하께서 승상이 돌아가셔서 특히 신을 보내어 상사를 고하라 하셨나이다."

하니, 손권이 금촉 화살[金鏃箭] 하나를 가져오게 하여 그것을 꺾으며, 맹세하면서 말하기를

"짐이 만약에 전에 한 맹세를 저버린다면, 자손이 절손되고 말 것이오!"

하고, 또 사신에게 명하여 향과 비단 등 전물(奠物)을 지고 가서 제를 드리라 하였다.

종예는 오주에게 배사하고 오나라의 사신과 같이 성도로 돌아와서, 후주를 뵙고 아뢰기를

"오주는 승상께서 타계하셨다는 소식을 듣고 스스로 눈물을 흘리시며, 여러 신하들에게 다 상복을 입게 하였습니다. 오가 파구에 병사들을 더한 것은 위군이 빈틈을 타고 들어올까 저어하여 한 것이며, 굳이 딴 생각이 있는 것은 아니랍니다. 이제 화살을 꺾어 맹세를 하며, 아울러 맹약을 배반하지 않겠다 하였습니다."

하니, 후주께서 크게 기뻐하시며 종예에게 중상을 내리시고 오의 사신을 후히 대접해서 보냈다. 그리고는 공명의 유언대로 장완에게 벼슬을 더하여 승상대장군 녹상서사를 삼으시고, 비위에게는 상서령을 삼아 승상의 일을 맡게 하셨다.

또 오의에게 벼슬 더하시어 거기장군으로 삼고 절을 주어 한중을 다스리게 하였다. 강유로 보한장군 평양후를 삼아 여러 곳의 인마를 총독하게 하며, 오의와 함께 나가 한중에 군사들을 주둔시키고 위병을 막게 하였다. 그리고 나머지 장수들에게 각기 전직(前職)을 그대로 맡게 하였다.

양의는 자신의 연환(年宦)이 장완보다 앞서건만 지위는 장완의 밑에 있으며, 또 자기의 공이 높은 것만 믿고 중상하지 않는다고 불평을 하며, 비위에게 말하기를

"지난날 승상이 갓 돌아가셨을 때, 내가 만약에 전 군사들을 데리고 위나라에 투항했다면 차라리 적막하기가 이렇지는 않을 것이외다!"

하니, 비위가 이에 이 말을 자세히 은밀하게 후주에게 아뢰었다. 후주가 크게 노하시며 명하여 양의를 하옥하게 하여 문책하고 참하려 하였다.

장완이 아뢰기를,

"양의가 비록 죄가 있으나 전날에 승상을 따라서 많은 공을 세웠사오니, 참하지는 마시고 서인으로 폐하옵소서."

하거늘, 후주께서 그의 말을 따라, 마침내 양의의 벼슬을 빼앗고 한가군(漢嘉郡)으로 보내서 군민이 되게 하였다. 양의는 부끄러워하며 스스로 목을 찔러 죽었다.19)

촉한 건흥 13년은 위주 조예 청룡 3년·오주 손권의 가화 4년이었다. 세 나라가 다 흥병하지 않았다. 이 해에 위주는 사마의를 태위(太尉)에 봉해서 군사를 총감독하게 하여 각처의 변경을 굳게 지키게 하였다. 사마의는 배사하고 낙양으로 돌아갔다.

위주는 허창에 있으면서 크게 토목 공사를 일으켜서 궁전을 짓고, 또 낙양에 조양전·태극전 등을 지으며 총장관(總章觀)을 쌓으니 그 높이가 10장이었다.

---

19) 스스로 목을 찔러 죽었다[自刎而死] : 스스로 목을 찔러 죽음. 「자경이사」(自剄而死) [戰國策 魏策] 「樊於期 偏袒阨腕而進曰 此臣日夜 切齒拊心也 乃今得聞 敎 遂自刎」. [戰國策 燕策] 「欲自殺以激 荊軻曰 願足下急過太子 言光已死 明不言 也 自剄而死」.

또 숭화전·청소각·봉황루 등을 세우고 구룡지를 파는데, 박사 마균(馬鈞)에게 명하여 짓는 것을 감독하게 하였다. 그 궁전들은 화려함이 극에 이르렀다. 아로새긴 들보며 화려한 마룻대, 청기와 금벽돌에 햇빛이 비쳐 휘황하였다. 천하의 장인 3만여 명을 뽑고 백성 역군 30여 만을 뽑아 밤낮을 가리지 않고 건조하였다. 그 때문에 백성들은 피폐해져 원성이 끊이지 않았다.

조예는 조서를 내려 방림원(芳林園)에 토목공사를 일으켜, 공경들로 하여금 다 그 속에 흙을 져 나르고 나무를 심게 하였다. 사도 동심(董尋)이 임금에게 간절하게 간하니, 표문의 내용은 다음과 같다.

엎드려 바라옵건대,

건안 이래로 전쟁에서 싸우다가 죽거나 혹은 집안이 망한 자가 많사옵고, 비록 살아 있다 해도 고아와 늙은이들뿐이옵나이다. 만약에 지금의 구실이 협소해서 그를 넓히려 한다면, 오히려 적당한 때를 골라서 농사에 방해가 되지 않도록 해야 할 것입니다. 하물며 지어서 무익한 물건들이야 말할 게 있겠나이까? 폐하께서는 이미 군신들의 존경을 받으시고 머리에 관을 쓰셨으며 무늬 있는 옷을 입으시고 화려한 수레에 오르셨으니, 이는 곧 백성들과 다르기 때문이옵나이다.

이제 또 나무를 져 나르고 흙을 지게 하셔서 나라의 빛을 훼손하고 무익함을 숭상하고 계시니, 진실로 이를 바를 모르겠나이다. 공자께서 이르시되 '임금은 신하를 예로 부려야 하고 신하는 충성으로써 임금을 섬겨야 한다.'[20] 하였습니다. 지금은 충이 없고 예도

---

20) 임금은 신하를 예로 부려야 하고, 신하는 충성으로써 임금을 섬겨야 한다 : 원문에는 '君使臣以禮 臣事君以忠'으로 되어 있음. [論語 八佾篇]「孔子對曰 君

없사오니 나라가 어찌해서 존엄하겠나이까?

　신도 이런 말을 함으로써 반드시 죽을 줄 알고 있사오나, 내 몸은 소의 한 오라기 털에[21] 비유하고 있습니다. 살아 있어서 이미 아무 의미가 없사오니 죽음 또한 손해 볼 것이 없습니다. 붓을 접고 눈물을 흘리며 마음속으로 세상을 하직하나이다. 신에게 여덟 명의 자식이 있사오니, 신이 죽은 후에라도 폐하께서 정을 베풀어 주옵소서. 폐하의 명을 기다리며 전율함을 이기지 못하옵나이다!

　조예가 표문을 보고 노여워하면서,

"동심이 죽고 싶은 게로구나!"

하니, 좌우가 저를 참하라 주청을 드렸다.

　조예가 말한다.

"이 사람은 평소에 충의가 있는 사람이니 이제 폐하여 서인으로 삼겠다. 또다시 망령된 말을 하는 자가 있으며 반드시 참하리라."

하였다.

　이때, 태사인 장무(張茂)란 사람이 있었는데 자는 언재(彦材)였다. 그가 또 임금님께 글을 올려 간절하게 간하니, 조예가 그를 참하게 하였다.

　그리고 그날로 마균을 불러,

"짐이 높은 대와 각을 짓는 것은 신선이 오가게 하여, 장생불로의

使臣以禮 臣事君以忠」.

21) 소의 한 오라기 털[牛之一毛] : 구우일모(九牛一毛). '아홉 마리의 소 가운데 한 개의 털'이라는 뜻으로, '썩 많은 가운데 가장 적은 수'라는 말. [司馬遷 報任少卿書]「假令僕伏法受誅 若**九牛**亡**一毛**」. [杜牧 送韋楚老拾遺歸朝詩]「獨鶴初沖大虛日 **九牛**新落**一毛**詩」.

비방을22) 구하려 함이다."

하거늘, 마균이 아뢰기를

"한조 24제께서도 오직 무제께서만 가장 오래 나라를 누리고, 또 가장 오래 수하셨습니다. 그것은 일월정기를 마셨기 때문입니다. 일찍이 장안 궁중에 백양대(柏梁臺)를 세우고 대 위에 한 개의 동인(銅人)을 세워 손으로 소반을 들게 하였는데. 그 이름은 승로반이라23) 하였습니다. 삼경이 되면 북두에서 내린 항해수를24) 받았는데 그 이름은 '천장'(天漿) 또는 '감로'(甘露)라 하였나이다. 이 물에 아름다운 옥을 갈아서 마시면 늙지 않고 다시 젊은이로 돌아갈 수 있습니다."

하니, 조예가 기뻐하며 말하기를

"네가 지금 당장 역군들을 이끌고 밤을 도와 장안에 가서, 그 동인을 떼어내서 방림원에 옮기거라."

하였다.

마균은 명을 받들고 만여 명의 인부를 데리고 장안에 가서, 주위에 목가(木架)를 세워 백양대 위에 올라가게 하였다. 시간을 지체하지 않고 5천여 인이 끈과 새끼를 잇고 노를 끌어 빙빙 돌려서 올라갔다. 그 백양대는 높이가 20여 길이고 동주의 둘레만도 열 아름이나 되었

---

22) 장생불로의 비방[長生不老之方] : 늙지 않고 오래 살 수 있는 비방. 「불로불사」(不老不死). [列子 湯問篇]「珠玕之樹皆叢生 華實皆有滋味 食之皆不老不死」. [太上純 陽眞經 了三得一經]「滋養百骸 賴以永年 而長生不老」.

23) 승로반(承露盤) : 한나라 무제가 건장궁(建章宮)에 설치한 구리로 만든 쟁반의 이름. [漢書 郊祀志]「武帝卽位 其後又作柏梁銅柱 承露仙人掌之屬」. (顔注)「三輔故事云 建章宮承露盤 高二十丈 大七圍 以銅爲之 上有仙人掌 承露和玉屑飮之」.

24) 항해수(沆瀣水) : 밤에 안개가 맺혀서 괸 물. 곧 '이슬[上池水]'을 일컬음. [楚辭 遠遊篇]「餐六氣而飮沆瀣兮 漱正陽而含朝霞」. [漢書 顔注]「應劭日 列仙傳 陵陽子言 春食朝霞 夏餐沆瀣」.

다. 마균은 동인을 밑으로 내리라고 일렀다.

여러 사람들이 힘을 합쳐 동인을 돌려내리니, 그 동인의 눈에서 눈물이 흘러내려 모든 사람들이 다 놀랐다. 홀연 대 주위에 일진광풍이 일며 모래가 날리고 돌이 날리며 소나기가 퍼부었다. 한 가닥 소리가 나는데 마치 하늘이 무너지고 땅이 갈라지는 듯했다. 대가 넘어져 천여 명이 깔려 죽었다. 마균은 동인과 금반을 낙양으로 옮긴 후 조예를 뵙고 동인과 승로반을 바쳤다.

조예가 묻기를,

"동주는 어디에 있느냐?"

하거늘, 마균이 대답한다.

"동주의 무게가 백만 근이나 되어서 도저히 옮겨 올 수가 없었나이다."

하니, 조예는 동주를 부셔서 낙양으로 가져와서 두 개의 동인을 만들고 그 이름을 옹중이라고[25] 써서, 사마문(司馬門) 밖에 늘어세우게 하였다. 또 동으로 용과 봉 두 개씩을 부어 만들라 하였는데, 용은 높이가 네 길, 봉은 그 높이로 세 길이 넘게 해서 전각 앞에 세우라 하였다. 상림원 속에다가는 기화요초와 기이한 나무를 심고 진귀한 새나 짐승 등을 기르게 하였다. 소부 양부(楊阜)가 표문을 올려 간하였는데, 내용은 다음과 같다.

신이 듣자오매,

요임금은 일찍이 띠집에[26] 사셨으나 만국이 평안하였고, 우임금

---

25) **옹중(翁仲)** : 돌 혹은 동으로 우상을 만들어 무덤 사이에 세워 두는 것. [水經]「鄳南千秋亭壇廟東 枕道有兩石**翁仲** 南北相對」. [柳宗元 詩]「伏波故道風烟 在 **翁仲**遺墟草樹平」.

26) **띠집[茅茨]** : 띠와 남가새로 엮어 덮은 지붕. 「모자토계」(茅茨土階). '검박한

은 낮은 궁실에 사셨으나 천하의 백성들이 업을 즐겼다 하옵고, 은
(殷)과 주(周)에 이르러서도 당의27) 높이를 석 자로 하시고 넓이는
구연으로28) 하는 법을 삼았습니다.

옛날 성왕과 명왕들께서도 궁실을 높고 아름답게 하여, 백성들의
재산을 마르게 하지 않았습니다. 걸(桀)은 선실과29) 상랑을30) 지
었고 주(紂)는 경궁과31) 녹대를32) 지어 사직을 잃기에 이르렀으며,
초 영왕(靈王)은 장화대를 쌓아 스스로 화를 받았고, 진시황(秦始皇)
은 아방궁을33) 지어 그 재앙이 자식에까지 미치고 천하를 배반하

집에 살고 있음'의 뜻. [史記 秦始皇紀]「吾聞之韓子曰 堯舜采椽不刮 **茅茨**不翦
飯**土塯**」.「모자부전채연불착」(茅茨不翦採椽不斲)은 아주 '질박(質樸)하고 절
검(節儉)한 생활을 뜻함. [漢書 司馬遷傳]「墨者亦上堯舜 言其行曰 當高三尺 土
階三等 茅茨不翦採椽不斲」.

27) 당(堂) : 군주가 정사를 하는 곳. 조정(朝廷)과 같은 곳. [孟子 梁惠王篇 下]「**明
堂**者 王者之堂也」. [禮記 明堂位篇]「昔者周公朝諸侯于**明堂**之位」.

28) 구연(九筵) : 집의 제도를 말하는 것으로 '아홉 자 길이의 돗자리[九尺之筵]'
라는 말임. [周禮 考工記 匠人]「周人**明堂** 度**九尺之筵** 東西**九筵** 南北七筵」. [范
仲淹 明堂賦]「七筵兮南北之廣 **九筵**兮西東之長」.

29) 선실(璇室) : 옥으로 꾸민 방.「선실요대」(璇室瑤臺). 황홀한 방과 대. [淮南
子 本經訓]「晚世之時 帝有桀紂 爲**璇室瑤臺** 象廊玉牀」. [三國志 魏志 楊阜傳]「桀
作**璇室象廊** 紂爲**傾宮鹿臺**」.

30) 상랑(象廊) : 상아로 꾸며진 화려한 낭하. [三國志 魏志 揚阜傳]「**璇室象廊**」.
[淮南子 本經訓]「帶有桀紂 爲**璇室瑤臺** 象廊玉牀」.

31) 경궁(傾宮) : 아주 넓은 궁전. 일경(一頃)은 백묘(百畝)임. [呂氏春秋 過理]「紂
作爲**璇室** 築爲**頃宮** (注) **頃宮**築爲宮牆 滿一頃田」. [晏子春秋 諫下]「昔者楚靈王
作**頃宮**」.

32) 녹대(鹿臺) : 은나라의 주(紂)왕이 재보를 모아 두던 곳. [書經 周書篇 武成]
「散**鹿臺**之財 發鉅橋之粟 大賚四海 而萬姓悅服」.

33) 아방궁(阿房宮) : 진시황이 세운 궁전. [史記 秦始皇紀]「三十五年營作朝宮渭
南上林苑中 先作前殿**阿房**……自**阿房**渡渭 屬之咸陽 天下爲之**阿房宮**」. [三輔黃
圖]「**阿房宮**亦曰阿城 惠文王造未成 始皇廣其宮 規恢三百餘里 閣道通驪山」.

여 두 대에 망하였나이다. 무릇 백성들의 힘은 헤아리지 않고, 이목의 욕망으로써 망하지 않은 자는 없었나이다.

폐하께서는 마땅히 요·순·우·탕·문·무왕을 본받으시고, 걸·주·초·진시황으로서 경계를 삼으셔야 합니다. 그렇게 하는 것만이 스스로 한가하시며 또 편안해질 것이고, 오직 궁실을 꾸미시기만 한다면 위망의 재앙이 있을 것입니다. 임금은 머리가 되시고 신하는 팔다리가 되어 존망일체 한 몸이 되면,[34] 함께 얻고 같이 잃을 것입니다.

신은 비록 노둔하고 겁이 많으나, 어찌 감히 쟁신의 의리를[35] 잃겠습니까? 말이 간절하지 못하여 족히 폐하를 감동시키지 못한다면, 삼가 관을 두드려 목욕을 하며 엎드려 중한 벌을[36] 받겠나이다.

표문이 왕에게 올라갔으나 조예는 반성하지 않고, 마균을 독려하여 높은 대를 짓고 그 안에 동인과 승로반을 안치하였다. 또 전지를 내려 천하의 아름다운 여자들을 뽑아서 방림원에 들였다. 여러 관료들이 계속 간하였으나 조예는 일절 듣지 않았다.

한편, 조예의 황후 모씨(毛氏)는 하내(河內) 사람이었는데, 앞서 조예가 평원왕(平原王)이었을 때 지극히 사랑했었다. 황위에 오르자 황후에

---

34) 임금은 머리가 되시고 신하는 팔다리가 되어 존망일체 한 몸이 되면[存亡一體 得失同之] : 살고 죽는 것 일체가 득실과 같음. [易經 文言]「知進退存亡 而不失其正者 其唯聖人乎」. [文選 諸葛亮 出師表]「此誠危急存亡之秋也」.

35) 쟁신의 의리[諍臣之義] : 임금의 잘못에 대하여 바른 말로 간하는 신하의 의리. [白虎通 諫諍]「孝經曰 天子諍臣七人 雖無道不失其天下」. [孝經 爭臣章]「天子有爭臣七人 雖亡道不失其國 大夫有爭臣三人 有亡道不失其家 士有爭友 則身不離於令名 父有爭子 則身不陷於不義」.

36) 중한 벌[重誅] : 엄한 처벌. 「중죄」(重罪). 「史記 主文偃傳]「忠臣不敢避重誅以直諫」. [管子法法]「懦弱之君者 重誅」.

책립되었다. 뒤에 조예가 곽부인을 총애했으므로 모후는 총애를 잃고 있었다. 곽부인은 아름답고 지혜로워 조예가 매우 사랑해서, 매일 즐기면서 한 달여나 궁중에서 나오지 않았다.

이 해 봄 3월. 방림원에 온갖 꽃들이 다투어 피자, 조예는 곽부인과 함께 방림원에 나가 꽃을 즐기며 술을 마시고 있었다.

곽부인이 아뢰기를,

"왜 황후를 청해 같이 즐기지 않으십니까?"

하거늘, 조예가 말하기를

"만약에 저가 여기 온다면 짐은 술을 마셔도 목구멍에 넘어가지 않소."

하였다. 마침내 궁녀에게 모황후가 알지 못하도록 하라고 명하였다. 모황후는 조예가 한 달 여 동안 정궁에 들지 않음을 보고, 이날 수십 여 궁녀들을 이끌고 취화루에 올라 바람을 쏘이고 있었다.

음악소리가 유량하게 들리거늘,

"어디에서 울리는 주악인가?"

하니, 한 궁녀가 이에

"성상께서 곽부인과 함께 어화원(御花園)에서 꽃구경을 하며 술을 드시고 계십니다."

하였다. 모황후가 듣고 마음속에 번민하며 궁궐에 돌아와 쉬고 있었다.

다음 날 모황후가 작은 수레를 타고 궁궐에서 나가 노닐고 있었는데, 마침 그때 조예와 곡랑에서 마주쳤다.

곽부인이 웃으면서 말하기를,

"폐하께서 어제는 북원에서 노시더니 그 즐거움이 깊으셨겠나이다."

하니 조예가 크게 노하여, 곧 어제 황후를 뫼셨던 여러 사람을 잡아오게 하여, 꾸짖기를

"어제 북원에서 놀 때 짐이 좌우에게 일러 모황후에게 말하지 말라

했거늘, 어찌 또 이 일이 드러났는가!"

하고는, 궁관에게 명령하여 모황후를 뫼시던 사람들을 다 참하게 하였다. 모황후는 크게 놀라서 수레를 돌려 궁으로 돌아왔다. 조예는 곧 조서를 내려 모황후에게 죽음을 내리고 곽부인을 황후로 삼았다. 그러나 조신들 중에선 감히 간하는 사람이 없었다.

하루는 유주자사 관구검(毌邱儉)이 표문을 올렸다. 요동에서 공손연(公孫淵)이 반란을 일으켜 스스로 연왕(燕王)이라 하고, 연호를 고쳐 소한(紹漢) 원년이라 하고는 궁궐을 짓고 관직을 정한 다음 군사들을 일으켜서 쳐들어오고 있어서 북방을 흔들어대고 있나이다 하였다.

조예가 크게 놀라서 곧 문무 관료들을 모아 놓고, 군사들을 일으켜서 연주를 빼앗을 방책을 논의하였다.

이에,

대궐의 역사로 나라가 들끓다가 겨우 끝내니
또다시 외방에서 난리가 났다누나.
纔將土木勞中國
又見干戈起外方.

어떻게 그것을 막았는지 알 수가 없다. 하회를 보라.

《제8권으로 이어짐》

찾아보기

삼국의 비교

삼국의 지도

昌黎　　瀋陽
　　　玄菟
　　遼東　　丸都　　高句麗

烏丸

幽州
北京　遼西
燕國　　碣石山
范陽　天津
渤海
　　渤海

冀州
平原
濟南國　青州　齊國
城陽　北海國
兗州
濟陰　琅邪國
陳留國　沛國
　譙　　下邳　徐州

淮水
　　　揚州
(壽春)
盧江
建業　南京　吳郡　上海
武昌　盧江　　杭州
工夏　　　長江
　　　會稽
豫章　鄱陽　臨海
臨川　建安
陵

吳

福州

平壤
樂浪

馬韓
弁韓

東萊

東中國海

南中國海

0　　100　　200　　300km

◉ ----- 국도
■ ----- 부도
○ ----- 주도
● ----- 군도
◆ ----- 현재 도시
▲ ----- 산
✕ ----- 전투 지역
( ) ----- 기타
─── ----- 국경
▬▬▬ ----- 만리장성

魏 (220~265)

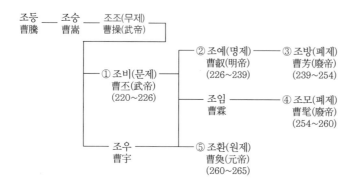

조등 — 조숭 — 조조(무제)
曹騰   曹嵩   曹操(武帝)

① 조비(문제)
曹丕(武帝)
(220~226)

② 조예(명제) — ③ 조방(폐제)
曹叡(明帝)   曹芳(廢帝)
(226~239)   (239~254)

조임 — ④ 조모(폐제)
曹霖   曹髦(廢帝)
      (254~260)

조우
曹宇

⑤ 조환(원제)
曹奐(元帝)
(260~265)

蜀 (221~263)

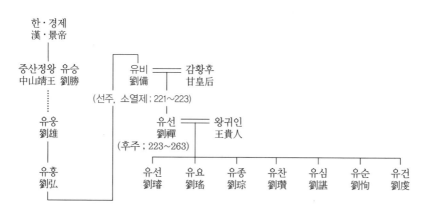

한·경제
漢·景帝

중산정왕 유승
中山靖王 劉勝

유옹
劉雄

유홍
劉弘

유비 —— 감황후
劉備   甘皇后
(선주, 소열제 ; 221~223)

유선 —— 왕귀인
劉禪   王貴人
(후주 ; 223~263)

유선   유요   유종   유찬   유심   유순   유건
劉璿   劉瑤   劉琮   劉瓚   劉諶   劉恂   劉虔

吳 (222~280)

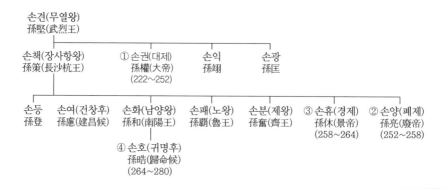

손견(무열왕)
孫堅(武烈王)

손책(장사항왕)
孫策(長沙杭王)

① 손권(대제)
孫權(大帝)
(222~252)

손익
孫翊

손광
孫匡

손등   손여(건창후)   손화(남양왕)   손패(노왕)   손분(제왕)   ③ 손휴(경제)   ② 손양(폐제)
孫登   孫慮(建昌候)   孫和(南陽王)   孫霸(魯王)   孫奮(齊王)   孫休(景帝)   孫亮(廢帝)
                                                              (258~264)   (252~258)

④ 손호(귀명후)
孫晧(歸命候)
(264~280)

박을수(朴乙洙)

▶主要著書 · 論文

『한국시조문학전사』(성문각, 1978)

『한국시조대사전(상 · 하)』(아세아문화사, 1992)

『한국고전문학전집 11, 시조Ⅱ』(고려대 민족문화연구소, 1995)

『국어국문학연구의 오늘』(회갑기념논총, 아세아문화사, 1998)

『시조의 서발유취』(아세아문화사, 2001)

『한국개화기저항시가론(수정판)』(아세아문화사, 2001)

『시화, 사랑 그 그리움의 샘』(아세아문화사, 2002)

『회와 윤양래연구』(아세아문화사, 2003)

『시조문학론』(글익는들, 2005)

『만전당 홍가신연구』(글익는들, 2006)

『한국시가문학사』(아세아문화사, 2006)

『신한국문학사(개정판)』(글익는들, 2007)

『한국시조대사전(별책보유)』(아세아문화사, 2007)

『머리위엔 별빛 가득한 하늘이』(글익는들, 2007)

『삼국연의』(전9권)(보고사, 2015)

「고시조연구」(석사학위논문, 1965)

「개화기의 저항시가연구」(학위논문, 1984)

역주 삼국연의 7

2016년 1월 15일 초판 1쇄 펴냄

저　자 나관중
역　자 박을수
발행인 김흥국
발행처 보고사

책임편집 이경민
표지디자인 오동준

등록 1990년 12월 13일 제6-0429호
주소 경기도 파주시 회동길 337-15 보고사 2층
전화 031-955-9797(대표)
　　 02-922-5120~1(편집), 02-922-2246(영업)
팩스 02-922-6990
메일 kanapub3@naver.com / bogosabooks@naver.com
http://www.bogosabooks.co.kr

ISBN 979-11-5516-187-6
　　　979-11-5516-180-7　04820(세트)
ⓒ 박을수, 2016

정가 15,000원
사전 동의 없는 무단 전재 및 복제를 금합니다.
잘못 만들어진 책은 바꾸어 드립니다.

이 도서의 국립중앙도서관 출판예정도서목록(CIP)은 서지정보유통지원시스템 홈페이지
(http://seoji.nl.go.kr)와 국가자료공동목록시스템(http://www.nl.go.kr/kolisnet)에서
이용하실 수 있습니다.(CIP제어번호: CIP2015033972)